西葡拉美·幻想文学经典

El zorro de arriba y el zorro de abajo

José María Arguedas

山上的狐狸，山下的狐狸

〔秘鲁〕何塞·马里亚·阿格达斯 —— 著

朱金玉 —— 译

人民文学出版社
PEOPLE'S LITERATURE PUBLISHING HOUSE

El zorro de arriba y el zorro de abajo
José María Arguedas

图书在版编目(CIP)数据

山上的狐狸,山下的狐狸/(秘)何塞·马里亚·阿格达斯著;朱金玉译. —北京:人民文学出版社,2024
(西葡拉美幻想文学经典)
ISBN 978-7-02-018672-3

Ⅰ. ①山… Ⅱ. ①何… ②朱… Ⅲ. ①长篇小说-秘鲁-现代 Ⅳ. ①I778.45

中国国家版本馆 CIP 数据核字(2024)第 100508 号

责任编辑 **朱卫净 周 展**
装帧设计 **汪佳诗**

出版发行 **人民文学出版社**
社 址 **北京市朝内大街 166 号**
邮政编码 **100705**

印 刷 **山东临沂新华印刷物流集团有限责任公司**
经 销 **全国新华书店等**

字 数 **223 千字**
开 本 **890 毫米×1240 毫米 1/32**
印 张 **12.5**
版 次 **2024 年 6 月北京第 1 版**
印 次 **2024 年 6 月第 1 次印刷**

书 号 **978-7-02-018672-3**
定 价 **69.00 元**

如有印装质量问题,请与本社图书销售中心调换。电话:010-65233595

西葡拉美
幻想文学经典

丛书主编

侯　健

本丛书为2022年教育部人文社会科学研究课题
“拉美文学汉译批评研究（1979—2022年）”
（22YJCZH053）阶段性成果。

西葡拉美幻想文学经典

丛书总序

一四九二年，在踏上“新大陆”的土地后，哥伦布曾发出这样的赞叹：“新大陆是福地乐土，是天府之国，印第安人是高尚的野蛮人。”这种对“新大陆”和印第安人的理想化、乌托邦式的描述无疑很大程度上出自哥伦布的想象；与此同时，印第安人则把这些赠予他们玻璃珠、铃铛等物的外来者视作神的使者。从某种意义上来看，可以说新旧大陆的文化最初就是以“幻想”为媒介建立起联系的。

二〇一一年，马里奥·巴尔加斯·略萨在布宜诺斯艾利斯书展上演讲时这样说道：

> 在长达三个世纪的殖民时期里，所有小说类作品在西班牙在美洲的殖民地中都被禁止流通。在那三百年间，虚构文学作品在美洲殖民地既不能被编辑出版，也不能从海外引进。[……]这种封禁给拉丁美洲带来的既不幸又幸运的后果之一就是：由于最擅长展现虚构能力的文学类型——小说——受到了限制，而我们人类又

> 无法离开想象而生活，作为补偿，我们就把虚构浸透到了所有事物上：宗教自然包括在内，但还包括世俗团体、法律、科学、哲学，当然还有政治。作为可预见的结果，时至今日我们拉丁美洲人依然极难分清何为虚构，何为现实。

由此看来，在哥伦布、科尔特斯、皮萨罗等航海家、殖民者或离去或故去之后，“幻想”的种子仍在殖民地美洲继续发芽成长了起来。到了十九世纪，在拉丁美洲各国纷纷独立的同时，浪漫幻想文学在旧大陆和北美盛行了起来。仿佛数百年前那座充当媒介的“幻想之桥”再度延长一般，在爱伦·坡、吉卜林等作家的影响下，在拉丁美洲，尤其是拉普拉塔河地区，出现了大量幻想小说。也许正如加西亚·马尔克斯在多年之后接受秘鲁记者卡洛斯·奥尔特加采访时说的那样：“拉丁美洲的现实就是十足的幻想。”在幻想文学与拉丁美洲发生接触之后，前者在这片土地上迅速发展，渗透进了拉美文学的骨髓血液之中，乃至变幻出了后来的“神奇现实”“魔幻现实主义”等新的分支，令世界文坛瞩目。

一九八二年，“魔幻现实主义”代表作家加西亚·马尔克斯荣获诺贝尔文学奖的消息传来，拉美文学作品迅速涌入中国市场，无论是职业作家还是普通读者，都对似真似幻的拉美文学如痴如醉。同样是在二十世纪八十年代，在中国西葡拉美文学研究会和云南人民出版社的策划及合作下，“拉丁美洲文学丛书”闪耀登场，这套丛书收录了加西亚·马尔克斯、巴尔加斯·略萨、阿莱霍·卡彭铁尔、豪尔赫·路易斯·博尔赫斯、胡里奥·科塔萨尔、胡安·卡洛斯·奥内蒂、埃内斯托·萨瓦托、巴勃罗·聂鲁达、若热·亚马多等著名作家的数十部作品，既包括小说，也包括诗歌、散文和文学评论类作品，成为西葡语文学汉译史上前无古人的丛书项目。随着一九九二年中国正式加入“世界版权公约”，想要由同一家出版社将上述作家的作品统归于同一套丛书之中几乎已无可能，因而“拉丁美洲文学丛书”在“前无古人”的桂冠之外似又可以加上“后无来者”的美誉了。

实际上，自二十世纪九十年代中期至二十一世纪头一个十年，在西葡语文学汉译史上不仅没有可以与“拉丁美洲文学丛书”相媲美的丛书出现，甚至连其汉译事业本身都坠入了谷底。二〇一一年，加西亚·马尔克斯的魔幻现实主义巨著《百年孤独》在中国正式授权出版，又一次掀起了拉美文学的热潮，西葡语文学汉译事业也再度蓬勃发展起来，在出版数量、出版种类、译作质量等方面大有赶超二十世纪八十年代译介高潮期的势头，不仅如加西亚·马尔克斯、巴尔加斯·略萨、豪尔赫·路易斯·博尔赫斯等作家的几乎全部作品都推出了中译本，如罗贝托·波拉尼奥、里卡多·皮格利亚、罗伯特·阿尔特等未曾在之前得到译介的作家作品出版，更有如“西班牙语文学译丛”“西语文学补完计划”“拉美思想译丛”等丛书面世。

在这样的背景下，我们不禁生出了一个“大胆”的想法：既然幻想文学深入拉美文学血液骨髓，同时又与西葡语文学汉译事业紧密相关，那我们何不为幻想文学做一套丛书呢？实际上这个想法很有些自找麻烦的意思，因为和前文提到的丛书相比，“幻想文学丛书”有着许多天然的争议点。首先是如何定义“幻想文学”的问题。幻想文学在很长时间里遭受到了评论界的漠视和鄙夷，认为它属于难登大雅之堂的类型文学。这种情况在二十世纪后半叶得到了显著改善，不仅出现了大量致力于研究幻想文学的论文和专著，以幻想文学为基础改编而成的电影、电视、漫画等也层出不穷，二〇一二年甚至在西班牙召开了第一届“国际幻想叙事文学、戏剧、电影、电视、漫画及电子游戏研讨会”。这一可喜的变化带来的新问题之一是，对“幻想文学”进行定义的难度进一步加大了。研究者们从社会学、语言学、美学等不同角度定义“幻想文学”，似乎各有各的道理，但又没有任何一家理论具有十足的说服力。单举一个例子便足以说明问题：豪尔赫·路易斯·博尔赫斯、西尔维娜·奥坎波和比奥伊·卡萨雷斯于一九七七年选编的著名的《幻想文学选》（*Antología de la literatura fantástica*）收入了来自世界各地、不同时期的七十五篇幻想文学作品，其中还包括卡夫卡的两则短篇小说——三位编者均认为卡夫卡的许多作品是无可争议的幻想文学作品。然而在著名学者罗杰·凯卢瓦和托多罗夫看来，卡夫卡的作品绝不应被列入幻想文学之列。

在学界，类似争议不胜枚举。我们无意利用这套丛书来争论“究竟什么是幻想文学”之类的学术问题，而是倾向于采用广义的“幻想文学”的概念。托多罗夫认为所谓的幻想（奇幻）文学，应该让读者对现实设定中的超自然情节持犹疑的态度。一旦这些超自然情节有了科学合理的解释，故事就脱离幻想并趋向“怪诞”了；而一旦它们被确定为彻头彻尾的、非现实的超自然之物，故事又会趋向“神异”。西班牙著名幻想文学研究专家大卫·罗阿斯（David Roas）则从现实、不可能性、恐惧和语言四方面入手来定义幻想文学。实际上，无论是超自然情节、不可能性还是恐惧，在这里都是以自然的现实为根基衍生而出的概念，这似乎又一次与上文提及的“拉丁美洲的现实就是十足的幻想”这句话产生了联系。因此我们认为，不妨假定人们理解的自然的现实有某种界限，界限之内即为合理之物、自然之物，界限之外即为不可能之物、超自然之物。而选入本套丛书的作品，其内容或叙事要素应该在这种界限的两边徘徊，既非毫无争议的现实，又非彻头彻尾的非现实，是为“幻想”。因此，无论是二十世纪初的带有浪漫色彩的幻想文学作品，还是“神奇现实”“魔幻现实主义”等风格的作品，就都可以被允许收入本套丛书之中了，哪怕学界对于它们是否属于学术概念上的“幻想文学”仍有争议。

这些作品可以被收入本套丛书，也应该被收入其中，因为我们策划本套丛书的目的之一本就是要尽可能全面地展现西葡语幻想文学的面貌及其发展脉络。由此又生出了另外两个问题：所谓的西葡语文学是否应囊括西班牙文学和葡萄牙文学？全面展现西葡语幻想文学的面貌及其发展脉络的现实意义又是什么？

关于第一个问题，无论国内读者还是国外读者，都一向更加看重拉丁美洲的幻想文学，而对西班牙和葡萄牙的幻想文学知之甚少。实际上，在上述两国的文学史中，无论是古时的骑士小说，还是黄金世纪、十九世纪，乃至二十世纪和新千年的文学作品，都有大量“在界限两边徘徊”的幻想色彩存在于其中，如拉斐尔·桑切斯·费洛西奥、卡门·马丁·盖特等著名作家都曾创作出无可争议的幻想文学经典，若泽·萨拉马戈等作家也以大胆的想象力而著称，近年来，更有一批出生于二十世纪七十年代及之后的中青年作家投入幻想文学创作事业之中。同时，考虑到西班牙、葡萄牙与拉丁美洲各国在文学领域存在着千丝万缕的联系，我们最终决定将西班牙文学和葡萄牙文学中的幻想文学经典作品也收入本套丛书。

关于第二个问题，展现西葡语幻想文学的全景及其发展脉络的现实意义之一是可以让我们更全面地了解西葡语文学，通过了解引发思考，通过思考进行学习，再借由学习促成反思。此外，在中国语境下，这样做还有另外一层现实意义：改革开放以来，提及拉美文学，大多数读者的第一反应就是“魔幻现实主义”，甚至逐渐走入了“拉美文学就是魔幻现实主义”“不魔幻、不拉美”的误区。如何澄清这一问题？最有效的做法可能就是出版更多类型的拉美文学作品。除此之外，通过更全面地阅读不同时期的幻想文学作品，读者也应能更好地理解“幻想”只是这些作品的外皮，上文反复提及的“现实”才是真正的内核，这可能也就是为何在西班牙语原文中，无论是“幻想文学”(la literatura fantástica/lo fantástico)、“神奇现实”(lo real maravilloso) 还是“魔幻现实主义”(el realismo mágico)，其中的“幻想”“神奇”“魔幻”都只是起修饰作用的形容词。同时还应注意的是，如果说“幻想”“神奇”“魔幻”意味着非现实，这实际上也给了我们一种心理暗示，仿佛在拉美的土地上出现的贫穷、饥饿、压迫等问题也都是幻想的、魔幻的、非现实的，这显然是种错误的认知。因此，我们也希望通过这套丛书来“以魅祛魅”，让读者更好地理解西葡语国家的现实与文化。

加西亚·马尔克斯在一九六七年与巴尔加斯·略萨进行的访谈中曾经说道：“我们的生活中到处都是奇妙的东西，[……] 应该让拉丁美洲文学真正能够反映拉丁美洲生活，这里每天都在发生着最奇妙的事情。”如果“西葡拉美幻想文学经典”丛书能令中国读者体验在那里发生的最奇妙的事情，体味那里的真实生活，它的使命大概也就完成了。

侯健

2022年8月9日于西安外国语大学长安校区

目　录

作者自序："我不是一个有文化的人……"[①]

我很高兴获得了印加·加西拉索·德拉维加奖，因为我觉得这代表了对我的作品的认可，它试图向读者展现一个现代克丘亚人的艺术，感染他们的心灵——这个人很清楚自己文化的价值，故而得以用他所学到和吸收到的其他民族创造的艺术（那些民族拥有更广泛的自我表达的途径）来丰富和扩展它。

作者年轻时的梦想似乎已经实现。他唯一的雄心壮志就是让那个被误认为朽落羸弱、"怪异"且"难以捉摸"的民族的艺术与智慧如水流般倾泻而出，注入秘鲁本国的艺术与智慧的大河。殊不知那实际上是一个伟大的民族，他们在自己的土地上受到社会的轻视、统治阶级的压迫，经济上被剥削，但也完成了伟大的壮举，足以配得上"伟大民族"的称号。为了便于加强管理，他们被圈禁起来，与外界隔绝，只有那些筑起围墙的人才会谈论这里，从远处充满厌恶或好奇地眺

① 1968年，阿格达斯被授予印加·加西拉索·德拉维加奖。他在领奖时发表了这篇著名的演讲。按照作者本人的遗愿，这篇演讲稿应以序言的形式收录在他的最后一部小说中。——译者注（如无特殊说明，本书注释均为译者注）

望着它。然而用于压迫和孤立的围墙无法熄灭人类理性的光芒（在这光芒已照耀了几个世纪后的今天就更不用说了），也无法阻断从艺术中流淌出的爱的泉源。在那堵用于压迫和孤立的围墙内，克丘亚人相当守旧，靠伪装来保护自己，一边继续思考、继续创造歌谣和神话。而我们都很清楚，用于隔离民族的墙永远不可能密不透风。当我还是个孩子的时候就被扔过了那堵墙，被扔进那个家①，在那里，善意要浓于仇恨，因此仇恨不会扰乱人心，而是推动人们前进的火焰。

我自始至终都受到了歌谣和神话的影响，我幸运地进入了圣马尔科斯大学②，我一生都在讲克丘亚语，我曾赴外国大城市寻奇访胜，我试图把个体的我转化为书面的语言，使之成为一条鲜活、强劲、可以被普及的纽带，连接那个被圈禁的伟大民族和压迫者的世界中充满包容与人道的那个部分。这条纽带可以被普及和扩展开来，成为一个具体、有效的范例。围墙可以、也应当被拆除；来自两个民族的支流可以、也应当合流。人们没有理由必须遵从掠夺者和征服者强行指定的唯一道路，即被征服的民族必须放弃自己的灵魂（哪怕只是形式上的放弃），并接受征服者的灵魂，或者说“变得有文化”。我不是一个有文化的人，我是一个秘鲁人，我像一个快活的妖怪，我讲基督徒的语言，也讲印第安人的语言，我说

---

① 作者阿格达斯在幼年时曾有一段时间与印第安人一同生活。后文有所提及。
② 即国立圣马尔科斯大学，位于秘鲁首都利马，是拉丁美洲最古老的大学之一。

西班牙语，也说克丘亚语，为此我深感骄傲。我渴望将这种现实转化为艺术的语言，根据现有的一些或多或少的认可，我应该算是获得了成功。这就是为什么我很高兴获得了印加·加西拉索·德拉维加奖。

如果不是有两个原则从一开始就激励着我的工作，那么我永远不可能实现我的理想（看上去我已经尽力实现了其中一部分），我必须作此说明，否则这场演讲就是不完整的。年轻的时候，我非常叛逆，焦急地渴盼斗争，想要做点事情。我所属的两个民族处于冲突之中，世界对我来说就像一片波涛汹涌的海洋，充满了混乱、希望和美，但那是一种严苛的美，而非炫目的。正是通过阅读马里亚特吉[①]和列宁的著作，我找到了事物永恒的秩序，社会主义理论不仅使我整个未来的道路豁然开朗，也引领我心中的力量找到了方向，并因此变得更加强大。我对社会主义的理解达到了什么程度？我不清楚。但这并没有扼杀我身上的魔力。我从不追求成为一名政治家，也不认为自己有能力遵从某个政党而规行矩步；我亲近社会主义意识形态和社会主义运动，是因为它使得我从青年时期就迸发出的能量找到了方向、归属和明确的目标。

另一个原则就是我一向认为秘鲁是无限创造力的源泉。想理解这个无限的国度，人们需要掌握更完善的方法，运用在

① 何塞·卡洛斯·马里亚特吉（José Carlos Mariátegui，1894—1930），秘鲁马克思主义思想家，秘鲁共产党创始人，拉丁美洲杰出的共产主义运动领袖。

其他地方获得的一切知识。不，没有哪个国家比秘鲁更多样化，或是拥有更丰富的风俗与人的种类。这里包含世间所有的热度和色调，有爱和恨，有错综和微妙，有约定俗成和启发灵感的意象。所有这些事物的出现绝不是没有原因的（并不像有些所谓的“普通人”说的那样纯属巧合）：帕查卡马克①和帕查库特克②、瓦曼·波马③、切萨④和印加·加西拉索、图帕克·阿马鲁⑤和巴列霍⑥、马里亚特吉和埃古伦⑦、雪星节⑧和奇迹之王游行⑨、沿海与山区的暖谷、海拔超过四千

① 帕查卡马克（Pachacamac），印加神话中的创世神，从海里以鱼人的形态出现，被称作“制作大地者”。利马以南28公里处的帕查卡马克遗址被历史学家们称为“古秘鲁的麦加圣城”。

② 帕查库特克（Pachacutec），印加帝国统治者，约于1438年至1471年在位，对印加帝国的发展起到了重要作用。

③ 费利佩·瓦曼·波马·德阿亚拉（Felipe Huamán Poma de Ayala，1535—1616），安第斯地区克丘亚贵族，于17世纪初撰写了长达千页的《西班牙和克丘亚编年史》。

④ 切萨，指佩德罗·切萨·德莱昂（Pedro Cieza de León，1520—1554），西班牙征服者和探险家，也是著名的安第斯地区历史学家，著有《秘鲁通史》。

⑤ 指何塞·加夫列尔·孔多尔坎基（José Gabriel Condorcanqui，1742—1781），自称印加帝国统治者图帕克·阿马鲁的后裔“图帕克·阿马鲁二世”。

⑥ 塞萨尔·巴列霍（César Vallejo，1892—1938），秘鲁现代作家、诗人，生于安第斯山区，有印第安血统，被认为是20世纪最伟大的诗歌改革者之一。

⑦ 何塞·马里亚·埃古伦（José María Eguren，1874—1942），秘鲁诗人、记者、画家、摄影家、发明家。

⑧ 雪星节（Qoyllur Rit’i），安第斯地区的一个宗教节日，每年六月，在南半球的冬至时，当地居民与朝圣者聚集在一起，庆祝象征收获季节的昴宿星团再次出现在夜空。

⑨ 奇迹之王游行，秘鲁最著名的天主教庆典之一，也是南美洲最大的游行活动之一。

米的农业、高山湖泊中开口讲话的鸭子（欧洲所有昆虫到了这里都会喘不上气）、汲取太阳的火焰并燃烧世间所有花的蜂鸟。在这里，模仿他人是可笑的。在技术方面他们会超过我们、掌控我们，这种局面不知道会持续到什么时候。但在艺术方面我们可以迫使他们向我们学习，我们哪怕只是在原地不动也足以令他们前来请教。希望我所言之语没有傲慢不逊之处。感谢各位，也请你们原谅。

第一部分

作者的日记（一）

智利，圣地亚哥

1968年5月10日

一九六六年四月，两年多以前，我试图自杀。一九四四年五月，从童年时就困扰我的精神疾病爆发了，导致我有近五年的时间无法写作。我认识了一位桑博[①]姑娘，她是个丰满年轻的妓女，让我找回了医生所说的那种“生命的色彩”。与这个开朗的姑娘的邂逅，是我的肉体与灵魂一直向往的，似一道笔触，微妙却又丰富至极，重建起我与万物之间那条已经断裂的纽带。当这条纽带逐渐强韧，我就又可以把对事物的认知变成文字。从那时起，我似乎生活在残缺的片段之中。与桑博姑娘的交往也没能使我完全恢复阅读的能力。这么多年里我读过的书寥寥无几。现在我又一次徘徊至自杀的门前。因为我再一次感到自己无力继续去奋斗和工作。我不愿像一九六六年四月那样，变成一个无用的病人，徒望时光流逝[②]。

---

① 桑博人，指美洲印第安人和黑人所生的混血人。

② 1966年4月11日，饱受抑郁症困扰的阿格达斯服用大量巴比妥酸盐尝试自杀。自杀未遂后，他的生活与事业都发生了巨大改变。此后，他在精神科医生的建议下继续写作。

一九六六年四月，我苦等多日，寻找着最适宜自杀的时机。我哥哥阿里斯狄德有一个信封，上面写明了我不能在哪些日子里了结自己及其原因。今天我感到害怕，我恐惧的不是死亡本身，而是迎接它的方式。用左轮手枪既快且稳，但枪不易获得。我不能接受利马的穷人用的那种会令人剧痛的毒药（是一种杀虫剂，我现在记不起它的名字了）。我害怕肉体的痛苦，当然也不想感受死亡。之前我听说吞服安眠药是个万无一失的方法，是绝对的致命利器（如果起效的话），但若未能成功，就会像我现在这样——因体魄尚且强健，只能与死神擦肩而过。那是一种难以描述的感觉：对生的渴望与对死的期盼纠缠在一起，充满感性与诗意。因为对我这样的人来说，最好还是死掉。

我写下这几页文字，是因为有人不厌其烦地告诉我，如果我能继续写作，我就会恢复健康。然而我写不出任何别具匠心的主题（无论这主题是小的还是宏大的），所以我打算从我唯一感兴趣的主题下笔——有关我为什么没能死成，以及现在我如何绞尽脑汁地寻找一种体面的方法来了结自己，尽可能少打扰那些会为我的离去而神伤，以及那些或多或少会为此感到高兴的人。我这些念头令人不安，同时又很奇妙。和很多人一样，我想做好万全的准备，用最佳方法终结生命。我认为这种想法是出自本能，将自己的理智、虚荣心，或许还混有一些自私的心理完美地伪装成了豁达与慈悲。这是我唯一经历和感知过其内核的主题，也是我唯一可以传递给读者的。如果可以的话，我想尝试将它与我构思好的一部小说整合在一起，并最终决定为它取名为《山上的狐狸，山下的狐狸》①。我还想把我对人、对秘鲁的许多思考融入其中，虽然这些一开始并不包含在小说的计划中。

昨晚我决定，如果找不到枪的话，我就在坎塔市的奥布拉吉洛村的圣米格尔自缢。对于到时候发现我尸体的人来讲，那场面一定不会太好看，但我能确保这是种快速的死法。我可以在奥布拉吉洛和圣米格尔住上几天，挠挠野猪的脑袋，再与一群混种狗一起欢快交谈，我甚至可以和它们一起在泥土里打滚——有一些狗愿意接受我这种程度的陪伴。我经常和村里的狗一同玩耍，仿佛我自己也是一条狗一样。这样活着才叫生活。对了，两星期前我在圣米格尔成功地摸到了一只体型不小的野猪的脑袋，它有点想逃，但同时又很享受我的抚摸，舒服地哼哼起来，没过多久就卧倒在地（对现在的我来说，想找到合适的词汇来写作真是太难了！），闭上眼睛满足地咕哝着。高耸入云的瀑布，从遥不可及的悬崖顶端飞泻而下，为野猪的哼唧声伴唱，它粗硬的鬃毛被打湿后变得

① 小说标题中所提到的狐狸，来自弗朗西斯科·德阿维拉（Francisco de Ávila）在殖民时期搜集的克丘亚语传说。根据传说，两只狐狸在拉达乌萨克山相遇，它们分别来自两个地区：高原与海岸，即“山上”与“山下”。这两个地区为秘鲁历史上的两个中心，以西班牙殖民者征服美洲前后为界。作者在小说中重新定义了这两只狐狸，即两个世界、两种文化的相遇。

柔软；和煦的阳光温暖了岩石、我的胸膛和每一片树叶，一切都沐浴在光亮之中，甚至连我妻子那棱角分明、神采飞扬的面孔也变得柔和起来。在野猪的语言中，在它那香甜的梦里，彼时的阳光胜于世间各处。秘鲁的瀑布总是从悬崖绝壁上飞流直下，就像圣米格尔瀑布一样，俯冲几百米，最终灌溉了种植作物的梯田。在我终结自己的生命之时，这画面定会出现在我眼前。对我们这些用克丘亚语歌唱的人来说，瀑布描绘的就是我们的世界，我们可以永远倾听它的语言。它因高耸陡峭的山峰而存在，在它的周围，嶙峋的山石恣意堆叠在那深邃如死亡却生机盎然的峡谷中。人们在崎岖的山麓上耕种，用双手与智慧建造农庄，在峭壁上种下参天的树木，于无形之中不断生长。树木为有用之材，拥有旺盛的生命力，那些层峦叠嶂的峡谷也是一样。生活在那里的人类就像美丽且强劲的小虫，被如今统治我们的那些精明的刽子手所轻视。我亲爱的兄弟帕切基多——比那尔德里奥的[①]中尉，还有你——美洲之家[②]的奇基，等到古巴那样的社会主义来到我们这里，树木与梯田将成倍增长，我们将拥有多少良田与乐土！我真幸运，那些所谓致命利器的药片没有要得了我的

① 比那尔德里奥（Pinar del Río），古巴城市，也是比那尔德里奥省的首府，位于该国西部，距离首都哈瓦那约150公里。

② 古巴革命胜利后，美洲之家（Casa de las Américas）于1959年4月成立，目的是发展和扩大与拉丁美洲、加勒比海地区及世界其他国家的社会文化关系，现已发展成为古巴最负盛名的文化机构。

命，这样我才认识了你们，还有那个守在哈瓦那渔港码头入口、扛着机枪的年轻人。当得知我是从秘鲁来的朋友时，他微笑着说："欢迎你，伙伴[①]，来看看我们都做了些什么。"[②]他面庞上洋溢着幸福、聪慧与力量，仿佛得到了瀑布的慷慨馈赠。那瀑布在世间智慧的光亮之中，日夜不歇地歌唱着。然而瀑布已不再为我全力歌唱，因为我颓败的身体已不再燃烧，只会颤抖不止。好吧，这就是死亡，死亡是必要的，也是有益的！是的帕切基多，死亡易如反掌，就像你在射击瞄准时，你眯缝着的眼睛中迸发出的力量，你靠着这股力量扣动扳机，打造起如今你们眼中的正道。对于没有耐心的人来说，死亡来临前那些卧床或失用的日子是不可忍受的。不，我无法忍受。我受不了没有斗志的人生，无法将我所学所悟教予他人，也无法再与自私邪恶之徒交锋，挫其锐气，阻止他们令上百万基督徒沦为被牵制的耕牛。我不厌恶痛苦。我聪明的朋友多尔蒂科斯[③]，说不定有一天人类会消除痛苦，却想要保留它的力量。比如你，在我听你讲话的那几分钟里，你好像无所不知，如你脸上那副眼镜一样对痛苦免疫。还有的时候，

---

① "伙伴"原文为"compañero"，除了普遍意义上的朋友、同伴，也是被拉丁美洲的左派广泛使用的称谓。

② 1968年1月14日至2月22日，阿格达斯作为"美洲之家奖"的评审前往古巴。他在那里看到了社会主义的可能性，并多次表达自己对这种社会模式的支持。

③ 奥斯瓦尔多·多尔蒂科斯·托拉多（Osvaldo Dorticós Torrado，1919—1983），古巴政治人物，曾于1959年至1976年出任该国总统。

可以说是痛苦造就了豁达和清醒。因为当痛苦被终结或是被攻克时，人会感到圆满。也许痛苦之于人，就像死亡之于生命。来到圣米格尔后，人或多或少会感到体力的消耗，但这是唯一真正有价值的旅程，眺望满天的璀璨星辰，我们终将获得那种幸福的静谧，哪怕是我这样迷失的灵魂也能安宁片刻。总还有很多事情要做。

5月11日

昨天我写了四页。我这样做是为了治疗，但也一直想着它可能会被人阅读。人精神不振的时候写出来的文字是多么无力啊！如果人的精神汲取了感官接收到的一切知识，那他写下的文字自然也会是这样，下笔如有神！我自一九四四年以来便甚少阅读，日渐陷入蒙昧。我记得梅尔维尔、卡彭铁尔、奥内蒂、鲁尔福……胡安①，还有谁能像你那样，把世间所有苦难、良知、圣洁的情欲、男儿的气概都装进了文字里？谁能像你一样，把构成人类这种生物的灰、石、水，还有那分娩和歌唱时的强劲与糜烂表达得如此淋漓尽致？我们曾一同下榻于瓜达拉哈拉②那家死气沉沉的希尔顿酒店，这是纯属

① 指胡安·鲁尔福。阿格达斯十分欣赏鲁尔福，曾多次在文章中提及这位墨西哥作家。1967年3月，阿格达斯赴墨西哥参加拉丁美洲作家团体第二届大会之际，被组织方安排与鲁尔福同住一个酒店房间，因而有了后续的交谈。

② 瓜达拉哈拉（Guadalajara），墨西哥第二大城市。

偶然吗？你向我讲述了一些与你的生活有关的事。你在墨西哥革命政府的各部委里被反复解雇又被重新任命，来回竟有二十多次。你曾在轮胎厂上过班，后来离职是因为他们想把你派去国外的办事处。你躺在床上一边讲话，一边抽了不少烟。你对华雷斯[①]的评价很差。你那番有关墨西哥历史因果关系的奇论，我不应该感到惊讶。你似乎对那段历史有非常深入的了解，像是在讲述自己的故事，甚至有过之而无不及。好笑的是，你把老华雷斯描述成一个有点晦气的家伙，长了一副滑稽面孔。我记得在柏林初识你时，我挽着你的胳膊去搭公车，我多高兴啊，和我在卢卡纳斯省的圣胡安区[②]重遇唐费利佩·梅瓦[③]时的感受一样（那是在我已经参加工作后）。

① 指贝尼托·华雷斯（Benito Pablo Juárez García，1806—1872），也译作胡亚雷斯，墨西哥政治人物及民族英雄，是墨西哥第一位印第安裔出身的总统，曾担任总统达5个任期之久，被称为墨西哥的林肯。

② 圣胡安区（Distrito de San Juan），位于秘鲁中南部阿亚库乔大区的卢卡纳斯省，是构成该省的21个区之一。

③ 阿格达斯的母亲在他3岁时因病离世。1915年，他的父亲赴卢卡纳斯省任法官，并与当地一位富有的女庄园主结婚，随后阿格达斯开始在卢卡纳斯生活。1918年，阿格达斯在卢卡纳斯的圣胡安区上学，并住在继母的家中。1920年，因政局变故，阿格达斯的父亲失去了原本的法官职位，被迫重新做起诉讼律师。由于父亲经常出差，年幼的阿格达斯受到了继母和继兄恶劣的对待，继母还经常把他送去庄园的印第安原住民那里居住。据阿格达斯本人所述，继兄巴布罗·巴切科（Pablo Pacheco）对他进行了身体和心理上的虐待。1921年7月中旬，阿格达斯与从利马回来的哥哥阿里斯狄德一起从继母家出走。他在姨妈家的庄园居住了两年，与当地的农民一同生活和劳作，建立了深厚的感情。他也是在那里结识了印第安首领费利佩·梅瓦等人，他们爱护他、关心他，对阿格达斯而言，这是他一生中最快乐的时光。

在那个时刻，我觉得我和那个伟大的印第安人是平起平坐的。幼时的我视他为智者，仿佛他是一座居高临下的山峰。对，平起平坐！当其他村民开口闭口称我为“博士”、大肆张罗的时候，唐费利佩[①]竟允许我挽住他的胳膊。我感受到了他身上印第安人的气味，那种浸了汗水的布料散发出的亲切的味道。我拥抱了唐费利佩——以平等的方式。他个头矮小（他至今健在），而我是中等身材，比他块头大不少，但我们是以男人对男人的方式看待对方。我会感到惊奇实属情有可原，但我还是很好地克制住了，只是变得紧张起来。村民们则不尽然。当我俩看着对方，相互拥抱时，周围尽是他们惊讶的目光。无论是印第安人还是四邻那些有身份的士绅[②]都对我礼待有加，他们完全认不出我了。但我还是当年的那个我，还是那个想要死在瓦帕马约河对岸的玉米地里的小男孩，因为唐巴布罗[③]将女佣法孔达恰端来的一盘食物扣在了我的脸上！然而我只是在那片玉米地睡着了，直到夜幕降临。死亡不想要我，在利马的国家历史博物馆的那晚，它再次拒绝了我[④]。我苏醒时躺在利马的职工医院。我先是看到一道柔和的光，然

① 唐（Don，用于男人）和唐娜（Doña，用于女人）是西班牙语中一种尊敬的称呼，可以用于有地位和身份的人，也可以表达尊重与客气。

② 原文为克丘亚语“wiraqocha”，原本为安第斯神话中的“创世神”，在正式谈话中也可以用来表示尊重，意为先生或绅士。

③ 即阿格达斯的继兄巴布罗·巴切科。

④ 1966年4月11日，阿格达斯在秘鲁国家历史博物馆的办公室里（他于1964年至1966年担任该馆馆长）吞服安眠药自杀，被亲友发现后送医。

后是一张张斑驳模糊的人脸。（药店的人连三颗西康乐安眠药都不肯卖给我，他们说这药要是吃三颗，你就会睡着再也醒不来了。而我吃了三十七颗却毫无效果，就像我在瓦帕马约的玉米地里向圣母的哭诉与哀告无人回应一样。）我说自己还是那个被当年的村霸唐巴布罗扔了一脸食物的小男孩，但无疑我已成为一个完全不同的人。然而，这个“完全不同的人”和玉米地里的小男孩其实都是一回事。身材矮小的唐费利佩接受了这个已经身强体壮、全新的我，他觉得这再自然不过，所以平等地待我。你和他一样，胡安，无论是在柏林、在瓜达拉哈拉、在利马、还是在瓜那华托那个小镇（那地方可真是太差劲了，和库斯科一样[①]）。你一边抽着烟，一边讲着话，我则在一旁倾听。我们以如此平等的方式对话，让我内心感到无比充盈，高兴极了。相反，阿莱霍·卡彭铁尔在我眼里则更加“高高在上”，和那些称我“博士”的村民看我的样子差不多。我只读过他的《人间王国》和一篇短篇小说，后来还读了《消失的足迹》。他和我们很不一样！他的智慧似闪电一般，可以从外向内直接穿透事物；他的头脑清醒又灵活，可以轻松捕捉到事物的本质。胡安，你也是一样，但你是从内向外，是从事物的最深处、最源头。这都是智慧的表现方

① 库斯科（Cuzco），秘鲁东南方部高海拔城市，是古老的印加帝国的摇篮。它的名字在克丘亚语种意味着“肚脐”。库斯科也是阿格达斯父亲的出生地。

式，只是运行的方向有所不同。

好了，我要重新读一遍我写的东西（哪怕我饱受颈椎疼痛的困扰）。我现在糊里糊涂的，但讲话比昨天更自信了点。我都说了些什么，胡安？我在墨西哥见到了奥内蒂。他拄着拐杖走路，旁边由一些熟人陪着。很可惜，我从来没读过他的任何作品。我应该给他打个招呼的。我有两次被介绍给阿莱霍·卡彭铁尔，但我不敢接近他。听说他性格害羞，但我眼中的他是一个操着一口卡斯蒂利亚语①的高贵的欧洲人，是那种高高在上、极有分寸地欣赏美洲本土文化的大人物。对不起，唐阿莱霍，并不是因为我不喜欢您。我发觉您把我们的原住民文化视为极好的创作素材或文化元素。您既是诗人，又是博学之人，这是多么难以企及的成就。世间每个时代的记忆都为您所用，给予您启迪，这是多奇妙的事！奥内蒂笔下的每一个字仿佛都以一种和谐的方式震颤着。我真想去蒙得维的亚啊②（我现在住在圣地亚哥），其中最想做的事情就是拜访他，握住他写作的那只手。就是这样。卡洛斯·富恩特斯的作品是花里胡哨的，和他讲话时的手势一样。我只读过科塔萨尔的短篇小说，他在《跳房子》开篇给出的阅读建议

---

① 卡斯蒂利亚语，指西班牙卡斯蒂利亚大区的语言，也是中文中通常说的西班牙语。卡彭铁尔深受欧洲文化影响，据其他拉美作家表示，他的口音很不同于拉丁美洲的西班牙语。

② 蒙得维的亚（Montevideo），乌拉圭东岸共和国的首都。

把我吓坏了，因此我理所应当地被排除在那座宫殿之外，暂时无权擅入。莱萨马·利马陶醉于文字的本质。我有一次在哈瓦那看到他，当时他正在用餐，看上去仿佛一只蜂鸟“嫁接”在了河马的头上：他张开嘴，给嗓子眼里喷上抗哮喘的[①]液体，然后继续吃。神奇的胖家伙！和他的祖国古巴一样，吞下欧洲的蜜糖与胆汁，又将之改头换面！

5月13日

我感觉到了死亡。昨晚，一位秘鲁朋友带我去了一家简陋的歌舞剧院，他听人说那里有智利舞蹈和歌曲表演。这倒是真的，那些低俗轻浮的观众肯定非常喜欢——我们用“低俗、轻浮”这样的词，恐怕有高抬自己之嫌，但的确未失公允。在充斥着裸女、喜剧演员、爵士乐、假发的舞台上（一切都透着一股低廉感），智利“芭蕾舞”开始了。该死！我不是说这不是智利舞蹈，但是对于我们这些了解真正的智利舞蹈的人来说，这乌七八糟的闹剧简直让人既愤怒又迷惑。我也不会做出一副内行的模样，唏嘘这“真乃垃圾”。这演出确有那么一点智利味道：虽说那群“智利牛仔”打扮得花枝招展，一脸脂粉气（这对智利牛仔完全是一种侮辱），姑娘们则有点放荡（似乎不希望扫了那些轻浮的客人们的兴，毕竟人家花

① 莱萨马·利马终身患哮喘病，多年吸烟的习惯以及肥胖问题也严重影响了他的健康。

了钱看表演），但男女各自独有的气质碰撞在一起，正是智利舞蹈的特点之一——无论在城里或是乡下，他们一唱起属于自己的旋律，翩翩起舞的时候从不会忸怩回避，这样才能传递出大地的精华。我并不是说所谓的“贵族”和颓废的中产阶级中不存在保留着这种精华的人，然而他们几乎全军覆没在各种社会“惯例”的桎梏中，困在如那场充斥着花枝招展的牛仔和放荡姑娘们的闹剧之中。他们搔首弄姿，把原本属于坚韧的人民的舞蹈变成了“迷人的民族歌舞表演”。该死！黑家伙加斯蒂亚布鲁①，你以前是医生，是医学博士。我们曾一起咒骂过这些“外国佬”为了赚钱而编造的东西。一切都是为了赚钱。那等到了对钱的需求没那么紧迫的时候呢？又要让那些因为商业目的被变成“娘娘腔”的东西重振雄风——文学、医学、音乐，甚至女人接近男人的方式都是如此。我在古巴看到了这种现象，证明了革新与脱离媚俗的可能性。但那种如太阳一般，从未被虚荣和利益所玷污的东西，仍保留在秘鲁安第斯民族的传统节庆之中。

我这么说，并不是因为我是什么狂热的土著主义者②。无

① 胡里奥·加斯蒂亚布鲁博士（Dr. Julio Gastiaburú）是阿格达斯的朋友，阿格达斯曾多次与他分享对秘鲁现代化的恐惧和忧虑。阿格达斯总是亲切地称他为“黑家伙加斯蒂亚布鲁”。

② 土著主义（indigenismo），一种从非印第安人的角度描述秘鲁印第安人的思潮，关注美洲原住民历史传统的社会文化以及原住民民族与国家的关系，力求改善其边缘化地位、维护其权益，是广大的知识分子改革主义运动的一部分。

论是从巴黎、美国、意大利来的，在利马长大的，还是那些成长于结构稳定、或是摇摇欲坠的“社会”中的人，都曾经看到过、感受过这一点。难道不是吗？比如戈迪①、埃米利奥·阿道夫·威斯特法伦②、杰奎琳·韦勒③等。我确信那些传统节庆也会打动唐阿莱霍，哪怕他可能看起来依然是一脸严肃，讷口少言，但内心或许也揉捏着些许微妙的东西，也会把这些节庆与希腊人、亚述人、爪哇人和其他上百个怪异却真实存在的名字联系起来。相反，我认为卡洛斯·富恩特斯是不太能理解的。富恩特斯的朋友们请原谅我，比如马里奥·巴尔加斯·略萨，还有科塔萨尔，那个用他的“天才之笔”和崇高理念（即主张民族的本质要从“超民族”的高层面上来理解）刺痛了我的科塔萨尔。照他的说法，我成长于唐费利佩·梅瓦这类人身边，我童年的一部分时间是在印第安人的怀抱④中度过的，也就相当于我“自降身份”，与克丘亚人生活在一起；离开他们后，我又回到了“超印第安”的

① 指亚伯拉罕·费尔南多·德希斯洛·巴尔德洛马尔（Abraham Fernando de Szyszlo Valdelomar，1925—2017），秘鲁视觉艺术家，主要以绘画和雕塑作品闻名。他是秘鲁最杰出的前卫艺术家之一，也是拉美抽象艺术发展的关键人物。他与阿格达斯是好友，也是作家非常欣赏的艺术家。

② 埃米利奥·阿道夫·威斯特法伦（Emilio Adolfo Westphalen，1911—2001），秘鲁的超现实主义诗人、散文家和文化学家。他与阿格达斯的关系非常密切。

③ 杰奎琳·韦勒（Jacqueline Weller，1928—2012），法国语言学家。她热爱秘鲁文化，对克丘亚语非常感兴趣，也是阿格达斯的朋友。

④ 原文为克丘亚语。

高层面。按照科塔萨尔的观点，就好比说我认为我比唐费利佩本人更能理解，或者说更有能力诠释出他的所思所愿。真是缺乏尊重、欠缺考虑[①]！同时也是毫无根据的。加西亚·马尔克斯绝对不会讲这样的话。说起来，他长得可真像库斯科省马兰加尼区的卡门·特里巴女士。卡门是神父的女仆，经常给他讲各种各样的故事，什么狐狸、地狱亡灵、熊、蛇、蜥蜴之类的。她还用声音和动作惟妙惟肖地模仿那些动物，仿佛神父的客厅真的变成了洞穴、山脉、高原和峡谷：蛇在那里蜿蜒爬行，引得草丛中发出簌簌的声音；狐狸讲话时的语调半带诙谐、半带残忍；熊的嘴里则像含着面团一样，讲话含糊不清；老鼠手上的利刃连阴影都砍得断。卡门女士走起路来既像狐狸又像熊，挥舞手臂时既像蛇又像美洲狮，她甚至还可以摇摆尾巴；她咆哮起来就像那些吞噬了他人还不知满足的鬼怪。可以说，神父的客厅就像《百年孤独》的书页……《百年孤独》中的人物是去动物化的，但在卡门·特里巴的故事里，动物也可以传达人类在起源与终结时的本质。

我认为我纯粹是仗着自己的精神疾病才敢如此"大胆"地讲话，而不是因为我估摸这些文字只有在我上吊自杀或者

---

① 胡利奥·科塔萨尔与阿格达斯的争论始于1967年，科塔萨尔在古巴《美洲之家》杂志上发表了一封公开信，在信中他抨击了拉丁美洲文学中存在的"地域影响论"，认为其非常狭隘与乡土气。对此观点，阿格达斯做出了反击，他于1968年5月在《阿马鲁》杂志上批评了科塔萨尔的"世界主义"，以及他有关"作家职业化"的观点。

一枪崩掉自己脑袋后才会发表（我目前依然笃信自己会走上这条路的）。我也有可能在圣地亚哥这里得到康复，就像一九六二年一样。我现在所患的是和当时同根同源的疾病，但没有当时那么严重，我也还处在一个值得治疗的年龄。如果等到我的病好了，某个我敬重的朋友告诉我这些文字有出版的意义，我也会同意。因为如果不继续写作和发表作品，我就会向自己开枪。在奥布拉吉洛村的圣米格尔，我真的很想继续活下去，哪怕只是为了感受那里的阳光，花大把的时间抚摸村里的狗和野猪。然而，这份快乐不会长久。虽然我和狗相处得很好，尤其是小山村的街边和田野里游荡的混种狗（它们随时都很清楚自己在做什么），但这份自古便有的人与狗的友情无法治愈我。像我这样焦躁不安的人，内心只会不断滋生出千般苦闷。我的朋友吉马良斯·罗萨①是怎么死的呢！每个人都有自己的方式。那种写作方式不会造就像胡里奥那样的天才，即便成为天才意味着名利双收。在墨西哥的时候吉马良斯曾向我倾诉过一次，当时我因为短暂的发烧，感觉比平时更“抑郁”。我不会透露他讲话的内容。但是在那一刻我感觉到，这位威严的大使之所以对我讲这些话，是因为他和我一样，都“自降身段”到了人民身边。但在我看来他更胜一筹，因为他这样做完全是主动的选择，而不是被人

① 1967年11月19日，若昂·吉马良斯·罗萨卒于里约热内卢，终年59岁。虽然死亡证明将他的死因归咎为心脏病，但他的死亡仍然是一个未解之谜。

逼迫。给我讲完他的故事后，他笑得像个小男孩。没有哪个城里的朋友像当时的吉马良斯一样平等、亲密地对待我。这里我说的“城里的朋友”指的是作家和艺术家，不包括戈迪·希斯洛、埃米利奥·阿道夫·威斯特法伦、哈维尔·索洛古伦[①]，也不包括那些外国才俊。何塞·雷韦尔塔斯[②]可能算得上……但是方式不一样。吉马良斯似乎不是一个刻薄的人，我在许多聪明又怒气冲冲的作家身上见到过的那种尖酸，在他身上是完全没有的。我认为我们这种深陷怜悯和童年阴影之中的人无法达到这样的高度。此时此刻，我想到了尼卡诺尔·帕拉[③]，他有多少智慧、多少柔情和怀疑的态度！他有一副强大盔甲，包容一切，再有选择性地进行过滤——他不愿听到那些批评自己作品的声音，不是出于虚荣，而是因为某种创伤。为这些事情痛苦愤怒真是不可思议！我的朋友们，在城市里我想我没有像爱尼卡诺尔那样爱过别人，也不曾与谁这般背道而驰过。但为什么我一定要讲这些有关尼卡诺尔的事情呢？他出生在农村，内心却融合了那么多城市的东西。

---

① 哈维尔·索洛古伦（Javier Sologuren，1921—2004），秘鲁作家、散文家、翻译家、文选家和编辑。他为刺激本国的诗歌创作做出了贡献，是拉丁美洲当代最伟大的实验性俳句表达者之一。

② 何塞·雷韦尔塔斯（José Revueltas，1914—1976），墨西哥作家、革命家和政治活动家。

③ 尼卡诺尔·帕拉（Nicanor Parra，1914—2018），智利诗人，“反诗歌”诗人的领军人物，被公认为拉丁美洲文学后现代主义的代表人物，也是当代拉美乃至整个西班牙语世界最具影响力的诗人之一。

他是我在城市里见过的所有人中最聪明的一个。但他那时就对女人一知半解，现在可能还是不懂[1]！相比之下，他的弟弟罗伯托·帕拉[2]更像是我的兄弟，而不是他的。当然了！因为我与罗伯托相处得很好。请原谅我这么说，但这个罗伯托啊，永远流连于智利数百家最低廉的妓院，柔情蜜意地唱着歌，弹着吉他；我在阿亚库乔的艾柳[3]也是一样，伴在印第安女人身旁，她们像蜂鸟一样受苦与歌唱，冲向太阳、汲取阳光再折返。一九六二年，我在尼卡诺尔位于拉雷纳的家做客时和罗伯托共住一个房间，那时我已经病了。我又要再絮叨一遍，对我而言，罗伯托就像费利佩·梅瓦，但更年轻、更容易接近。罗伯托讲话的口吻就像是一个已经认命了的人，没有什么前途，充满悲伤，渴望得到别人的欣赏。在卢卡纳斯省的圣胡安区，唐费利佩抚摸着我，就像在抚摸一头没有母亲的小牛犊。他身上有那种印第安人的风采，靠着祖辈的传承和自己长期的钻研，他学会了昆虫、瀑布和那些或宽或窄

① 尼卡诺尔·帕拉成长于父权制和天主教占主导地位的社会，故而认为女性的主要职责是繁衍后代，应将家庭摆在首位。他对传统女性充满尊敬（尤其是与自己有血缘关系的女性，如他的母亲和妹妹），将她们视为半神的存在。对于其他女性，尤其是现代女性，他则在诗歌中多加批判，这与他个人曾多次爱情失意、智利社会变革、女性社会和文化身份的改变都有关系。

② 罗伯托·帕拉（Roberto Parra，1921—1995），又名蒂奥·罗伯托，智利音乐家、创作歌手和民俗学家。

③ 原文为克丘亚语“ayllu”，指安第斯地区的基层行政组织，是印加人特有的基层社会经济组织，由同一血统和图腾的人所组成，其影响一直持续至今。

的河流的语言，也洞悉了巍峨群山的本质与它们的语言。尽管他是我继母的“仆役”，有的时候还帮忙牧牛，但相比之下，他才是施予庇护的那一方。尽管他只是一个仆人，但他才是那个真正的保护者。我与继母的整个未来似乎都取决于费利佩·梅瓦（虽然她才是实际上的雇主）。反正在我看来是这样的，我也不知道为什么，但一定有什么原因。无论是在厨房还是在关牛犊的畜栏里，只要这个男人拍拍我的头，我所有的不安都会烟消云散，甚至觉得有了战胜任何敌人的勇气，不管对手是什么妖魔鬼怪。我那时是个非常安静的孩子，总是孤独地待在印第安用人身边，望着安第斯山的千峰万壑。树木和花朵的美丽令人心生怜悯，世界的孤独与寂静都汇集在这里。罗伯托（尼卡诺尔·帕拉的弟弟）的歌声里有另一种孤独，但也与此略有相似之处。他拨弄吉他的琴弦，弹的是一曲绝望的奎卡①，他的快乐带有一种渴望，而非享受。也是因此我们二人在拉雷纳时如此交好。他告诉我，他有一个朋友曾经坐在一块石头上，双眼通红，在等待。与尼卡诺尔和罗伯托·帕拉在一起的时光多美好！这对兄弟是如何汲取

① 奎卡舞，诞生于20世纪20年代，是一种融合了非洲舞蹈、印第安舞蹈以及西班牙殖民者舞蹈的舞蹈形式，从萨马奎卡民间舞演变而来。最初是一种音乐沙龙舞蹈，由竖琴和吉他伴奏。在乡间，舞者们在临时搭建的小型木制舞台上表演，伴以吉他和歌唱。奎卡舞的主题诙谐，一般表现男女爱情，伴奏音乐具有西班牙和印第安特色，活泼、明快、节奏感强，表演时男女成对起舞。

到这样的天地灵气？这形形色色、多姿多彩的人间精华！我和罗伯托彼此信任地谈天说地，朋友们，这是一种极为奇怪的获得快乐的方式。他对我讲妓院的事情，我则给他讲动物和地狱亡灵的故事——这是我的强项。罗伯托醉得厉害，而我是被那种几乎病态的孤独和幻觉困扰。但还好，我被善良和美丽的人爱着，比如我的妻子。但他们在我们卸下所有防备的时候对我们做了一些事。我记得很多事，但据说那些不记得的部分反而是最危险的。可能是吧。我刚才是在谈加夫列尔·加西亚·马尔克斯？是的，他讲述了有关我们这个大陆上的人的故事，有关我们如何被欧洲人的认知与性格所污染，他和卡门在讲述熊与蛇的故事时一样，充满幻想与笃定。绝对真实，也绝对天马行空；有血有肉，又纯属虚构。我不认识加夫列尔，当他来利马时，我觉得自己很渺小。我知道很多人都很关注他，其中有的人是出于好奇，也有行家或是他的仰慕者。这很正常，他不可能像唐阿莱霍或胡安一样。他算是卡彭铁尔、鲁尔福和卡门·特里巴的结合体，但又有自己鲜活的方式吧？他们都说他很有魅力，多棒啊！那他身上应该也有一点黑家伙加斯蒂亚布鲁的影子。

5 月 15 日

我昨晚做了一些禁忌的事情，设此禁忌之人正是我自己。所有人都会明知故犯，时不时地触碰禁区，无异于“服毒”。而此刻我仍处于毒药效力未散的状态。在我的脑海中，位处高地的小村庄圣米格尔的太阳又一次变成了那朵花的颜色，某种淡黄色，花的形状酷似襁褓中婴孩所穿的毛线鞋。那花不愿生长在田野上，而是选择在由人堆砌起的石墙上安家，那种墙在秘鲁每个山区的村镇里都能看到。乌黑的巨蝇①停驻在黄花毛茸茸的小脸上，它飞舞、旋转、跳跃，沾上了花的黄色粉末后，会比在白色百合花上显得更乌黑、更蜡黄。花的表面毛茸茸的，巨蝇的外表则是光滑的，黑得发蓝，似黑马的鬃毛。这种花在我们村里叫作“死人拖鞋花”②，象征着尸体。这名字的由来不知道是因为这花的形状和颜色，还是因为巨蝇急促地落入花冠之中，像迎接死亡来临似的横冲直撞，张牙舞爪地去吞噬那黄色的粉末。人们会在棺材上或尸体旁摆放上一束束“死人拖鞋花”。我如此清晰地回忆起巨蝇、花束和圣米格尔黄昏时的太阳，是一种不妙的症状。我原本已经在用很积极的状态生活了，直到昨天。今天我没有像在十一号那个星期一那样感觉到死亡。在某种程度上，这样讲反而是一种变相的承认。现在，在这一刻，那抹黄色不仅是一个坏兆头，甚至是死亡的实体。那种巨蝇在我们村里

---

① 原文为克丘亚语“Huayronqo”，是一种介于蜂鸟和苍蝇之间的昆虫，通体黑色，经常落在花朵上。

② 原文为克丘亚语“Ayaq sapatillan”，是一种黄色的蒲包花科植物，因其花最下唇膨胀形成囊状物似荷包而得名，原产中南美洲的高山。许多学者认为，巨蝇和花象征着阿格达斯与死亡的对抗。

会被人轻而易举地打死。它身上那黄色的粉末此刻正落在我的脑海中，伴随着迟缓又可恶的颈椎痛。我不能继续写下去了吗？暂别几天吧，或许是几个小时！世界的滚滚洪流开始在我的身体里奔涌。今天，昨晚，我任由自己被拖着走，像那些堕落的酗酒者一样，再次吞下那滴毒药。我决定谈谈科塔萨尔对职业作家的判断标准。按照他的标准，我不是职业作家，胡安·鲁尔福也不是职业作家，那个加西亚·马尔克斯也不是。写诗、写小说不算一种职业！以我对民族的理解，我在某些方面依然是一个外省人。在我这个“外省人”看来，“职业”这个词指的是习得了某种技术，且心甘情愿地靠这门技术赚钱。从这个意义上来说，我是一个外省作家。是的，尊敬的科塔萨尔，不管我是对是错，总之在我看来，唐若昂·吉马良斯·罗萨和唐胡安·鲁尔福都算是外省作家。因为若非如此，像胡安这样把写作行当做到炉火纯青的地步的人，就不应该还这么穷。我不得已把民族学研究作为一种职业，吉马良斯·罗萨大使以前是医生，胡安是职员。我们因爱、享受和需要而写作，而不是因为职业。在我看来，以卖书赚钱为目的而写小说应该是高度专业化的人才会做的事。我为写作而活，我相信一个人必须无条件地活着，才能去解释混乱与秩序。

啊！我上一次见到卡洛斯·富恩特斯时，他正在写东西，活像一个做计件工的泥瓦匠——当时他正赶着日子交付一部小说。我们在他家迅速地吃了顿午餐，因为他必须尽快返回打字机前工作。他们说巴尔扎克和陀思妥耶夫斯基也有过这种情况。是啊，但这是一种无奈，而不是他们引以为豪的事情。也许在其他情况下，他们就不会写下那些作品？谁知道呢。但他们的满腹珠玑还能用来做什么呢？科塔萨尔、富恩特斯还有你，马里奥（你现在身在伦敦），朋友们请原谅我。我想我是在胡言乱语，我向往和你们一样，因此而感到恼怒。或许你们比我更正确，又或许你们的道理并没有我的充分。有些作家开始写作是因为生活给了他们这种能力，但这种能力不是他们可以自由选择的，是受限制的。这样说起来，你们几位更算得上是职业作家。可能你们的成就更大，但如果有人宣称小说家的职业化是一种进步、日臻完善的标志时，我们会感到恼怒不是很自然的事吗？塞萨尔·巴列霍不是职业作家，巴勃罗·聂鲁达是职业作家；胡安·鲁尔福不是职业作家[①]。那加西亚·马尔克斯是吗？他愿意被称作“职业小说家”吗？那么莫里哀算是职业作家，但塞万提斯不是。

（巨蝇身上的黄色粉末之前似乎已然侵入我的骨骼，现在终于稍缓和了一些。通过写作与死亡作斗争并不悲惨。我认为医生们讲的是对的。还有那些待我如同类，而非什么职业人士的人。）

---

① 卡洛斯·富恩特斯是职业作家，奥内蒂不是。——原注

5月16日

毒药的效力仍在延续。我的眼前仿佛沾满了巨蝇用它黑色的躯体环抱的黄色粉末。我的眼睛里承受着那飞虫的沉重感，它晃动着矿物色泽的头，几条腿上长着肉眼几乎不可见的绒毛。那个宽大的躯壳仿佛包裹着黑亮的金属甲胄。虽然它行动缓慢，但似乎每行一步，对它而言都意味着胜利、圆满，是付出最大努力所得的成果，是生命力的爆发，仿佛它的渴望在一点点得到满足。它被砸扁时听上去像蛋壳碎裂一样，像薄板一样易折。出于某种原因，这种沾满黄花粉末的巨蝇被克丘亚农民看作是一种幽魂，它喜欢停留在形状如蒲包的黄花——就是那象征亡人的花——的最深处。巨蝇飞行的样子很奇怪，介于苍蝇和蜂鸟之间。我四十五天前才在圣米格尔看到它。它像直升机，像蜂鸟也像猛禽红隼，可以在半空中悬停。它的身形巨大，周身如蜂鸟的羽翼一样极有光泽。在圣米格尔它比在其他上百座村镇里飞得都要更高，我在那里专心致志地观察追踪着它的飞行路线，它几乎和蜂鸟一样敏捷，能做出各种高难度动作。但它是一种昆虫！在圣米格尔它能飞到十米高，有时甚至二十米。它属于蝇类。从离地二十米的高处看，它扑扇着不透明的翅膀，身体以一种极为怪异的姿势悬空着，也许因为距离太远，人的肉眼要费很大力气才能看得清，才能理解它那悬空的脚（通常长有黄色的斑点）和躯体（略似乌龟）向我们的内心世界传递着怎样深刻的意义。突然之间，它像一道闪电似的飞走了，但我的眼睛好歹还跟得上它的速度。只有我们这些明白它象征着什么的人，才会为这只披着甲胄的巨蝇而如此着迷。此刻，我感觉它落在我的前额上，缓慢地将那坟墓的粉末浇洒在我的身上，加重了我的病症。但现在我没有了自杀的想法！相反，我的眼球里有种坚硬感，那是一种弥散性的痛，仿佛一场噩梦，一种可怖的、非我心所盼的死亡。是的，我最最亲爱的若昂·吉马良斯·罗萨，我会以某种方式告诉你，我的毒药是什么。虽然很俗，但它让我想起你写的那个故事：那个人乘着小船沿着丛林里的河流而去，有人在等他，等了那么久……我想他已经死了。沾着坟墓粉末的巨蝇的飞行，我整个头部的压力（是“服毒”造成的），还有你的那个故事之间，一定有着某种联系，若昂。

5月17日

她从乌库瓦伊来，那是一个炎热的村庄。听说她是卖奇恰酒[①]的。乌库瓦伊村的房舍都盖在狭窄的峡谷深处，那里的树木身上附生着松萝。它看起来毫无活力，披针形的叶片形似粗线；它把根伸进生长在悬崖上的树木的树皮里；那浅灰色的叶片只有强风才能摇得动，因为它的分量很重，承载着丰富的植物精华。松萝挂在峭壁上，那里回荡着鸟儿的鸣唱，尤其是那些吟游的鹦鹉。它在乌库瓦伊当地讲的克丘亚

---

① 奇恰酒是一种在南美洲和中美洲非常受欢迎的发酵饮料，最常见的是用玉米酿造而成的。

语中叫“伊玛撒普拉”，因其颜色和形状而引人注目。树木参天生长，伊玛撒普拉却向石、向水生长。起风时，它似乎惊慌失措，重重地摇摆、颤动，还将这种恐惧传递给众多生灵。在那酷热的峡谷里，树荫格外怡人。红冠鸭若有所思地在一潭静水中游弋，“似在泪池中”，当地的歌谣如是唱道。菲德拉从那条峡谷深处走了出来，来到这座高原上的村庄。她说她是路过，她要去瓦曼加[①]。她怀着孕，却要奔赴一座遥远的城市，没有食物，无依无靠。她在兰布拉待了三天。她是个印欧混血[②]，不能乞人怜悯。我帮工那家的女主人送了她一个口袋，里面有咸肉干、烤玉米[③]、硬奶酪，另有一条破毯子。她在院子里把东西交给菲德拉。院子的地上铺着石砖，此时正艳阳高照。有几缕头发贴在她脸上，发端钻进了她的嘴角，渗着唾液。她皮肤苍白，周身污脏，满是惊恐，却意志坚定。到了夜里，在黑暗中，跑腿的仆役和厨娘在厨房里聊天。我躺在我的“床”上——那是一块巨大的揉面板——听着他们讲话。那个印欧混血女人睡在几张皮子上，挨着灶台，离我的揉面板很远。我感觉到她像蛇一样爬过来，将手放在板子的边缘。白天在院子的阳光下，她就曾仔细地打量过我。我是替女主人照管小牛犊的，和那混血女人一样污脏，

① 瓦曼加省是秘鲁的一个省，隶属阿亚库乔大区。
② 也称梅斯蒂索人（mestizo），指的是欧洲人与美洲印第安人所生的混血儿。
③ 特指由烤或油炸玉米粒制成的零食，是在秘鲁非常受欢迎的食物。

只不过我是白人。我感觉到菲德拉的手掀开了我身上盖着的羊驼斗篷。仆役和厨娘法比亚娜正在争论。菲德拉向我的身体靠得更近了，她应该已经到了揉面板的中间。她把手移向我的肚子，那手指坚硬又滚烫。我没有发出任何声音。我看到了，若昂，我的兄弟。(我为什么要对你说话？可能是因为你已经死了，而死亡从我还是个孩子时就开始向我靠近，就从那个庄严的下午开始——我在瓦帕马约河边向村庄的守护神①和圣母哀告，向他们求死；但我没有获得任何回应，只有阳光穿透我的头颅，浸满了我的肉体，令它燃烧起来，充斥在无比强烈却无法实现的渴望之中，就像松萝的发须在强风中摇摆，令一众生灵惶惶不安。今天已经是十八号了，若昂，我昨天刚开始动笔写了几行字，颈椎就一直有一种压迫感，以至于让我失去平衡。我正在做巨大的努力，希望能写得干净利落点，以便这些文字有朝一日能被人阅读。我们这些外省作家就是这样，因为被虱子叮咬过，才最终读懂了莎士比亚、兰波、爱伦·坡、克维多，但我们看不懂《尤利西斯》。这是为什么呢？请原谅。说起我现在这种写作方式，我们这些曾经在卢卡纳斯省的圣胡安区和利马的六号监狱②里

① 也称为主保圣人，是部分基督教宗派对圣人或天使使用的特定称呼之一，通常一个地区会有一个特定的守护神。

② “六号监狱”(El Sexto)，位于利马。阿格达斯于1937年因参加反法西斯的学生抗议而被监禁于此8个月，他后来在同名小说《六号监狱》中提到过这一情节。

喂过虱子的人，和莱萨马·利马、巴尔加斯·略萨是不一样的吗？说起“外省人”的时候，我们的理解并没有什么区别。我们都是外省人，唐胡里奥·科塔萨尔，是民族概念下的外省人与超民族概念下的外省人——这是一个非常封闭的阶层，您志得意满地称这个阶层具有“自身的价值”①。从奥布拉吉洛村的圣米格尔眺望天空，在旋转闪耀的群星中，我们甚至可以诗意地讲，那些由人类制造出的星辰就是这个世界上的外省人。）不，若昂，菲德拉抚摸我的腹部时，我什么都没有看到。她的手指像被烧烫的蜘蛛腿，夹杂着绝望感。我觉得空气变得窒闷，我想死亡应该是化身为热气来到了我身边。我整个身体都喘不上气来。她掀开盖在我身上的斗篷。天寒地冻，就算是我们这些男孩也不会裸睡。菲德拉在我身边躺下。她已经掀起了自己的裙子，我的手触到了她的身体。透过我那被冻裂的双手的皮肤，我感觉到了她喉咙里急促的呼吸，我的身体变得越来越重，我的灵魂在用克丘亚语向圣徒祷告，祈求护佑。她把我抬到她的身上。那甜蜜的、被诅咒的秘境，若昂，那是生命形成的地方，是你在黑暗中饮下的太阳的胆汁，每个毛孔都像娃娃②的舌头……那是天主教徒的毒药，他们出生在那连野兽都害怕的松萝“须

---

① 这反映了科塔萨尔与阿格达斯对于人类价值的两种立场。前者坚持世界主义的观点，则应站在某种高度来审视文化的价值；后者则认为应从自身的文化出发，没有理由相信立足于其他地点能更有助于理解本地的生活。

② 原文为克丘亚语“huahua”，也可写作“wawa”，发音与汉语的“娃娃”相似，意思为婴儿、孩子。

发”所投下的阴影里，伴着有关末日审判的克丘亚语祷文成长；被逼为娼妓的女人们在祈祷，某个男人在小男孩的眼睛里投下一抹死亡的阴影……菲德拉背着那个口袋，爬上了大坡。我们这些帮工陪着她走到饯别台——那时候所有的西印村庄①都有这种饯别台。她哭着道了再见。她湿润的嘴边总沾着头发，唾液从嘴角渗出来，那几缕头发直贴在脸颊的另一侧，那道弧线与天空形成了鲜明对比。尤其当菲德拉哭起来的时候，高空中的云卷云舒、地上的灌木、青草，任何一点微小的晃动都在那道弧线里摇曳。我站在厨娘法比亚娜身后，身子靠在这位印第安妇女的披肩上。那个陌生的旅人又看了我一眼，然后在厨娘的面前跪下，亲吻了她的裙摆。她开始攀登那座陡峭的大山，上面尽是嶙峋的岩石。我们看着她走远，看了很久。她走到一片牧场的篱笆墙外（这片牧场属于村里的一位夫人），开始爬一条布满碎石的坡道。“哎，她会生下一个孤儿，一个外乡人。谁知道她要去哪里。”唐娜法比亚娜说。她已经爬得很高，再也回不来了。

山上的狐狸：“怀孕的菲德拉；血；她走了。那男孩很困惑。他也是个外乡人。他下去了，去了你的地界。”

山下的狐狸：“这种男孩会被没见过的性搞昏头。妓女咒

---

① 指的是有西班牙裔与印第安裔共同居住的村庄。

骂、拉客是天经地义的，这是她们的权利。她们会让那男孩更加觉得自己不属于这里。妓女的阴部不属于任何人，它属于这个世界，属于我的地界。大家称之为‘浊泥之花’。在她的阴部里，恐惧和信任并存。”

山上的狐狸：“信任、恐惧还有‘外乡人’的存在都源于圣母和‘伊玛撒普拉’的相遇①；还有那扭曲、缠绕、静止或动态的铁②，因为它想掌控一切的去和来。”

山下的狐狸：“嘻嘻嘻……在这里，甘蔗花穗像翩翩起舞的羽毛，在那些能开口讲话的人的心房上搔痒；棉花是白色的‘伊玛撒普拉’。但阿玛鲁③是不会终结的。铁会喷出烟和一点点鲜血，会让大脑燃烧，也会让睾丸燃烧。”

山上的狐狸：“没错，我们继续看下去就知道了……”

---

① 这也揭示了秘鲁民族的双重性，即圣母代表的西班牙征服者，和“伊玛撒普拉”（即松萝）所代表的安第斯民族。两个截然不同的意象构成了两个民族、两种文化的碰撞，造成了恐惧与信任并存的矛盾感。这个主题贯穿了阿格达斯的作品。受到童年经历的影响，那种与周围环境格格不入的社会排斥感贯穿了阿格达斯的一生，即他常在作品中提起的“外乡人”概念。

② “铁”象征着后文中以钦博特为例的沿海工业世界。狐狸们的第一段对话隐晦地勾勒了钦博特的几个关键要素，以及两种文化相遇时的复杂局面。

③ 在安第斯文明的神话中，阿玛鲁（克丘亚语 amaru，意为“蛇”或“大蛇”）是一条长着翅膀的蛇，生活在湖泊和大地的深处。在印加时代，它是智慧的象征。在这里阿格达斯用“阿玛鲁”的形象来比喻迁徙至海岸地区的大量高原居民，及其给城市带来的影响。

小说第一章

乔卡托[1]驾驶着他的参孙一[2]号拖网渔船，带着十个渔民船员出海，其中有一个叫穆多[3]的男同性恋，还有一个来自黑猫夜总会的小提琴手作为后补，他正在试用期。

天色亮了起来。乔卡托在舰桥上和穆多聊天。

“你这个婊子养的穆多，这里是男人干活的地方。男人之所以与众不同，就是因为有鸡巴，对不对？你一出生就是个带把的，听见了吗，穆多？哪怕你只是用它来干你自己。是男人，就不该手里拿着刀，还被人按在地上打。男人要能划平底船[4]、能升帆、能拽铅链，也只有带把的男人能起网捕鱼。所以你要么硬起来，要么我就让他们找根水龙带塞进你嗓子眼里。你这么一大早上舰桥来干吗？忏悔罪行，等着挨骂吗？”

属于海洋生物公司的参孙一号拖网渔船（是以船东富恩特斯·德洛斯巴洛特的名字注册的）现在正全速驶离钦博特

---

① 乔卡托（Chaucato）一词在西班牙语中为“知更鸟”的意思。

② 得名于《圣经·旧约·士师记》中的大力士。

③ 穆多（mudo）一词在西班牙语中为“哑巴”的意思。

④ 在进行围网捕鱼作业时，平底船作为辅助船只，将渔网的一端拉到鱼群周围固定，方便大船扩大包围圈。该船可以容纳一至两人，靠划桨行驶。

湾[1]。船员们都在睡觉。大红脸乔卡托在舰桥上看着穆多。他们头上是开阔的天空。

“你昨晚在妓院那条小巷里流着鼻涕求我说什么‘船长大人，我的父亲大人’，婊子养的，穆多你这个娘娘腔，我要让你在这里变成一个男人。”

“可我确实是婊子养的啊，船长，你知道的。”

“蠢货，在这条船上除了船长，所有人都是婊子养的。我想想……把那个什么猫夜总会的小提琴手给我带过来。他应该晕船了，正在吐呢。”

穆多下到寝舱里，带着音乐家过来了。小提琴手没在呕吐。他看起来很坚定。

“你没吐？那你可以直接去捕鳀鱼了。布拉斯奇[2]那个猛汉，连鹈鹕[3]嘴里的鳀鱼都能抢走。你旁边这个家伙，马上要

---

① 钦博特（Chimbote）是秘鲁安卡什地区最大的港口城市，位于钦博特湾海岸，是重要的交通枢纽。1940年的钦博特仍然只是一个小渔港，面积只有0.80平方公里，人口仅2400人。1943年，政府建立了一个经营通往内陆铁路的公司，改进了港口，并开始建造水力发电站。同年，一家钢铁厂亦在钦博特落成。50年代时，郊区已经出现一些鱼类加工厂。到了60年代，在企业家路易斯·班切罗·罗西的推动下（即本文中的“布拉斯奇”），钦博特对劳动力的需求激增，大量移民拥入导致城市规模迅速扩大，同时也使得钦博特陷入了一定程度的混乱和无序。阿格达斯曾多次前往钦博特，为这本小说搜集资料。

② 布拉斯奇是钦博特渔业帝国的缔造者，也代表了高高在上、操控一切的资本家。其原型即企业家路易斯·班切罗·罗西。

③ 鹈鹕是一种大型水鸟，最明显的特征是嘴下带有一个喉囊，可用来储存食物。只有美洲褐鹈鹕和秘鲁鹈鹕会从空中插入水中捉鱼。

在这里忘掉那些屁眼儿的勾当[1]，因为大海是世界上最大的屄，肯定需要一根鸡巴，对不对啊，穆多？”

“是的，乔卡托。”

“哎？无线电里在说什么？‘鳀鱼群[2]在科尔克瓦多岛一点钟方向……科尔克瓦多岛一点钟方向……方位180度……’听声音是学员在播报。今天有小提琴手和娘娘腔在这儿，咱们来捞它个一百吨，让你的小提琴滚一边去，穆多你呢，把你的屁眼给我夹紧，听到没？”

小提琴手好像没听清船长的话，走到他身边问道：

“乔卡托，听说你以前捕海豹的时候，曾经吊挂在小岛高处的岩石上，这是真的吗？”

“学员正在那儿一遍遍给我们导航鳀鱼群的位置，你却来问这种鬼东西？”

“科尔克瓦多岛一点钟方向……科尔克瓦多岛一点钟方向……方位180度……方位180度……”无线电里那个人仍在大声重复着。乔卡托走近话筒：

“喂，同性恋学员，同性恋学员……”

“你才是同性恋，你把穆多带上船是为了和他乱搞。”扩音

---

① 暗指穆多是同性恋者。

② 鳀鱼（也称凤尾鱼）是秘鲁加工出口高蛋白质饲料——鱼粉的重要原料。鱼粉是以一种或多种鱼类为原料，经加工后制成的高蛋白质饲料原料。秘鲁沿海拥有丰富的鳀鱼资源，是世界最大的鱼粉生产国和出口国，利马、钦博特等地均为世界鱼粉的主要产地，其鳀鱼鱼粉销量占世界贸易总量的一半以上。

器里那个人答道。

“嘿，学员，你对穆多感兴趣吗？你不走运了！他已经硬起来了，蠢货……”

“你塞了多少钱才把他弄到手的？”扩音器里响起了另外一个人的声音。

“是那个查拉卡托人普雷特①的声音，”船长说，“他上过你吗？”他望向穆多。

“没有，乔卡托。那个人……你知道的。”

“在这儿别给我扯那些有的没的，听到了吗，楚埃卡！”他直呼穆多的姓，“你，音乐家，你先去帮平底船的舵手，就是正在撒网那个大头。然后去给拽铅链的打下手。听明白了吗？你这软蛋……不，不要答话，混蛋。然后你去帮着收网，那玩意儿重得像魔鬼拉的屎。如果我们捕到一百吨，我就给你讲海豹的故事。我还以为只有婊子喜欢听这个……”

“喂，乔卡托……”

“快说，音乐家。穆多还在那里。”

“我听明白了，乔卡托。穆多给我解释了船上的工作。但是……我不明白，你是布拉斯奇的好兄弟，甚至够格做他的父亲，所有船长下网捕鳀鱼的本事都是你教的，但为什么你的渔船这么老旧，只能捞一百吨，而他们给那些本事不如你

① 查拉卡托（Characato），秘鲁南部阿雷基帕省的一个区，也是阿雷基帕人的绰号。在小说中，普雷特因为籍贯，有时会被人直接称为“查拉卡托”。

的新船长的却都是二百甚至二百五十吨的船？这样他们就能比你多赚一倍甚至更多。这不对啊乔科[①]！我不是想冒犯你，恰恰相反，我是拿你当朋友，我很感激……兄弟。”

听完音乐家说的话，船长脸色大变。他垂着双臂，左眼的眼睑微微下垂，有些发红，同一侧的嘴角也向下坠着，颧骨似乎肿胀起来……

“婊子养的！”他一字一句地骂道，“猫夜总会的皮条客！你们这群没见识的白痴，等我真的干你一顿，你才知道厉害，跟那些婊子一样。你当这里是猫夜总会吗？你算什么东西，还敢来这里放屁？他妈的。”

穆多拽起音乐家的胳膊，把他拉下连接舰桥和甲板的楼梯。

“你敢惹他……换作别人就被他宰了。”穆多说道。

乔卡托紧握住船舵的手柄。小船乘风破浪，在公海上稳稳地航行着。船长的面色逐渐平复，他低声自言自语，声音小得仿佛是从腹部发出来的：

“别人两百吨，我的是一百；两百五十吨，我的是一百。过去我们常一起去逛妓院，但听穆达[②]说他竟然让穆多骑在他身上……这些贱种，各有各的烂法……”

---

① 乔科（Chauco）是乔卡托（Chaucato）的昵称，同样也意为“知更鸟”。

② 即穆多的母亲，是一名妓女，后文有所提及。此处暗指布拉斯奇是同性恋者。在本书中，钦博特代表了资本主义的道德堕落，其中极有代表性的就是人们不受约束的过度性行为。

他看到上百艘拖网渔船和参孙一号一样，正朝着学员指示的方向全速前进。“穆多！上来，穆多！”他命令道。

穆多吓得在楼梯的最后一级停了下来。乔卡托连看都不看他，问道：“你以前真的上过他吗？”

“是真的。”穆多答道。

“你妈妈穆达真的让你上另一个骑在她身上的人？”

“是真的。但是在黑暗中，乔卡托。”

“滚开，脏东西！”

他继续用腹部小声说道（穆多已经下到甲板上了）：

“圣佩德罗①，海洋的守护神，你是个比我还有种的，你看这些白人男孩把什么坏玩意都学来了。他们贪图人身上的洞，贪图鸡巴，对做生意也是一样。他们的欲望永远不会满足。工厂、渔船、码头、钢铁，年复一年，工人越来越少，老板们越吃越贪，恨不得吞下整个大海。为了布拉斯奇，是我先在海湾里撒了一泡尿。我们搞脏了原本干净的海水。布拉斯奇真是太大了！他的脑袋、屁眼和他的公司的威力比炸药还猛。布拉斯奇，狗娘养的！你捕完了鱼，现在你要吃人。所以你和阿普拉分子②一起组建黑社会团体。去你妈的，我

---

① 在渔业大国秘鲁，圣佩德罗（San Pedro）被视为海洋和渔民的保护神。

② 美洲人民革命联盟（Alianza Popular Revolucionaria Americana，缩写为APRA），又称秘鲁阿普拉党，是秘鲁的一个社会民主主义政党，由维克多·拉乌尔·阿亚·德拉托雷所创。

以前是将军的人，对吗？将军也被你们搞了，有了他，你们就把黑社会抓得更紧了。布拉斯奇的老大哥乔卡托，现在却开始反抗布拉斯奇。他们说，要想吃得多，就必须飞得高，像海上的鸟儿一样。曾经的布拉斯奇在小妓院里被人骑，现在还有哪个妓女在钦博特见过他？我以前是他的保镖，对吧？因为他是从我裆下生出来的。现在成千上万的人靠他生活，他反而把他们的卵蛋都吞了。我乔卡托的卵蛋和钞票养肥了酒馆和玫瑰屋的妓女，这我乐意。布拉斯奇可以把我赚的钱都卷走，但他不会整我——他不能连他妈都吃了对吧？没人能轻轻松松就让乔卡托倒霉。人不会连他妈都吃掉，对吧？”

他第一次动了结婚的念头。他表面上大呼小叫，口若悬河，这念头却像一股涌动的暗流。那个纤细的身体、漂亮的脸蛋，还有那对闪亮的眸子，都令他心醉不已——她就是他近来亡故的兄长的妻妹。那是他唯一的兄弟，乔卡托足足哭了一整天。“天哪！我怕她。我该怎么对她表白。妈的！每次我想和她说话的时候，我的舌头就像铅块一样重！我他妈怎么和她说话！”

他听到船员们在甲板上走来走去，欢快地咒骂着，但没有一个人到舰桥上来。太阳被沿海群山上那高高的云层遮住，衬得乔卡托厚实且微微发红的后脖颈格外突出。他继续说：

“到底怎么搞的……这些鱼粉工厂的老板烧起猛火，让每一条小鳀鱼都产出钞票[1]？那我们，他妈的，我们是给他们运送原料的人……我让海洋分娩……做好准备，该死的！鱼群在那边！能看到阴影了！去他妈的探鱼仪！把平底船放下去，你们这些狗娘养的！”

参孙一号上方斜飞来一行身形巨大的鹈鹕。相去万里，埃尔多拉多山[2]的顶峰在海平面上高峻挺拔，山顶上有前印加时期的神殿。一条深邃的峡谷将它与群山隔开。两千五百年来，图塔伊奇勒[3]在那里编织了一张金银所织的网。他的头颅发出微光，他强硬的身躯投下阴影，一侧的悬崖陡然落入海中。这雄伟的山峰仿佛守望着渔民，过去如此，如今更是如此。图塔伊奇勒被一个女人甜美但有害的“阴部”困在暖谷之中[4]。在埃尔多拉多的顶峰，他看得到山上，也看得到山下。

乔卡托感受到了山峰的影子。他带有嘲弄的意味，愉悦地盯着探鱼仪：显示屏里出现了鳀鱼群或深或浅的图像。那行鹈鹕出现的时候，他那发红的眼皮耷拉了下来，遮住了一只眼睛——他还是个娃娃的时候就落下了这个毛病。

---

① 指的是鱼粉（主要原料为鳀鱼）的制作加工过程。

② 意为“金山”。

③ 根据印加神话，图塔伊奇勒（Tutaykire）是风与暴雨之神帕里亚卡卡的儿子，是一位威力强大的战士。他被楚克苏索的妹妹引诱，阻碍了他征服沿海的领土。小说中多次重复高山上的男子来到沿海后被女人和性引诱、冲昏头脑的现象（包括作者在日记中所叙述的与梅斯蒂索混血儿的性经历）。

④ 也称雍伽暖谷（Yungas），特指安第斯山脉中段东侧的山谷，气候温暖，遍布热带雨林。

“你们这帮大懒蛋、流放犯、饿死鬼!”他一边说，一边看着那雄伟的鹈鹕群——它们排成两列，呈“人”字形夹角飞翔着。他开始向船员们发号施令，表面虽平静，内心却有一股苦涩的肝火。

半小时后，各路拖网渔船已经在鱼群上方撒下了三百至五百米的渔网。鳀鱼被渔网兜起，在越收越紧的网底游动、蹦跳，鼓起鳃喘个不停，皮肤在水面上闪闪发光。黑色的巨型鱿鱼还在忙着吞食鳀鱼，结果自己也陷于网底。鹈鹕下来了：它们贴着水面飞行，在那沸腾的渔网上大口啄食，然后游到软木浮漂的边缘，在无比坚硬的尼龙网上跌跌撞撞，绷紧了松弛的喉囊和长嘴，扑扇着翅膀。它们像表演杂耍似的，一口咬住鳀鱼，然后抬起脑袋，十几只鳀鱼仿佛穿过一道冰冷的薄纱，轻松滑入它们的腹中。哪怕是安第斯城市那些最腌臜的奇恰酒馆里的苍蝇，也跳不出这样的黑色舞蹈。一些体型大的鹈鹕会被渔网缠住，小艇上的操作员就抓住它们的喙，一把丢进海里。它们随即再次返回战场。

乔卡托的渔船（当然了，这是属于乔卡托的船）没有液压起网机，所以要靠绞盘、抄网和人力来拖。在他的监视下，所有人都在干活。船员们不得不把捕捞上来的渔获物的一半又扔回海里，足有一百吨，这些鱼幸运地活了下来。船长的脸色又不对了。

“喂，混蛋，拉小提琴的，”他在舰桥上喊道，“你这坏玩意干得不错啊。你，穆多，说话啊。今天捞的这笔你能赚不少了。不知道那个外国佬麦克斯韦和肥妓女都干了什么呢？他以前从来没进过妓院。你知道的，你这同性恋，所以你当时想捅他一刀，但又不会拿刀。”

船员们不知道乔卡托是认真的还是在开玩笑。船舱已经装满了。已经死掉了的鳀鱼从底舱一直漫到甲板上，散发着光芒，点亮了黯淡的天光，勾勒出船员们的脸庞。一只巨大的海豚被网上来了，正躺在甲板上已经收好的渔网上。

“乔卡托，他们让我做的……”穆多回答道。

“让你做什么？谁？”

“他们让我做的，因为以前的我是个废物。但从现在开始我不再是了，乔卡托，你知道的……”

“让你砍死外国佬？那个……麦克斯韦是个不错的外国佬。”

“我现在是渔民了，乔卡托。”

“哎，蠢货，白痴！是黑社会团体？是不是？”

穆多坐在渔网上，身旁就是那只海豚。乔卡托问道：

“那个外国佬是不是反对卡多佐神父？他到底是外国佬不是？”

“喂，乔卡托，”马克塞说道——他是一个高大、黑白混血模样的船员，走起路来摇摇晃晃，好像扛不住自己身体的力量似的，“我说乔卡托，你不是法官，陆地上发生的那些事情你管不着。我饿了。咱们今天收成不错。外国佬和穆多什么的，咱们让该管的人去管，行吗？”

“妈的，吃饭！我肯定是因为饿了，才有闲心在这里心疼别人。”

***

乔卡托愉快地看着麦克斯韦。他膝上坐着一个瘦小的金发姑娘。一对对舞伴都停了下来。在宽敞的舞厅的一个角落里，一个桑博男人紧贴着一个年轻的大鼻子姑娘，用自己火热的身体摩擦着对方。乔卡托从远处用眼角余光瞥了他一眼，说道：“狗娘养的。”然后继续看着麦克斯韦。

麦克斯韦正和一个中印混血儿①伴着摇滚乐跳舞，那姑娘身材纤瘦，眼睛细长。美国人的舞步吸引了妓院粉红色舞池里所有人的注意。外面的院子里有一棵细弱的月桂树，树干瘦骨嶙峋，舞厅的灯光照射在树干半截的地方，投下一星半点的阴影，清晰可辨。另一片更微弱、更完整的阴影从树下一直蔓延到一片被水浇过的地面——那是月影。麦克斯韦不停跳跃，用脚尖着地，又把中国妹举到空中，让她在距自己一步之遥的地方落下；他牵着她的手旋转，又放开，他的眼

① 19 世纪起，有大量华人劳工抵达秘鲁，由于中国女性移民很少，大部分华人苦力多与当地妇女组成家庭。中国男性移民和秘鲁妇女（多为社会经济地位低下的妇女和印第安妇女）生育的后代，被带有贬义地称为“嫁接混血”(injerto)，原意为“嫁接、杂种”。

睛一直望着她；整个舞厅，甚至外面院子里的小树都被他舞步的节奏所感染。麦克斯韦的身姿让舞池里的空气颤动不已，仿佛水流跳跃、奔腾，靠自身的流速冲过崎岖不平的斜坡，颜色和声响千变万化，引得飞虫聚来又散去。没过多久，宾客们（有的已经醉了，有的还清醒着）就逐渐聚到这个美国人和他的舞伴身边，其中有船长、渔民、商人，还有身无分文又急着看热闹的人。几个乔洛[1]妓女盯着麦克斯韦，仿佛他是一团火。乔卡托说道：

“所有男人都想接近那个中国妹，婊子们只想抓住那个外国佬。”

他那个瘦女伴没听到他的话，只是望着麦克斯韦。迪诺克的老婆赫拉妮亚和妹妹佩特洛妮拉像是跪倒在地上，被两个渔船船长用胳膊箍住也无济于事。这时有人在院子里吹起了口哨，查拉卡托人普雷特走进了舞厅。麦克斯韦用单脚转着圈，口哨声一响起，他改变了姿势，微微蹲下，与此同时中国妹也做了相同的动作。“他是染了毒蛛舞蹈症[2]的橡胶，带血的橡胶，”迪诺克的老婆赫拉妮亚不禁大声脱口而出，“是

---

① 乔洛（cholo）所指比较复杂，意为白人与印第安人的混血，有时也指印第安人，起初含有蔑视底层人民的贬义。

② 在14世纪到17世纪的欧洲，出现过一场奇怪的瘟疫：患病者就如着了魔一样，一边跳舞一边尖叫，直到没有力气晕倒才会停止。随着之后医学的发展，人们推测这种症状是因为人被一种有毒的蜘蛛咬伤从而出现的症状，因此称之为毒蛛舞蹈症，也叫作圣维特斯舞蹈症。

吃毒蜘蛛的圣乔治蛛蜂[①]，所以他有一团火。”“闭嘴，蠢货。”她身边的渔船船长骂道。他是个黑人大汉，挑了赫拉妮亚做女伴（在工会大会甚至其他一些更危险的场合上，这个黑人讲话也是横冲直撞，但总是神情庄重），大伙都叫他“死牛”。赫拉妮亚听到了口哨声，跑到了外国佬身边。“那你跳吧。”中国妹停下来对她说。麦克斯韦还在继续摇摆着膝盖……

“美国佬小心！”有人喊道。麦克斯韦感觉背上有一股气流冲来，随即扑倒在地上。穆多撞到他身上，摔了下去，刀也脱了手。他的母亲穆达抢先爬过去找到那把刀，收了起来。她是整个钦博特最精明的妓女。

查拉卡托人普雷特抓住穆多的衬衫，把他提了起来，朝着他的嘴扇了一耳光。穆达由着普雷特打自己的儿子，只是举着手求他冷静。舞厅灯火通明，所有人都围了上来，只有那个桑博人和他的舞伴还在一边跳舞一边互相摩擦对方的身体。摇滚音乐已经换成了瓜拉恰舞曲[②]。舞厅门口出现了两个

---

① 圣乔治蛛蜂，得名于欧洲传说中“圣乔治屠龙”的故事。这种动物会寻找蜘蛛洞穴，用毒刺令对方动弹不得，但不会杀死对方；它将蜘蛛带回自己的洞穴，将自己的卵置入对方腹部，直至孵化出幼虫，以蜘蛛的身体为食。
在克丘亚语地区文化中，圣乔治蛛蜂被视为“印第安人杀手”，因为印第安人将自己视为“uru”（小虫、蜘蛛），而圣乔治蛛蜂以蜘蛛为食；又因其西班牙语名字被与白人殖民者联系起来，象征着一个将致命毒素注入异教徒体内的白人圣徒，隐喻了印第安人的死亡。麦克斯韦因其金发和白人的相貌特点，使得来自山区的妓女将他比作圣乔治蛛蜂。

② 瓜拉恰（Guaracha）是一种起源于古巴的音乐流派，节奏轻快，歌词幽默。

从“白房子”那边来的妓女，都是膀大腰圆，看起来疲惫不堪。其中一个喊道：

“洋鬼子同性恋，洋鬼子蠢猪！”

这时，乔卡托趁着那妓女骂人的工夫，用一种惊人的姿势抱着瘦姑娘从高脚凳上跳了下来。

“我拿她跟你换，”他对麦克斯韦说道，“把中国妹给我。”

她正站在外国佬身边。

“别跟她换，小麦克斯韦。这可太扯淡了。”有一个拿腔拿调的声音说道。

“看她的意思吧。”

“两个我都要。”乔卡托说。他放下瘦小的金发姑娘，张开双臂一边一个揽住她们两个，走到院子里。中国妹扭扭捏捏地靠在船长身上。乔卡托有点驼背，看上去一脸油腻。

“他打光棍还不就是为了这个，出海搞了那么多钱不也就是为了这个。”有人说。

乔卡托经过时，周围安静了下来。这时，山区姑娘赫拉妮亚忽然抱住了麦克斯韦，揉搓起他的金发。所有人都看着“死牛”——那个能说会道的黑人，因为他是这山区姑娘的男伴。麦克斯韦将她一把举起，和乔卡托抱瘦姑娘时的姿势如出一辙。外国佬用长满老茧的手紧紧抱着赫拉妮亚，她又害怕起来：“吃毒蜘蛛的圣乔治蛛蜂。”说完后她便一动不动。麦克斯韦一副庄重地走向“死牛”。

“这是你的女人，呃，是你今晚的女人。”他说道，然后把赫拉妮亚放在船长脚边。

“这乔洛女人醉了。”

“死牛”用一只脚点了她一下。

麦克斯韦伸出手臂，揽住了刚才从白房子过来的那些妓女里最胖的那个。那女人犹豫了片刻，同意了。她伏下身子，像一个在防守的拳击手，随着瓜拉恰舞曲的节拍摇摆起来。外国佬也模仿她，跳着相同的舞步，身体、头和手臂做着一样的动作，仿佛他是这胖女人的一个分身，是她略变了形的影子。这个已上了年纪的大块头妓女越跳越有劲，她下垂的乳房、肩膀和两颊抖动着，嘴也大张着。

“真是一头神圣的河马！”麦克斯韦用英语不断重复道。

钦博特这家妓院粉红色的舞厅里跳舞的人们又停了下来，聚集起来围观这对舞者。胖女人在人群围出的狭小空间里来回穿梭，她黝黑的皮肤紧贴着外国佬，深色的眼睛紧盯着他，一刻不离；她手臂或脖颈的每一次舞动，腹部和臀部的每一下颤动，无一不向在场的妓女和客人传递着一条讯息，让他们渴望安静地倾听、接收……是什么呢？空气中充斥着腐烂的臭味，那味道来自工厂的烟雾、垃圾堆和钦博特众多垂死的鹈鹕的鸟喙。赫拉妮亚终于颤抖着离开舞厅，来到了院子里，然后朝着那条昏暗的粉红色小巷走去。几个嫖客在后面默默地跟着她，不知不觉地排成了一列。她那个皮条客丈夫迪诺克站在一台投币点唱机旁，看着她离开。这时查拉卡托人普雷特走过去，对他说："走吧，去敲乔卡托的门，他肯定在中国妹那里。"

迪诺克背对着舞厅的门，略顿了一下，然后耸了耸肩，向院子走去。他穿着一件红色的衬衫，皮鞋擦得锃亮，腰上系着一条宽皮带，朝"围场"方向去了。他头上抹了好闻的格罗斯朵拉牌发蜡，不仅让头发硬挺发亮，甚至整个脸都闪闪发光。

穆多在他母亲的房间里哼哼唧唧。门外有好几个在排队等候的客人。

"呜，呜，呜！"她咕哝着，用嘴唇发出吸吮的声音。

"这是我第一次用刀捅人，我搞得那外国佬摔了一跤。穆达，我害怕普雷特，但是我要干掉他，这个狗娘养的。"穆多说。

穆达用手在空中比画了一下普雷特的身高和体型，然后掏出四张五百索尔[①]的钞票给穆多。他看明白了。他的脸已经洗干净了，因为血是被一巴掌打出来的，所以没有肿胀，只有鼻子和嘴巴有些发红。他平静地走到妓院的大厅，在中国妹的门前停下来，把嘴唇贴在门缝上说道：

"乔卡托，船长大人，我的父亲大人，我现在是渔

① 索尔（Sol），秘鲁在1863年至1985年使用的货币名称。

民了……”

普雷特抓起他的头发，把他拽到月桂树下。

“给我待在那儿别动，你个同性恋玩意，”他说道，“站在亮处，让我看清楚你的猪脸，等舞厅里热闹完了再说。”

胖女人和麦克斯韦相拥着走到院子里。其他人已经都在跳舞了。穆多冲到麦克斯韦身后，一边用一根月桂树枝条抽打他，一边吼叫。赫拉妮亚在连接院子和粉红色小巷的过道那里听到了骚动声，已经换上薄纱裙的她抛下她房间里的男人，冲到了院子里。这时麦克斯韦已经用一只手臂揪住了穆多的后脖颈。又有两个男人扑了上来。胖妓女尖叫起来：

“这伙恶渔民！狗屎！杀人犯！山区佬[①]！”

她正准备朝着那帮在地上扭打在一起的人扑过去，这时警察的哨声响了，人群散开了。妓女抓住麦克斯韦的胳膊，推着外国佬一起出去了。

灯火通明的舞厅里，只有那个沉默的桑博人还在合着音乐的节拍无休止地摆动。舞厅里只剩下他们一对舞者。警察头儿让他停下来：

“你要进监狱了，”他说，“哪怕这儿是妓院，你都不能在公共舞厅里做那事。”

---

① 秘鲁的地形分为沿海地区、森林地区和高山地区。由于山区贫穷落后，沿海人普遍瞧不起山区人，“山区人”(serrano)一词也具有一定的种族主义色彩。

“我穿着衣服的，长官。我喜欢提前排练，先热热身，长官。诸位都认识我。小人是布拉斯奇的船长门迪埃塔，听候您吩咐。每个人都有自己做事的方式。长官您看，大鼻子姑娘也穿着衣服呢。”

“没有抓到人？”头儿对着一个刚走进舞厅的警察问道。

“我们准备带走赫拉妮亚。她把一个无辜的渔民的胳膊肘咬掉了一块。看她的眼睛像是疯了。”

赫拉妮亚长着一双冷漠的黑色眼睛，但那对眸子里又时不时会闪烁一丝光芒，然后又……

“把那妓女放了！”头儿命令道，“她又不是因为好玩才咬人的。把那个臭渔民给我逮捕了。已经抓起来了吗？”

“是的，头儿，就在外面。有一伙人箍着他脖子呢。我觉得他是无辜的。我们从穆多那里搜到了两千索尔，那家伙平时可没工作。”

“那就别关他了，让他见鬼去吧。我们要抓的是那些坏种渔民，就是那个所谓‘无辜’的人……还有那个桑博嫖客。”

“长官，头儿，穆多现在是在乔卡托的船上做工，”桑博人说道，“大鼻子，我说得对不对？快把他关起来吧，他是个坏蛋。我是船长，至于嫖客……我是和妓女在一起，对吧？我是硬了，宁[①]呢？想要吗？”他挤了挤眼睛。

① 门迪埃塔在模仿山区人的口音，讲话的语序和许多词的发音都不是标准西班牙语，而是受到了克丘亚语的影响。

另一名警察走进舞厅，带着一个头发蓬乱的小个子男人：

“头儿，他没付钱就跑了，玫瑰屋那个阿根廷女人一直盯着他、喊他。这乔洛小子吓坏了，已经认罪了。”

“长官，我搞绰[1]了。”小个子说完后，向站在另一边的桑博人打了个招呼。

“我是他的船长，”门迪埃塔说，“长官，我来替他付钱。那个阿根廷女人多少钱？四十还是五十？”

“我以为这里是白旁子妓院，我搞绰了。”那男人重复道。他脚上穿着一双新鞋。

“你要坐牢了！”队长命令道，“你以为这是‘围场’吧，你只配去‘围场’。”

“咱是渔民，为门迪埃塔船长、尊敬的厂长林孔先僧、海湾事务高级主管克罗斯比先僧和布拉斯奇公司效力，长官。只有那些饿肚子的苦工、倒霉的中国人和黑人才去‘围场’……”

桑博人把大鼻子姑娘留在舞厅的一头，然后健步如飞，径直走向队长：

“长官，这可不公道。让这个山区佬去坐牢，那妓女能得

① 这个小个子男人阿斯托是山区印第安人，西班牙语水平较差，讲话时经常出现发音和语法错误（如对元音 i 和 e 区分不清、不使用冠词、介词，以及人称混乱等，皆是受到母语克丘亚语的影响）。他也代表了大批从山区来到钦博特港谋生的原住民，他们不得不放弃自己的母语（克丘亚语），讲起蹩脚的西班牙语。如无特殊说明，后文用楷体标明的词皆属这种情况。

什么好处呢？长官，他是个好渔民，他不再去‘围场’了。妓女们都是先收钱的，长官，宁知道的。他认了什么罪？”

“他要坐牢了，你也是，你这个桑博嫖客，你也要进监狱。你为什么要说‘宁’？”

“山区人的长相和口音嘛。您肯定是山区人。”

队长的手放在了枪上。

“滚！”他说道，“你这土鳖！”

桑博人冲着大鼻子姑娘耸了下肩，朝着院子走去。他身后跟着几名警察，抓着那个糊里糊涂、头发蓬乱的小个子男人。

过了几分钟，又有很多对男女跳起舞来。大鼻子姑娘还是站在舞厅的一角，离投币点唱机很远。她没有接受几个老板和船长的邀请：“我在等桑博人门迪埃塔。”普雷特还在一再坚持的时候，那桑博人回来了。

“怎么说，门迪埃塔，多少钱？”普雷特问道。

“我五百，那个蠢蛋山区佬是三百。山区佬有钱的！他是新来的。这些印第安人和我们不一样，他们一有钱就昏头了。”

“一共八百！你这样会撑大那帮无良警察的胃口的。”

“无良？就像咱们的某些熟人一样，对吗？您知道的太多了，您可什么都知道！走吧，大鼻子。”

他转过身走了。

另一位船长在舞厅门口拦住门迪埃塔，对着他耳语了几句。

“这混蛋是在跟你谈论我吗？”大鼻子姑娘问。

“你和我在一起，谁会当着你的面说坏话，蠢货——兄弟，请原谅——他说布拉斯奇在利马又办了一家规模很大的报纸。他还说白房子、玫瑰屋和‘围场’都要按一定比例给布拉斯奇分成，你也是……”桑博人在大鼻子姑娘房间那昏暗的红色灯光里对她解释道。

“那就是嫉妒！嫉妒！嫉妒！我挚爱的桑博人，我可以为你去死。那个船长一定是给布拉斯奇拉皮条的。布拉斯奇搞同性恋。”

她开始舔这渔民的腿，从膝盖一直向上。她闭着眼睛，舔过他整个身体，而他的眼神和双手都牢牢锁在她的脑袋上。她把他卷曲的毛发含在口中，品尝着味道；她不断向上移动，越往上，越是用自己的乳房紧压着桑博人的皮肤；她的舌头灵活极了，每一下触碰都直击桑博人的手指、他的脖颈，直至他的灵魂深处。渔民重复说着：

“所有赚来的钱都要分给布拉斯奇，所有。但凡是有价值的东西，他都要分一杯羹。”

外面传来了脚步声——是带钉子的皮鞋发出的声音。脚步声越来越近。

和往常一样，在外面踱步的人是萨瓦拉。他是个思想家、读书人、渔民，是活跃的工会成员。他从不在酒吧或集会上胡说八道。他没有指挥渔船的能力，平时总是在各家妓院里来回打探。

他在月桂树小院旁的窄道里乱逛，也在亮着红灯的小巷里漫步。夜晚人流量最大的时候他便开始走动，先是穿过院子，再去粉红色小巷里大鼻子姑娘的房门旁。桑博人门迪埃塔在里面“包房”的时候，客人们就不会在她门前排队。

月桂树干散发着一股恶臭。人们总是把一桶桶肥皂水泼在那儿，因此滋生出了一些多毛的蛆虫。“这是嫖客和地母的孩子。”萨瓦拉总是这样说。院子里其他地方也一样被水冲刷过。

白房子妓院没有院子，也没有树。一排房间对面是一条宽敞的巷子，地面是水泥的，用白色霓虹灯管照明。巷子连接着一条条逼仄的过道，隐没在黑暗之中——那边的房间更小，属于那些最便宜的妓女。舞厅在这片曲里拐弯的巷弄的另一头，外观像一个大仓库，也像座小教堂。空气中有芸香的味道。这里的妓女不像玫瑰屋的姑娘们那样身着薄纱裙，站在房间门口展示自己，而是直接半裸着身子招客。小便池的气味与地板和墙壁散发出的芸香味混合在一起。由于巷子很宽，所以看起来不似玫瑰屋那条亮着红灯的窄巷一样门庭若市。萨瓦拉总是先去白房子旁的巷弄，有时是一个人，有时身边跟着一个同乡——那人也是个渔民，讲话结巴，为人小气；然后他又转向妓院的停车场，朝着“高档”的玫瑰屋走去。停车场的地面有一排形状不规则的石灰岩，坑坑洼洼的。妓女们很少换营业场地。萨瓦拉带着他的同乡从白房子到玫瑰屋，偶尔也去“围场”。这个结巴朋友也陪着他在大鼻子姑娘的房门外来回踱步。

“你……你为……什么……走……走……来走去？”就在麦克斯韦跳舞的那天晚上，“结巴”这样问萨瓦拉。

“她的鼻子是远洋轮船的烟囱，双烟囱那种，能嗅到所有人的味道。”

“可……可……可不得了！”

“我走动的时候，她能感觉到我离她只有几秒钟、几毫米的距离。别有一番乐趣。”

“地……地中海……海[①]！”

“去你的吧，笨嘴拙舌的家伙！我……她的鼻孔一张一合，那么急切。真是悲伤。”

“那个可怜的山区佬呢，萨……萨……萨瓦拉？就那个……那个被他们抓了的人？”

他回到阿根廷女人那里，亮出两张一百索尔的钞票。“进来吧。”她说。他走进屋，阿根廷女人关上门。

“你刚才为什么要跑？”她问道。

“警差啊，那些警差，吓惨我。”

---

① 原文为拉丁语“Mare Nostrum”，直译意为“我们的海”，是古罗马帝国全盛时期对地中海的称呼。

她是个白皮肤、金发的女人，个头高挑。

“我跟警差说，我嫖了，免费的，因为那活儿很大，我的。警差把我带走。我船长，桑博人门迪埃塔给警差塞了钱。没几个钱。你，婊子，白人娘们，你个蠢活。这儿，妈的。拿着，该死的。二百索尔，对我啥都不是。婊子，臭婊子。”

他本来想把钞票甩到她脸上，但最后还是扔在了床上。

阿根廷女人的一双玉腿在粉红色的纱裙下若隐若现。她收费很高，不接受“包夜”。她向他走近，他向后退，仿佛是天要塌在他身上似的。金发、白皮肤、赤裸的女人！

“你吓坏了。你闻起来有股肥皂味。别说那些口不对心的话，你不是那些天杀的渔民……”

“强壮的渔名，男吱汉，我，八十吨鳀鱼。”

他不断向后退。阿根廷女人便改变了方向。她的房间位于粉红色小巷的尽头，是一个不规则的四边形，比其他人的房间要更宽敞。她微笑着向前，把那个男人领上床。“你不是那种混蛋，你是只小白兔，小男孩，小娃娃。”

妓女张开双臂，晃起了双乳，她白极了。她俯身拥抱了阿斯托——这是那个渔民的姓氏。“启明星啊，星！”他狂乱地叫道。

阿斯托走出阿根廷女人的房间，走进那条加了顶的小巷，霓虹灯管洒下了红色的光晕。在这种光线下，人的脸孔变得模糊，身上的深色衣服显得更黑。阿斯托没有注意到阿根廷女人和其他妓女门前排着队的客人。他用口哨吹着乌艾宜诺曲①，穿过了那几排人。萨瓦拉看着他离开，说："看那个印第安人，现在步子都走得稳了。看他那脚下生风的样子，口哨也吹得稳了。为了拿到渔民执照，他裸着身子，日复一日地把自己绑在码头上，终于学会了游泳。他以前甚至不讲西班牙语。不知道是哪个慷慨的妓女给他开了光，从明天起他会与自己的同胞对立，他会成为该隐②、犹大③。"

"那……那……那些山区佬，会被……被大海同……同……同化。喂，你这人。"

一直走到粉红色小巷的尽头，霓虹灯消失的时候，阿斯托才意识到自己在吹口哨。他走到了那片沙地。"老子……是本地人，妈的，是阿根廷人，他妈的，现在叫哪个是山区佬呢？"他一边说，一边坐上一辆在停车场等客的车。

"喂，师机，"他对司机说，"回家，妈的，回俺家。"

"老板，你去哪里？"

"阿塞罗，阿塞罗区。老子是门迪埃塔船长。"

"山区佬，你说的应该是阿塞罗贫民区。"司机纠正道。

---

① 乌艾宜诺（Huayno）是一种流行的安第斯音乐和舞蹈形式，其历史可以追溯到秘鲁殖民地时期，是传统乡村民间音乐和流行的城市舞蹈音乐的结合。

② 《圣经》人物。该隐是个农夫，亦是世界上第一个杀人犯，因耶和华看中了他弟弟亚伯的供物而未选择他的，因此暴怒，杀害了弟弟。

③ 耶稣最初的十二门徒之一，受犹太公会30块银钱的贿赂亲吻并背叛耶稣。他的名字常用来指代背叛。

车发动了，穿过了那排形状不规则的石头路，开进把妓院和泛美公路①隔开的那片沙地。汽车在小路上颠簸，车灯将月光割得四分五裂。透过侧面的车窗，阿斯托感受到了那道光。

“你认识桑博人门迪埃塔？”他问司机。

“‘你’？②嗯，认识。那人和其他人都不一样，他收留那些山区佬蠢货。”

“老子是阿斯托，是你的老板，你这下作师机。”

司机停下车，把脸转向乘客。

阿斯托用一把匕首指着他。

“是你的老板！捡啊，就现寨，该死的，搞快点！”

阿斯托用另一只手把一张五十索尔的钞票扔在了司机脸上。

“安静！”他命令道。

司机摇了摇头，重新坐好，启动了汽车。

公路上堵得水泄不通。妇女和小伙子们猛蹬着三轮车，在迎面而来的一排排卡车、翻斗车、油罐车和闪着灯的小汽车中来回穿行。妓院那辆出租车挤不进去，只能倒回坡道，停了下来。

---

① 泛美公路是贯穿整个美洲大陆的公路系统，北起阿拉斯加，南至火地岛，全长约48000公里，于1925年开始规划。除了巴拿马到哥伦比亚之间至今仍未修建公路以外，美洲大陆各国都通过这个公路网连接起来。钦博特路段的泛美公路修建于1930年。

② 这里阿斯托未对司机使用敬语“您”，故而被自认地位更高的司机嘲弄。

司机下了车，打开了乘客那边的车门。

“滚出来！该死的杂种山区佬，还敢拿刀！他妈的，把刀拿出来，印第安胆小鬼，就你还老板？你是你那婊子娘的老板还差不多！”

阿斯托拿着匕首下了车。司机操着铁棍挥了过去，阿斯托躲过了这一击，向妓院跑去。另一辆车经过，他只能靠到小路边，新鞋也陷进了沙土中。海水的恶臭冲散了锅炉冒出的浓烟味，数百万条鳀鱼在那锅炉中被分解、熔解，散发出类似食品的味道，它们不断沸腾、被榨出油脂。残渣的气味、血液的气味、渔船上那些细小内脏的气味（它们被踩碎，又被水管冲回大海里），还有涌向海岸的工业废水的气味，使得果冻一样的蛆虫在沙滩上破土而出。这恶臭沿着地面前进、不断上升。站在小路旁边的阿斯托大口地呼吸着。

“老子是老板！”他说，“老练的师机，一棍子打到空气！”

他朝着妓院的方向，继续在松散的沙地上走着，右手攥着一卷钞票。他没有去正经的妓院，而是走进了“围场”——这是一片建在松散沙地上的简易房间，四周被围起来，在这里营业的都是一些最廉价的妓女。

常在“围场”闲逛的有黑人、桑博人、中印混血儿、酒鬼、蛮横或惶恐的乔洛人、瘦小的中国人、老头子，还有一小群充满好奇的西班牙和意大利年轻人。他们四处走动，走过那片简易房，张望一番，稍作停留。妓女们穿着棉质的衣服，待在房间的深处，坐在低矮的衣箱上，几乎都大张着双腿，露出阴部，有的剃了毛，有的没有。有些山区佬不禁看得傻了眼，目不转睛地盯着，然后走进屋。妓女们多少钱都收，哪怕是五个索尔，但无论那些空着双手的人再怎么苦苦哀求，她们也绝不心软。她们也不接受衣物，什么外套啦、廉价戒指啦或是草帽。带着武器的保安像是整个妓院的护卫队，监管着“围场”的两排简易房。另外两侧则只有坚固的泥砖墙，挡住了风沙。

“围场”的照明很差，只安了两盏泛光灯，固定在一根没有抛光、歪歪扭扭的木柱顶端，直接暴露在工厂和大海的气味之中。沙土被风扬起，糊住了客人们的鼻孔。他们大部分是从公路那边步行过来的，很多人只是来看看——他们没有钱。风在沙地上刮出一道道不规则的蛇形，他们返程时一路走得跌跌撞撞。“围场”被建在路边的鱼粉厂的大型仓库挡住。这样一来，泛美公路上的人就看不到来往妓院的车辆和行人。

阿斯托走向靠海那排简易房中的一间，另外那排房子则朝着安第斯山脉一侧的沙丘和山石。萨瓦拉和他的同乡几分钟前也来到了这里。萨瓦拉几乎“视察”过所有妓院，大家都认识他。他径直走向“围场”那片简易房，“结巴”陪在他身边。几个本地妓女坐在衣箱上招呼他，他或是抬起胳膊致意，或是报以微笑。他深吸了几口气。风带走了那转瞬即逝的气味，但大海的臭味永无止境。“这……这臭……臭鬼，嗅到了娘们辈……辈腥的味儿，就……就这……这样，大张着两只鼻孔。”“结巴”看着萨瓦拉，心里这样想。他注意到了阿斯托，发现这个矮小的渔民行色匆匆。

萨瓦拉看到阿斯托走进简易房尽头的一间。他和“结巴”还有门迪埃塔都属于同一家捕鱼公司。三人此前都曾见过印第安人阿斯托日复一日把自己绑在码头上学游泳，在海里扑腾，为了拿到港务局的注册执照。萨瓦拉走向阿斯托去的那个房间，“结巴”跟在他后面。从“围场”的这个角落可以看到包围海湾的那一连串海岛，以及将这些岛屿分隔开来的通道，上百艘渔船就通过这些通道进出港口。

萨瓦拉抬起手臂指着海湾说：

“这个就是如今最大的‘屄’——钦博特海湾，”他说，“它曾经像一块镜子，现在是最不挑嘴的荡妇，散发着恶臭。战前，那里可以轻轻松松容得下日本和美国佬的舰队。鹈鹕曾经像主子一样在空中翱翔。①”

“你就是靠……靠这个屄过……过活的，白痴，”“结巴”回答道，“国……国家也是靠它过活。”

“一边活一边流汗，你这个蠢货结巴。阿斯托看起来很痛苦，就像在热沙上扑腾的鱼。”

---

① 钦博特海湾促成了鱼粉工业的大繁荣，也成为了这座城市的“命脉”，海洋资源被无限制地开发。作者将资本家对钦博特的经济剥削比喻为一种性暴力，海湾则被比作一个任人蹂躏的妓女的性器官。

“别……别犯傻了。不管……管在哪，阿……阿……阿斯托都是会玩……玩命的人。”

他们看到阿斯托从简易房里出来，搂着一个矮小的女人。她右手拿着一个小行李箱。萨瓦拉径直走向这对男女，“结巴”则还是跟在他身后。

“给你介绍一下俺妹妹，”阿斯托对萨瓦拉说，“老子以前和那个混蛋迪诺克一样。现在，八十吨鳀鱼每天，领了三周工钱了。今天是俺生日，教名日。俺钱可多了，要是愿意，俺能把钞票塞到迪诺克嗓子眼里去，塞到布拉斯奇的嗓子眼里去。滚蛋吧‘围场’妓院，再见！嘿，苦日子滚蛋吧！”

兄妹二人走了，留下房间的门大开着。萨瓦拉和“结巴”跟着他们来到停车场。

“亲爱的长官、亲爱的老板，”阿斯托对一辆车上的司机说，“咱去阿西罗区①，小星点开车。”

“你带的这个妓女真差劲。”司机讲道。

“不是滴，这是俺妹妹。今天是俺滴生日！”

汽车发动后不久，司机听到男乘客在用克丘亚语讲话，声音很大，听起来像吵架似的。那个女人也是一样。然后两人开始同时讲话，像一曲欢快又绝望的二重唱。“这伙山区佬！谁能搞得明白他们？永远不能。”司机慢条斯理地说。

---

① 应为“阿塞罗区”（Acero），而不是“阿西罗区”（Aciro）。阿斯托受到母语克丘语的影响，经常混淆元音。

“走吧，‘结巴’，再去大鼻子姑娘那里走一趟，”萨瓦拉对同乡说道，“再去逛一圈。”

“你自己去吧，白痴。我要到你那个婊子娘的屄里去了，就那个养活我……我们，生……生下布拉斯奇、林孔的屄。钦博特在发光，烟……烟雾和火……火……火焰。去他妈的生活!”

他深一脚浅一脚地在沙地上走远了。

“这小气的结巴是个诗人。他以前是村里的乡绅。现在他只睡一个屄，就是这海湾，”萨瓦拉暗自思索着，“它以前是一面镜子，现在成了妓女价值千金的生殖器，伺候那些混蛋外国佬和黑社会分子。那印第安人是个白痴，是迪诺克的跟班，去吃屎吧!”他向着粉红舞厅走去。

在霓虹灯的光线下，他的蓝色西装外套变成了黑色，表面发着光——这衣服是化纤面料制成的。“贪得无厌的皮条客，把钦博特变成了妓女，把整个秘鲁变成了妓女，这他妈的地狱。”萨瓦拉这样想着，走进了粉红色小巷。陆续有男人神色匆匆地从里面走出来，有三四人结伴的，也有一人独行的。“我觉得这些人没有脸孔，要不就是我的眼睛变成了摆设……”他又开始在那扇门前来回踱步。

“进来吧，萨……萨……瓦拉，”桑博人门迪埃塔在叫他，“你鞋底的钉子真是太要命了……进来吧，”他打开门，请萨瓦拉进去，“来，有大鼻子姑娘在这儿，你就没时间思考了。

我现在要走了。”

“好吧，门迪埃塔，恭敬不如从命。”萨瓦拉说道。

他第一次跨过了那个门槛。门迪埃塔从外面关上了门。萨瓦拉插上了门闩。

大鼻子姑娘半跪在床上。床头灯的红光呈长矛状，照亮了她的脸，映出她鼻峰尖锐的侧影。

“你来回走动了这么久，”她说，“像个没有主人的闹钟。”

“走路是最好的了。”萨瓦拉答道，转身冲着门的方向走去。

“别走，你这瘦家伙！”大鼻子姑娘从床上跳下来，“桑博人吩咐过了，你想做什么我都和你做，为了他。”

“就像钦博特这个大婊子一样，纽约怎么命令利马，利马就怎么吩咐钦博特。妈的，都是混蛋！就这样①！”

萨瓦拉打开门走了。房间门口立刻有几个男人排起了队。

***

“围场”比其他妓院都关得早。大鼻子姑娘在停车场坐上出租车的时候，“围场”那边木柱上的泛光灯已经关掉了，沙滩上留下的那些仿佛鸽子脚踩过的足迹，被风一点点抚平。

① 原文为英文。

一个保安将木围栏的口子扎了起来，绑上了一条铁链和一块盾牌形状、已经生锈了的红色挂锁。

与此同时，三个妓女顶着风，沿着水贩子的驴队踏出的一条小路，向圣佩德罗贫民区行进。她们都是“围场”的妓女，不愿意掏钱坐城里昂贵的夜间出租车，再加上很难保证车轮不会陷在沙地里，故而只能朝着位于沙丘顶的贫民区一路步行而上。

她们三人排成一列，沿着那条羊肠小道前进。驴队曾在这沙丘上走过成千上万次，压实了地面，留下了这条小路。

“这该死的！这他妈过的是什么日子！”走在最尾的那个人说。

“当然了。咱现在就像在爬悬崖峭壁呢。但俺一定会爬上去的。他妈的！”中间那个回答道。

走在最前头那个没有说话，只是一直走着，人已经疲惫不堪。她的脚陷在沙子里。走过几段碎石路的时候（驴车从那里经过的时候会专门挑着没有石子的地方走），她特意跨着小碎步前进。她走到了“边缘”处，那条道路的地面是粗沙和垃圾铺成的。那里是贫民区的起点。这里的街道笔直，形成了方正的街区。在那山丘的脚下，是世界上最大的渔港，正像一个烤架一样燃烧着。多家工厂的烟囱里冒出了滚滚浓烟，带着火星。另一边，钢铁厂的烟雾则冲得更高，闪耀着粉红色的光芒。海水的臭味到不了这沙丘上。那妓女半弓着腰，气喘吁吁地在松散的沙地上奔跑起来。她沿着一条洒着星光的街道，向上走过几个街区，最终消失在远处的沙丘顶端——哥伦比亚街。那条街上有一辆报废的翻斗车，生了锈，车身还残留了几块鲜艳的黄色油漆，这辆车背后就是她的家。每隔一段路，就有一块巨大的泥塘，像半隐形的金属一样闪闪发光，阻断、包围着港口的火、光与烟。那里生长着野生的托托拉芦苇①。

走在最后的女人一边挣扎着爬上沙丘，一边说：

“那个奥尔法会死的。病了，还这样跑上山，这样难翻的山。”

“宁不懂，宁不会生养。”前面的女人说。

“她会死的。一个生病的妓女，还带着孩子，活不下去的。”后面的女人坚持道。

前面的女人转过身来，她终于艰难地跨过最后一段满地粗沙的坡道，也是最陡峭的一段路。

“你不会生养，所以你不知道，”她对另一个说，“有孩子的女人能受得住风，受得住大山。什么都受得住。”

另一个女人背对着港口，背对着烟雾与火焰，她的身影在白沙中更显得突出，她昂起头。

---

① 托托拉芦苇，主要分布于南美洲，特别是秘鲁的的喀喀湖、中部海岸和太平洋的复活节岛上的大型莎草科植物，与当地居民的生活关系十分紧密，几百年来，美洲原住民用它搭建房屋、船只以及手工艺品等。

“妓女的孩子是个诅咒。就在那儿！”她吼道。她转过身，退后一步，和前面的女人并肩站着，面对着大海。“地狱就在那下面！”她指向港口，“煮鱼，还煮鱼粪！下面都是火。奥尔法的孩子，地狱的孩子，是她和迪诺克的孩子。”

“妓女的孩子也是孩子，和别人都没关系。迪诺克是一头疯猪，他那命根子①被魔鬼附身了。”

“迪诺克，婊子养的！他比地狱还坏，地狱臭火的儿子！我，我，圣母啊，我不是不能生养，”她站在山丘上吼完后，又暗自祈祷起来，“这是真的，圣母啊，迪诺克是臭火，帅小伙，帅小伙……他是毒蛇、悬崖、蜂鸟、驴、公驴、命根子，杂种。”②

她面对着灯光与烟雾跪倒在地，继续说：

“迪诺克，是取走妓女性命的蜂鸟，他是火、是狗屎。我，我，葆拉·梅尔乔拉，圣母啊！我不是不会生养，我怀孕了，是那个迪诺克给我的诅咒。沉重的沙丘，压在我的心头！公驴、毒蛇。”

她边哭边说，一刻不停。另一个妓女则盯着烟囱里喷涌而出的火焰。火与烟缠绕在一起。钢铁厂的浓烟舔舐着天空，

---

① 原文为克丘亚语。

② 在本书中，阿格达斯频繁使用动物的意象，有时用来描绘神话世界，有时则用来指涉海岸地区兽化了的人。如皮条客迪诺克被妓女们比作要采食她们性命的蜂鸟、蛇、公驴。

在海湾投下阴影，水面在火光的映照下像一片片油脂，闪闪发光。她没有哭，只是转身向着哥伦比亚街跑去。她来到黄色翻斗车的“骸骨”旁，转了个弯，走进奥尔法的家。家里已经点起了灯，那是盏好灯，但光线不是太强。奥尔法坐在一张木床上，床上铺着一块颜色鲜艳、缀着流苏的床单。她正坐在那儿看着旁边木摇篮里香甜睡着的婴孩。她身后站着一个年轻的乔洛女孩，睡眼惺忪。访客慢慢走到这位母亲身旁：

“你的娃娃，是迪诺克那头公驴的孩子？”

“谁的都不是！”这位母亲说，“我的名字不是奥尔法。我是卡哈马卡人[①]，是一个庄园主的女儿，因为做了不光彩的事被赶出家门。”

那乔洛妓女走到孩子旁边，看到他宽阔的额头，浅色的眼睛。她弯下腰，也没看那母亲一眼就径直解开了孩子衣服上的扣子——他胸口的皮肤白极了。她注意到这娃娃周身的衣服所用尽是上等布料，襁褓的边缘是用粉色丝线绣的。她慢慢起身，摘掉了刚才在沙丘脚下就戴在头上的帽子。她恭敬地向奥尔法道了别，又重新戴上帽子，退到门边。她感到一股强风吹拂着她的帽檐。

“妓……小姐，对不起，小姐！”离开前她说了这么一句。

---

① 卡哈马卡（Cajamarca），秘鲁城市，位于该国西北部，也是卡哈马卡大区的首府，距离首都利马 861 公里。

她跑下坡道，寻找驴队经过的小路。她找到了另外那个妓女，她还在原地，坐在地上，面朝着烟雾与火焰。一排排拖网渔船已经从港口出发，向着海岛驶去。在海湾污浊的水面上，月光也不甚清楚，只见工厂那一缕缕滚烫的浓烟在死水上空飘散开来。

“妓女奥尔法，是个不光彩的小姐，被赶出家门的可怜小姐。她的儿子没有父亲。我确定！”她一边说，一边坐在了另一个妓女身边。葆拉·梅尔乔拉正凝视着海湾。她伸出手，指着海滩上的一个水塘，那儿反射着工厂的灯光，荧荧闪亮。

“海鸥要起飞了，你等着看吧！”她说。

密密麻麻的鸟群冲着沙丘齐声鸣叫。忽然间，海鸥起飞了，它们绕着“十月二十七日”工厂大区那一侧，在海湾黑黢黢的岸边盘旋。鸟群时而缩紧，时而延展，没有清晰的界限，似乎犹豫不定。在那一刻，光线开始改变。被鹈鹕的鸟粪所覆盖（氮和石灰①）的众多海岛转眼就要光亮起来，在黎明来临的那一刻变成白蒙蒙一片。

“海鸥，温柔的海鸥，”她又说起来，“在我的眼里、我的胸口、我的心里飞啊飞。这家狗娘养的妓院。我下面好疼。

① 海鸟粪，又称鸟粪石，是一种高效肥料，在历史上也曾是氮、磷元素的重要来源，用于生产军用火药。19世纪时，出产于南美国家如秘鲁、玻利维亚、智利以及太平洋群岛和西非的海鸟粪，成为各主要西方国家竞相争夺的重要战略资源。

温柔的海鸥，他们把喝醉的黑人、喝醉的中国人都带到那个可恶的‘围场’里来。唉，我这命啊！再后来迪诺克那头公驴把我的肚子搞大了。”

她起身站了一会儿。身边的同伴发现她的眼睛变小了，整个眼窝和一部分额头都皱了起来，她那张满是褶皱的脸上出现了一个巨大的海湾——那是世界上最繁忙的渔港，微缩在她眼周的皱纹里。她迈出大步，坚定地踩在陡坡的粗沙上。同伴跟了上去，心下思绪不断。与此同时，海鸥鸣叫，风卷沙土，漫卷了“围场”妓院。她走到贫民区的第一排房子，紧靠着一条用碎石和垃圾铺成的小道——那是贫民区的“环形公路”。她转身朝着工厂的方向，摘下帽子，曲起手臂，像要跳舞似的。她挥舞着帽子，绑带闪闪发亮。她边唱边跳，那是一支古老的狂欢节曲调：

毒蛇迪诺克
毒蛇钦博特
毒蛇柏油
毒蛇萨瓦拉
毒蛇布拉斯奇
沙丘是毒蛇
鱼粉厂是毒蛇
银汉鱼、鳀鱼、毒蛇

公路是毒蛇

渔船出海的路，毒蛇

鹈鹕群、鸟粪，毒蛇

她唱着歌，转着圈，晃着手上的帽子，搅得沙土飞扬。与此同时，另外那个怀了孕的妓女走进了贫民区头几栋房舍的阴影之中，失去了踪影。有些早起的邻居看到了这个又唱又跳的女人。“喝多了。”有人说道。还有一个男人发现自家的屋门很难打开，因为夜里风刮来的沙尘堵在了墙脚下。他看到那个女人踩着狂欢节曲调的节拍，身体和手上的帽子不断摇晃。他决定过去看看。

“跳吧，来啊，”她对他说，“渔船已经出海去找钱了。”

“你得一分钱，咱得一分钱；船长得八十，渔民得二十；洋鬼子得一百万，整整一百万。那就跳舞吧，开星点！我真倒霉，在工厂做临时工。只能做八个星期，兰后就会被一脚踢出去！你大清早跳舞，你是妓女、蝴蝶还是稻炒人？”

女人揽住他的腰。她又换了另一首曲子，强迫那个临时工和自己一起跳，她唱道：

温柔的海鸥

飞翔的岛屿

毒蛇，毒蛇

上面的山丘，毒蛇

秘鲁的国旗，毒蛇

“贝鲁的国旗是毒蛇？”他打断道，“你是妓女吗？”

“畜生，圣佩德罗贫民区从来就没有妓女。我在沙丘上唱歌……”

秘鲁的国旗

红与白

毒蛇，毒蛇，毒蛇。

那男人踢了她一脚。

“我是退伍军人。”他说。

乔洛妓女摔倒在地，她装作很费力地爬起来，两只手抓满了沙子，甩进了这退伍兵的眼睛里。

“婊子，臭婊子！你整俺！”那苦工嚎道。

女人跑开了。两人跳舞时周围看热闹的一小撮人纷纷给她让路，随即各自散开而去。

临时工摸索着回到家，用存在一个汽油桶里的水洗了洗眼睛。妻子看到他进屋跌跌撞撞地去取水。她蹲在房间的角落里，正准备点燃三脚便携炉。三个孩子睡在地上铺着的几只空鱼粉麻袋上。一只公鸡、三只母鸡、八只小鸡仔、两条狗还有几只豚鼠在泥水硬化的地面上走来走去。在昏暗之中，妻子看到了他发红的双眼。

山下的狐狸：你听懂我讲的话了吗？

山上的狐狸：你讲得有点乱。

山下的狐狸：那就对了。语言要能够搅碎这个世界。高山湖泊中的黑鸭在啼唱，那冰冷的湖水是融化了的雪水。它的歌声回荡在千岩万壑的山谷之中，最终沉入深渊之底。它遍及整个高原，使隐藏在羽毛草丛里那些坚韧的植物所开的野花也跳起舞来，不对吗？

山上的狐狸：是啊，那些鸭子的歌声浑厚，像某种大型禽类发出的。山的寂静和阴影把它变成了音乐，落入万物的心灵。

山下的狐狸：语言最是明确，也最易混淆。高山上湖鸭的啼唱，让人听懂世界的心绪。我们继续吧。这是我们的第二次相遇。两千五百年前，在瓦罗奇里的拉塔乌萨科山，我们在华蒂亚库里沉睡的身躯旁交谈——他先于父亲帕里亚卡卡而生[1]，是工匠。你在那里透露了一些秘密，华蒂亚库里听到后，最终

① 根据传说，帕里亚卡卡化为5颗巨蛋，是他的儿子华蒂亚库里首先发现了他的出生。

赢得了塔姆塔尼亚姆卡（他是一位善变、虚荣、羸弱的神）的女婿所提出的挑战。他的女婿首先要求华蒂亚库里唱歌、跳舞、饮酒，于是他照做了，他与两百个女人跳了两百种不同的舞蹈；华蒂亚库里在妻子的陪同下（她是伪君子塔姆塔尼亚姆卡的女儿），随着一只狐狸制作的小鼓[①]打出的节奏，让群山一同舞动、歌唱。

帕里亚卡卡的儿子通过了所有的考验：他身着白雪织就的衣衫——那是世间最好的衣物；他与昆虫和兽群合作，一夜之间就让一座宫殿拔地而起；他令一头蓝色的美洲狮咆哮起来，他自己身着黑白相间的衣服，也跟着嘶吼，声音甚至更为凶猛；他把对手吓得魂飞魄散，又将其变成了一头鹿，对手的妻子则被变成一个奇异的石头妓女。那时我们的世界和现在一样，被分为两个部分：山下的世界无雨而炎热，临近大海，暖谷被挤压在陡峭、干旱、赭石色的山丘之中；到了临海的地方，地势则豁然开朗起来，如血管一般的河流里尽是蠕虫、苍蝇、昆虫和会说话的鸟；这里的土地比你那边更加原始且多产。山下的世界是属于我的，却发源于你的世界，人靠

① 原文为克丘亚语。

不断打拼与歌唱才让那些悬崖绝壁与狭小多姿的平川有所产出；钢铁、幸福与鲜血，是世间最深邃的山与崖。现如今，山上与山下的世界里有没有发生什么更好理解的故事？

山上的狐狸：你从钦博特讲起，那就先讲述钦博特的故事。两千五百年以前，来自山上的战士图塔伊奇勒（伟大的首领、黑夜之伤、帕里亚卡卡的儿子）在乌林阿亚乌卡被拦住，那里是山下世界的暖谷。拦住他的是一个还未被男人碰过的妓女。她裸着下身，敞开双腿，露出乳房，手持一壶奇恰酒等着他。她的目的就是诱他睡下，使他分心。水发源于我居住的群山，向下流经那片挤在干旱、赭石色的山丘之间的暖谷地带，地势与光线到了靠近海的地方豁然开朗。你的世界遍布着沙丘与令人腻烦的岩石，而这水流就像是你那干旱土地上细狭的血管。听着，我一直向山下走，你一直向山上去。而现在，情况既更糟又更好。在比山上更高、比山下更低的地方，还有其他的世界。写这本书的人想要自杀，他是从山上来的，“伊玛撒普拉”至今还在他的胸口摇曳。他现在属于哪里呢？他现在是什么呢？喂，暖谷的狐狸，像湖鸭那样，对我讲讲钦博特的故事吧。如果可以，就唱一会儿吧。然后我们再聊聊，想说什么就说什么，想谈多久就谈多久。[1]

山下的狐狸：这里浓重的臭味令人作呕，但也有各种各样的馥郁芬芳。天差地别的人类、不为人知的深幽水域、泛着恶臭的海水、难以计数的管道（它们一条条相互勾连）——这些味道混合在一起，充斥于我的耳鼻之中。当我尖尖的双耳与这些臭味与香气碰撞后，耳朵的边缘就变成了透明的。在这里，死亡与黎明相互纠缠，有什么东西正在沸腾、喷溅，还有什么东西在发酵、发酸。它们全部糅杂在一起，被某种力量平息了下来。我通过我的耳尖感觉到了。我也看到了，是的。我和你一样，可以任意变成任何事物。是这样的。我们彼此交谈吧，尽一切可能互相靠近，无论在哪里，无论以哪种方式。[2]

乔卡托睡在两个妓女中间，安稳地打着鼾。瘦姑娘开始穿衣服。

“他长了一张海豹的脸，”她说，“他小的时候在海岛上杀死了几千头海豹。让他给你讲讲。说起来他还不算光顾过我，不算真正意义上……他会从这里直接出海。”

---

① 原文为克丘亚语。

② 原文为克丘亚语。后文中狐狸将化作人形，以不同的身份多次出现在小说中。

“一分钱都没有，”中国妹回答道，“你什么都没干，还想拿走一半的钱。”

“但我一直看着呢！他对你做……的时候一直用那双色眯眯的眼睛盯着我。”

“他干活不就是为了这个，做那事他有的是劲儿。莫非他小时候杀死的海豹又把他重新生出来了？你仔细看他，他就像一头没有胡须的海豹，一副威严的样子。”

“有可能，真的有可能……你碰过他吧？说真的，他的蛋是圆的，真可怜。他要醒了，出租车在外面等他呢，要直接拉他去港口。”

小说第二章

莫德罗广场是港口最大的集市。在广场的第一个转弯处，卖衣服、蔬菜和各种小吃的摊位占据了大半条街道。蒙卡达卸下了扛在肩头的十字架，把沉甸甸的底座在地上固定好。他左手拿着一块红布。那转瞬即逝的冬日暖阳恰巧都集中在城市的这一侧，从市场所在的街区一直到通往瓦扬卡的铁轨那头。蒙卡达跪在十字架脚下，慢慢直起身子，一边摇动手上的红布，一边抬起另一只手，开始布道。这时候正值采购的高峰期，只有少数人注意到了他。

“我是上帝的斗牛士，我是求他慈爱的乞丐，我不要官老爷的虚伪的爱，不要人类虚伪的爱！各位请看！”

他大吼大叫，在十字架旁边摆起了斗牛的架势。他是个桑博混血，鼻子的轮廓分明但不挺拔，两个鼻孔下宽上窄，有棱有角，仿佛没有血肉，只有骨头。所以尽管他讲话的时候神采飞扬，他的鼻骨却总是给整张脸平添了几分漠然。

“请看我如何驯服那些奸邪恶臭的公牛。我是装点人脸的一颗黑痣。痣长在漂亮姑娘的面颊上或男人的额头上，就是装饰。谁敢说不是？我是上帝在人间的痣，站在人类面前。

诸位都知道警察几次想逮捕我，因为他们说我是只长指甲的猫，到处偷东西。我不否认我是一只猫，但我的爪子偷的是友谊，是上帝的心……我胡言乱语，但乱我心者不是钱，而是我的星辰……”

每讲一句话，他都会举着双手，先从十字架旁走开，再折返回来。因为他总是要绕一大段路，所以聚在他面前的人没法围成一个圈，便形成了一个半圆。他不与任何人视线接触。十字架的横木上挂着一小张渔网和一个黑色口袋，沐浴在阳光下。

“何塞·路易斯·奥尔贝戈索-蒙卡达将军①曾任共和国总统，哈！哈！哈！他是我的亲戚，哈！哈！哈！外国电视台拍了我的照片，我会出现在全世界所有的报纸上，人类必须记住我。我是一个斗牛士，什么诱惑都休想勾到我。布拉斯奇和那个想当市长的商人莫哈纳为了暴富用的那些手段？我可不吃那一套。现在没有哪头公牛能冲倒我，它们已经全部被我刺死了。”

“我们现在是被围困了。”一名观众说道。

“蒙卡达是出了名的，没人敢惹他。他讲的是真话，只不过是以疯子的方式。”另一名观众回答道。

蒙卡达依旧目不斜视，肌肉紧绷，声音变得愈加尖锐，他

① 指路易斯·何塞·德奥尔贝戈索-蒙卡达（Luis José de Orbegozo y Moncada，1795—1847），秘鲁重要的庄园主、军官、政治家，曾任秘鲁临时总统（1833—1835），秘鲁-玻利维亚联邦时期任北秘鲁总统（1837—1838）。

赤着脚，自顾自地说话。观众越来越多。

“贝朗德[1]，共和国的总统；维克多·劳尔·阿亚·德拉托雷[2]，总统们的父母大人；死去的参议员肯尼迪；可怜的人，贝朗德的母亲、多伊格将军的母亲、萨莫拉斯上将的母亲、秘鲁和美洲的母亲。我！我！我！还记得那场从塔拉拉–通贝斯传出来的鼠疫吗？我就是那场鼠疫，塔拉拉–通贝斯国际石油公司，埃索石油公司、洛比托斯油田公司、英镑、美元的鼠疫，就在我流下来的汗水里！”

他用手上的红布擦了擦汗。他的脖子上暴起两条青筋，全无跳动的迹象，仿佛是橡胶做的。擦干了汗，他慢慢走回到十字架旁边，跪下来，然后解开了挂着的黑色口袋，从里面取出一个布偶娃娃。他把布偶脖子上的麻绳挂在了十字架的直木上，离地约半米高。布偶穿的和蒙卡达一模一样，额头上有一颗很大的痣；它的脸原本是黑底，却画成了白色；鼻孔是用漆画上去的，棱角突出，闪闪发光。

疯汉蹲下来，布偶挨在他的头旁边。

“可怜的蒙卡达，疯汉蒙卡达，所有人都在污蔑你，”他继

---

① 费尔南多·贝朗德·特里（Fernando Belaúnde Terry，1912—2002），秘鲁政治家、建筑师，曾经出任两任秘鲁总统（1963—1968，1980—1985）。

② 维克多·劳尔·阿亚·德拉托雷（Víctor Raúl Haya de la Torre，1895—1979），秘鲁政治家、哲学家和作家。1924年，他创立了秘鲁最古老的政党——美洲人民革命联盟。从建党到1979年，德拉托雷一直担任该党派领袖。他被公认为拉丁美洲重要的政治思想家，是秘鲁和拉丁美洲政治中的关键人物。

续说道，“政府诽谤你，让你流汗、鞭打你、用热沥青涂在你身上、把你按进满是蚊子的烂泥坑里；市长候选人莫哈纳对你垂涎三尺，向你求爱，叫你‘小白宝贝儿、小白甜心儿’，然后把针扎进你的心里。可怜的蒙卡达，小心肝蒙卡达，我的孩子！你没看到吗？我一谈起你，连太阳都躲起来了。我早就知道今天是多云，但是太阳算好了，我们一说起蒙卡达，它就消失了。太阳知道我是谁，它会永远记住我！布拉斯奇恨我。他长了一个猴子下巴，一只很大很大的猴子。各位听着，布拉斯奇使这个港口发展起来，他让大海怀了孕，你们都是布拉斯奇的孩子，他就是该隐①。兄弟姊妹们……”

他站起身，把十字架扛在肩头，布偶仍挂在上面。他一边走，一边躲避着街道上拥堵的私人汽车②。跟着他走的只有两个人，其他围观的人好一会儿才散去。蒙卡达又走到距离武器广场③最近的一个街角。他选的地方与几个摆地摊的隔了一段距离，同时又给街道留出一些空间。他再次把十字架固定好，跪下，又站起来，忽然仰天长啸：

“喔！啊！奥尔贝戈索-蒙卡达，秘鲁的总统，蒙卡达庄

① 根据《圣经》的叙述，该隐杀死亚伯后离开耶和华，后来该隐生了儿子以诺，并建立了一座城市，就以他儿子的名字命名。也就是说，该隐是一个创始人、生育者，这一点与布拉斯奇一样。故而按照蒙卡达的说法，钦博特的人都是堕落的，因为他们是布拉斯奇的孩子，是“该隐的孩子”。

② 私人汽车（Colectivo），载客的轿车或面包车，一般有固定的路线，个体经营，乘客可以随意上下车。

③ 武器广场（Plaza de Armas）是西班牙殖民地大多数重要城市的中心所在。

园的主人，”他指着那个布偶说，“绝不[1]！这个被污蔑的黑人现在吊在这儿，几百年后的人们都会记得他。上帝赤脚而来，他亦是如此；他被吊在这里，这和我不一样。我啊，有一次是在警察局被绑着两条腿吊起来。你还记得吗，孩子？亲爱的孩子，我，是我啊！”

他的声音里并没有悲伤，就像脖子上那两条暴起的血管那样，显得十分僵硬，和演说内容的调子截然相反。他站起来，走向面前的观众——这会儿已经聚集了不少围观的人。周围的人买的买，卖的卖，只听见一片低沉的咕哝声；扩音器播着刺耳的广告和舞曲；卖碎布头的摊点吸引了许多乔洛男女老少，摊主们扯着嗓子叫卖，还有用喇叭的。一块布要价一百，砍完价则以二十成交，顾客们个个兴高采烈。实属童叟无欺。

这会儿蒙卡达扮演的是一个赤脚的渔民。上个星期，他扮成阔少在市中心大肆布道了一番。他还扮过土耳其商人。还有一次（虽然这事过去了几个月，但有些人可能至今还记得），他扮成一个即将分娩的孕妇走进市场，给所有人展示他的肚子——那是一个假孕肚，里面藏了一只不停呜咽的小猫。疯汉蒙卡达也在哭：

“孩子爸爸不认他。他叫阿纳克莱托·佩雷兹·阿尔贝尔提斯，这是他的种。他是拖网渔船的船长，但是在钦博特

① 原文为英文。

只有索赫萨钢铁厂的工人才认私生子！他们有高工资、工作稳定、能合法减免税。他们住在古埃纳瓦卡区，那是真正的高档社区，有财政拨款，有派头。他们去上夜班，老婆就在家忙着给他们戴绿帽子，那帽子的质量可远远好过钢铁厂制造的钢筋。而我，唉，我的老天爷！唉！阿纳克莱托·佩雷兹·阿尔贝尔提斯，谁都不愿意承认是我这孩子的父亲。以圣父、圣子、圣灵之名，钦博特所有街区里都挤满了像我儿子一样没爸的猫娃儿！”

他搞得小猫尖叫起来。听说后来猫被他闷死了。几天后，他气宇轩昂地走着，衣着考究，谁也解释不清为什么他的衣服明明既不精致也不干净，看上去却入时体面：窄腿裤，裤腿稍短；黄色的衬衫，领口敞着，上下翻飞；帽子自然也戴着啦，是一顶小檐草帽；绿色夹克胸口上还别着一块白色口袋巾。他走得快极了，右手插在裤兜里。

哪怕衣冠楚楚，但蒙卡达的布道并不怎么正式。他总是在博洛涅西大街上晃荡，时而在某个街角停下来，简短讲上几句，然后又继续走到下一个街角、某家大商店、银行或是钦博特社会俱乐部门口，继续开讲：“可以说继何塞·德·圣马丁①

① 何塞·德·圣马丁（José de San Martín，1778—1850），阿根廷将军、南美洲思想家、政治家、南美西班牙殖民地独立战争的领袖之一。他将南美洲南部从西班牙统治中解放，与西蒙·玻利瓦尔一起被誉为“美洲的解放者”，被视为国家英雄。

之后，在我们秘鲁发号施令的都是外乡人、洋鬼子。我们就是外国佬的仆人……”

他走得很慢，高昂着头，轻蔑地说：

“叫我疯子我不在乎。我给自己制了两块招牌，你们记得吗？一块在身前一块在身后，上面写的是‘疯子、蠢货、酒鬼’。这里有城门圣母①、有兀鹫、有蒙卡达……”

他气宇轩昂地讲完后就走了，走得很快，似乎因为受了太多的鄙视而精力充沛。走过两三个街区后他又开了口：

“外国人就像那些骗小姑娘的败类，先给她们送上一切，占完便宜之后就只剩下棍棒和唾弃。但如今，姑娘们所生的孩子准备反击了，要回敬他们的棍棒。外国佬都滚蛋吧！我现在明白了，疾病来自智慧……”

他的右手还是插在裤兜里。沿着人行道走了几步后，他又转头回到刚才那个街角，边走边说：

“疯汉蒙卡达向你们问好，哈哈哈！太阳、月亮、星星、鲸鱼的小鼻孔、小小鲨鱼，绝不是②鳀鱼！早上好啊，卡多佐神父，你这个美国佬。和平队③，举起手来！上帝不得安宁，

---

① 城门圣母（Virgen de la Puerta）也被称为奥图斯科城门圣母，被供奉于秘鲁北部的奥图斯科城。1942年，教皇庇护十二世授予她“世界和平女王”的称号。

② 原文为英文。

③ 和平队是美国政府运营的一个志愿者独立机构，旨在展开国际社会与经济援助活动。美国人麦克斯韦就是和平队成员。

布拉斯奇又上又下、又向两腿之间……”

接下来还是说回莫德罗广场这次。蒙卡达摘下那只在他眼前晃来晃去的布偶娃娃，塞进黑色口袋里，又扛起了十字架。

“疯汉蒙卡达在这个口袋里，本渔民现在要去低有望区。”他说完拔腿就走。

“我觉得他从来都没去过贫民区。有望区远得很，在沙丘那边呢。”一个凑热闹的说道。

“嗯，应该是公墓后面那片。”另一个人说。

蒙卡达把十字架扛在肩头，俨然工人模样，仿佛有人雇他把十字架搬去某座需要祈福的山头，或是安置在某个被山区人占领了的印加遗址处。他就这样走过加尔维兹大道上的几个街区，这里有不少市场和私人汽车站台。

蒙卡达并不是一直都疯疯癫癫的，以前精神还正常的时候，他是渔船的装卸工，整日在渔船和海岸之间来回奔忙，赚了不少钱。此刻他肩负十字架，汗流浃背，赤着脚，一副过路人的模样，完全不引人注目。商店门口挤满了顾客，小商贩扯着嗓子沿街叫卖，路过的骑三轮车的男女躲避着他扛着的十字架，谁也没多留意他一眼。蒙卡达走到了双车道的加尔维兹大道，那里的市场还开着。卖蔬菜、水果、食品、面粉、面包、肥皂、染料、塑料制品的摊位剩得不多了，大部分摊主已经走了或者正准备收摊。蒙卡达一副要做长途旅行的架势。他要去的地方很远，在钦博特-瓦扬卡的火车站围墙的终点处。那里也是城市的起点，在加尔维兹大道的右手边，是一片由沟渠、长街、死胡同、水沟、仓库所组成的迷宫（这里地面上可见的一切都是新建的）。蒙卡达转向铁路市场，那里是迷宫的入口处——“四月二十一日区”，一个已经被政府批准但至今未通水电的街区。

市场的入口是火车站门外拦着的一排木栅栏。透过栅栏可以看到占地极广的车站，就像城区中的一座岛屿。戴着白色头盔、金黄色穗带的警卫看管着栅栏和仓库。市场以栅栏为起点，依山势向上延伸，占据了宽阔的布宜诺斯艾利斯大街。铁轨将街道和市场一分为二，一边有上百个地摊，出售鲜活动物、谷物、蔬菜、苜蓿；另一边的摊位则是一大片草席搭的棚屋，有能遮阳的屋顶和通道，其中甚至还有一排摊位的位置得天独厚，柜台直接朝着铁轨，一片欣欣向荣。铁轨本身就是市场的一部分，上面摆了各种货物，柠檬、鲜花、生菜、豚鼠笼子、装满雏鸡的小纸箱。十几间饭馆错落分布在盖着屋顶的迷宫中。成百上千人在那里吃早饭或午餐。正午时分，几只大胆的老鼠跑出来，快活地吱吱叫，野狗在后面兴奋地追着，摇着尾巴，趴在地上细嗅着每个小洞和缝隙，但从来也没成功捕到过。购物的人在通道处推推搡搡，饭馆老板嘴里和人闲聊着，手上则一把拧断母鸡的脖子。市场里带屋顶的这部分摊位混合了粪便、水果、汗水和药草的味道。哀伤的鹈鹕从人的头顶飞过，或是随性闲游，或是立在低矮的棚屋顶上垂头丧气地观望。偶尔有妇女会给它们丢点鱼肠或海豚肉的下脚料。如果这些鸟胆敢飞落下地，就会被人提起脚逮住，或是被人拿着棍子追赶，野狗则趁机大快朵颐。

蒙卡达走到火车站的栅栏处时，市场里密集的摊位已经稀疏了不少。忽然间，街道尽头传来了火车头的汽笛声。摊主们赶紧开始收拾他们放在铁轨上的麻袋、篮子、兔笼子和纸板箱，卖水果的小贩赶紧撤开，在枕木上留下了不少柠檬、橙子、印加豆①、黄瓜什么的。火车头的汽笛一路呼啸不已，火车司机将半个身子探出车窗外。车速很慢，缓缓拖着后面几节非常老旧的车厢，车身已经褪了色，斑驳锈蚀。最后一节车厢轧死了一笼豚鼠和一只公鸡——后者从饭馆的阴凉处忽然冲出来，两条刚被拔了毛的腿红艳艳的，就这样送了命。蒙卡达将他的十字架横放在铁轨枕木上，下面是一大摊血肉模糊、掺着鸡毛的混合物。已经奄奄一息的公鸡被捡起来，放在了豚鼠笼子旁边。

"啊，啊！生命、死亡，鱼粉的臭味、温文尔雅的美国神父身上的臭味，那个西班牙语发音永远不准的绅士。你们听着，听着，那个美国佬，那位高尚的神职人员，他永远、永远都讲不好我们的西班牙语。但不要紧！他们不会把他们的意志强加给我们。他们学着蒙卡达的样子，冒着危险在这臭

① 印加豆是一种可食用的豆荚，分布在南美洲和中美洲。因其假种皮的甜美风味和光滑的质地，所以也被称为"冰激凌豆"。

气熏天的地方传教。先生们，蒙卡达要是有钱[①]的话，他也会择善而行，言传身教。这公鸡死了，那笼豚鼠也死了。朋友们，‘无辜’的火车头杀死了它们，美国佬的塔拉拉-通贝斯国际石油有限公司、塞罗-德帕斯科矿业公司不也是那样吗？不，他们不是罪魁祸首。哦，来吧！卡多佐神父，塔德奥神父，好朋友们，快让这只鸡起死回生！”

他弯下腰，跪在地上，抓起一把混合着血、肉、木渣和羽毛的浊物。围观的人聚集过来，比在莫德罗市场那次的观众更多些，沿着铁轨排成了一条长龙。大家把蒙卡达围在中间，听他讲话。

“我是个疯子、黑家伙、一个被钩住的渔民，我要饮下这受难的公鸡之血。敬你们的健康、敬你们的肺！我乃健康，我乃生命，石棺、肺结核、布拉斯奇！那些开着吉普车把尸体运送到拉卡莱塔医院的外国神父们，帮大忙了！谢谢你们，美国神父，连教士袍都没穿，连裤子都没有弄脏。打倒外国佬！奔跑的公鸡，美味的鲜血！”

他站在十字架旁边，咀嚼起那些沾了血的木棍。

“黑猪！”一个黑人小女孩说。

“他是个毫无保留的基督徒！”一个小个子男人反驳道，他的肩胛骨高高隆起，双眼凹陷，睫毛十分浓密。蒙卡达似

① 原文为英文的变体。

乎认识他，向声音传来的方向点了点头。小个子男人向他鞠了一躬。他站在疯汉面前那一排人中间，蒙卡达发现他双眸中燃烧着的死亡之火，那浓密的睫毛在他眼中投下一片阴影。他认出了这是他的好朋友唐埃斯特万·德拉克鲁兹。但他还是面无表情，咀嚼着嘴里带血的木渣，吞下去后继续布道：

“我也为埃伯托·索拉诺和特奥杜罗·亚乌里的健康祝祷。他们俩谁能在钦博特渔民及附属人员工会里获胜呢？战斗、复仇、太平洋、黑社会！唯一知道这个答案的人就是那个被装在口袋里、挂在十字架上的那个可怜的黑娃娃。我当然是头黑猪！我用鼻子拱地，我拱‘十月二十七日’工厂区海边那片滚烫的泥沙地，我拱那恶臭的空气，我拱那干净的天空。一个鼻子、又一个鼻子。越来越臭。我在钦博特-瓦扬卡铁路市场为你们祈福，今天天气多云，杀死那只没毛的公鸡！朋友们，我就是那只奄奄一息的公鸡。喔喔喔！我又复活啦。哈哈哈！再来一点，就再见了！”

他又从枕木上挑起一块混有泥土和豚鼠毛的肉。“我尊贵的钦博特美国主教阁下，亲爱的大人，我同意您的说法，无辜的猪的鲜血，不管是黑猪还是白猪，都是一样的。”蒙卡达在十字架旁摆了一个立正的姿势，迅速嚼完嘴里的东西咽了下去。然后他抬起十字架，举着木头和黑色口袋在身前画了一个十字，朝着正在收摊的市场走去。他把十字架扛在肩头，用他那棱角分明、相距很远的两只鼻孔深深地呼吸，沿着铁轨一路上行。没人跟随他。

“这个黑家伙是个疯汉、圣徒！比马丁修士①、教皇圣若望二十三世②还厉害！”一个草药商说。他是个福音派教徒，在带屋顶那排铺子的尽头摆摊。

“他就是个该死的疯子。”一个卖羊肉的小贩一边说，一边牢牢地盯着那个信福音派的草药商。草药商转过身去，似乎有些惊慌。

“那个黑人啥都扮，有时还扮福音派，啥人物都扮。”一位骑着三轮车卖炸猪肉的女士不以为然地评论道。她头上戴着一顶巨大的草帽。贪婪的苍蝇在她的两条腿周围盘旋，腿上满是静脉曲张的黑疙瘩。

再没有其他人发表看法了，那些站成一排听疯汉演讲的观众都散去了。静脉曲张女士讲完话后出现了一瞬的沉默，恰好这时从远处传来了盲人安托林·克里斯平那悲伤凄婉的吉他声。有三个围观的路人各自寻着那吉他声而去。“他们都饿了，”那位女士想，“从天亮就一直站在那里。”

蒙卡达扛着他的木十字架来到通向何塞·加尔维兹大道的交叉路口，一个瘦削的黑人老头在那里开了个颇有些档次的

① 指圣马丁·德波雷斯·维拉斯凯兹（San Martín de Porres Velázquez，1579—1639），出生在秘鲁总督区的修士，属于多米尼加教派。他是美洲第一个黑白混血的圣徒。

② 教皇圣若望二十三世（1881—1963），于1958年至1963年出任教皇，是历代教皇中颇受敬重的一位。

柠檬摊，还摆了桌椅。他仔细打量着蒙卡达，微笑着说：“给你儿子一个柠檬，你把他囚禁在口袋里了，黑家伙。”他从板凳上站起身，递过一个又大又有光泽的柠檬。

“献给口渴的沙地。”蒙卡达说罢把柠檬接了过来。

黑人老头收起了笑容。

蒙卡达拐进何塞·加尔维兹大道的最后一个街区。

无论是卖折叠床和床垫的商店，还是卖汽车和卡车配件的，无论是给山区人磨面粉的作坊，还是做轮胎翻新的，人们看到他经过，就像看到哪个邻居家的孩子一样。但当他穿过铁轨上方的天桥，拐进名为“进步区”的贫民区时，一个刚走出家门的女人对他说：“又是个可怜的黑娃娃！”

***

他们把公墓围了起来，还加盖了一扇大门！蒙卡达要去低有望区，就必须从公墓前经过，再穿过通往高处贫民区的那条公路。公墓在空旷的沙地上，最近新建了两块壁葬区，呈直角分布。一块在公路边，有四百米，另一块则依沙丘的山势向上展开，有三百米，墙上的墓穴刷得白晃晃的。整个公墓呈一个未完成的四边形。蒙卡达在一两个月前，或者最多六个月前就来过这里了。龛门都朝向沙丘那一侧（这座沙丘地势比较平缓）。从公路那里可以清楚地看到依山势而建的那个区域里一排排空置的墓穴。沙丘的坡道和山顶部分是专属于穷人的。那里没有壁龛，只有一些钉得乱七八糟的十字架，横木上刻了几句铭文，简单写了逝者姓名的首字母和生卒日期。十字架原本不是用深色木头制的，但因为那片雪白的沙地常年被风吹拂，干枯的木头才看起来黑黢黢的。全然无序的十字架正对着那片直角形的壁葬区，在沙地上投下阴影。墓穴里放着的花束被炙烤着，几棵新栽的柏树苗排成一列，在壁葬区旁随风摆动。

蒙卡达沿着公路旁的土路肩走着，穿过了进步区与公墓之间那片狂风大作的沙漠。他咬了一口柠檬，就把它丢进了沙里。当他抬起头时，他看到的并不是壁葬区的墓穴，而是公墓正面那个巨型拱门。拱顶上安着一个闪闪发光的石质十字架，仿佛守卫一般，颇像那些从钦博特海湾的迷雾中突出重围的巨大船只，航行得愈近，人愈觉其硕大无朋；船缓缓驶来，发白的甲板比公墓那个突兀的正门还高，反射出昏暗的光线。

此时，很多人正穿过拱门走进公墓，其中有些人身着黑衣。疯汉蒙卡达跟着这些人一起走了进去。他看到有人把沙丘高处的十字架扛了下来。他们先是用力掰横木的一端，把十字架从沙子里拔出来，再深一脚浅一脚地从高处下来。蒙卡达与众人逆向而行，扛着十字架向公墓深处走去，他的十字架很大，上面挂着一小块脏兮兮的渔网和一个口袋。

市政府、慈善堂、警察和教区神父已经下了命令，劝说这些贫民区的穷人将他们的墓地迁至圣佩德罗沙丘另一侧的洼地去。港口的垃圾场就在那附近，泛美公路和通向山顶的柏油马路也从那里经过，新搭建的电视发射塔也近在咫尺。那个区域毗邻圣佩德罗贫民区，位于主城及其余二十七个贫民区的北边，但就在主干道上，没有新公墓那么靠东。穷人们将会被安葬于此，完全免费，不需要支付教区、市政府或慈善堂任何费用。每个贫民区的居民协会都收到了关于此事的决议和呼吁。但没有人要求他们把那些已经下葬在公墓里的逝者移走（就是那座新建了围墙、有拱门和大理石十字架庄严护卫的公墓）。公墓里沙丘高处那部分还没有被围起来，再过五年或十年，那些嵌着白色墓穴的高大壁葬墙也会蔓延上去。那里曾经是低矮的坟茔，蜥蜴四处爬行，上下徘徊，在沙丘上留下足迹，还有与沙地同色的猫头鹰，无声地在十字架中游荡——秘鲁各个小港口的公墓皆是如此，全都建于沙漠地带。

然而，建了围墙和拱门的新公墓依然被工厂的烟雾和尘土包围，被条状的沙漠带隔绝一隅。贫民区的头头们都明确表态，不会打这片沙漠的主意。在此之前他们为了占地盖房，和刚来到港口的山区人一起抢占了那些蚊虫肆虐的臭水塘、沙丘和耕地，自然也不放过更容易征服的沙漠，尤其是距离城市圈最近的沙漠带（比如公墓周边）。沙漠使公墓置身于寂静之中，如今更是被围墙封闭起来，而沙丘顶端那些眼中钉似的十字架终于也被穷人们一根根拔出来了。

一边是忙于处置已故亲人的十字架的众人，另一边的蒙卡达则穿过拱门走进公墓，继续前行。

“是黑家伙蒙卡达，那个疯子。”一个站在拱门附近的人说道。他身边还站着另外一小群人，好像正在等待着什么（或者说看上去像是在等待什么）。

十字架的阴影被拉长，朝向安第斯山脉那一侧。沙丘山脊上的那些十字架被穷人们清除得干干净净。来自附近贫民区的居民基本每人都拔了一座十字架，只有少数几人拔了好几座。这些十字架全都细窄短小，横木是扁平的，它们被摆成一排，上面的铭文朝着拱门的方向。然后人们又从东西两头（一头是安第斯山脉，一头是海湾中的众岛屿）把剩下的十字架一根根拔掉。只有那些已经在沙地里歪斜得十分厉害的被留在原地，无人问津。有一个年轻人拖走了五座十字架。他腰间系着一条皮带，扣襻的颜色十分鲜艳。和他一起来的两个人各自拔了七座，全都扛在肩上。最后，人们又把那排朝着拱门、刻有姓名的十字架举起来，扛在另一个人肩头。每人双肩上都扛着逝者的十字架，向沙丘脚下鱼贯而行。他们组成了一支庞大的游行队伍，一言不发，扬尘而去。

队伍在一位已故日本商人的墓前稍停了片刻。那人当年是港口的大人物，那时的钦博特还只是个运棉花的小海港。他的墓和对面的拱门一样都是新建的，明光锃亮。蒙卡达来到人群中间，但脸冲着沙丘那边。他像军人一样转身半周，把十字架像猎枪似的端起来，对准了墓穴。

“孤零零的日本人，”他说道，“外国佬。我杀了你，我杀死所有你们这些外国佬！”

有人想上前把他拖走，但他一转身迅速钻进人群之中。

“可怜的家伙！他家的十字架一定是被搞丢了，所以带来了一个这么大的，能永远用下去。”一个女人说。

蒙卡达平静地站在人群中间，耷拉着脑袋，脖子上淌着汗。只有他和那个猪倌巴萨拉尔仅扛了一座十字架。

从拱门旁那一小群人中走出一位美国神父，他身着便服，戴着白色硬领，手举着一个装电池的扩音器，活像个阔气的街头小贩。

“姊妹弟兄们，伙伴们……”他透过扩音器说道，“不是，安排不是让大家，把十字架或遗体，从这个公墓，移到另一个公墓。只有以后去世的人，才埋进另外那个，圣佩德罗的另一侧。大家做的决定，尊贵的主教阁下，尊重。我，以主教阁下的名义，来赐福。任何土地都……神圣的、神圣的，都……那个上帝的土地，接收基督徒的灵魂和身体。阿门。”①

他抬起手为大家赐福。蒙卡达从人群中走出来，像士兵那

① 美国神父所讲的西班牙语有不少语法错误。

样向前几步。他把十字架从肩头取下，上面挂着的渔网跟着摇摇晃晃。他就像扮阔少时那样高高挺起胸膛，把十字架一头对着神父：

“洋鬼子！主教阁下，伟大的天神！掘墓人！”

他忽然一个箭步冲向拱门，又把十字架扛在了肩头。

“他一定是悲伤得发狂了！”有人说。

人们跟在蒙卡达身后走了，无人回头去看美国神父和他的随从一眼。只有走在游行队伍之首的格雷戈里奥·巴萨拉尔（他是圣佩德罗区的猪倌）模棱两可地对神父挥了一下手臂。

已经是下午时分，他们还要走很远的路，要穿过夹在进步区和巨大的圣佩德罗沙丘之间的公路和那块恼人的空地，还要穿过通向高处贫民区的公路，一直向上走到有望区——那个区也位于一座大沙丘之上。这条路线很难走，但是人们还是决定步行，因为如果想走公路，就必须得进城绕一大圈，没人愿意这样。“我们步行前进，翻过圣佩德罗，组成一支悲伤的送葬队。”此前，猪倌巴萨拉尔在一次集会上如是提议道，无一人反对。

人群阻挡了公路上的车流。私人汽车和卡车上的司机与乘客皆摘下帽子。

“各个贫民区居民协会的会长都来了，”一名司机说，“这个呢，就和占地活动一样，都是有组织的。他们现在不是针对当局，也不是反对地主或是钦博特的印第安人群体。搞不清楚他们到底是向谁抗议。看，几位会长在那儿，带头走着呢。”

“不对，”一位女乘客说，“我们低有望区可没什么人去参加，我们已经是官方认可的社区了。只有最穷的山区佬才去参加咧。”

“谁说贫民区各位会长都参加了？谁说的？我是曼西亚，圣佩德罗区的会长，我就没去！去的都是一些‘代表’，再没别人了，还有那个猪倌巴萨拉尔，靠着死人这一茬，装得一副领导人的样子。”

“有几位会长参加了的。”司机坚持说。与此同时游行的人继续从公路中间穿行而过。

“不是的，伙计，”曼西亚答道，“为了这个事情他们专门在贫民区里找了那些纯正的山区佬作为代表，今天所有在场的都是‘代表’。猪倌负责指挥这场和平抗议。看，他在那儿呢，只扛了一座十字架，跟个重要领导人似的，明明是个活人，但听他领导的都是些死人。”

“堵在公路上的死人？”司机问。

“您听我说吧，标记死人所在地的十字架对那些纯正的山区佬，也就是印第安人来说是挺重要的。而我们已经被沿海人同化了，早就把亲人的遗骨移到壁葬区的墓穴里了。就是这样。那猪倌很精明，在钦博特这个卖鱼粉的港口，死人原本一文不值，现在呢，升值了。明白了吗？”

“钦博特！钦博特！钦博特！”黑人蒙卡达在远处以宣誓的口吻呼号着。

“那人是会长们的领导。”一位来自低有望区的女士说道。

“是宁的领导，宁挺像山区佬的。”同车的另一位女乘客说道。

“放屁！”有望区那位女士回答道。

那个自称是圣佩德罗贫民区居民协会会长的男人正好坐在两人中间，伸展双臂把她们都按在了座位上。

“请尊重十字架，”他说，“山区佬是山区佬，但不是下等人。”

游行的队伍默默地穿过了布满了碎石和车辙的小路。

“现在穷人们都走了，之后可能会修一条通公墓的公路了。”司机说。

“也许吧，把路修到正门口去。剩下的就是通贫民区的小路。”

***

十字架的队伍爬上了圣佩德罗大沙丘，走到了贫民区居民用碎石和垃圾铺就的“环形公路”。他们保持着队形绕过沙丘，仿佛一条深色的纽带，一条黑色的蠕虫。在港口沿岸几乎所有的贫民区、码头和渔船上都能看到这支队伍。参加游行的人也能看到贫民区的灰尘、市中心新铺的沥青、各家鱼粉厂的码头、钢铁厂喷吐出的粉色浓烟。巴萨拉尔在队伍最前面领头，扛着他那座用于“送葬”的十字架——其实是他在前一天才钉在公墓一角的。他环视眼前众多的贫民区，他曾经看着这里从无到有，靠棍棒与鲜血一点点发展壮大。他是个多疑、善妒的乔洛男人，一直都很迷茫。他去过利马，后来又回到钦博特，白白浪费了时间。他仔细看着为贫民区供水的那口井和水泵，还有给沙丘运水的驴队；他观察着一切，却一副目不斜视的样子，仿佛真的走在一支送葬的队伍里。

贫民区的孩子们从沙丘上冲下来，朝着公路跑去，狗跟在他们身后，比它们的主人更瘦、更活泼。

这时，夕阳已经将海湾中的鸟粪岛染上了一片金黄，也照亮了圣佩德罗的洼地和山顶。贫民区仿佛将那光线吸进了体内，刻肌刻骨。在那受尽鄙夷的沙丘上安了家的人，却主宰着钦博特的每一寸地平线。

***

美国神父从公墓回到了主教办公室，与钦博特的美国主教用英语交谈起来：

“主教阁下，他们既温顺又狂野，真不知道……”

“我懂，孩子。你得去和卡多佐神父谈谈。”

***

扛着十字架的队伍穿过沙丘和贫民区，人们半是无聊，半是不安地向前走着。一个警察都没有。他们绕过几乎整个圣佩德罗沙丘。古代印第安人在那里建造了一座神殿，是沙丘中最宏伟的一座，但现在已经甚少有人知晓。在摇摇欲坠的遗迹之上，耸立着一座十字架，上面挂了一块裹尸布，迎风舞动，尽是尘土。据说在一二月时，布上会出现附近那条奔流的圣塔河的模样。

在场的狗、孩童和妇女比男人多。十字架的队伍经过时，他们全都挤在“环形公路”边上围观，站在沙地上，面朝公路，背对着贫民区最近处的一排房屋。不管是妇女还是小孩，互相之间都没有靠得很近。当报纸碎片和破布被风裹挟，吹到游行者头上时，有几条狗吠叫了起来；其他狗则坐在地上，嘴里流着涎水，眼巴巴望着。不管几岁的孩子都自顾自地看热闹，没有贴在大人旁边。游行队伍在沉默中前进，甚至有很多人身负了多达十座十字架，其中有男也有女。围观的人没有上前，也没有人发表意见。有三个女人站在公路的尽头，似乎在等待着什么。其中的一个是怀孕的妓女葆拉·梅尔乔拉，她用克丘亚语祈祷道：“上帝、水、奇迹、圣洁的晨星；从青石中跳出的鱼，如箭矢一般，在溪水深处那摇曳的水草中游弋。水面上出现蜻蜓的影子，映出它硕大的双目；松萝挂在树上，倒垂下来；一二月间，淌血的土地让河水变得滞重，它在岩石与树木之间跳跃，把尘土永远留在了饮下那水的人的生命里，他们却对此一无所知……这许多神圣的十字架啊，让迪诺克死掉吧，让他被烧成灰烬，让他追随你们，让他倒在你们身后，让他受罪……”

三个女人没有站在一起，但也相隔得不远，听得清对方讲话。“阿门，主偿我愿，阿门，主偿我愿[①]。”其中一个懂克丘亚语的女人说道。原是地主家的小姐，现在沦为妓女的奥尔法退后了几步，立刻转身走了。“乔洛女人，”她说，“我再也不要和她们在一起了。真恶心！这是对我的惩罚。”她加快步伐远离了游行队伍。“恶心！”她一边踏着街道上厚实的沙土，一边不断重复着，“恶心，恶心，唉！再也不了。感谢你，神圣的十字架，你四处流浪，和我一样被人抛弃。借着你的光，我终于看透我的生活有多恶心，看清楚了我是怎么毁了自己的。”她挺直了身子，投下的影子似利刃将周围的空气割裂开来。她决心早晚要先闷死她的儿子，然后自己服下小盒子里藏着的毒鼠碱——自从她辱没家门，悄悄地离开高贵之城卡哈马卡后，就一直把毒药放在那里。

人们背着十字架，走进了一块无人居住的沙地，和安第斯山脉的岩石和雪线处于同一条水平线上。海面上方的云层已

① 原文为克丘亚语。

经泛红，逐渐黯淡。暮色四合。

新的穷人公墓没有什么明确的规划，但钦博特公墓的守墓人和圣佩德罗区的代表都认得这块由市政府选定的地点。

“就是这里了。从这里开始，没有终点。”守墓人说。

“扛着故人十字架的同胞们，”唐格雷戈里奥·巴萨拉尔代表圣佩德罗区发言，“以圣父、圣子、市震府和区长之名，同胞们，咱们到了。开始埋咱们带过来的十字架吧！埋在哪儿都行。有了这块洼地，咱们不用再去约沙法谷接受审判[①]，咱们永远留在这里。说句实话，可能不是所有人都明白，埋怅过世了的父亲、兄弟、姐妹的地方不可能是永恒的，只有咱们的心中才是他们真正的安息之处，与自己的同胞们同在。真的是这样的，守墓人先生、主教大人和震府的代表不想让咱们的亲人长眠在那个现代的美国公墓里？多谢了，感谢你们给了咱这块山脚下的洼地，真好。围墙会倒塌，鲜花会被烤焦，但山是永恒的，所以这里不会再有人哭泣，阿门。”

这个圣佩德罗区出名的猪倌从衬衫下掏出一朵很大的玉兰花，绑在他扛的十字架的顶端，把它立了起来。那朵花给洼地增添了一抹光亮。当他固定好十字架时已是彩霞满天。他在返回贫民区的路上看到了好几个还在洼地上钉十字架的

① 典出《圣经·旧约·约珥书》，约沙法谷象征着神的审判之处。巴萨拉尔的言下之意是，在这块洼地上，山区人可以选择安第斯式的死亡方式，脱离代表了基督教的公墓。

人。“玉兰花的光环拉长了这些人忙碌的身影。”唐格雷戈里奥·巴萨拉尔这样想道。

在整个游行过程中，蒙卡达一直恭敬地跟着巴萨拉尔。他把自己的十字架扔在地上，从黑色口袋里取出那只布偶娃娃，把它埋在了沙里。他用几根火柴棍做了一个十字架，把一头削尖后扎进土里，又用一些石子来支撑，把地面压平。然后，他朝着沙丘下方一顿猛冲——幸而这是一道缓坡，他没有磕碰或踉跄。公墓的守墓人从地上捡起了蒙卡达的十字架，念了几句拉丁文，用它来为这块洼地赐福（这块地四下里已经布满了十字架），然后把十字架扛在肩头，朝着圣佩德罗贫民区走去。

“喂！”一个女人对守墓人叫道，她旁边还坐着一个女人。那里正是贫民区“环形公路”的起点。她说：“那些仍原来也从不去十字架前祭奠，所以迁到洼地是最好不过了。俺听说啊，他们给公墓盖的那面围墙，带拱门、洋仍风格的那个，就是为了把沙丘上那些十字架给撵出去，对了，那个是震府盖的吗？”

“你是谁啊？哪儿来的山区佬？”守墓人问。

“管俺是哪个！那个黑家伙已经飞奔下山了，把十字架丢在上面，结果被宁给扛走了。这可是个大家伙。宁是缺柴用了呗？”

“你这山区佬，在钦博特用不上柴火，蠢玩意。那是神圣的游行，不是要把十字架撵走……”

“明明就是他们，刚刚拿着十字架被撵出公墓了啊，水泥盖的那个。宁拿走这个大家伙肯定就是因为没柴用了，它可能没仍要了。”

“去你的吧！”守墓人骂道，然后带着十字架走了。

“呸，你这个臭鬼！背着别仍十字架的臭鬼！”那两个山区女人中的一个对他吼道，然后两人继续观望起那些在新公墓固定十字架的人们。

夜幕降临，洼地上只剩下一个男人。他身旁是一座结实的十字架，离那朵玉兰花不远。其他人都回城了，有成群结队走的，也有独个儿走的。几乎所有人都要先下到泛美公路上，但他们不像疯汉蒙卡达那样俯身猛冲，而是沿着一条近来被拖拉机轧出的小路下山，路两旁都是石块。下山后，来自圣佩德罗和高、低有望区的人还得再往沙丘高处爬。

在低有望区瓦拉兹路的交叉路口，守墓人又被一个矮小的女人拦住。

“老爷，”她说，“到俺家里去歇一下吧，带上宁的十字架，敬爱的上帝。”

守墓人仔细地看了看她。

“嗯，去一下也行。你请我喝汽水吗？”

“当然。也有奇恰酒。”

“夫人，我可不喝奇恰！我不是山区佬。”

“哎呀，老爷，请原谅！”

那女人鞠了个躬，转身离开了。

她就是阿斯托的妹妹。守墓人看到她走了，心里很是不痛快。这小个子女人讲话的音调和她眼中的光芒令他嘴里发烫，他鬼使神差地回答的那句“我不是山区佬”冒犯了她。于是，守墓人烦躁地走进瓦拉兹路上最近的一家小商店，要了一瓶可口可乐。

“有冰的。”店主干巴巴地说道。

“真不错，低有望区正在发展。现在甚至通电了，是用发电机吧？给我一瓶足够冰的。”

“是的先生，正在发展。”

“朋友，这个十字架是蒙卡达的。”店主一边开汽水瓶盖一边说。

“烧了它，老爷！”一个坐在一袋大米上的小个子男人说道，“我啊，我是个拉三轮车的。听说那个黑家伙蒙卡达经常在夜里拿这玩意搞一些恶心的布道。”

守墓人耸了耸肩。他喝完汽水，付了账，不再把十字架扛在肩上，而是夹在了胳膊下。“这样就对了！”拉三轮的说。

“在这地方，不管什么都一文不值。”店主感叹道。

在公墓经理那间雅致的办公室旁边，有一套专门为守墓人盖的小公寓。公寓也是建在公墓里，朝着沙地一侧，前面是一块用碎石铺成的平地。一个运水的男孩每天去给那片地附近新种的作物浇水。他总是在傍晚时分到达，坐在一辆涂着红漆的水罐车上，拉车的是一头大黑驴。水罐车其实就是两个被粗糙地焊在一起的汽油桶，置于一块滑稽的木质底盘上，下面由两个橡胶轮胎撑着。守墓人走到那片平地的时候，男孩刚把最后一罐水浇完；他跳上车，站在车上牵起驴子的缰绳，让它迅速掉了头。那头驴快活得昂起脑袋，小跑起来。男孩顺便向守墓人打了声招呼："老板，您胳膊底下夹了一个好大的十字架啊。"守墓人闻着刚浇过水的植物的气味，走进了家门。

"这十字架是做什么的？"他妻子问道。

"我要把它钉在公墓这座沙丘的最高处。它已经受尽了苦，让它留在沙丘上吧。它不属于任何人。"

"肯定就是你的，你这异教徒。怎么能这样拿十字架？夹在腋下？"

***

阿斯托的妹妹回到家，发现迪诺克正在她家的客厅里（他们用这个大房间开了家商店），坐在一张用芦苇和柳木新制的椅子上。朝向街道的门上斜挂着一根霓虹灯管，照亮了整个房间，更突显了那块用作门帘的厚布。帘子后头的那扇门直通后院。

“他妈的，你已经有日子不去‘围场’做了。我要捅死你兄弟。”

迪诺克站起身。他腰间系的皮带是橡胶做的，很宽，扣襻的颜色鲜艳。他身着紧身的裤子和红色的衬衫，头发油光发亮。他走近阿斯托的妹妹弗洛琳达，准备把手搭在她的肩膀上。

“你是布拉斯奇的打手吧？”她说，“俺哥知道，他要杀了你，和萨瓦拉、马克塞一起，还有……”

“还有谁？”

“还有其他那些魔鬼。他们要烧了你的命根子[①]，是真的，就是现在！”

迪诺克从裤兜里拿出一把带鞘的匕首。

“好家伙！刀！”弗洛琳达哀怨地念叨着，“你会吓到赫拉妮亚和拉菲丽西雅的，还有葆拉，她在圣佩德罗沙丘高处住，还怀了孕……”

迪诺克摘掉匕首外面的刀鞘，假装在手掌心磨了磨刀。

“一个叛徒的刀……能唬得住哪个？”

“干死你！”乔洛人迪诺克开口骂，“看我干死你。”

“你到圣佩德罗山上去啊，在那里想怎么干、怎么干，吃一嘴灰……”

---

① 原文为克丘亚语。

弗洛琳达正说着话，盲人安托林·克里斯平出现在连通后院的那扇门门口。他是个瘦巴巴的年轻人，戴着黑色镜片的眼镜。

“混蛋迪诺克啊！”他说道。他的声音似乎不是从嘴里，而是从那对稳稳戴在眼前的黑色镜片里发出的。“喂，你带着五座十字架去了洼地，但你没有拿十字架揍那些可怜的送葬人，反而乖得不得了，把五座十字架一个个插进沙子里。看来你想成为十足的恶人还差了点火候。你在葆拉家换下日常的衣服，穿上混蛋的皮囊，做布拉斯奇的眼线、狗腿子。你个没种的东西，你的卵蛋只会流虱子水，一点威力都没有。听着……”

克里斯平向门阶更靠近了一些，他把门帘彻底掀开，继续说下去：

“我从雪峰、草地、峭壁上走下来，没人拦得住我，没人能赶我走。你这个叛徒、软蛋、没骨气的东西。”

“所以你现在是弗洛琳达的丈夫咯……”

“你现在要去找查拉卡托人普雷特吧？”盲人打断了他，“你打算怎么跟你的老板说？”

“谁说的，我现在要去佛罗里达酒店迎接一位利马来的高级妓女。当然啦，和弗洛琳达属于完全不同的档赤。”

“是才怪呢，混蛋迪诺克，你现在站起来了对吧？一会儿你就要像在主教面前那样跪下，等着迎接，哦，不，准确地说是用脸去接住查拉卡托啐的口水。你在洼地上怂了，你没服从黑社会的命令，他们让你跟着那帮可怜人，用你肩上的十字架去暴打他们的头、猛击他们的身体。但你没能搞出个大阵仗，让钦博特人都骂你‘恶渔民、大魔鬼’，你也没有命令你的手下动手，是不是？你吓破了胆，宁可在那里钉那些不属于任何人的十字架……”

“对，就是这样！好家伙，你活在黑暗里，竟然……”迪诺克向那扇朝着街道的门后退了几步，“是，我没骨气，我没种。听着……瞎子活在黑暗里，所以啥都看得透。对，就是这样，那天……算了，我，我在宁眼里是个软蛋，克里斯平……请宁弹会儿吉他吧。吉他就在长凳上。弹吉他吧克里斯平，为了这个没骨气的胆小鬼，为了他悲伤的灵魂。我……是沙地上的黑蝌蚪[1]，只能乱蹦跶，搞得一身狗屎，我连眼睛都没有，唉。宁听到了吗？克里斯平，弹一会儿行吗？”

他不再向后退，因为安托林·克里斯平跨下门阶，从后院那扇门边走进店面里。他伸着手臂摸索着走到椅子旁，坐了下来，开始拨弄那把十二弦吉他。两根高音弦，两根钢丝的二弦，其他的都是缠绕着金属丝的钢丝弦。迪诺克一直看着他。调音持续了很长时间。安托林抚着每一根钢丝弦和缠丝

---

① 原文为克丘亚语。

弦，让它们嘈嘈切切地呜咽一番，然后弹起了一首乌艾宜诺前奏曲，和弦和旋律都是即兴的。这曲子仿佛为弗洛琳达和那个混蛋乔洛描绘出了群山和小瀑布、悬吊在灌木丛中的蜘蛛和波澜江河中的一处处静谧水湾。迪诺克没有察觉到安托林是如何从调音过渡到正式演奏的，只听到十二琴弦激昂的弹拨声与他的歌声：

> 在寂静中，在寂静中
> 他们告诉我，你在为另一个人恸哭，
> 你在为另一个人恸哭。
> 愿你安好，我们能为你做些什么？
> 若这就是你的命运……

迪诺克转过身子，走向门口。他缓慢地打开门，走到了街上。他又爬上了圣佩德罗沙丘，在黑暗中绕着葆拉·梅尔乔拉的小屋来回踱步，时不时将目光转向海湾那边的白色岛屿。过了一会儿，他开始下山，向穷人们的新公墓走去；他迈着大步，回到了那片洼地。他看到之前当众人散去时，独守墓地的那人还在那里，依然坐在那座圆木十字架旁边。

“这是您女儿的，是吗？”他问道，脑海中想起了克里斯平。

“是女儿。”那人说。

"宁不能哭，是吗？"

迪诺克在他身边坐下。

"宁不能哭。"

"大概是吧。"那人说。

"兄弟，我要为宁哭一场。这是最后一次，我为吉他，为洼地上所有这些十字架哭一场。"

他把头靠在双膝上，先是干嚎，然后竟真的难过地号啕大哭起来，他突然想起每每夜里渔船准备起锚之时，总有一只老鹈鹕缓缓地从海滩飞到莫比·迪克号[①]的船舷上——迪诺克就是在那艘船上学会捕鱼的。那只老鹈鹕卑微地栖在船尾，被莫比·迪克号带出海。大家从不赶它走，哪怕是他迪诺克也不会。"它心里在哭。"大块头的船长唐伊拉里奥·卡乌亚马总是这样说。他是一个来自的的喀喀湖畔[②]的艾玛拉人[③]，身材高大。"它心里在哭，可怜的小家伙。"迪诺克在沙丘上哭得更大声了，而他旁边那个男人，那个十字架的主人，依然和他一起坐在那里。

圣佩德罗贫民区的狗在狺狺狂吠。狗的数量极多，每家

---

① 莫比·迪克号，得名于美国作家赫尔曼·麦尔维尔所著小说《白鲸》中一条凶猛的抹香鲸的名字。这条鲸鱼被水手们视为魔鬼的化身。

② 的的喀喀湖，位于秘鲁和玻利维亚交界的安第斯山脉，是南美洲最大的淡水湖泊，也是世界上海拔最高且大船可通航的高山湖泊。

③ 艾玛拉人，南美洲安第斯地区的原住民族，主要生活在玻利维亚、秘鲁和智利。

都有四五条，越穷的人家养得就越多。它们成群结队地吠叫，比安第斯山区和高原上那些几近荒弃的村庄里的狗群还糟糕。

“幸亏这里的风不大，不会把十字架刮倒。您快打住吧！”那男人对迪诺克说。但乔洛渔民充耳不闻，他轻轻摆着手臂，想哭得比狗叫声更响亮。

那人起身离开，朝着贫民区走去。迪诺克跟在他身后，不停地和他说话，想追上去。坡道上的沙子格外厚实，想走快可不容易。

“咱们去妓院，先生，”他说，“咱们去妓院喝啤酒。喂，朋友，哎，朋友，等等我啊！我妹妹在那儿，我老婆也在。你随便选。免费！女人和酒，全都免费！”

迪诺克跟在那人身后不停地讲话。那人加快了脚步，生怕被他追上。

“妓院里的人管我老婆叫‘鸽子眼’……哎，朋友！她怀孕了。她想做手术，明白吗？想堕胎。我告诉她不行，赫拉妮亚，留着他，可能是个金发的小老外呢。那些大船上的外国佬……”

那个男人改变了方向，像黑人蒙卡达那样朝着沙丘脚下俯冲下去。

迪诺克掏出匕首，说：“我该砍掉我的爷们命根子吗，赫拉妮亚？说呀赫拉妮亚，我该砍掉我的命根子吗？我才不会呢，狗娘养的。马克塞是共产党，卡多佐神父也是共产党——我要砍的是你，那些比同性恋穆多还坏的人我才不管！”

他很快就回到贫民区，来到“环形公路”边，在黑暗中等了好一会儿，终于搭上了一辆私人汽车，车上只载了他一个人。车开下了沙丘，经过了公墓的白墙和拱门。

“我都不知道有多爷们！”他在车里大声喊道，“司机听着，现在是周五晚上，捕鳀鱼的、黑社会的、高级妓女们马上都要去佛罗里达酒店，成千上万，都属于我，我是老板。”他忽然身子前倾。“宁说渔民都是坏种，是吗，司机？”

“我什么都不懂，朋友。”司机回答道。

“啊！我是个带刀的渔民，还有刀鞘呢，多上档赤。你看啊！我在洼地里钉了五座十字架，都是无名之人的。匕首就在这儿！”

司机感觉到刀尖顶在他的后脖颈上。他加快了车速。

“听着司机，渔民，永远都是坏种。健康的、喝醉了的、在海上的、在妓院里的，所有，所有渔民永远都是坏种。你害怕了吗？好啦，咱们把刀收起来，咱们给这个听话的司机付很多钱。带我去佛罗里达酒店。”

车子开进工人医院大道那条双车道的公路。路边有了电灯照明，这就是“高档”的钢铁厂工人区。司机把车停在一根电线杆旁边。路灯灯光洒了下来。

“去警察局吗，老板？”他对乘客说道，“时间还早，你就喝多了，可能是吸空气也能吸醉。你在警察局好好休息吧，然后蹲牢房去。”

“你随便，小司机。我是黑社会团体的。你带我去警察局吧，然后留在那儿的会是你，而我也不会给你付钱。带我去佛罗里达酒店吧，去找高级妓女，我会付大钱。”

“付大钱，老板。”

司机发动了车，加速。迪诺克手里拿着带鞘的匕首，看着加尔维兹大道上那些熟悉的房屋、酒吧和商店，然后车子经过奇穆大酒店。

“司机，现在还早，高级妓女还要晚点才到呢。先带我去寡妇酒吧——不过，我说朋友，”迪诺克继续对司机说，“我，不能和寡妇做。那么多钱！我不能。”

“寡妇像船，吃水深，朋友。”

迪诺克下了车，把三张十索尔的钞票递给司机。

“都给你。”他说。

“真是喝多了，空气和鳀鱼钞票把他搞醉了！上帝啊！”司机准备开车回家。他家在另一个遥远、繁华的贫民区。佛罗里达酒店就在那里，金色藤蔓爬满了它的外墙，显得格外突出。

***

马克塞、萨瓦拉、索拉诺、哈罗在拉卡莱塔的鱼粉厂码头上与乔卡托交谈。他们决定去哈罗家里讨论最终的决定。

参孙一号停靠在拉卡莱塔码头，旁边是一台强劲的水泵。甲板上的水龙带冲着渔船的鱼舱喷射出一道水柱。鳀鱼闪亮的鳞片逐渐渗出了血色，纷纷剥落。一个穿着宽松的黄色防水裤、脚着靴子的卸船工一脸漠然地看着那片他用水柱搅出的血与银流的漩涡。另一个年轻的学徒（他和其他卸船工一样都是山区来的印第安人）用一个长铁钩把船舱内分隔间的板子吊到了甲板上。他嘴里嚼着古柯叶[①]，用眼角的余光看着那块叫不上名来的金属，他每吊起一块板子，它就会向下坠。血水与晃动让鳀鱼的光泽变得暗淡下来，最终全部被一根可旋转的、悬吊在绞盘上的巨型管吸了进去。这根管子将已经千疮百孔的鳀鱼投进码头上的空中输送管道里。然后那些管道又从地下穿过拉卡莱塔，把成吨的鱼和水投入斗式输送机[②]，又被运入工厂的称重斗中。无论是在黑色的料斗里，还是像瀑布一般跌入可容千吨的鱼罐中，鳀鱼的残块总是像闪电一样发着光。

工厂冒着浓烟；卖水果、餐食、三明治、花生的小贩正在人行道或工厂围墙脚下扯着嗓子叫卖；私人汽车和三轮车

---

① 南美安第斯山区有着上千年的嚼食古柯叶的习俗。古柯叶中包含咖啡因与古柯碱等致人兴奋的成分。

② 斗式输送机，冶金、矿山、建筑、化工、食品、粮食等行业中用于把具有一定粒度、块度的物料和粉料于低处往高处提升的大型机械。

在烟雾缭绕中来回穿梭；渔民们或形单影只，或成群结队地离开码头，乘上私人汽车，或是停下来买些烤牛心串、三明治和水果大吃一顿；贫民区的狗群在吠叫……所有这一切似乎都被装进了安托林·克里斯平的吉他里，也像那闪电一样在他的旋律中闪闪发光。他依然在低有望区的家中，坐在那把椅子上不停地歌唱。这个年轻、瘦弱的盲人越过皑皑雪地与崇山峻岭，从拉布兰卡高山中的家乡走下来，来到那条贯穿了恶魔般的圣塔河谷地的铁轨旁。他在市场和码头附近弹唱。他能通过耳朵捕捉到海岛上的光、每个人讲话时气管发出的嗡嗡声，以及生命的真实面貌。因此，他的吉他能抚慰那股“奔流”所触及的一切——贫民区的沙丘和泥塘、恶臭的大海、渔船上的探鱼仪、鱼粉厂的锅炉、蒙卡达的十字架、外国佬主教、公墓甚至是公路上的尘土。无论晴天阴天，总有一群人紧紧围在克里斯平身边，听他演奏，有的人甚至在吉他旁一等就是好几个小时。

弗洛琳达不会唱歌。那天晚上，她站在那里倾听克里斯平弹琴，看着这个与她同住的男人，他的思想似乎都装在那副眼镜的背后。阿斯托来了，他打开门。

“一百五十吨鳀鱼！”他说，“俺们今天捕的。”

“迪诺克来了，”弗洛琳达说，“他大骂了一通，然后就因为听了会儿吉他，又走了。”

“哦，他从很久以前就倒大霉了！他现在上哪儿发疯了？”

阿斯托在一张椅子上坐下。

“你认识一个叫麦克斯韦的外国佬吗？”克里斯平问他。

“认识。”

“他一会儿要来这里弹恰朗戈琴[①]。”

“麦克斯韦？”

① 恰朗戈琴（charango）是一种拨奏弦鸣乐器，琴体形状近似吉他，但体积较小，广泛分布在玻利维亚、秘鲁、厄瓜多尔、智利北部和阿根廷西北部的安第斯地区。

作者的日记（二）

写于利马，普鲁楚柯博物馆

1969年2月13日

自从我磕磕绊绊地在圣地亚哥写下那篇作为小说第一章的日记（一篇略显荒唐的文章）以来，我又去了智利两次，去了钦博特五次。我现在无法继续写第三章，因此只能再次开始胡言乱语。

我的上一本小说《所有的血》① 是分两个阶段写的，中间相隔数年。这些天我把它重读了一遍，不是专门为了寻找什么，只是觉得自己有义务这样做。

小说描绘了那个融合了印第安与西班牙的世界，它存在于安第斯那万丈深渊间流动的空气之中、流淌在谷底满是鲜血的河水之中。在这个世界里有一类人毫无苦楚和疑虑——他们是古代秘鲁的产物，还有一类人在西班牙的平原上出生、

① 《所有的血》(*Todas las sangres*)，阿格达斯于1964年出版的小说，也是作者最长的一部小说，它通过描写秘鲁各地的地理与社会情况，展现出秘鲁的全貌。书的标题意指秘鲁的多种族和文化多样性，重点着眼于安第斯山脉地区，讲述了帝国主义通过大型跨国公司对印第安原住民进行的剥削与渗透。

长大、中了邪魔。这种邪魔其中的一部分混入了秘鲁的高山峻岭之中，但依然保留着本源本性。在同一副躯壳之中，在信仰着相同的上帝、出产着一样的排泄物、沐浴着一样的光的肉身之中，它始终追随着自己的使命，撕扯着对方的肚肠。在小说中，这场恶斗的胜者是“血河”①——在克丘亚语中，我们用这个词来称呼初次涨水的河流，它运载着高山绝壁上那些由昆虫、日月和音乐所孕育出的精华。安第斯山脉的“血河”不仅取胜，并且是大获全胜。这也是我个人的胜利。但我在目前所写的这部小说里已经没了头绪，不知该如何衔接接下来的第三章。这是因为我虽然很想写下去，却又并不真正理解钦博特乃至全世界到底发生了什么。

我打算马上把我在钦博特写的那几页誊写下来。当时我就和今天一样，经过好几个完全无眠的夜晚后，我被恨意、幻觉、无力和空虚感裹挟，我再次决定自杀。我会逐字逐句地抄写下我当时所写下的文字，那些话语现在看来还颇有几分

---

① 原文为克丘亚语（Yawar mayu），在安第斯山脉地区的传统文化中，“血河”指的是在雨季来临时，高山上湍急、夹带许多泥沙、动物尸体的河水倾泻而下所形成的奔流，这种水流一般沉重浑浊，略带红色，故有此名。“血河”也象征着安第斯民族的强劲力量和悲惨命运。在本书中，“血河”这一意象既指的是从安第斯高山地区来到沿海的大批移民，也代表了高处世界与低处世界之间的联系。钦博特蓬勃发展的捕渔业吸引了世代饱受庄园主压榨的山区人，形成了这股势不可挡的奔流，但他们所投奔的渔业中心也并非天堂，最终难逃资本主义无情的剥削。在阿格达斯的作品中，“血河”是频繁出现的意象之一，常作为高处世界与低处世界融合与共生的象征。

质朴。当然，我没有自己文字里所描述的那样纯粹。我想我和所有的安第斯山区人一样，身上有种混合了蟾蜍、云雀、毒蛇和红隼[①]（是我们小时候非常崇拜的一种隼）的特质。但此时此刻，我记忆中最深刻、最令我怀念的是红鹳[②]。

红鹳是高海拔湖泊（四千到五千米）特有的一种巨型鸟类。它们成双成群地生活，倏而连成一排展翅高飞，凌驾于所有的山头之上，越过幽谷，仿佛一道遥不可及的血色幻影——它们的翅膀是红白相间的，据说秘鲁国旗的颜色就是因此而来。它们在人类望尘莫及的高山上散发着光芒，点亮了所有生灵的眼睛，甚至包括我幼年时头发和衣缝里数以千计的虱子的眼睛。那种虱子被红鹳的羽翼的光点亮后，会变得通体透明，露出自己的肚肠。那种光亮比太阳光更亲切、更遥远。当红鹳成群飞过时，它们那红色的身影会映入无尽苍穹之中，那画面将我们生活的全貌——巨石险壑、松萝、在沟渠和腐臭池塘水面舞蹈的大眼睛的蜻蜓……都化作了音乐。

是啊，再次下定决心了结自己后，我在钦博特写下的文字实在是质朴而无力。为此我十分痛苦，因为我之前写第二章时就很艰难，而现在第三章又是这样。第二章是匆忙写就的，当时我既不了解钦博特，也不了解世界上任何一座城市（这属实不应该）。仅仅通过恐惧和欢愉，人是无法准确认识事物的。

---

① 原文为克丘亚语。阿格达斯此处所举的每一种动物都具有特定的寓意。

② 原文为克丘亚语，红鹳也称火烈鸟。

在城市里我总是既快活又惊恐，随时感觉自己是一个外人。但我在纽约待了一个星期，竟仿佛回到了家乡的村庄一般：每逢节日前夕，村里就会燃放由唐阿米尔卡·阿斯托尤罗炮制、摆放在发射架上的烟花爆竹；那个时候，广场上的桉树被震得仿佛扯起了公牛似的嗓音唱着赞歌。我没有被纽约吓到，因为高楼林立的它酷似唐阿米尔卡为节日搭建的烟花发射架——同样有百层楼高。但是在纽约，要去哪里找一个可以触碰鸽子脑袋的地方呢？或是爱抚一只从出生、睁开眼就由你一手带大的小猫那粉红色的肉垫呢？没有这样的地方！我从未如此强烈地感到自己是一个局外人，也从未这样快活过。我连续一周每日不停地徜徉在第五大道、第四十二街、格林威治村、哈林区、百老汇……直到有一晚，我被一个漂亮的黑人姑娘迷住了，鼓起勇气跟上去，和她聊了起来。我博得了她的好感（我和她讲的是克丘亚语，在那种情况下我脱口而出的就是克丘亚语，而不是西班牙语），她听明白了我的意思，因为她本身就是只“夜蝴蝶”①。她把我带到位于一栋阴暗的铸铁建筑里的一间漂亮公寓。那是纯粹的恐惧感与胜利感。但这是我在美国收获的唯一一段亲密回忆。哦，对了，还有金门大桥——它太大了，大到无法开口，不能像秘鲁和西班牙的那些石桥一样自由讲话与歌唱。

---

① 即妓女的委婉说法。

的确，我认为自己并不太了解城市，却正在写一部与城市有关的小说。哪座城市？“钦博特，钦博特，钦博特！”

我似乎已经耗尽了童年滋养出的那些素材。童年固然是强大的，其强劲的生命力可以延续至垂暮之年。我的童年是在那片浓缩了几千年历史的土地上度过的，各式各样的人在那里融合于一体，甚至形成了发酵的酸味，蓄起了火药的威力。但现在我要讲的是别的事情。

我认为我尝试自杀和渴望自杀既是源于疲惫——我从五岁起就一直在一个充斥隼与蟾蜍[①]的国度里抗争；也是因为恐惧——我害怕自己只会写那些成人通过恐惧和欢愉学到的东西。然而我想写的是苍蝇的嗡嗡声（那声音与其说是用耳朵听到，不如说是感受到的），想描绘寄居在人头皮和腹部的虱子是如何叮咬的，更想写人是如何被他人、洪流、镣铐与贪婪的政府无数次地鞭笞的，写命运之树上那些依然稚嫩的根与枝是如何被撕扯着的。

那么我在城市里度过的三十余年的人生呢？我甚至在一个第三世界国家的一座城市监狱（蜘蛛、彩虹、精液[②]）里住了

---

① 此处所提到的动物皆为隐喻。在天空中飞翔的“隼”和地面上爬行的“蟾蜍”为相互对立的关系，揭示了秘鲁社会中印第安人与白人世界之间的文化割裂。1977年，马里奥·巴尔加斯·略萨在正式出任秘鲁学院院士时发表演讲，首句就引用了这句话。

② “蜘蛛”与“精液”皆为具有明确性意义的意象，彩虹则是象征着理想世界的一道屏障。

一年，还写了一本有关那座监狱的小说[1]。在那里我只做了几件事：不断观察、成长、继续困在我那已经荒旧的童年之中。再比如说，我完全不了解城市里的女人。我害怕她们，那种恐惧感和小时候骑马横渡潘帕斯河时一样：时值寒冬，河水清透，我看到鱼儿游弋其中，几乎拂蹭着我所骑的马匹那如慈父一般温柔的马蹄。看着水底的鱼，我这双凡人的眼中涌出了泪水，我是如此渴望看到至美至好的东西啊。没错，想到马可以将我扔进那缓慢却强劲的水流之中，感受它的身体微微颤抖，我想，当它在水中抬起前蹄时，它也像我一样在享受着死亡。在那一刻，它心中所想即我之所想。就是这样。

现在我该怎么办？我在写第一章时就像一个从深度昏迷中苏醒过来的人那样，急切地想把整个故事展开，但是现在又该如何将那些盘根错节的枝条打通理顺？我在城市里经历过恐惧，以及那种夹杂困惑与狂喜的状态，所以我对城市的沸点与内核都略知一二（在巴黎的时候，我觉得自己摸清了一切，也看清了所有人）。好了，无论如何我要开始写第三章了，忍受着颈椎的剧痛以及失眠与疲劳带来的苦楚。

一个身材高大、声音沙哑的黑人老者曾经这样呐喊：“只要我不倒下，我就必做到！”他是个在利马卖玉米粽子的小贩。大约是一九三四年，黑家伙加斯蒂亚布鲁与我谈起共产

① 即小说《六号监狱》。

主义，谈论即将到来的社会主义，在他看来，那已经是板上钉钉的事了："万无一失，你这个傻瓜山区佬！"

明天，或后天，反正最晚星期一我就开始写第三章。为了写这本书，我向大学申请了十个月的无薪假期，而现在已经过去四个半月了。我不能再浪费时间了。在我完稿或自我爆炸之前，我再也不去港口了。我并没有打算详细地描写钦博特。当然不是，各位都比我更熟悉钦博特。它是我最不了解，但也是最令我兴奋的城市。你们要是都能看到它就好了！我害怕！我写不出这该死的第三章了，真的！关于这一章的事情我们已经谈过多少次了，霍夫曼医生①？但我不打算去智利。因此哪怕我睡不着，哪怕那班火车每天凌晨四点三十分准时从距离我在查克拉卡约区天使地租住的小屋十米远的地方驶过，一天不落，持续吞噬着我的睡眠，我也会继续写下去。但是如果我还是做不到呢？那我就不得不去圣地亚哥，住在安赫丽塔妈妈家里②。这几页是我刚到普鲁楚柯③博物馆时写的（阿图罗在这里找了一间办公室供我写作），我将它收入本书，就像之前第一篇荒唐的日记那样。它也是这本书的

① 即罗拉·霍夫曼（Lola Hoffman），智利精神科医生。1966年阿格达斯自杀未遂后，正是在霍夫曼医生的建议下继续写作。

② 阿格达斯赴圣地亚哥治疗时，住在安赫拉·海内克女士的家里，得到了她无微不至的照顾，被他昵称为"安赫丽塔妈妈"。

③ 普鲁楚柯（Puruchuco），秘鲁考古遗址，是印加时期（12世纪至16世纪）的一个行政与宗教中心，位于利马的阿特区。

一部分（假如真的会有这样一本书的话）。我在钦博特所写的那些幼稚的文字也要加进去——那不是日记，是我只有在打算终结自己已经千疮百孔、全然无用的生命时才能写出来的东西——还有那之后我在圣地亚哥写的一些内容。现在我要去维塔特区①那家很棒的米开朗基罗餐厅吃午饭。

维塔特区位于普鲁楚柯博物馆附近，在那条通往塞罗-德帕斯科、巴西、库斯科、曼塔罗山谷和玻利维亚的公路边。利马的第一家纺织厂就开设在这里。现在有大批农村出来的人拥入这个区。去米开朗基罗餐厅吃饭的有工人、乔洛、卡车司机，时不时还有一些商人模样，很有“派头”的旅行者。我任教的拉莫利纳国立农业大学②的教师们有时候会结伴去那里吃午餐。餐厅店主是一个性格爽朗、样貌姣好的胖女士。我们喜欢看她招呼客人，看她如何一点点征服他们的心。她还给农业大学的老师提供特殊的折扣，“就当油费吧”。

“只要我不倒下，我就必做到！”黑家伙加斯蒂亚布鲁，我不是在说午餐，我说的是我要写的东西。社会主义革命只能在古巴，黑家伙。我去过古巴了，享受了一个月那里的生活。但是我现在写不出这该死的第三章。黑家伙，你说的可能是对的，你之前叫我“毛人”，这个词在秘鲁专指印第安

① 维塔特区（Vitarte），秘鲁利马省阿特区（Ate）的首府和历史中心。

② 阿格达斯于1962年至1969年在秘鲁拉莫利纳国立农业大学任教，教授科目为民族学。

人、山区人，而现在我要写的却是你口中的那些“纯种人”：土生桑博人、文明的沿海人、城市居民，以及长期在城市里务工的桑博人和更广义的“泛桑博人”。你当时没有把印第安人和山区印加人算进“泛桑博人”的分类里去，他们的形象近年来被城市抹黑成了“丑角”。按照你的说法，我们这些“毛人”和“土人”，或者用那两只狐狸的话来说，这些来自山上世界的人（我究竟为什么要把两只这么难缠的狐狸写进小说里?）可以嗅得出但是无法理解“纯种人”，即城市人。但作为“毛人”的我已经没有了身上的“毛”，我只能钻进你的心里——你可是我所认识的最纯正的桑博人（或者说是“泛桑博人”）。我太了解你了！我有的是证人，但最佳的两位证人已经不在世了，而你也是一样，黑家伙胡里奥·加斯蒂亚布鲁博士。

圣地亚哥（智利），3月6日

我又住进安赫丽塔·海内克家里了。我开始写第三章了。

小说第三章

鹦鹉螺渔业公司的鱼粉厂厂长唐安赫尔·林孔·哈拉米约看到一位瘦削的男士出现在他的办公室门口。这人蓄着又长又稀的小胡子，根根分明地支棱着，几乎呈水平状，令人忍俊不禁。①

“唐安赫尔，我有一个信封给您。”年轻人说完便朝着他的办公桌走去，走路时一点动静都没有。唐安赫尔注意到这个人腿很短，但短得很和谐；他穿着一件极其时髦的长外套——几乎接近长礼服的长度，上面缀着金色的扣子——反而突出了他腿短的身材特点；他手里拿着一顶灰色波纹底的帽子，唐安赫尔在塞罗-德帕斯科见印第安矿工们戴过这种帽子，它是标志着他们“被文明化”的第一件衣物；他穿着一双极窄的鞋，鞋面也是灰色波纹的，外面裹着一层绒毛，系着生皮制的鞋带，裤子是焦炭色的。访客一脸堆笑地递上一个信封，那模样简直令林孔厂长先生忍不住在心里笑出了声。

---

① 本章中的厂长唐安赫尔·林孔·哈拉米约是布拉斯奇集团的核心成员，也代表“山下”，象征着资本与现代化；而这位举止怪诞的访客唐迭戈则是“山上的狐狸”的化身。

他拆开信封。这个陌生人脸上某种怪异至极的神情让他不安起来。访客坐了下来，他并没有选择正对办公桌的位置，而是坐在一旁的一张扶手椅上。

工厂闪着火光，众多烟囱排放着烟雾，卡特彼勒[①]发动机引起的颤动让办公室天花板中央悬挂的长条形吊灯泛起了白色的涟漪。这时已近午夜。访客看到了一只长着翅膀的小虫，在方块状的玻璃灯罩上嗡嗡作响。它身披蓝色的甲壳，一次次拼命地撞向光源，又被弹回原位。

“哦，我的朋友！”唐安赫尔说道，“来握个手吧。”

访客注意到他肥厚的脖子上系着一条丝巾，厚厚的黑框眼镜放大了那双神采奕奕的黄色眼睛。厂长继续说：

“要我说，您肯定有很多信得过的朋友，遍布各个圈子，都是有地位有身份的人。我完全听从您的安排，您尽管吩咐我做事。”

他朝着对方挤了挤眼睛，而访客则也挤挤眼睛回应：

“我也认识特拉佩西奥区的露辛达女士。”他紧紧地闭上眼，但从眼缝中闪过一丝狭长、智慧的光，如针尖一般锋利，唐安赫尔不禁看得入了迷。那个年轻人虽然紧闭双眼，但脸上并没有挤出什么皱纹。查拉卡托人普雷特谈到美丽的露辛

---

① 卡特彼勒公司（Caterpillar，CAT）成立于1925年，是世界上最大的工程机械和矿山设备生产厂家、燃气发动机和工业用燃气轮机生产厂家之一，也是世界上最大的柴油机厂家之一。

达时也做过这样的表情，却堆出了满脸褶皱，一副怪相。

唐安赫尔说："依我看，您就像隐士蜘蛛[①]，满身都是别人看不到的眼睛，对不对？您是个聪明人。"他在扶手椅上重重地坐下，"对了，我想问您，您在国外待过很长时间吗？"

"没有的事儿，唐安赫尔。不一定非要出过国才能穿上欧洲和北美当季流行的衣服……"

"这家伙一定爱读利马那些有名的俗气小报的社会专栏，还有我大老板办的报纸上的幽默专栏。"唐安赫尔脑海中立刻冒出这样的想法。访客默不作声地等着他思考完毕，唐安赫尔这时才无奈地发现原来这个短腿的瘦子在看他笑话。

"和国外……电子渠道是有些来往，"访客继续道，"首先呢，有些人本身就带点所谓的异国风情，但主要还是靠电脑控制系统提供的信息。这样一来，我们就可以穿得像欧洲、马丘比丘[②]或迈阿密海滩上的人一样。但是说句实话，光是看到我手中这顶帽子，我们中有些人就要冷嘲热讽，'还追求什么时髦'。其实我们真正需要做的就是尽情享受鱼粉带来的一切，尽全力去联合那些与我方不一样的力量，对不对？收紧哈德逊河和马拉尼翁河[③]，让它们都汇入钦博特海湾，让泰晤

---

① 隐士蜘蛛，有剧毒，因通常生活在黑暗的地方或难以触及的缝隙和角落中而得名。

② 马丘比丘（Machu Picchu），位于秘鲁库斯科省，是印加帝国在15世纪建造的遗迹。

③ 马拉尼翁河，亚马孙河主源之一，发源于秘鲁安第斯山。

士河与阿普里马克河[1]合流，还有巴黎的塞纳河、拉丁区……让臭乔洛和那些自诩文明的沿海人混作一团！唐安赫尔，今年裁员之后，您还剩下多少个长期工？多少个临时工？”

厂长听到最后一个问题，终于松了一口气：

“上次禁渔期结束后，鹦鹉螺渔业公司的长期工一共六十四人，三十二人为一个班次，八小时一班。裁员前有二百五十八人。咱们工厂里以前不雇临时工，现在雇了二十名。这个工厂有五十二名工人就能运转，这是钦博特第二大鱼粉厂，也是全秘鲁第二大，这么说就算得上全世界第二大。我喜欢您最后这个问题。主要是我不太理解您刚才提到泰晤士河和阿普里马克河什么收紧、合流，哈德逊河和马拉尼翁河，还有拉丁区什么的，让乔洛混作一团……您是说要抹掉他们的面孔？”

访客给了唐安赫尔一个不置可否的眼神。

“这算是我们这些穿长礼服的人的执念吧，朋友。但是唐安赫尔，大家都说钦博特人被抹去了面孔，道德也被‘熬’没了，所有人都被塞进同一个模具里。”

“那咱们谈谈道德问题，年轻人。您看是这样，到港口来的人百人百姓、千人千面，管理他们是要有一些方法的，但不能把他们都混进同一个‘模具’里。您是大人物的朋友，

① 阿普里马克河，秘鲁东南部河流。

他们都飞得很高，看不到人的种类是五花八门的。以前他们也做过一些‘模具’，但全都报废了。谁他妈的能把‘血河’放进模具里？您知道什么是‘血河’吗？”

“‘血河’就是当狂野的安第斯山降下第一场雨时，泥土、树根、死狗尸体、石头随河水一起倾泻而下所形成的奔流……”

“来到钦博特的就是这样一支奔流。您听着，我们都不认识对方。我跟您说了，我们把工人从两百五十八人减少到了九十六人，对吧？‘血河’就是靠饥饿为生。工厂里赶走的工人越多，从安第斯山上下来的人就越多。城市贫民区的面积越来越大，贫民区市场里飞的苍蝇比卖的食物还多。”

“快活啊，快活的鹈鹕身边萦绕的是死亡，‘血河’的奔流带来的是生命！”

“对，可不是嘛。我真他妈替这帮人难过。看来这个穿长礼服的嬉皮士应该信得过，是个半吊子公子哥……可能是布拉斯奇的手下？”唐安赫尔暗自思忖，很为自己的真知灼见感到得意。这时访客站起身，踮起一只脚在灯下转了一圈，一把捉住了那只不断追击光影的飞虫。他出手时就像冷峻月光下的一道闪电，咬住了飞虫，把尸体摆在了唐安赫尔的办公桌上。

“安第斯山区的那些农村人就像这样，和这只小虫一样，您说对吗？他们从山上下来，到钦博特找工作；还有的人是从森林地区来的，他们穿过羊肠小道、翻越山头、淌过大河来到这里（那些河流因为径流量太大，反而无声无息）。从库斯科、阿雷基帕这些历史悠久的大城市来的已经不是印第安人，而是印欧混血，有工人，也有做买卖的；从沿海各地来的人更多，瓦乔、奇克拉约、帕卡斯马约那些地方。我说唐安赫尔，您是个了不起的赢家，在您之前没人能挨得上美丽的露辛达。对了，我还见过几个盲人乞丐，其中有一个来自安第斯城市卡哈马卡，还有一个来自港口城市派塔——两座都是名城；他们两个都在莫德罗市场弹琴卖艺。派塔那个人两眼皆盲，他弹的是悲歌[①]，哀苦至极；卡哈马卡来的是一对印第安夫妻，都是瞎子；女的打小鼓，男的拉小提琴，两人扯着嘶哑的嗓音，都唱得很难听。我跟着他们的音乐跳了一支舞。那嘶哑的歌声似乎是有灵魂的。我的舞跳得真漂亮，我当时就穿着这件缀金色扣子的长礼服外套。我在那两个盲人面前像陀螺一样旋转着。那次他俩得了不少钱。他们也不知道是谁跳的舞，只能流着泪，对着恶臭的空气不断感恩戴德。钦博特就是电脑控制系统的作品，是您大老板的杰作，他和我的关系……我记得那些人是这么形容的：我们是一条反拧

① 悲歌，也称雅拉维（Yaraví），秘鲁一种梅斯蒂索音乐形式，融合了印加传统音乐和西班牙游吟诗人的元素。在自由浪漫主义诗人马里亚诺·梅尔加（Mariano Melgar，1790—1815）的推动下，雅拉维在秘鲁阿雷基帕地区得到发展并大受欢迎。

的绳？您的大老板一直监管协调着各方精锐力量，对吧？‘血河’从高处奔流而下，想卷走一切。唐安赫尔，麻烦您带我参观一下工厂吧，否则就请您说说看，您的肝脏和您经验丰富的大脑对我跳跃的思维和话语又有了什么评价？小虫的尸体还在那儿呢，就是我帮着死掉的那只。为什么呢？您听着，因为我喜欢做这事，明白吧？助人奔赴死亡，使他们重获更加强大的新生。呜咿！呜咿！呜咿……在我们秘鲁，人与人之间就是这样相互交融的，多亏了这一套灵魂与肉体的交易方式，我们无论和活鱼还是死鱼的关系都处得好极了。”

小虫在桌上盲目地转了一圈，发出了刺耳的声音。

“听着，唐安赫尔，您可能不信，但这嗡嗡声就是地处圣佩德罗沙丘腹地的水塘发出的悲鸣。山区人在那里模仿钦博特市中心的样子建了一座贫民区，里面都是笔直的街道。您应该知道，钦博特市中心是伟大的美国人梅格斯设计的！圣佩德罗沙丘上有一大片古代人留下的遗迹。那些占地人在遗迹上竖起了一座高大的十字架，上面挂着一块裹尸布——连它都在怨恨着钦博特，对不对？这种小虫叫‘翁库拉伊，翁库拉伊’①，在古语中的意思是‘病中之病’。它就生于沙丘腹地那个清澈的水塘，循着光，从水边一路飞来，四处探访，迷醉在光线之中。现在它要死了，只能再转一小圈，哭啊哭，

① 原文为克丘亚语“onquray onquray”，指体型较大、动作笨拙的飞蛾，有趋光的习性，总是撞向灯光和窗户。

像被刺穿了似的……”

年轻人把脖子向前伸，像树木的枝条一样摆动着身体；他戴上了帽子，脸变得更尖了，下颌也拉长了，小胡子很明显地直立起来，须尾那头变得黑黢黢的。他这副模样引得唐安赫尔那颗硕大的脑袋也转过去看那只虫子——它又在涂着釉面的办公桌上缓缓地转了一个圈，忽然发出了一声哀叫。唐安赫尔觉得那声音直接钻进了他的耳朵，驻留在他体内隐秘的深处。他以一种怀疑的眼神看着访客……

年轻人用手抚过那只虫子，它已经不再动弹，几条蓝色的腿向两边伸开，小脑袋是心形的，非常显眼。

“唐安赫尔，命运多舛的信使已死。您说为什么呢？为什么山区人源源不断地来到钦博特？他们知不知道工厂裁员后只剩下五分之一的员工？他们知不知道工厂不愿意再保留那些享有社会福利的正式岗位，正式工很快就会被全部赶走，取而代之的是走劳务派遣的临时工？这样一来，工人们就会像那只刚才被我拍死、现在还躺在您办公桌上的心形脑袋的小虫一样，更加听凭主子摆布。我说的主子，指的是船东和工业家，而不是那些奸诈的渔民。那个布拉斯奇是个天才啊。唐安赫尔，您知道吗，布拉斯奇把鱼粉出售给一百个国家，而在这一百个国家购买鱼粉的人，也是布拉斯奇自己！”

“不到一百个国家啦，唐迭戈……”

访客再次在扶手椅上坐下。他打量着那些杂乱的钢制和木制家具、打开的抽屉、长机头打字机上堆积的文件……

“当然不到，我那是夸张的说法，”访客说，“布拉斯奇很厉害，他是太平洋地区近二十年来最伟大的工业掌舵人。而且您应该知道的吧，他长着猴子的下巴——那种非常强壮的猴子！瞧我一团乱，快忘了自己来这里的任务了。唐安赫尔，您曾在伊洛港、坦博-德莫拉港和苏佩港的工厂任职，您现在在钦博特的事业更是如日中天。请问那个查拉卡托是给谁做事的？”

“哎，唐迭戈，我一听您问的问题，就知道您对某些事比我懂得更多，我还能跟您说些什么呢？”

“唐安赫尔，是这样的，我虽然对各类问题都有所了解，但我不知道你们是怎么操作的。这部分就靠您了！刚才我弄死的那只虫子的事情我倒是知道不少，我知道它从哪儿来，它的腿里有什么，也知道它那支小小的告别曲是什么意思。有些昆虫在辞世的时候比人更悲伤。您要是愿意听，我会好好给您讲讲我是怎么知道这些事情的。至于您呢，您了解这个港口、这家工厂，也了解那些大大小小的渔民，不管是印第安人还是沿海人；总之，您对这些了如指掌，唐安赫尔。”

访客再次眯起眼睛，将目光聚焦在唐安赫尔那张肥胖的脸上。说句实话，他眼前这颗脑袋像猪的一样聪明，也一样狡猾。那种动物钟爱混合着腐坏味道的大麦、肉汤和发酸的泔水。访客优雅地将头从一侧歪向一侧，亲切地望着他。唐安赫尔感觉到迭戈的目光在温柔地审视着他，似乎渴望他的共谋。

“这……”他说，“亲爱的朋友，您真是把我‘推到火盆边了’，我也是这么跟她说的——我指的是我亲爱的妻子，不是露辛达，那个漂亮姑娘会讨我喜欢，但手脚不干净，她很有魅力，但不是个好东西，完全信不过！我的妻子就不一样了，她是我的灵魂伴侣，是我的孩子们的母亲。您知道吗，迭戈，她认识布拉斯奇、富伦、吉尔德斯特……所有这些‘大鱼’她都认识，帮了我大忙。有些事我不知道当不当对您讲？我觉得您是站在我这一边的，我们都是忠诚于工业界的利器，是观察者，工业是祖国发展的第一动力和先锋力量……我还没招待您喝东西呢，是吧？哎，这只死虫，我怎么觉得它闻着像酸奇恰酒的味道。算了，这个时候没有人过来打扫……您也知道，山区人一直源源不断地来到钦博特，是因为就在大概十年前，钦博特急需雇工的消息被‘黑社会团体’四处散播，至今还在农村流传，而且还会继续下去……我认为现在这已经不是什么好事了，对整个行业也不好，我跟布拉斯奇、富伦、吉尔德斯特都说过的。您了解这里所谓的（但也算名副其实）‘黑社会团体’吗？”

“不，不太了解，知之甚少。”

“团体有两套机制。旧的那套是临时组织的，简单粗暴，现在只是个幌子；另一套就像工厂里的机器一样是改良过的，更精细。旧的那套连我都不是很了解。他们是在大罢工后开始对那套机制一点点进行优化的。罢工和禁渔期导致渔民经济拮据，忍饥挨饿，他们也因此变聪明了。以前我们引导他们吃喝嫖赌，让他们把鼻子、嘴巴以及人体任何一个可以用来享乐的孔洞都塞得满满的，但为此，他们得付出金钱，自甘堕落。我们一直都是这样操作，就是为了让他们手上剩不下什么钱。嘿，我们这些给大公司做工厂管理的人，在很多方面比那些大工业家懂得更多。您瞧，这话有一半是真的。我跟他们说过，'你们做得过头了，过头了'。但是没用。同样的话我也对布拉斯奇那伙人说过。那个咋咋呼呼的查拉卡托是从最早那代黑社会团体里出来的。'旧团体'散播的谣言像野火一样蔓延开来，说在钦博特有上好的土地可以盖属于自己的房子，完全免费，而且遍地都是工作——工厂、渔船、市场、砖瓦厂、商店、酒吧、饭馆。曾经的确如此。于是，大量'下等人'——没错，他们就是这样自称的——从山区向这里拥来。因为在山区，那些大大小小的庄园主骑在印第安人头上撒尿，侮辱他们的思想，把这一个个原本就没什么油水的人榨干榨净。我亲眼所见！他们做这些易如反掌，这不过是由来已久的传统罢了。可不是嘛！"唐安赫尔感叹道，这时他感觉到访客的目光越来越具有穿透性，"他们时不时还会射杀印第安人，紧接着上面就会提拔那些下达开火命令的官员。总之，山区人有的是理由相信钦博特是他们的灯塔，在遥远的地方闪耀着救赎的光芒。这就是您想知道的事情，对吧？”

访客摇了摇头，暗示有些事他之前就知道，因此才需要了解更多。他笑起来，夸张地咧开嘴。唐安赫尔认为他这是在表达满意和兴趣。

“朋友，我告诉您啊，”厂长继续说道，“安第斯山区北部的情况有时候还要糟糕，印第安人被欺负得很惨，因为他们从印加时代就在那片土地上定居了，比如库斯科、阿普里马克。这些地方我都去过。北部山区人讲西班牙语，那边大部分省份的人已经不会说克丘亚语了。这样更好，这样就没有秘密可言了，您明白我意思吗？他们就全在人家眼皮子底下了，懂了吧？在我看来，他们变得越来越无足轻重。在库斯科、阿普里马克、万卡韦利卡、普诺……印第安人看您的眼神就好像您来自另一边。怪极了。而您要是下令让他们吃枪子，那就更糟了。您明白吗？然后我们合计了一下……”

“‘我们’指的是布拉斯奇那伙人？”

“布拉斯奇是一只鹰。他学东西很快，然后马上就能起飞。这整个……计划，是基于钦博特过去还只是运金枪鱼的渔港时的经验来制定的，小伙子，然后才是鳀鱼的时代。您明白我意思吗？我们合计了一下，沿海人比山区佬更容易学坏。他们和我一样，但行事完全没有底线。我们要教那些可怜的山区佬游泳、捕鱼，让他们赚几百甚至几千索尔的工资。

真要命！他们根本不知道赚到这么多钱该怎么花，于是我们就还是让他们去喝酒玩妓女，然后花钱盖属于自己的小房子——这些可怜虫最爱这个。钦博特的海湾比上帝的思想更博大，它就是我主耶稣基督那张脸在海上的倒影啊。金枪鱼和鳀鱼群就在那海湾里。您知道吗？鹈鹕每天要吃掉二十公斤的鳀鱼，我说的是每只鹈鹕。曾经有多少鹈鹕就睡在海岛上，那些海岛守护着上帝的海湾，我深爱的海湾。以前它们要吃下数百万吨鳀鱼，但我们用两三年时间把鳀鱼捕干净了，如今鹈鹕四处行乞，比流浪的犹太人还凄惨。”

“唐安赫尔，您刚才说上帝脸庞的倒影？”

“就在海那边，很模糊。鹈鹕飞得真悲伤啊。但秘鲁现在是世界上最大的渔业生产国，上帝还与我们同在。”

“当然，唐安赫尔。请继续讲刚才那个故事吧。”

“好，是这样的，后来我们雇了西班牙人和南斯拉夫人到钦博特来做工。乔卡托来得更早。他曾经一天内能出海三次之多，他变得越来越火爆，满嘴骂娘。布拉斯奇从这位劳模和伊拉里奥·卡乌亚马——他也是差不多那会儿来钦博特的——那里学到了很多，培植起了自己的左膀右臂；他的另一个靠山则是美国和欧洲的大都会。后来沿海其他地区的人也来到这里，他们在小规模捕鱼、做买卖、舞刀动拳方面实属经验丰富。到此为止，一切都很好。但是从山区下来太多人了，那些印第安人讲西班牙语的时候哼哼唧唧的，还有从南方来的印第安人，他们的脸长得有点像印第安古陶器，像圣徒……”

“唐伊拉里奥·卡乌亚马。”

“我跟您说过，那个印第安大陶器来的时候就已经是个人物，他来这里之前已经是船长了。他是艾玛拉人，来自海拔四千米的的的喀喀湖畔。他从那里下来，到了南部海岸，三十岁上下时跟着一个同乡学会了认字。他在南方很多港口都学过徒。其他那些饥肠辘辘的人则是直接从山上下来，找到什么工作就做什么，不管是去捡垃圾还是去捕鱼。他们十几个人一群，把自己绑在码头的铁柱子上学游泳，赤身裸体地在水里扑腾，不停呛水，互相咒骂；要么就是去洗碗、扫地、在市场扛货包——那时候刚刚开始出现那些毫无秩序的市场，就像铁路市场那样的，您一定见过。连蚊虫肆虐的沼泽地、条件艰苦的沙漠都被山区下来的那股‘奔流’占领了。不过，他们占地是逐步进行的，像行军一样，要我说比利马那边的情况要好。他们以军队的方式来规划街道和广场，划分地皮，造出了一些连上帝都想象不出的街区。他们占了归政府所有的圣塔集团公司①的地盘，被对方要求归还时，大家用尽计谋、拼上性命去保卫贫民区。女人们使出各种逗弄孩子的花招，给警察端上奇恰酒和啤酒。不少警察队长和中尉都被他们击退了。您也见过那些人，最终他们留下来了。近

---

① 秘鲁圣塔集团公司（La Corporación Peruana del Santa），一个负责开发圣塔河谷地的秘鲁政府机构。

市中心的贫民区和沼泽地的贫民区的房子都很小，建在沙丘上的要更宽敞，也更僻静……”

“但是现在，唐安赫尔……”

“是啊，现在他们互相抢地盘、偷东西。但是这方面我了解得不多。我可以告诉您的是，那些入了捕鱼行当的人一赚到钱，就开始胡作非为。他们原来在家乡的村子里，有时干一天活才能赚一个索尔，但是在这里一天可以赚一百，甚至三五百。妓院和酒馆的大门向他们敞开，全是按他们的口味和爱好打造。这些都是自然而然出现的，然后就成了气候。至于黑社会团体嘛，我们训练了一些沿海人和山区佬，甚至还有些印第安人，就是为了……那个词怎么说的来着……为了煽动矛盾！这些人四处制造混乱，他们自己舞刀弄棍的，再去教其他人如何使匕首，如何戏耍妓女；他们怂恿人们把十索尔或五百索尔的钞票烧着了来点雪茄，用啤酒甚至威士忌冲洗酒馆和妓院的地板。一个身材干瘪、经验老到的中国人开了‘围场’妓院，让我们很满意。那里专门接待那些最穷酸的可怜鬼，把他们的钱包也掏空。玫瑰屋和各家酒馆的地板上都浇满了威士忌，尤其是寡妇酒吧……”

“乔卡托……”

“那个像海豹一样的混蛋现在……算了，朋友……”

“唐安赫尔，请继续讲刚才那事吧。乔卡托的事之后我会了解的，晚一点。那老家伙最近结婚了，生了一对双胞胎儿子，对吧？”

“没错。那个乔卡托！有关团体的事情我不想谈那些太隐秘的，就大致讲讲吧。这些事大家都知道，虽然没有公开宣布过……我之前跟您说，我们特意训练了一些沿海人和乔洛人，给他们一大笔钱作为行动开支和对所承担的风险的补偿。这些全都是早就计划好的。他们专门负责煽动，然后……哈！一切都按我们的计划进行，甚至更顺利。拉皮条的、嫖客、赌徒和骗子越来越多；还有好多人买了冰箱却用来存放女人衣服、内裤、照片！为什么？因为钦博特的二十七个贫民区统统没有通电，直到今天都没有，那里可是住着十五万人！妈的，坑蒙拐骗的、持刀斗殴的事件越来越多，被烧着用来点雪茄的一百、五百索尔钞票越来越多，渔民变得越来越‘爷们’，越来越好斗，一个个热情过头，尾巴翘上天了……”

“就像布拉斯奇、吉尔德斯特那伙人？……”

“像布拉斯奇……当然了！但刚好是反过来，各个方面都是。他们更像是以前的鹈鹕。”

“以前？就是海湾代表着上帝思想的那个时候？”

“没错！正是如此，年轻人。他们和以前的鹈鹕一样，肚子胀得溜圆，有力的鸟喙向下垂着，眼神傲慢；无论处境如何，他们都和路西法[1]一样浑身是胆。鹈鹕以前总是成群结

---

① 路西法，在基督教与犹太教中通常指被逐出天堂前的魔鬼或者撒旦。

队，飞得很……那个词怎么说的？对了，和谐。它们飞得美丽又平和，装点着天空，是海湾最亮眼的风景线。”

“现在不是了吗？”

“不是了。您没见过吗？现在鹈鹕反而变成了秃鹫。以前秃鹫总是吃恶臭的垃圾，如今却是鹈鹕在每个港口的市场里窘迫地到处窥探，成了个糟糕的小偷，利马的情况尤其严重。成排的鹈鹕立于屋顶之上，挨着冻，或是不断徘徊直到最后一口气，眼睛俯视着地面。您知道吗，它们看上去像衰老了似的，正在数以千计地死去，身体散发着臭味。渔民可怜它们，就像是可怜那些沦为乞丐、从此再没一点指望的印加人。您明白吗？算了，把这些可怜的鹈鹕放一旁吧，咱们继续回到故事的主线。那时候乔卡托去买衬衫，卖家要价多少他就付多少，还要求店主点一点钱。他再也不省吃俭用了。”

“这就是旧的‘团体’？就只是这样？唐安赫尔，您知不知道那位格雷罗船长的动人故事？他是库斯科的西瓜尼人。”

问这个问题时，访客的耳朵抽动了一下。唐安赫尔注意到了。他有个表弟也经常这样动耳朵，但没有这么可笑，两个耳朵尖像长矛一样竖起来。虽然他们谈的都是相当“严肃”的问题，但厂长还是差点笑出声来。忽然间，他看到有一道波纹状的光影在访客那套长礼服的金色纽扣上闪烁，就像他在丛林里见过的那种蠕虫身上浮动的绒毛。

“知道，”唐安赫尔回答道，他不自觉地眨巴眼睛，盯着访客那金色纽扣上摇曳的光纹（但他的思绪倒没有受到影响），“格雷罗完全就是一个典型的例子。这位船长是个山区佬，他撒谎对心爱的姑娘和她父母说自己是个一流的机械工。那老两口是屠户，家里挺富裕，倘若这位未来女婿坦白承认自己是个渔民，他们一定会一脚把他踢走，或是直接骂出去。二老同意了他的求婚——谁让他花起钱来真的像个一流的机械工呢。他和那姑娘结了婚，但他的西班牙语还是很蹩脚，一口山区味道。一周后，格雷罗把他做渔船船长的六天进账交给了老丈人——七千索尔的合法收入，比内阁部长赚得还多。这个乔洛是个只会签自己名字的文盲，再加上他深爱着自己的妻子，所以心甘情愿地将这笔钱拱手交出。屠夫教女婿识字，现在专门帮他记账。这乔洛有房产，也有自己的生意，黑社会团体在他这里吃了败仗，他是个坏榜样，但也及时地提醒他们，必须对机制进行优化了。新团体让渔民适时地花光自己的钱，让这些野蛮‘爷们’的胃口得到满足。团体只需要使一些巧招，就能让他们把自己赚的钱挥霍一空，还走上了犯罪的道路，而一旦染上这种污点，就没那么容易洗掉了。您明白了吗？还想知道更多吗？您记得特奥杜罗·亚乌里吧，阿普拉工会‘曾经的’伟大领导人，懂我意思吗？他以前既支持团体，也反对团体，视时务和对他的好处而定。在那个年代，他的手段算高明的。您现在再去看看他？他成了一块垃圾，但是在垃圾堆里总还能找到往昔的残渣剩饭。当时如果特奥杜罗想召集一场集会——目的要么是为了损害工业的利益，要么是为黑社会谋利——您知道他会怎么做吗？他会派佩德罗·德拉克鲁斯·菲耶罗、黑人巴尔多梅罗、西里亚科·阿尔塞和胡安·迪奥斯·巴勃罗上阵。这些人走进酒馆，手上拎着棍棒，形状像印加军队里使用的木剑，一进门就喊‘去参加集会啊，伙伴们，同志们，婊子养的！’然后用棍棒敲碎桌子上所有啤酒瓶。就连那帮最坏的家伙也害怕这四个人。酒瓶碎片四处横飞，砸在墙上、人的衣服上……酒馆老板赶紧锁上门，把渔民们从后门和半门[①]丢出去。集会最终总能达到法定人数，但会议过程时不时地被打断，因为在场的‘伙伴们、同志们’会互相吹嘘挑衅，以给对方开膛破肚、鲜血横流收场。然而不管怎样，‘反抗’公司的协议最终还是会顺利通过（基本都是与我们事先达成一致的），比如提供防水服、提高出海餐费津贴、提高每吨鱼的收价。嘿，小胡子，我要不要继续讲呢……比方说以前工厂是以一打为单位来收购金枪鱼，那个布拉斯奇会在手上涂一种叫不上名来的东西，然后从每条船上拾起一两条鱼，提着鱼鳃，把船长叫过来说：‘臭了，他妈的，臭了。’‘是的，唐爱德华多，’那渔民垂着脑袋，气得半死，‘老板，是臭了。也不知道怎么回事，明明是新鲜的鱼。’‘新鲜的臭鱼？妈的，三索尔一打。’就这样，原

① 半门，也被称为“马厩门”或“荷兰门”，即把门从中间水平分隔，使其下半部分保持关闭，而上半部分可以打开。

本三十索尔的东西，他三索尔就买到了，真的是……”

唐安赫尔骤然停下来，不再说话了。访客所戴的帽子和长礼服上的纽扣在办公室那盏超现代化的照明灯的强光下，不断反射出各种动作与色彩，仿佛活物一般，酷似那些长着绒毛、色彩斑斓的蠕虫——它们身上细如游丝的绒毛浮动相触，在阳光下散发出的光芒令白昼都黯然失色。

“特奥杜罗·亚乌里！①这个姓氏真好听啊，”访客说，“那他既能帮到黑社会团体，更能让渔民得到实惠，这么一个意志坚定的乔洛最终怎么会沦为垃圾一块？我听说他是山区人，和沿海人相处得很好。我礼服上的纽扣是巴黎货，唐安赫尔，用现在流行的方式来说，是‘巴黎直达马丘比丘’。我的帽子就是我的帽子啦！那么这个被你们捧得那么高的亚乌里，怎么会最终落得这样的下场？”

访客站起身，立在了灯的正下方，他的脸、双手、短腿和双脚……全身上下都显得很纤瘦。他的鞋带是某种生皮制成的，现在变成了透明的。访客在灯光下转了几圈，他那件长礼服上附着的绒毛闪着五颜六色的光芒，看得厂长林孔先生心醉神迷。等访客重新在扶手椅上坐下后，厂长说道：

“特奥杜罗·亚乌里以前是个非常出色的演说家，风格强硬。他讲话就像奇恰酒，比啤酒更醇美。他很有鼓动性，但

① 亚乌里（Yauri）在克丘亚语中的意思是“大针头”。

实际上什么都讲不清楚，这就是为什么他的支持者和反对者总是大打出手，甚至还戴上了指套——就是铅制的指环，戴在手指上用来打人。他就是这样操控那帮渔民的。那帮人把爱国主义和无意识的共产主义思想混在一起，搞了个一塌糊涂；他们中有识字的，也有爱打架斗殴的恶棍，还有无耻混蛋和走上歪路的乔洛——这帮人哪怕在印加时代也没有这么得意过。特奥杜罗·亚乌里过去专门负责帮我们处理这帮乌合之众，但绝对不是无条件的。他也曾经被我们捅过几次刀子。有时候他的确能从我们这里多刮出点东西，但是对一毛不拔的百万富翁来讲，哪怕一粒沙都价值连城；但他还是坚持不懈，为了一分钱也要拼命，就跟能得一百万似的。而且您看，山区佬在他们世代扎根的村子和庄园里为奴为仆，行尸走肉一般活着。然后他们背井离乡，从山上下来，到了港口，有的像水里的鱼那样快活地摇尾游弋，也有的像沙地上的鱼一样挣扎窒息。总而言之，有的来享受，有的来倒霉。您不知道吧，那些‘业余’的二流工业家也是成群结队，带着他们靠微薄的遗产或储蓄积攒的那点资本来到钦博特。他们一开始赚得很多，但是当巨头们优化了产业结构，买入新造的渔船和机器后，一小时就能产出他们干一个月的成果，甚至连鳀鱼的价格都被压低了。他们彻底玩完了，全部被我们淘汰出局。另一方面，共产党人耐心地做了五年的工作，一些识字的后来也入了捕鱼的行当，搞得我们的特奥杜罗也倒了霉。

然后砰的一声，他就被丢进了垃圾堆！亚乌里做得过了头了，您继续听我讲。”

访客把胳膊伸向前，仿佛在把唐安赫尔说的话塞进自己的肚子里。他的衣服一直发着光，现在指甲也亮了起来（那是一抹极其微弱的光），仿佛在表达对唐安赫尔的钦佩、理解与好感。他的双手依然沐浴在强光之下。厂长也沉浸在自己所讲的故事和长篇大论之中。

“我给您讲，我记得小学时有一位西班牙语老师，讲话和我一样有点颠三倒四，但是他的激情或者说热忱能感染每个人。我觉得他讲过的有关作家作品的内容从本质上来说不是停留在人的大脑中，而是留在记忆里，留在……不是道德，不是美学，也不是吃进去的炸肉块里……好吧，应该是肾脏里。没错。为什么特奥杜罗·亚乌里会被厌弃呢？原因和那些心急火燎地来到这里的中小企业家一样。他们对捕鱼业垂涎三尺，但是干这一行，我们靠的是冷静的头脑，您的睾丸不能放肆，舌头不能放肆，喉咙也不行。在这方面布拉斯奇是世界顶级的。我见过他搞收购、搞贷款，真让人不寒而栗……我还见过他是如何收拾那些想找他麻烦的人！哪怕现在，他还是满嘴骂娘，同他以前和乔卡托一起在钦博特逛妓院的时候一模一样，明白了？对了，您知道吗，那个索拉诺是工会有史以来第一位共产党员总书记，嘻……嘻……嘻！”

唐安赫尔发出第二声笑声时，发现访客也笑了起来，两人仿若二重唱，但这位穿礼服的年轻人的笑声就像那只鞘翅目昆虫死前发出的嗡嗡声——那家伙现在还躺在办公室的角落里，散发着奇恰酒的味道。他的笑声令唐安赫尔大受鼓舞。访客激动地继续说：

“您听我继续讲，索拉诺在哈罗的陪同下，去了布拉斯奇在利马的办公室。索拉诺此人举止得体，有种刻进骨子里的道德感。他非常了解捕鱼业的各种事务，抵得上一名优秀律师了……索拉诺一上来就对布拉斯奇劈头盖脸一顿谴责，他说目前渔船船东和船长之间的合同是一个既合法又英明的‘超级组合’，把渔民变成了没有租约的租客、没有老板的工人；它将船东与工业分离开来，但实际上工业家和船东是同一个人，比三位一体还更紧密地连接在一起；另外，所谓将渔民福利基金交给由政府和工会主导的委员会来管理也是个完全不要脸的骗局。总之，这整套法律体系就是靠肮脏的武力支撑的。大罢工因此应运而生，号召整个沿海地区进行全面罢工，要‘坚持到底’。索拉诺说完后，布拉斯奇对他说：‘哟，小索拉诺你可真能干，你啥都知道，是不是？你来做我的丈夫算了，我正在找爷们呢！行不行？你骑在我身上，你来剥削我吧，好一个俊俏男孩！’我以我母亲的名义起誓，他说这话的时候就那样扭着腰，伸手从身后的裤兜里掏出一把明晃晃的手枪，摆在桌子上。索拉诺瞥了一眼手枪，平静地看着布拉斯奇，说：‘布拉斯奇先生，您考虑一下我说的话吧。至于找丈夫那事，无论黑人白人，本国人还是外国人，都能为您提供很好的服务，总比工厂里的人好。’布拉斯奇还没来得及反应，索拉诺就举起那把抢，紧紧握住，站起身离开了办公室。是的，枪在他手里。拜托！不是开玩笑的，上了膛的枪。船长哈罗紧跟在索拉诺身后半步，也出去了。他是个乔洛好小伙，从头到脚都是铁打的。当天晚上，他去了殖民地大街上一家上档次的妓院，叫了三个出色的妓女，一个一个来，纯粹因为高兴，想庆祝。第二天，布拉斯奇甚至都不记得这件事了。罢工开始后，罢工者……哎，别急！还是说回特奥杜罗，他可不是布拉斯奇。工会通过协议获得的社会援助金（专用于帮扶工厂和渔民）达数十万。特奥杜罗仅凭自己的签名就可以处置这笔钱——他口袋里有工会的支票簿。这种情况下，一个满身火气的乔洛会怎么做？他设立了一间诊所，雇了些男女职员，招了医生和牙医。渔民既不是工人也不是雇员①，所以您知道他要做什么了吧——筹备工会的医疗保险制度。接下来呢？他们的账本里竟然出现了来做卵巢手术和剖腹产的渔民……全搞砸了！沿海人索拉诺轻而易举地就把特奥杜罗·亚乌里给干掉了。谁不知道那场由英明神武的索拉诺领导的罢工真正的大结局！真是个全国性的笑话，很残酷，也很混账。我们和布拉斯奇因为这事可笑惨

① 秘鲁的工人和雇员有各自享受的社会医疗保险，但渔民都无法享有。

了。渔民从每吨鳀鱼获得的利润增加了三十索尔；另外，经核查，我们这些工厂在称重斗上做了手脚，坑了他们几百万索尔。各家工厂都赔了钱，只有美国阿塔瓦尔帕渔业公司拒不归还，现在还在打官司扯皮呢。最近这几天工会准备去拦他们的渔船。不错，不错。给他们涨了那么多了，对吧，然后，嘿！我们突然就让货币贬值了，从二十七索尔兑一美元跌到四十三索尔兑一美元。而索拉诺呢，他一定是把枪塞进自己屁股里了，他没有开枪，因为他遇事始终头脑冷静。渔民现在的收入比罢工前少了三成。明白了吗？他们没有任何出路，无论是在秘鲁还是世界其他地方，发号施令的总是我们这些少数人。布拉斯奇现在已经不来钦博特了。他最后一次来是两年前，为了参加圣佩德罗的加冕典礼[①]——圣佩德罗是渔民的守护神。庆典设在布拉斯奇最大的那家工厂码头的入口处，他命人在院子里打造了一个用于供奉塑像的圣像洞。那场典礼排场极了，请了两个管弦乐队。布拉斯奇和两百多名渔民共饮威士忌。他看上去和渔民有什么区别！那家伙满嘴脏话，骂娘骂得比谁都起劲。他和乔卡托紧紧地拥抱了对方，乔卡托哭了——他是布拉斯奇麾下第一个船长，说真的，他有点像布拉斯奇的父亲。他还和哈罗一起喝了一杯，一言未发。伊拉里奥·卡乌亚马是唯一没来参加庆典的船长。我

① “圣徒加冕”或“圣徒册封”为天主教的一种宗教仪式，意味着赋予圣徒尊贵的地位，供教徒敬奉尊仰。

们这些二三线的头头们心里一直惦记着他缺席的事情。其实我告诉您吧，我们都有些不高兴。布拉斯奇倒是无所谓。‘他是印加人，’他说，‘独行侠嘛。’大约到了凌晨三点，在场的太太小姐们忽然从舞会场地——安装着离心干燥塔的工厂院子——里跑了出来。因为查拉卡托带着二十辆汽车来了，载了一百个妓女。他嘴里唱着歌，径直向摆着圣佩德罗的圣像洞走去，其他人整整齐齐地跟在他身后。守护神的圣像熠熠生辉，灯光照亮了他所着的披风与长袍的每一寸颜色；他手上还有一条银质的大鱼，是在利马打造的，其原型是的的喀喀湖区人为坎德拉里亚圣母节的女舞者所制作的银鱼；这银鱼挂在圣人的手上，像活物一般游动着，鱼眼睛是绿宝石做的。查拉卡托和妓女们纷纷跪下，请求圣人的允准。与此同时，醉醺醺的渔民则在远处恭敬地看着，偷偷用手压住腹部，想让自己的下体安分点。这是我亲眼看到的。这时布拉斯奇已经走了。

“他的私人飞机在工厂和码头上空盘旋了一圈，这时妓女们正经过摆放圣像的院子边上，醉鬼们已经围上来了。舞会继续进行，到处都有人在交媾，不管是在院子里，还是在工厂所有的犄角旮旯里。嘿，朋友您听我说，查拉卡托本来在四处找自己的老婆，结果被几个人扛上肩头，有一个港口上混的畜生乔洛像念祝祷词一样反复高呼‘鸽子眼！鸽子眼！’——那是他老婆在妓院的外号。查拉卡托的正牌老婆是个妓女，此刻正被一个又一个男人压在身下。钞票、手表、精美的打火机，甚至左轮手枪都能在那个凌晨时分充当货币。乐队仍在不停地演奏。天快亮的时候，查拉卡托站在一座离心干燥塔的楼梯上，大声地吹响了口哨。他吹了三次，结果无人问津。然后有个已经上了些年纪、身着光鲜丝绸的女人也爬上了楼梯，她大吼：‘婊子们，臭婊子们！’她的话很有效果，‘都上车，烂玩意儿们！’所有妓女都开始朝着汽车走去。查拉卡托的几个‘男秘书’不得不把一些死死挂在妓女身上的渔民直接丢出去，当他们是一麻袋面粉似的。召集妓女的那个老鸨现在还在钦博特呢。她住在玫瑰屋妓院，掌管那里的一切。”

“查拉卡托是团体的重要头目吧？”

“不是的，朋友，用我们的话说，他只是个活靶子，一颗小螺丝钉，一个吸引火力的家伙。渔民们以为他就是那种所谓的‘大老板的代理人’——这是他们的原话，连那人自己听了也笑得很开心。他戴着一顶皮帽，是个白人，挺讨人喜欢的……啊，对了！加冕典礼的事情还有个不愉快的后续，主要是海湾事务高级主管奥兰多·卡比塞斯·克罗斯比惹的事，他做得太过分，竟然让各位船长为制作圣像、玻璃罩和圣像洞的费用买单。当时工厂的渔民组织了一次集会，这位高级主管不得不出席，他说：‘圣佩德罗既不是工厂的守护神，也不是船东或工业家的守护神，他一直是渔民们的守护神。各位经常在码头上玩骰子，还有的时候，在船上喝多了就掉进海里，或是掉进船舱里。这些都是很危险的，不是所有的渔民都品行端正嘛。我们为圣佩德罗加冕就是为了保护各位。因此，这个费用应该你们来付。’渔民们愣住了，一片沉默。南斯拉夫人和西班牙人没有去参加集会。然后在那死寂之中，伊拉里奥·卡乌亚马站出来了，他步子很慢——这印第安人还没学会城市和办公室里的行走方式呢。他一瘸一拐似的踱到桌子前，站在一侧，脸朝着主管，侧面对着众多渔民说道：‘听着，主广先生，吱本的代言人，像我这样的老船长是最早来到钦博特海湾的人之一，我现在作为工人代表上来发言。宁刚才说圣佩德罗是渔民的守护神？的确如此，咱们工会总部那边有一个渔船形状的圣像架，漂亮极了。一到圣佩德罗的庆典日，咱们就把教堂里的圣佩德罗塑像放在那个宝座上，抬它出海。宁知道我算是个文盲，但是谁都别想骗我伊拉里奥，不管是秃鹫、狐狸、毒蛇，还是宁这位主广先生。在钦博特，我们管渔民的守护神叫“小圣佩德罗”，因为我们那个塑像太小了，这倒不假。宁命人从利马的商店里定做了那个大家伙，然后教区牧师为它做了洗礼，也算合规矩。但就在加冕典礼那天晚上，宁和大老板本人——也就是鹰眼布拉斯奇——召来了一大帮妓女，玷污了圣像。那地方不该有妓女！主广先生！妓女在钦博特有自己的地方。’

“这时奥兰多·卡比塞斯·克罗斯比正准备开腔，‘别打断我！’唐伊拉里奥喊道，‘我为工人发声，而不是为吱本家。我们的守护神圣佩德罗早就被神圣罗马天主教会封圣了，圣像在教堂里。那个拿着假鱼的塑像是由宁本人加冕的，放在混凝纸浆做的圣像洞里，摆在码头的院子里，那东西已经被妓女们玷污了——这可不是我们工人向吱本家要的，所以，我们不给钱！如果在场有哪个昏了头的白痴渔民愿意掏这个钱，就让他给吧。’

“卡比塞斯·克罗斯比立刻接话：‘这钱是会退的，会退的。我接受唐伊拉里奥·卡乌亚马的一部分观点。集会结束了。’

“‘等一下，再等一下，吱本家先生！’卡乌亚马说，当时渔民们已经都准备走了，‘我伊拉里奥·卡乌亚马是个下等渔民，我谦卑地请求主教大人以他在教会中崇高的地位，重新为圣像洞里的圣像赐福，否则就把它埋进沙滩上的烂泥潭里。’

“后来，主教果然再次为那座圣像赐了福。但这场赌局还是继续如火如荼地进行着，直到最后，渔民在大罢工中熬到肚子空空如也，用司机们的话说就是‘轮胎被磨到只剩下里面的一层布’。当缝纫机、冰箱、电视机都被典当了后，渔民们发现自己倒霉了。只有极少数像卡乌亚马和哈罗这样的人才逃过此劫，因为他们本身疑心很重，也有可能是因为沿海地区的生活经验让他们精于算计。后来出现的事情可真是奇了：各家市场的女摊主、莫德罗市场的店主都开始给那些有执照的渔民赊账，从生菜、红薯到洗涤剂、香水和丝绸布块，什么都赊；女摊主们说‘咱们都是靠他们过活的，他们是钦博特的顶梁柱啊’；有些卖菜的山区女人甚至一时间不再为讲克丘亚语感到难为情，不停念叨‘圣水①、血河’；酒馆也可以赊账，但是更谨慎一些；妓女也给自己的熟客赊账。这是渔民第一次发现自己没钱了。那些坏蛋和职业罪犯都走了。许多餐厅和酒馆关张了。贫民区人养的鸡、鸭、狗饿死了不少，甚至有些小孩也没挺过去。这时大家发现索拉诺真是个优秀的指挥官，马克塞则是个出色的副官，还有那个总是在妓院里闲逛、文质彬彬的萨瓦拉。渔民们没有畏缩，反而变得更加强硬，几位领头人把人们的悲愤化成了火药。”

访客点了点头表示赞同，他望向林孔，目光如镜。他的双眼变得透明，深不见底，但不似空气或天空的质地，而是像高山湖泊或水塘那样有边有际，活灵活现。那种透明传递着理解与希望，可以看到小虫在那里面蠕动着、扭绕着，在深处穿行着、竞逐着；荧荧发光的鱼群按自己的意愿与渴求，以不同的速度前行着。唐安赫尔觉得自己在那清透的眼神中发现了某个秘密。

“索拉诺赢了，这您知道，”他说，“您也知道，那个正直

① 原文为克丘亚语。圣水即神之水，是生命的源泉。

又廉洁的政治家的话语打开了渔民的眼界，启蒙了民智，他战胜了那个只知道煽动渔民情绪、愚弄他们大脑的特奥杜罗。这样更好，对吧，更好！我们认为现在战斗变得更容易了。我们能更精准地射击，敌人也越来越明确。‘精准射击’嘛，您等着看吧！特奥杜罗当时的作用就是分流那些难缠的力量。现在更好，更容易了。您，您……应该略有所知……”

“您还记得吗，唐安赫尔，罢工者在钢铁厂工人的支持下，封锁了泛美公路……”

“当然记得了，警察在那里杀死了一个工人、一个渔民，还有一个女人……”

“还有呢，唐安赫尔？”

“阿普拉党和索拉诺的人关于遇难者遗体的问题有些争论。阿普拉当时做事情已经失了分寸，所以索拉诺的人又赢了。警察撤回了武器广场上的警卫队总部，遇难者遗体被带到渔民工会。一时间钦博特到处都是既愤怒又惊慌的人。一向如此，我在这方面经验丰富。人的身体被子弹洞穿后，喷涌的鲜血能点燃怒火，但也……那话怎么说来着？死神手中那把镰刀①也会在人们眼里被放大——这话我记得是特奥杜罗说的。好吧。参加守灵的人多得不得了。然后我记得，当遗体入棺时，那个文质彬彬的妓院‘观光客’萨瓦拉提出了一

① 希腊神话中的塔纳托斯是死亡的化身，总是常穿一身黑斗篷，手中拿着一把巨大的镰刀。

个大胆的建议（他负责棺材相关事宜）：‘咱们去武器广场守灵，去警卫队总部门前！我看有哪个混蛋反对？’‘去武器广场！’众人吼道，其中有男也有女。因为那次有女性遇难者，所以有数百名妇女参加了守灵仪式，声势浩大。索拉诺大吃一惊，他的声音竟然都被盖过去了。他们把三具棺材抬到了广场上，但没有摆在广场中心的凉亭里，而是放在了离警卫队总部很近的几条长椅上，大概只隔了四十多米远。总部大门紧锁。广场上很安静，但时不时有人大喊‘布拉斯奇，杀人犯！’‘美国佬，杀人犯！’紧接着，‘杀人犯’这一头衔也被赏给了总统、内政部长、省长。随着夜幕降临，在场的人数逐渐减少，但骂喊声依然不绝于耳，甚至越来越响亮，到最后人们直接骂起了脏话……”

“没错，唐安赫尔……凌晨两点左右，警卫队总部的大门打开了，一队警察走了出来，手持橡胶警棍和步枪。”

“接下来发生了一件奇怪的事，我的朋友迭戈。那些看护遗体的人立刻吓得逃散了，但很快又都骂骂咧咧地回来了。警察本应该向前开进的，但他们只是摆出行进的队形，观察着留在棺材旁边的那群人。辱骂声越来越急促，越来越有挑衅的味道。警察们转了个身，又返回了总部，锁起大门。据说萨瓦拉大骂了一通污言秽语后，哭了起来。”

“因为棺材里装满了炸药，唐安赫尔，我的朋友。死者躺着的丝质衬垫下面摆满了一排排的炸药管。这您之前知道吗？他们认定警察会出击，所以佯装惊慌逃窜，再让少数‘够胆量’的人挑衅似的回来守卫棺材。等警察冲上去夺回遗体时，那些人再迅速撤退；而警察一抬起棺材，就会和遗体一起在广场上被炸得粉碎。”

“我们是后来才知道的，迭戈。那个命令警察返回总部的少尉现在已经升为上尉了。那少尉当时就知道这是个陷阱吗？我们永远无从得知。据说，是团体里的一个小喽啰给他通风报信的。他带着一队警察出去只是做做样子，并且意识到那条情报可能是真的。第二天，他们举行了一场极为隆重的葬礼——这也符合我们工业家和工厂高层的心意，我们甚至比渔民们更希望如此，因为这样能平息工人们的怒火，只要多加小心防范，事情就打住了。迭戈啊，葬礼那晚，等到风平浪静之后，我和露辛达睡觉了。工人们和索拉诺那帮人都心满意足，我也是，而且又有佳人相伴。听说团体里那个告密的喽啰拿了一大笔钱，离开了钦博特。至于炸药，如果真有的话，应该还留在墓地里直到末日审判那天吧。到底有炸药吗，我的朋友迭戈？”

“那些说有炸药的人都很笃定，但山丘和沙地那边的人说这是传言，只不过这传言或许是真的……”

“索拉诺曾经的几个副手——马克塞、萨瓦拉和哈罗，现在已经是工会里的头目……嘻、嘻、嘻！不需要贿赂，我们就做到了精准射击，朋友，精准射击。萨瓦拉在社会援助部担任秘书。拉卡莱塔医院停尸房的验尸官为意外死亡的渔民做尸检时总是火急火燎的，因此萨瓦拉不仅监看尸检，必要时还充当助手；他安慰丧夫的女人，还陪护病人；他使得工会的综合诊疗所不断发展壮大，引进了最先进的医疗设备；他同意停尸房那个可怜的助手留下死者的衣服——那毛孩子才十四岁，就已经成天要给尸体锯胳膊锯腿儿的——而他再亲自给逝者穿上寿衣。萨瓦拉变得很瘦，他现在很少去白房子和玫瑰屋了，佛罗里达酒店他更是从来都没去过。'围场'这周就要歇业了……嘻、嘻、嘻！"

唐安赫尔笑了，似乎是模仿唐迭戈的笑声，但也有一点（只有一丁点）像那只鞘翅目昆虫死前发出的嗡嗡声。

"您知道吗？有个狡猾的乔洛叫迪诺克的，他是查拉卡托的帮手，他给新的妓院推荐了一个绝妙的选址，是在一个小山头上，地面是硬土地，不是沙地；旁边是一块泥塘，周围长满了托托拉芦苇，还有很多鸭子。那地方很远，在十公里①以外，相当隐秘。他和出租车司机，还有另外一些人联手……这事儿是新团体操办的……"

访客站起身，彬彬有礼地鞠了一躬，然后绕着办公桌转了几乎一整圈，步子轻飘飘的。他抬起一只手，手掌朝着唐安赫尔的方向，像一把蝴蝶翅膀形的扇子，委婉地请厂长不必

① 原文使用的地面距离单位为"kilómetros"，海拔高度单位为"mil metros"。为体现其差异，译文分别译作"公里"和"千米"。

再讲。唐安赫尔的视线停留在那只手上。访客在办公桌上弯下腰，把脸凑近唐安赫尔的脸，让他闻自己身上的气味，像花粉，也像裹挟着高山中野花芳香的风，那味道能浸染四月里的岩石峭壁，也似星光一般，轻盈盈地飘到雄鹰筑在寒岩之上的巢穴。

“那卡多佐呢，唐安赫尔？那个拉丁语姓氏的美国佬神父。还有主教？还有那个‘教父母项目’呢？”

“高端定制时装和廉价服装的区别……”厂长说着也站了起来，“我听说卡多佐是个天主教共产党？我真同情他。在钦博特，七个宗教团体中就有五个是美国佬的。‘教父母项目’我了解得不多，它是一个慈善性质的宗教组织，我想应该是个国际组织，由美国那边直接管理的。它扶助的是那些经过三番五次审核后被认定为极端贫困的家庭。这个组织在钦博特大概有十五名员工和几辆车。他们目前扶助了三千户左右，每月发放十美元，每逢教子女命名日①时会送一个玩偶娃娃或是一把塑料机关枪。每个多子女家庭里都会有一个孩子认一个外国佬作教父。他们的办公地点现在基本算半官方性质了，那里总是挤满了妇女，在大楼前的空地上淌着泪，喋喋不休。关于这事，贫民区有人议论，但我不知道是共产党人还是搞

① 依据西班牙语国家的传统，人们会以孩子的出生日或该日期前后所对应的天主教圣人表上的圣徒名字为新生儿命名，故称为“命名日”，但未必与生日当天重合。

巫术的说的，他们说等那些教子女长大点，就会像牲畜那样被出口到北美洲。流言蜚语把居民们吓坏了，但到头来饥饿能战胜恐惧，每周都有越来越多的人拥向‘教父母项目’的新大楼。您也去吧，去看看那里的精彩场面。马克塞和萨瓦拉对此深恶痛绝。我呀，对这个领域一知半解而已……”

“您讲得很清楚，唐安赫尔，您对很多领域都有很深入的了解，但是全局呢？在您看来，全局是什么样的？”

“是这样的，我的朋友迭戈，我现在确实能更清楚地看到全局了。请稍等一下。好了，您看仔细我接下来要画的这幅图，或者说是一张带名字的图表吧。好，现在开始，我一点点来画，您要看着我的手，听我说的话。我觉得咱们一定能搞出点东西的，嗯，一些客观的东西。您请看：

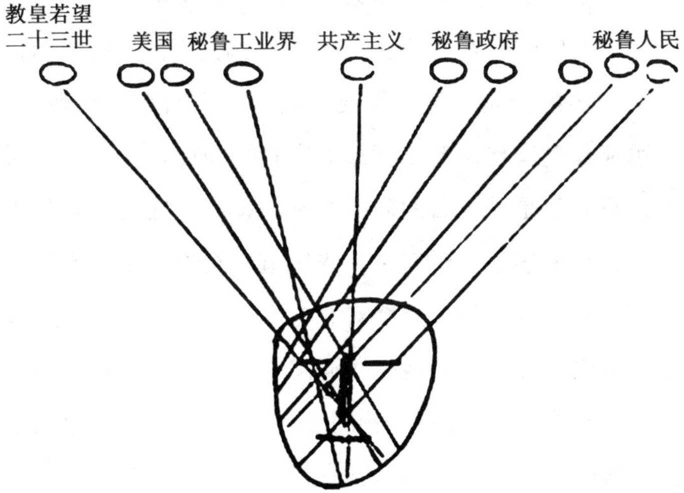

七个白皮鸡蛋对三个红皮的。我们秘鲁工业界、美国、秘鲁政府、愚昧的秘鲁人民，还有对秘鲁人民完全一无所知的‘卡多佐’们——是白色势力；教皇若望二十三世、共产主义和一小部分厌恶美国、工业和政府的秘鲁人（他们有些人的愤怒是有理有据的，有的则是盲目仇恨）——这些是红色势力。您注意看，秘鲁的脸就是这样，有三道红色的杠。我没画出卡多佐真实的颜色。索拉诺是真心敬他爱他。卡多佐和索拉诺在圣何塞教区的一座教堂里组织了全国渔业工人大会。会上，索拉诺发表政治演说时，双手就放在小礼拜堂的祭坛上；卡多佐大谈革命，讲话时还夹杂着英语，听上去像喝多了似的。马克塞信任卡多佐，也很喜欢他；特奥杜罗·亚乌里恨他；布拉斯奇喜欢他；美国使馆的人听得松了一口气；乔卡托拥抱了他；那个艾玛拉印第安人唐伊拉里奥·卡乌亚马垂手而立，说自己不太理解他讲的什么意思。对卡乌亚马而言，资本家和美国佬是一个锅里吃饭的，工人们则是另外一锅，绝不可能和美国佬混起来做成大杂烩。简而言之，我的朋友迭戈，我们就是七个白的对三个红的。而三红之一的共产主义现在已经凉透了，玩完了。我知道我在说什么。这张版图绝对不会对资本不利，只会对它有利，永远都是这样。精准射击！放眼宇宙，天与地、江河湖海，只有极少数人可以主宰。查拉卡托的脸、他那个狗腿子迪诺克的脸——那个皮条客乔洛；马克塞的脸、萨瓦拉的脸……嘻、嘻、嘻！”

“您必须笑，唐安赫尔·林孔，必须大声地笑。把肺里积攒的空气全都放出来，把它从您发亮的身体里放出来，就像虱子排出肚子里的虱卵，像蟾蜍排出的、会长成小尾巴的黑色蝌蚪[①]……让它出来，让它出来！”

访客抬起双手，仿佛那两条手臂是烛台的把手，他头上的帽子歪向一边，那张长脸上蓄着小胡子，胡须顶端黑黢黢的，脸也因此显得更加瘦削，也平添了一丝光亮。他忽然跳起舞来，在原地一圈一圈地转动，仿佛手里握着什么隐形的东西，在发出铿锵顿挫又无比凄楚的嗡嗡声。访客婆娑的影子比他本人的舞步更协调。唐安赫尔笑不出来了，他努力了好几次也挤不出一点笑容。他的眼睛被鼻梁上的眼镜放大了，他的目光停留在访客的身上，后者一直踩着二人的影子旋转着。他望着那人的舞蹈，很快就想起自己说过“有一只耳朵是用来真正倾听的，而不是为了听人吹口哨或唱歌”。就是用那只耳朵，他听到了蚊虫扑扇翅膀时那种哀婉的扑簌声，伴随着某种叫不出名字的火热的风铃声；那声音的节奏很明确，似乎正在奋力唤醒他的记忆。唐安赫尔那双眼睛（真的被眼镜放大了很多）先是盯着影子，后来又盯着舞者的身体。他一边由头到脚地打量着对方，一边又在努力回想。那两只熟鸡蛋似的眼睛不断变化，由外至内，逐渐变成了色彩浓郁、滴

① 原文为克丘亚语。

溜乱转的玻璃球。唐安赫尔又想起自己说过的另一句话“有一只耳朵是用来记忆的，而不是为了听人吹口哨或唱歌”(他之所以这样说，可能因为他本人毫无乐感，唱不了歌也吹不了口哨)。用那只耳朵，他终于听到了一缕飘忽的歌声，酷似夜色四合时分，众多蚊虫扑扇翅膀时的响动声。那歌声变得愈加清晰起来，像铃铛发出的叮当声。那温柔的节奏与溪流的旋律相交融，颇像大型动物被干净地割开喉咙后，鲜血一波波喷涌出来的声音。那人的舞蹈和节奏点燃了他所有的记忆，激活了他的身体。厂长那鲜活的肉体无比渴望这种柔和又不失威严的旋律，终于开始摇头晃脑地跳了起来。他着实是个优雅的胖子，那个啤酒肚（他的大肚子一直以来可谓“毁誉参半”）并不妨碍他走路时轻盈的步态，也不妨碍他在“必要的时候”半开玩笑半认真地踢上乔洛人一脚，再跳上运送渔民登渔船的快艇。

“哦，唐迭戈，我的朋友!”他突然喊道，“这是卡哈班巴的山区云萨舞①，现在卡萨格兰德庄园②的乔洛都跳这种舞。”

---

① 云萨舞(yunsa)，一种在秘鲁许多地区狂欢节上所跳的舞蹈。人们在空旷的场所，以一棵装饰华丽的树为中心起舞，一边跳舞，一边砍树，直到树被砍倒。最终将树砍倒的人需要准备来年用来跳舞的树。

② 卡萨格兰德庄园(Casa Grande)，一家占地面积极大的甘蔗种植园与蔗糖厂，位于秘鲁阿斯科佩省，曾是秘鲁最重要的农工商业中心之一，属于吉尔德斯特家族(前文提及过的富豪)。卡萨格兰德与钦博特一样(分别代表种植园与渔业)，是重要的生产者，也是最大的剥削方，庄园中的劳工从事着超时、超强度的体力劳动来换取微薄的报酬，后文中有所提及。

访客的舞步更加热烈了，他的身体被灯光和色彩包裹，不断旋转，这下彻底点燃了唐安赫尔的热情。

“继续跳啊，先生！”厂长高呼，“继续，继续！”这个戴着眼镜的胖男人开始摇摆整个身体，他的肚腩与胸口随着舞步上下起伏。他兴奋不已，全神贯注，生怕落下了拍子，但与此同时，他的脚纹丝不动——他无法移动，仿佛被钉在了原地。然后，他忽然开口念诵道：

“继续，继续，不要停下，不要停下……钦博特港……最大的渔港……宇宙最大……卡萨格兰德，卡萨格兰德……就在附近……一百，一百公里……是蔗糖厂……世界上最大的蔗糖厂……所有数据，所有数据……都能证明……谁要是不知道，谁要是不承认……那就是可怜人儿，可怜人儿……”

它是世界上最大的渔港，
它是世界上最大的蔗糖厂，
——钦博特和卡萨格兰德。
继续，唐迭戈；继续，唐迭戈。
卡萨格兰德的烟囱喷出的烟雾，
远至河边，
远至亚马孙河，
因为……
卡萨格兰德西起太平洋，

吞没海岸，吞没安第斯山脉。
它有自己的港口——哦，奇卡马港！
它有自己的总统——经理！老狐狸！
它深入丛林，给琼乔人[①]找麻烦，
我布拉斯奇也是这样，我布拉斯奇也是这样，
我给马克塞找麻烦，我给马克塞找麻烦，
——他是渔民及“无”附属人员工会的秘书，
无人依附，无人依附。
钦博特的渔民，
在世界上最大的渔港，
这里哪有人，这里哪有人。
先生，乔洛人是狗屎，
黑桑博人、中国人是狗屎，
我也是狗屎，
南斯拉夫人不是狗屎，
西班牙人也不是狗屎。
布拉斯奇无处不在，
先生，他无处不在，
马嚼子、马镫子、马后鞧[②]。
秘书马克塞——我不知道他是不是狗屎。

① 琼乔人，丛林地区的原住民，很少与西方文明接触。
② 驾车时络于马后的革带。

我不知道，我不知道。
萨瓦拉、哈罗、迪诺克、查拉卡托，朋友们，
我们在这个头上拉一泡屎，在那个头上拉一泡屎，
我们在到处是蚊虫的芦苇塘乱搞一气，
没得办法，没得办法，没得办法。
那个美国佬主教不是狗屎，那人不是狗屎，
特奥杜罗·亚乌里不是狗屎，他不是狗屎，
我把他变成了一块垃圾，一块大粪，
先生，我把他变成了一块狗屎。
秘鲁的海岸，它让我倒了霉，让我倒了霉；
秘鲁的山区，多么令我厌烦，多么让我压抑；
秘鲁的丛林，看，看，看！
它让我腐烂，它让我压抑。
卡萨格兰德的烟囱……
“卡萨格兰德的小人儿们
已经排好了队，
每天凌晨四点，
就下田去干活。
可怜的人儿啊！”
哪里都是一样，都是一样。
他们害了鹈鹕，凄凉的喉囊空空如也，
他们害了妓女，双腿只能一直向上；

从海岸到亚马孙河丛林，所有人都骑在我头上拉屎。
他们没有对卡乌亚马下手，没有对卡乌亚马下手，
没有对卡乌亚马下手，却对乔卡托下了手。
哎，是啊！哎，怎么办！
“可怜的人儿啊！”

唐安赫尔一边低声哼唱，一边努力想跟上迭戈的舞步，但节奏、旋律、动作全都是乱的。他弯腰的时候，连大肚腩都挤在一起，时而又像个醉汉那样挑衅似的站起来；然后他将双手放在桌上，胸口上下起伏，就像生活在秘鲁沿海岩石地带的那些蜥蜴一样——小东西们总是惊慌地四处流窜，或是骤然停在某块已经风化的岩石边缘或凸起处，它们摇头摆尾，精力充沛，一副自信满满的姿态，仿佛口若悬河的布道者。“可怜的人儿啊！”唐安赫尔又重复了一遍，他忽然想起这句话是在一张卡哈班巴乔洛音乐的黑胶唱片上听到的，但这个声音并不是歌手的，当时唱片里放的是“卡萨格兰德的小人儿们……”那一段。他想起来了，记忆愈来愈清晰，他望向访客。那人的帽子已经变成了金色的羊毛，每一根丝线都在空中飘动；他的鞋子变成了蓝色的透明凉鞋；长礼服上缀满了星形的小镜子；小胡子的须尾变成了晶莹剔透的小刺，像“将军柱”一样——那是一种带刺的多肉灌木，从不在沿海地区生长，它用身上的尖刺来保护自己红色的花，那花的萼片

洁白如霜，上面长着绒毛。唐安赫尔在卡哈班巴出生并在那里度过童年，后来久居利马。在那一刻，他想起绚丽的绿色蜂鸟在那红色的花冠上舞动，经久不息，而他——一个被父亲拒绝承认的私生子——只能眼含泪水，看着不断振翅的小鸟跳着那欢快的舞蹈。唐安赫尔继续唱起来，一字一句重复着云萨舞曲中的词句：

卡萨格兰德的烟囱
无情地喷泻着烟雾……

访客放慢了舞蹈的速度，放下手臂。他的小胡子以及长礼服上缀着的小镜子所散发的光芒开始熄灭，鞋子的颜色逐渐暗淡。那支卡哈班巴舞蹈（现在完全可以确定那舞是来自卡哈班巴了）似乎在唐安赫尔的身体里逐渐消散——他能感觉到它向着自己的鼻端、头顶和耳朵外侧的软骨那里退去。

“我们去工厂转转吧，唐安赫尔·林孔先生？”访客问道，他将帽子拿在手上，无比优雅地向厂长欠身行礼。

“这就走，我的客人，”厂长答道，“工厂正在全速运转。我们的渔船今天捕获了两千三百吨鳀鱼。”

唐安赫尔从椅背上拿起一件尼龙面料的外套，里衬是厚厚的安哥拉羊毛。他穿上外套，走到门口，打开门，向访客做出了一个邀请的手势。

在一块水泥地的中央，五个巨大的圆柱体正高速旋转着，上方是纵横交错的管道与排水槽。那就是离心干燥塔，五座不算很高的烟囱里涌动着火焰与滚滚的浓烟。访客停下了脚步。那洁白的烟雾在圆柱体内似一条条舐动的舌头，它没有顺着烟囱的顶部出口排出，仿佛被什么东西禁锢着，逼它“自我摧残”，不想或是不能出去。

“我们从头开始吧，”唐安赫尔说，“您看，这五座离心干燥塔只需要一个乔洛管理。”

“那人识字吗？”访客问，同时跟着厂长往大海的方向走去。

“刚来的时候不识字。唐伊拉里奥教他的。”

“唐伊拉里奥还能教人识字？”

“嗨，唐伊拉里奥和他儿子一起教的。唐伊拉里奥说啊，一旦受了教育，工人有朝一日就会击败资本。”

二人一路前行，头顶上方就是轮索、水箱、链条和旋转的输送机，噪声盖过了唐安赫尔的声音。厂长在一段阴暗又油腻的铁制楼梯脚下停了下来。

“您跟我来，咱们去看滚筒筛[1]，索拉诺特别抵制它，特奥杜罗大概一想到它就心烦，萨……萨……萨瓦拉一提到它就骂娘。哦，对了，您认识‘结巴’吗？那个说话结巴的‘诗

① 滚筒筛，也称旋转筛，是一种机械筛分机，作为常用筛分设备的一种，应用范围广泛。

人’？”厂长一边爬楼梯，一边问。

“我不认识。”

“我知道马克塞拿我和‘结巴’比较。他说我们两个都是知道得多，会说的少。他说我们的脑子都是海绵做的，又长着一条爱拽文嚼字的舌头。‘结巴’讲话更爱卖弄，但和我的原因相反。我听他这么讲过。那个渔民有文化，也挺讨人喜欢的，他似乎是故意结巴的。咱们到了，唐迭戈，这就是滚筒筛。‘结巴’的确值得琢磨，很吸引人，但您先看看这个。”

海湾的南边被烟雾与弧形的光晕包围。站在滚筒筛的顶部可以看到市中心就像一个光芒万丈的小烤架；“烤架”的北侧笼罩在另一片烟雾与光弧之中，但范围没有南边的大。在两片光弧之间，有两三个小面积的光点，也在排放烟雾，消散在低空之中；码头以东的位置，从钢铁厂升起的粉红色烟雾自带光芒，甚至照亮了旁边的山麓与山峰——那片低矮的群山将海湾与圣塔河谷地分隔开来。钢铁厂的烟柱要比众多鱼粉厂的烟柱升得更高，似朝霞那样滞重地浮动……

“那烟雾看起来就像港口的舌头，它真正的舌头，”访客说，“它既有光，又没有光，它既有边缘，又没有边缘，永不消逝。它从工厂车间狭长的走廊里升起，从那片塔楼、矿石、汗水和电灯构成的迷宫中升起，从众多机器最隐秘的‘内脏’中升起。它艰难地爬升，然而没有人，甚至连那不知是否存在的神明的手都无法阻拦它。您说呢，唐安赫尔？”

“在钦博特，我们不太关心钢铁厂。它的一切都井然有序，我的朋友迭戈，您看，港口最大的两座码头之间有一片粉红色烟雾，呈直线上升。您看到那两座码头了吗？它们在黑暗中就像整齐排列的灯架，伸入大海。那道最笔直、最亮眼的烟柱属于圣塔集团。它是一个派不上用场的公司，只是个门面罢了，那道让您称奇的烟柱就是他们排出的。给它投进去的钱有数百万，但它产出的连一个零头都不到。政府在那里日复一日地亏着大钱。但它是权力的门面。我们鱼粉厂的码头没什么存在感，几乎看不到，但每天晚上都能产出上百万。圣塔集团的一切都‘井然有序’，员工哪怕明明有自己的办公桌，也总是三个人挤着一张桌子坐。对不起，唐迭戈，我是在学您讲话。在钦博特谁关心钢铁厂啊？没几个人。职工工会和工人工会都是一路的，这个嘛，疯汉蒙卡达很了解……朋友，作为企业家，我鄙视政府……但是我带您来这里不是为了这个……”

“那烟雾好像是从您胸口冒出来的，唐安赫尔！是从我们所有人的胸口冒出来的。它高高升起，与万物相向而行，它形状缥缈，那粉色像是沾染了一丝鲜血。那烟雾也是从那个卖艺的盲人的喉咙里冒出来的——他的嗓音沙哑极了。他的歌声里无喜也无悲，只有强烈的节奏感。他在市场上无人问津，但我跟着那歌声跳起了舞。他粗哑的嗓音强劲有力，像是从地里冒出来的。我跳得比翡翠鸟[1]还好——就是绿蜂鸟，那小东西甚至能飞到星星上去磨一磨它的喙，又折返我们的山谷，将那尖矛似的喙插入花蕊深处，迸发出包含世上所有颜色的火花。我们靠着的这个栏杆真脏……”

唐安赫尔发现访客的手臂很短，一双手毛茸茸的，手指极其纤细，指甲很长……

“我在那里跳舞，也没人感到好奇或者大惊小怪，围观的人大多颇为哀伤地看着我。那盲人在一旁靠墙站着，然后硬币忽然像雨点一般落入了盲女的旧陶罐。我走掉了。这烟在大太阳底下也是粉红色的，和夜晚这会儿的颜色一样。那是工厂吗？看上去像。远处通往利马的公路方向，那片亮着白光、明晃晃的场地是什么？”

唐迭戈提这个问题时的语气有几分盛气凌人，恰巧也是在这个瞬间，唐安赫尔开始对访客产生一丝鄙夷。

“哦，朋友，那是布宜诺斯艾利斯高级住宅区，是公司高管们坚持要为港口的上层人士建造的。但不包括我，我住在谷地，在那片被烟雾笼罩的群山背后，就是刚才让您大惊小怪的那道烟雾。布宜诺斯艾利斯区总是受风沙侵袭，所以他们在那里种了许多树。您看，那些树在沙地里逆风生长呢。高管们住在远离烟雾和恶臭的地方，但也是在一座沙丘上。

---

① 原文为克丘亚语。

您看到的那些离港口较近的灯光是特拉佩西奥区，那里是经官方认可的‘工人’阶层社区。乔卡托、索拉诺、萨瓦拉、马克塞等人已经搬过去了。但特奥杜罗没有去，他在靠近市中心的一个贫民区盖了一栋房子，开了一家商店。您看，再清楚不过了，布宜诺斯艾利斯住宅区后面就是一片黑暗，延伸好几公里。在那片黑暗中有五个贫民区，与之相伴的是芦苇塘、盐水和风。再往后又是一片黑暗，接着就是特拉佩西奥区、市中心、钢铁厂及其家属区、码头，朝向沙丘和大海的方向有更大片的黑暗区域。这么说吧，有三万人生活在灯火通明的区域，其余大概有……二十万人居住在像垃圾堆一样的地方，靠星光照明。只能这样了。但是唐迭戈，我想告诉您一件非常重要的事情。”

“与那片黑暗有关？”

“是的，朋友。我刚才让您注意看那个巨大的光弧，它和海湾南边重合，几乎占到了钦博特那举世无双的海滩的一半。您看仔细，我的朋友，这是布拉斯奇的作品。当年他在这里办第一家大工厂的时候，人们都说他疯了，那时候钦博特完全是荒漠——洁净的沙滩，风平浪静的海面，纯粹的原生态。现在这里有二十家工厂，每家都有自己的码头。布拉斯奇的码头上停泊着万吨级的船舶。卡乌亚马说他是‘鹰’，‘一只势不可挡的鹰、资本的眼睛’。”

“唐安赫尔，布拉斯奇现在既是生产方，又是购买方，在这里如此，在日本、俄罗斯也是如此。他制造鱼粉，也制造疯子和盲人，他和他的鹰群所向披靡，甚至不见日月的高处都是他的势力范围。”

“没错，我的朋友。我之前说过您讲话太夸张，但他确实飞得很高……您刚说他飞到哪里了？”

“不见日月的高处？”

“太对了！去他妈的，您讲得通俗易懂！只有身处那样的高处，才有可能发号施令、运筹帷幄，让这些个比猪屎还糟糕、还混乱的贫民窟走上正道，我们的……呃……国家就是这样。”

“唐安赫尔，您本来想说什么？不是‘国家’这个词。”

厂长笑了。在滚筒筛前面略高一点的位置，一台自动称重斗射出一道强光，放大了唐安赫尔那双发白的大眼睛。

“我本来想说一个不好的词，唐迭戈。”

“祖国？是这个词吗？”

“是的，您怎么猜到的？”

“这也不难猜。”

“那倒也是！您在很多方面都挺与众不同的。印第安人没有祖国，对吧？这我知道的，他们甚至讲不出自己家乡省份的名字。乔洛、纯种黑人、桑博人和中印混血各不相谋，他们在这方面比印第安人还糟糕。所以祖国在哪里呢，我的朋友？既不在人的心里，也不在讲话的唾沫星子里。乔洛、中印混血和黑人喜欢骂‘见鬼去吧’；印第安人呢，是一群绵羊。所以结果呢？他们就只能烂在沙丘和满是蚊虫的沼泽地里，互相偷东西。‘见鬼去吧’！但是吧……我跟您说，他们不知道自己家乡的名字，有的人连自己的父母亲都诅咒，还有些人总是喝得醉醺醺的像条虫，但这帮畜生竟能学会操作机器。工程师给他们讲解机器运行原理，或者是某些复杂的核心零件原理的时候，他们虽然学得慢了点，但是要我说，他们比外国佬学得更透彻。唐迭戈，您听到我说的了吗？比外国人好。但他们互不合作，没有纪律，没有真正的追求。他们的灵魂漫无目的地游荡，像一坨屎。即便如此，我还是不知死活，用尽心力培养了一支由印第安人和乔洛组成的工人队伍。我不信任黑人和桑博人。您一会儿等着看，印第安人管我叫教父，乔洛和黑人叫我叔叔。我的这些乔洛能组装非常复杂的机器，连工程师都看得目瞪口呆，他们想不到这些‘土人’竟然能做得这么好。您知道吗，有时候他们真的着迷于那些管道、齿轮、仪表指针和构造复杂的零件，但他们主要是靠猜而不是靠学习来掌握这些东西的工作原理的。他们会花好几个小时观察众多零件是如何构成一个整体的，观察机器运行的效果，也不要求加班费。他们看得兴高采烈，最后还要向机器表示祝贺。真是没救了，他们不知道什么是‘理解’，完全搞不明白。您懂我意思吗？”

访客聚精会神地听着，他挺直身子，站在滚筒筛前面那条狭窄的通道里。他的耳朵很明显地动了一下，像是在表示认可。现在的他看上去比唐安赫尔还高。

“您懂得的，您当然懂了，”厂长继续说，“我不知道这是好事还是坏事，这些‘机械大师’是我一手打造和管理的。要雇用他们，唯一的方式就是签用人合同。机械设备的安装和检修是在禁渔期期间进行的。三个月。结束后他们就继续去卖土豆，去吃贫民区的垃圾食物。我这里只留一名机械工和一名帮工即可。就是这样……但我们爬到滚筒筛这上面来不是为了长篇大论，而是想让您了解一下大工厂是什么样的。现在我们工厂的规模比以前更大了，但需要的工人数量只有过去的四分之一。然后我还想让您看看夜晚的钦博特是什么样子的。夜晚的钦博特属于我们——鱼粉与鱼油厂。刚才钢铁厂的粉色烟雾让您大为吃惊，但我是一点都看不上眼。到了晚上，我们工厂的机器、码头和渔船吞下的是鳀鱼，泄出的是黄金。生活就是这样，对不对？其他那些人呢，那些商人和成千上万的饿着肚子的穷人？他们熄掉了灯，或者压根连灯都没有，在一片黑暗中沉睡着。与此同时，我的工厂正火力全开，这里没有外国佬，一个都没有……”

“外国佬在不见日月的高处，唐安赫尔。”

“好吧，您说在哪儿就在哪儿，但我们这里已经不需要他们了。现在咱们进入正题吧，也不知道为什么，我竟然讲了这么多话。言归正传，您看这个滚筒筛的圆柱体转啊转，把鲲鱼身上最后一滴水都甩出去，渔民们再也没法从水的重量上赚到钱了。看那边，咱们前方那个是自动称重斗。咱们过去吧，在那边可以看遍整个鱼粉区和鱼油区。大家总是只说鱼粉，没人说鱼油，但实际上嘛……走吧，朋友。”

访客让唐安赫尔先下楼梯，然后自己也跟着下来。那是一段狭长的楼梯。厂长的左手没有扶着栏杆，所以他那肥胖身体的左侧空出了一个极窄的空隙，唐迭戈竟从那空隙里挤了过去。“黑暗中的我，电灯下的你。我要醒来了。能叫醒人的不是电灯。蚊子被打死了，却永远、永远不会死绝。”唐迭戈一边说着，一边跃下了台阶。一名男子听到声音，打开了自动称重斗操作舱的门。“他们怎么从利马给我派来一个怪胎！这么一个怪异的‘印加嬉皮士’！但是真有趣，该死！还很可爱，该死啊！真奇怪啊，这个布拉斯奇有各式各样的帮手。”唐安赫尔想道。他从油腻腻的楼梯上下来，又爬上另一段通往自动称重斗的楼梯。唐迭戈在他前面，几乎是四肢着地爬上去的。

“这是利马来的访客，公司派来的，”唐安赫尔走到操作舱门前，对两名工人说道，“他是布拉斯奇先生派来的特使，你们都知道他老人家有各种各样的帮手啦。这位先生从来没有在马戏团工作过哦。”

“从来没有，完全没有。”唐迭戈说。

他脸上粗硬的长胡须根根分明地支棱着，脸越来越长，下巴尖甚至只剩下一个点，再加上那比例失衡的身材和再次变得闪闪发亮的长礼服，完全勾起了两名工人的好奇心。二人热情地向他致以问候，似乎自然而然地就和他熟络起来。

“这台称重斗是通过声纳工作，”唐安赫尔说，“是一位秘鲁工程师发明的。称重斗装满时会自动记录重量，然后发出提示声，亮起提示灯；工人按下按钮，鳀鱼就会落下，然后重新填装。一个工人即可操作。另外那人是个渔民，专门记录从他渔船上出货的重量。你是哪里人？”他问那工人。

“帕塔斯人，卡哈马卡大区的，教父。”

“你识字吗？”

“会一点，只读到小学二年级。”

“那你呢？”他又问那个渔民。

“我是布尔迪布约人，上到小学五年级，唐安赫尔。”

“我来自沿海各地，沙地、河流、村庄、利马都是我的家乡。现在我既属于山上又属于山下，我既了解山区，也通晓海岸，这是因为我与安第斯山上的兄弟彼此交谈——我们从古时起就是兄弟了。但我对丛林一无所知。您的船今天捕了多少吨鱼，唐波利卡波？”访客问道。

“两百五十吨。”

“能赚一笔。”

“唐安赫尔和鹦鹉螺公司赚到的更多，多得多。是唐安赫尔告诉您我叫波利卡波的吗？”

“不是。人的名字、声音和心灵之间都是相互对应的，不是吗？”

“啊，先生，这不对。鹦鹉螺公司的船队里还有个叫波利卡波的桑博人，是个恶棍，会用刀子捅人的。”

访客微笑了一下，这时只听见砰的一声闷响——工人按下了红色按钮。

“那个恶棍的声音和您的不一样，我的朋友波利卡波。”

“真有趣！”

“确实很有趣，对吧？”

“可能吧，伙计，”波利卡波答道，他讲话的语气听上去很像访客的老熟人，“每个人对有趣的理解都不一样嘛。”

“我住在有望区，唐波利卡波住在特拉佩西奥区。”工人对他说。

“胡安，没人问你这个。我们走吧。”唐安赫尔拉起访客的胳膊。

“您别跳着下楼梯。波利卡波最后对您说话的方式让我有点生气。”

“他没做错什么，很有礼貌，没什么可说的。”

“您不怎么重视‘形式’，和公司其他的高管不一样。”

“当然不一样啦，唐安赫尔，我是一个倾听者加行动者，不是高管。”

他们来到了几个千吨级的巨大储鱼池边，鳀鱼正按一定的时间间隔，准确无误地倾泻入池内。

其中一个储鱼池是空的，可以看到池底的四壁尤为陡斜，有两对钢制的蜗轮蜗杆装置①，朝着闸门的方向旋转着。远处高挂着一盏泛光灯，照亮了八个储鱼池。池子是混凝土建的，阴森森的，呈方形漏斗状，轴线处那两根蜗杆闪闪发光，仿佛在吞噬着空气。唐迭戈躲在了厂长的肩膀旁。

“池子是空的，它们是在空转，只是为了展示一下。不用害怕，朋友。看，就像这样，蜗杆不停旋转，把鳀鱼运到传送带上去。有贵客来的时候，哪怕有空池，我也会让他们把蜗杆打开。开一根就够了，另一根是应对紧急情况时用的。”

“真的吓到我了，那个蜗杆看起来像是在空荡荡的坟墓里吞噬空气。”

唐安赫尔听了访客这番话后非常高兴，甚至可以说是欣喜异常。

“您把这运料通道称为坟墓，可见您真的完全不了解……”

“我的朋友，了解某样东西并不一定是件高兴事，相反，很多时候是很吓人的。”

“唐迭戈！您快打起精神，向左看，看那传送带，它把满池的鳀鱼一点点提升起来，运至输送机的料斗中。鳀鱼无论

① 蜗杆传动是由蜗轮和蜗杆组合而成的轮系，常用来传递两根交错轴之间的运动和动力。蜗轮与蜗杆在其中间平面内相当于齿轮与齿条，蜗杆又与螺杆形状相似。

是被吸入管道、磨碎，还是经过传送带、料斗，在整个过程中它的表面都闪闪发光，直到进入压榨机……”

“没错，唐安赫尔！鳀鱼表面看着像水银。不对，也不是银色。这种光芒是独属于生命的。在这一片昏暗之中，海洋把它创造的光芒送到我们身边，而我们却将之熄灭，转化成了另一种生命。但那个混凝土空池里的蜗杆就像是死亡。有人操控它旋转，给它吃的却是空气，你说对吗？”

“没错，唐迭戈。大鱼吃小鱼嘛，不是什么新鲜事。朋友，我的理解没错吧。”

“我明白，走吧，我们继续。我跟着您。”

“这边走。我从来没说过这么多话。但是说实话，我对全局有了更清晰的认知。现在您要好好了解这家工厂，因为即使是我，也在不断加深对它的了解……对了，您知道在印第安人、乔洛和桑博人所谓的‘祖国’有一个流传至今的传说，里面那只狐狸就叫迭戈吗？”

唐安赫尔已经从储鱼池上下来了，一边走一边说着。

“我知道，唐安赫尔。”

他们沿着金属管道，上上下下爬过了几段不算长的楼梯；从水箱或管道下方走过时，高处时不时会漏下大颗或冷或热的水滴；他们跃过地面上浮着油渍的水洼；他们在某些地方停留的时间稍长一些，最后又爬了上去……

“您都了解清楚了吗？”最后唐安赫尔问道。

“是的，一切都很清楚。”

“嗯，但我还是必须给您做一个阶段性总结。是的朋友，阶段性的总结：蜗杆负责把储鱼池的鳀鱼运至输送机，然后填满蒸煮机；鳀鱼经过过滤后进入压榨机，被完全挤压，挤压后的浆料从压榨机输送至固液分离器；滤饼——即从压榨机中排出的固体，也就是鱼肉与鱼骨——进入干燥机，或者叫燃烧机，也就是离心干燥塔；然后就进入鱼粉的制作过程。您已经见过离心干燥塔了，它旋转起来时内部温度高达一千度，滤饼在里面被分离成完全干燥的粉粒，接下来进入磨碎机；经过研磨后的鱼粉此时已经是粉末状了，这时由一名工人来操作一根自动灌装管将其装袋，再由一名工人缝合封口；装袋后的鱼粉通过滑轮运至平台上，再由两名工人搬上卡车。干燥塔的烟囱向外排出浓烟，噪声也大，相当于是整个工厂的排气风箱。走吧，还没人参观过鱼油的生产过程呢，我们先到离心机那边去，我来为您带路，走吧。”

二人从巨大的离心干燥塔前走过，院子的水泥地被这些圆柱体发出的光照亮了，但他们感受不到一丝热度。光与烟勾勒出安赫尔与迭戈的轮廓，他们的身形差异巨大，却都十分专注。访客的一双短腿十分显眼，他的长礼服看上去好像快要被卷入机器内部那喷涌的烈焰之中。唐迭戈向后退了一步。

“朋友，您的长礼服看上去像块木炭。咱们快离开这儿吧。这离心机从来没烧伤过人，但也说不定……”

“说得对，唐安赫尔，说不定的。您带路吧。”

他们穿过院子，离开了那片开阔地，进入了一个宽敞的通道，空中有许多细长的管道，全部通向一栋狭长的建筑，大门是方形的。进门后是车间的长走廊，八台怪异的仪器正在震晃不已——它们好像是由铜、铁、钢板、料斗、电线组成的，在这个层高相当有限的空间中，气压也格外凝滞。进门后没走几步，访客就停住了。他仿佛不再是靠自己的胸腔呼吸，而是靠那八台机器的引擎来呼吸。周围一片灯火通明。唐迭戈伸出双臂开始旋转，一股淡蓝色的水汽从他的鼻子里冒了出来；他那双毛茸茸的鞋子散发出光芒，反射出整栋建筑里的灯光与气压。他像欢快的音乐，也像汹涌的海浪在拍打那些没有岛屿护佑的海岸。那海浪没有威慑力，只是自顾自地冲上沙滩，比安第斯山脉的激流和瀑布还要更有力、更自在（而河水奔流时，连岸边纤弱的花草也在跟着颤动）。那种快乐在访客的身体里旋转，无声无息地旋转。此时，唐安赫尔正和许多工人靠着长走廊的墙壁，喝着鳀鱼汤，他们忽然感觉到这世上所有的力量都汇聚在了访客的舞蹈和那八台机器中。那力量铺天盖地，把他们变成了透明的。

“分离出的液体通过空中管道进入这几台离心机！离心机将水油分离！您看从离心机中排出的泡沫水，正流向混凝土排水渠！排水渠带走了百分之十五的胶质物——那是非常珍贵的物质！它流向大海，但布拉斯奇还有一家工厂专门负责收集它！您看，唐迭戈，鱼油就那样一滴滴从离心机流向管道。管道是玻璃做的，您看到油在滴了吗？唐迭戈，那油是黄金，一天二十四小时不停地滴下，永不停歇。鱼油可以用来制造化妆品、油漆、氢化油和上好的润滑剂。泡沫水从排水渠流向海滩，滋生出许多周身温热的蠕虫。它们百无一用，只能朝不保夕地活着。”

访客几乎是在原地打转，只移动了不过几厘米。他比例失调的身体以及那随心所欲的旋转速度，导致他整个人的身形、礼服的长度和颜色也都跟着变幻不定。他鼻子里呼出的蓝色水汽先是发亮，然后忽然间熄灭。唐安赫尔发现工人们都站起身为他鼓掌。水汽刚消散，他们就开始不住地拍手。从那一刻起，唐安赫尔的身体开始出现变化，他听到的不再是外界的声音，而是身体内部的声音。在长走廊的一片寂静之中，只听得到乔洛们的掌声。也是在那片寂静之中，舞者的帽子开始变色，先是红色，然后是紫色，又变成绿色、黄色，最后是白色，就像河床里的小石子，被溪流冲刷打磨了几千年，能够保留下来的色彩只有白、绿和灰。万物步履匆匆，但它们始终纹丝不动。

“工人们在喝鳀鱼汤呢！您想尝尝吗，唐迭戈？要尝尝吗？我们都高兴得很呢。”是厂长的声音。

“好啊，来一点鱼汤吧……”

访客站在一小队工人面前。离心机又开始发出噪声了，他感受到了机器运行时形成的气压。一名工人递来一个巨大的铸铁杯，唐迭戈接了过来。

“味道不错的，朋友。”工人说。

唐迭戈先尝了一口，然后一下子全喝完了。工人们又鼓起掌来。

“我就喜欢这样的！”唐安赫尔说，“这个年轻人是公司的朋友……”

“怎么可能？”一名工人几乎喊了起来。

“布拉斯奇的一个朋友……”

“怎么可能……”

“可能是，也可能不是吧……”

“这是因为高兴，唐安赫尔，因为高兴。”访客说道。

“有点小活做的时候我们就高兴，老爷。”另一名工人说。

“维持工厂运转的三分之一的工人都在这里了。他们喜欢在走廊里喝鳀鱼汤。”

“谁不喜欢呢，唐安赫尔？”

“参观结束了，我们走吧，和乔洛们说再见吧。”

“我何须与他们说再见呢，对不对？”

“当然啦！”工人们齐声答道。

唐迭戈摘下帽子，他那细长的小脑袋、长着绒毛的尖耳朵再度让走廊安静下来。他的舌尖露在嘴唇外面，湿润的嘴唇散发出淡淡的水汽。所有人都看到并感觉到那淡蓝色的水汽飘浮在空气中，整条走廊都因此变得凉爽起来。工人们跟在唐安赫尔和唐迭戈身后一起走了出去，走廊上只留下一名工人。到了外面，他们发现鹦鹉螺公司排放的浓烟上方，升起了一道粉色的烟雾，就像唐迭戈的舞蹈一样毫无束缚，飞向苍穹之中。

“我之前跟唐安赫尔说，钢铁厂那道烟雾就像是钦博特的呼吸。这粉红色的浓烟味道刺鼻，还发着光。”唐迭戈转身冲着工人的方向说道，他手里还拿着那顶帽子。

“天晓得哦！老爷。”刚刚那个提到“有小活做的时候就高兴”的人说。

***

稍走远后，工厂的噪声反而比在厂房里面听得更清楚。

“您真的不想去黑猫夜总会？”唐安赫尔问道。他们此时已经走到了鹦鹉螺公司门口。“看，凌晨两点了，那地方这会儿最热闹了。禁渔期刚结束，渔民们辛勤捕了三个星期鱼，赚到钱了，许多人都会在出海前去黑猫夜总会逛逛，也就是现在。您别忘了钦博特有不少于五千名渔民，不知道这些人中得有多少人今晚看完卡普莉乔萨后，就没时间再去光顾妓院或小旅馆了？简直和战时一样。卡普莉乔萨在禁渔期结束后刚过来，她是个脱衣舞女，连瘸子、独臂人，甚至老头看到她都会兴奋起来。渔民们看完她就要登船了，他们只能在脑子里自慰，然后坚持到星期五。对了，这帮人并不全是单身汉，有时反而是已婚男人更多，甚至要多得多，因为他们和妓女做的那些乱来的事，不能和自己老婆做。不过渔民的情况不可能比在越南的美国士兵更糟糕——美国政府把拉寇儿·薇芝①送到前线的美国佬那里，让他们心痒痒，但可怜的海军陆战队员在那边可找不到什么妓院，最不缺的倒是竹尖陷阱②……和我们钦博特玫瑰屋的姑娘们或是佛罗里达酒店里的高级妓女完全没得比。是不是？您应该和我一起去黑猫夜总会！我的朋友迭戈！”

“好吧，唐安赫尔，您带我去黑猫吧。但是……”

“不，迭戈，都包在我身上了。您本次的参观之旅必须完完整整的。”

“明白了，我接受，非常感谢，唐安赫尔先生。”

厂长没有问他是通过何种交通方式到工厂来的，只是径直带他回到办公区旁边的停车场。唐安赫尔打开吉普车的远光灯，照亮了空地的另一端——那里是工厂的仓库区，远处堆放的几排鱼粉麻袋隐没在黑暗中，远离空中的那几道烟柱。

---

① 拉寇儿·薇芝（Raquel Welch，1940—2023），又译拉奎尔·韦尔奇，美国女演员，曾身着比基尼在电影中出镜，是20世纪60年代最有代表性的美国性感女郎之一。在越南战争期间，她曾赴越南为前线士兵演出。

② 越南战争期间，越军将竹子削尖插入坑中，表面盖草，使美军防不胜防，给士兵造成极大的心理压力。

“仓库区那片空地从哪里开始，又到哪里结束？这是我的最后一个问题。我看不到那堆麻袋的尽头。”

“一直到海边。另一头是到我们厂和南边那家工厂之间的围墙。整个仓库大概长五百米，宽两百米，长的一边和海岸线平行。现在这里储存了大约六万吨鱼粉，还不到整片地的三分之一呢。这就是为什么布拉斯奇要在这里建厂。您看，吉普车的远光灯连那堆麻袋的尽头都照不清，它不是按直线排列的。我们在特拉佩西奥区和市中心也有一些仓库，但是有被侵占或征用的风险。这片平地有围栏，大到鱼粉麻袋永远摆不满。这一点很吸引他们。您在这里能看到布拉斯奇那只‘势不可挡的鹰’的另一张脸孔。”

“是鹰群……”

戴着白色安全帽的警卫放下大门上的铁链，对他们打了声招呼。吉普车的远光灯照亮了崎岖不平的公路——到处都坑坑洼洼，布满碎石，灰尘满天。这道路环绕着海湾南边的各家工厂，这些工厂的灯光就是他们之前在高处看到过的光弧。

“这里路况太差，我们得慢点开。我知道为什么他们不给这里好好铺条路，但是没时间继续讲故事了。等我们开到柏油路上，我再加速。我之后还得回一趟办公室。”

每家工厂门口都摆着一样的棚子，售卖咖啡、水果、啤酒、三明治，还有一小排人坐在离灯光有一定距离的地方。

“他们在等点小活做，”唐安赫尔说，“盼着在厂里做工的老乡或是‘表亲’来通知厂里有人不能来上工，自己可以顶替一个晚上，八小时，有时候是十六小时，但这样的机会很少……鳀鱼汤……我的工人轮两个班次，每班八小时，也就是每天开工十六小时……这些可怜的家伙……”

“他们比在越南打仗的美国佬还惨？”

“没有可比性。这里死的人更多，但死亡速度更慢……那些美国佬属于暴毙，对吧？咱们这种自然死亡和被竹尖或子弹要了命是不一样的。”

他们经过了一大片芦苇塘，临近水边的地方建了一些茅屋。

“难以置信吧，我的朋友迭戈，”唐安赫尔说，“他们在水边过得更好，比鸭子和蚊子过的日子加在一起都要好。在沙漠之中竟然有这么怪异的泥塘，临近水边的土质外实内虚，乔洛和印第安人在那里盖了房子，甚至有商店，还有养猪、豚鼠和鸭子的畜栏。他们有时候会在那里跳舞，喝个大醉，还会升起秘鲁的国旗，却不知道那代表什么。”

“是啊，人得忍……”

“他是王！①”唐安赫尔大笑着说，“往海边去的公路边和沙丘上有的是条件更好的贫民区，要好得多。但是您知道吗，水塘边那些地方并没有看上去那么惨。鬼知道是什么原因，

① 与第四章中芦苇塘的故事有关。

但那些地方真的不算惨。”

“您刚才说‘他是王’？您是说谁？”

“我说朋友，没人能像您一样，轻轻松松撬开别人的嘴巴，让人什么都往外说。”

“我从不会撬开别人的嘴巴。我是进入他的心。”

“没错！咱们互相走进对方的心了。您马上就看到黑猫夜总会了！把这里作为派对的收场真是最好不过了。”

吉普车开上了泛美公路，高速穿过了灯火通明的特拉佩西奥区。众多私人汽车在铺着黑色沥青的公路上飞驰来往，双头车灯的光接踵而来，几乎重叠在一起。

“妓院和工厂都在这边。海湾北面只有一个渔业枢纽，就在拉卡莱塔。”

“拉卡莱塔公立医院和政府的停尸房也在那里，是不是？”

“没错。咱们面前这个就是黑猫夜总会啦。在港口偷鱼的猫……您还记得吗？”

夜总会附近停着几辆出租车。粉色的墙壁上画了一只黑猫的头，正好夹在两棵棕榈树之间。一挂竹帘挡着夜总会的入口处。

他们来得正是时候，卡普莉乔萨刚脱掉最后一件衣服——一条化纤质地的透视内裤，舞女白皙的身体上还留着几条被它勒出的印子。

“他们专门在最里头给她做了一个小舞台。大厅中间是舞池，现在肯定挤满了醉汉，”唐安赫尔介绍道，“小舞台是特制的，带两级台阶。”

舞女卡普莉乔萨的臀部、乳房和胯部并不像夜总会橱窗里黏贴的海报和宣传照上面那样丰满撩人，她实际上相当苗条。她刻意用一条腿挡着下体，微微弯着腰，长发遮盖着乳房，眼睛望着自己缓慢移动的双臂；她扭摆着腰，把诱人的性感表现得恰到好处。夜总会里光线昏暗，也很安静。唐安赫尔和他的访客站在靠近大门口的地方，远远地看到一个瘦小的男人正在向舞女靠近，想要爬上小舞台。强光正好直射在舞女身上，所以他们看得清清楚楚：那男人正费力地爬着小舞台一侧的几级台阶，终于，他爬了上去，起身跃上舞台，手里拿着一沓钞票。他还很年轻，但已经有点秃顶。

“别拦着‘结巴’！”黑暗中有人喊道。

小舞台后面出现了两个彪形大汉，听了人们的喊声，他们果然只是站在墙边，双手背在身后。

“结巴”毕恭毕敬地朝着舞女走过去。他伸出手臂，亮出手心里一沓五百索尔的钞票。钞票的颜色在灯光下格外醒目。

“五……五千索尔……亲……亲一下你下……下面。就现……现……现在。”

他嘴上说着话，脚下还在缓慢地向前走着，好像怕吓着自己似的。舞女目不转睛地盯着他。“结巴”那大张着的嘴在灯光下显得尤其突出——那人不是痴傻，他像是面对着青春泉①，充满了炽热的渴望，想要跃入那泉水之中，不是为了伤害对方或是哗众取宠，他只想抓住那一道闪电，把它吞入口中。

他把那沓钞票放在地上，跪了下来。舞女还是那样款款地扭摆着，微微站直了身子，张开了那条先前用来护住隐私部位的腿，侧过身对着观众。“结巴”跪着向前移动，两只手分别抓着舞女的两条腿。站在舞台旁边，朝向舞女脸孔那侧的观众可以看到她阴部略带金色的毛发，看到“结巴”闭着眼睛，将嘴唇贴了上去。鸦雀无声。过了好一会儿，他向后退去，但依然跪在地上。舞台后面站着的那两个彪形大汉跑向舞女，她俯身拾起那沓钞票和自己的衣服，被那两个男人抬了起来，身上依然一丝不挂。她消失在一扇小门之中（早前她就是从那里，用自己的脚推开门后走上舞台的）。在一片黑暗之中，男人们的叫喊声变得震耳欲聋。

“唐迭戈，那个就是‘结巴’，长了条畜生的舌头，厉害的舌头，这种人在古时候被称为柏拉图、第欧根尼，或者就是狗屎。不对，他不是畜生，您也看到了……”唐安赫尔说道。

没人接他的话。夜总会里依然漆黑一片。

“开灯！该死的！你们这群混蛋，开灯啊！赶紧开灯，

---

① 传说中人们只要在青春泉中沐浴就会永葆青春。1513年，西班牙人胡安·彭斯·德里昂（Juan Ponce de León，1474—1521）得到当时的国王允许，以寻找“青春泉”的名义，带领船队寻觅到今天的美国佛罗里达。

妈的!”

“结巴”走下台阶，蹲了下来。忽然间，他感到有一只粗糙、瘦削的手拉起了他的右手，紧紧地握住。他任由自己被那人拉走。这时唐安赫尔向舞池中走了几步，也开始喊叫着要求开灯。“结巴”掀开竹帘，来到了大街上。一个身材矮小、长着尖嘴的男人对着他微笑，一股淡蓝色的水汽从他口中冒了出来。

“你，你是‘狐狸’?”“结巴”毫不磕巴地说道，“你是从山上来的，还是从山下的卡尔萨达芦苇塘来的?还是说，你变成了我，所以我现在不结巴了?没人能像我一样，只用五千索尔就能做到那样的事。当然没有人，‘结巴’，我的朋友，无论是那一大群猛兽还是‘那一位’最无人性的猛兽，没有人能做到。只有当人心中燃着火焰的时候才能做得出那样的事，那是生命之火，哪怕他生活于动荡之中，混沌如钦博特上空那片该死的蘑菇形状的粉色烟雾，它都不会熄灭。钦博特就是一个女人的阴部，我哪怕再怎么身陷其中，也永远不会腐坏。这里充斥着各种各样的乔洛、沿海的恶棍，还有其他国家来的‘吸血鬼’——要把万物的血吸个干干净净，无论是海洋、空气还是土地。哎，朋友，我的朋友‘结巴’，提防那个安赫尔·林孔。他是那些‘吸血鬼’手下众多耳目中的佼佼者。您不需要与我告别。因为我就是你。”

他四平八稳地走上坡道，在那里叫了一辆出租车。迭戈戴上帽子，犹豫了片刻。开了灯后的黑猫夜总会更加人声鼎沸。出租车司机都拥在门口。唐迭戈向着瓦扬卡-钦博特火车站那片被围起来的空地飞奔而去，他得先爬上一座鱼粉仓库的围墙——这是市中心仅存的一家仓库了。他在堆叠了十几层的鱼粉麻袋上奔跑了好几分钟后，来到了铁轨旁，消失在那个名为“四月二十一日区”——一个拥挤不堪的贫民区——的黑暗之中。

“我数了，有两万袋鱼粉，”他说，“你听到了吗？”

小说第四章

唐埃斯特万非常确定，蒙卡达在铁路市场吞下铁轨上那坨鲜血、泥土和兔毛的混合物的时候，认出了他这个老哥们。“一个毫无保留的基督徒！”疯汉循声望去，那空洞低沉的语调一向令他忧心不安，但他面前聚集了太多人，很难找到那个声音的主人。在那种情况下，蒙卡达没法准确辨别不同的人，但他可以感知到外形、色彩、声音的微妙变化，不知道出于什么奇异的原因，这些变化会在他的体内产生不同的反应。他前一刻还在寻找自己的好朋友，后一刻就又把他忘到了脑后。他吞下了一口沾满泥土的鸡肉，又继续布道。唐埃斯特万·德拉克鲁兹觉得朋友已经明白了他的意思。疯汉用他那木质的十字架为听众和市场赐福，然后将十字架扛在肩上，向着铁轨高处走去。这时唐埃斯特万咳嗽起来。他意识到这次发作很厉害，便从衬衫下面胸口的位置掏出一大张报纸，向着火车站围栏附近的一个已经生锈了的油桶走过去，他步子很快，但脚下略有些蹒跚。没人把那个桶当作垃圾桶，它周围遍地都是垃圾。油桶和墙壁之间有一个狭小的空间，喝醉了的印欧混血都会尽量走到那里再放心呕吐，着实令人钦佩。唐埃斯特万也走到那个位置，把报纸铺在已经腐烂的垃圾上，跪在上面，蓝色的苍蝇正在上空飞舞。他平静地跪着，忽然开始猛烈地咳嗽，咳出了近乎于黑色的痰。在阳光下，痰液表面附着的煤尘那不祥的颜色显得更突出了。那黑色的粉末似乎被禁锢住了，正在试图四处游走，挣脱与它紧紧缠在一起的痰液。唐埃斯特万的咳嗽声几乎带着节奏。他甚至来不及开口咒骂上一句。当那张报纸沾满了痰液时，他腹部的两侧已经陷了进去，像骨瘦如柴的饿狗一样，但他每咳一下，侧腹又会剧烈地膨起，然后再次深深地扎进肋骨与髋骨之中。这个小个子男人的胸腔发出轰隆轰隆的声音，酷似“万卡卡哈鼓”在还未调音时那干瘪的声音——那是安卡什大区①印第安人的一种大鼓。他就是安卡什人。听到那可怜的小小胸腔发出的轰隆声，唐埃斯特万很是恼火，他决定说点什么。那是正午时分，跪在油桶后面的他说道：“我的儿，我的命！我生于死神手中的那把镰刀。上帝，上帝，上帝啊！”两个小孩停下来看他。在离油桶几步远的地方，许多汽车、三轮车、卡车正跨过铁轨，扬起漫天尘土。此时，穿着多诺费奥冰激凌店工作制服的售卖员正骑着漆得明晃晃的黄色三轮车，卖劣质冰棒的寒酸小贩则蹬着旧三轮车。唐埃斯特万仔细地听着他们吹着小喇叭、吆喝叫卖的声音。他跪在地上，

① 安卡什大区（Ancash），秘鲁北部的一个行政区，首府瓦拉斯，最大城市为钦博特。

害怕咳嗽再次发作，他盯着灰白色痰液上那颤动的斑点，满心希望那是煤尘而不是血。那两个小孩向这个小个子男人走过来——二人都是赤着脚，男孩只穿了一件很脏的衬衫，长度及膝；女孩梳着辫子，穿着一条干净的粉色裙子，但上衣又破又脏。女孩的两颊红润粉嫩，男孩的脸上却一点肉都没有，面如土色。唐埃斯特万听到孩子们踩在干燥的玉米皮、蛋壳、硬脆的垃圾包装上的脚步声。他跪在地上，弓着腰，几乎四肢着地，只能转过头来看了看，微微直起点身子，清楚地念诵道："'卑贱人被压服，尊贵人……恶人'，哦，不对，孩子们，是'眼目高傲的人也降为卑'①。"孩子们听到这些话后朝着反方向跑走了。唐埃斯特万向后坐在了自己的小腿上。他把报纸撕开，双手颤抖着折起了沾着黑色痰液的那部分，然后将其四折成信封大小，确保一打开就能看到那块煤尘。他撩起衬衫，把折叠后的报纸塞回胸口的位置，起身在原地站了片刻。他的睫毛乌黑浓密，微微卷翘，他的眼窝深邃，一望无底。他重新出发，脚步变得坚定，速度也加快了。他那卷翘的睫毛下面出现了一道光，勾勒出了眼窝的轮廓。他走到了布宜诺斯艾利斯大街的第一个街区。在离铁轨很近的地方有一个印欧混血打扮的女人，怀里抱着一个大约两岁的孩子。她坐在地上，身旁有一堆土豆和一堆洋葱。

---

① 出自《圣经·旧约·以赛亚书》5: 15。

“卖得怎么样？”

“一般般。”

“咋会一般呢？今天来的人很多啊。”

“反正就是一般。就是这样。你咳过了？”

“嗯，咳过了。”

“咳出来的东西收起来了？”

“嗯，收起来了。”

“为啥呢？留着那东西一点用都没有。”

“那是煤！你这个畜生、蠢货。那是煤！攒到五盎司①的话，我就有救了。明天我去特鲁希略②进土豆。现在我又有力气了。把娃娃给我。”

女人把孩子递过去。唐埃斯特万用一只手抱起孩子，让他舒舒服服地躺在自己臂弯里。“煤能要人命，”他用低沉的声音在孩子的耳边说，“但幸亏不会让人发臭。我的儿！我的命不长了，但只要有种，人的身子就不会凉掉，永远都不会……”

“你要死了，埃斯特万。你现在讲话比那些臭渔民还蓝听。”

“当着我娃娃的面，你说臭渔民？你这个畜生。臭渔民？臭婊子！‘祸哉！那些称恶为善，称善为恶，以暗为光，以光为暗……的人’③”

---

① 1盎司约为28克。

② 特鲁希略（Trujillo），秘鲁拉利伯塔德大区首府，位于秘鲁西北。

③ 出自《圣经·旧约·以赛亚书》5:20。

他一边诵读，一边用双手举起他的儿子，走到那个站着的女人面前。她没有注意听丈夫讲话，只是看着他那骨瘦如柴的手臂，高举着他们的孩子。唐埃斯特万把孩子放在地上，眼睛又仔细地盯着妻子，嘴边渗出一串唾液。那女人无动于衷。时间差不多了，她开始收拾麻袋，准备把土豆和洋葱装起来。唐埃斯特万伸出右腿想踢妻子一脚，却没有力气，只是轻轻挨了一下她的身体。

“要是没有渔民，还有我哥们吗？”他质问道。女人还在继续整理麻袋。

“要是没有渔民，还有钦博特吗？家里还会有缝鞋机吗？你还能在每个星期六与神圣的上帝对话吗？”

他又做出要踢人的样子。他小心翼翼地不让自己摔倒，抬起一条腿，终于用鞋底触到了妻子的肋骨。那女人放下了手上的麻袋，看着丈夫。他站在那里，垂着双臂。妻子嘴里嘟囔了些什么，但只是动了动嘴唇，没发出声音。唐埃斯特万知道每次她这样说话的时候，自己在她眼里只是一具尸体，他再明白不过了。“我们村里所有去科卡隆矿上的人都死了。你也要死了，”妻子说道，“你这腿踢得还不如一只母鸡呢。你已经死了，只剩下一口气罢了，这是上帝的煮咒。你被一个‘全能的’魔鬼附身了，你的嘴会讲话，但喷出的都是该死的煤尘……什么‘有种的人身子就不会凉掉’，这种话留给啥也不懂的人听吧。叫我臭婊子……”

唐埃斯特万谨慎而又缓慢地弯下腰，在地上伸展了一下身体。他就那么躺着，闭上了眼睛。他的睫毛散在眼皮上，像刷子一样闪耀着光泽，睫毛尖抵着下眼皮。他的胸腔又开始发出轰鸣声。“他的睫毛就像圣乔治蛛蜂的腿，那动物会撕巫术；他的胸腔是魔鬼的风箱。他不愿意忏悔！他不愿意和教士谈话！”赫苏萨心想。

“我不会去和教士讨论我的什么罪孽，绝不会，永远不会，”唐埃斯特万用虚弱无力的声音说道——他似乎听到了妻子脑中的想法，“我直接与上帝对话，畅通无阻。”

妻子发现娃娃哭了。他已经一个人在那里哭了好一会儿了。市场里还在四处选购的顾客寥寥无几，他们都留意到了那个骨瘦嶙峋的男人，发现他的肩胛骨已经完全突出，看到他试图踢旁边的女人；而每当他痛苦地抬起一条腿，那两条毫无生气的手臂就会左摇右晃。周围的人好奇地看着他。那些围观时间久一些的人惊讶地发现，这个男人躺在地上时的身体仿佛变大了，全然不似他站在那里，一次次出脚却使不上力时那样瘦小。大家都暗自惊异，却又表现得很平静。“有的人是这样的，”一个人说道，“什么样的人都有的。个头小，但多少也有些男子气概。”

唐埃斯特万休息了一会儿，又小心翼翼地站起身来，他说：

“做那事的时候你一直当我是个死人，你在心里煮咒我，只是嘴上没说出来。”他平静地说道。

“你的眼睛和你的睫毛看上去就像地狱，埃斯特万。”妻子答道。

“火并不一定就是地狱，愤怒也不一定就是罪恶。我眼里有熊熊烈火，能阻止死亡。没有遂你心愿啊，老婆。教士就是这样说的，我哥们蒙卡达也是这样说的，不过当然啦，是以他的方式说的。”

“你咳了那么些煤粉，明天还要去特鲁希略进土豆？”女人问道。娃娃还在继续哭。

“我当然要去，”唐埃斯特万说，“我绝不会停下。把麻袋口张开。”

他弯下腰，两人开始把土豆和洋葱收进袋中。

唐埃斯特万在缝合最后一个麻袋口的时候，替他们运货的三轮车来了。他们在街尾租了一个仓库，三轮车要帮忙把货拉过去。女人用一条彩色的毯子把孩子固定在背上，毯子的两端则绑在她胸前。

唐埃斯特万落在了后面，他又感到疲惫不堪。

“你们运东西吧，我一会儿直接回家。”说完，他就又躺在了地上。

女人走得很快，几乎与三轮车的速度不相上下。那崎岖不平的道路上尘土飞扬，车夫不得不留心躲避地上堆积如山的垃圾。

鹈鹕还在盘旋，越飞越低，近乎与房屋和地面齐平。有几只已经两腿劈开地坠了下来，跌落在铁轨的枕木之间。它们再也飞不起来了，而等待死亡的痛苦过程还要持续好几个小时，或是最终被一帮小孩抓去肢解。年纪大点的男孩会拽紧鹈鹕的腿和翅膀，它们垂着头，睁着眼——那双眼睛小极了，长在一张令人费解的面孔上——扭动着身体。通常情况下，如果这伙孩子中的头目感觉到手中的鹈鹕快死了，就会下令把这只大鸟扔到地上，让孩子们踩着它的尸体跳一段时兴的舞蹈。鹈鹕刚开始遭灾那阵子，蒙卡达带着那把他用柳木自制的猎枪，在各家市场四处巡视了几个星期，要保护鹈鹕不受临终前的痛苦。他当时还没开始布道。孩子们都怕他。他的朋友埃斯特万晚上给他送饭。市场里没一个人敢招待他吃饭。

唐埃斯特万发现他旁边有一伙男孩正提着一只鹈鹕在空中猛甩。他抬起头，坐了起来。孩子们一看到他的脸，就朝铁轨跑去，消失在那些迷宫般的货摊之中。“我的好哥们！”唐埃斯特万说完后又躺下了。阳光温暖了他的双腿，那是他受寒气最重的部位。

“我的好哥们是最好的。他是我生命的见证人，我也是他生命的见证人。这就够了。所有人都认为他是个疯子，一个到处癫狂布道的疯子；但是于我而言，他是我生命的见证人。我是个‘下等’的野蛮人，而他，他是高尚的。就像《圣经》里那样。我们如此不同，一个是地底下的煤矿，一个是天堂里的光——那光透过窗照射到矿井深处，照射到我们这些工人失去肺的地方。我只剩一个胸腔，里面的肺已经空了，我的肺里塞满了煤尘。如果我能咳出五盎司的煤，我的肺就会焕然一新。我哥们也知道。嘿，我吐痰的那张报纸已经沉甸甸的了，我称过了，一公斤报纸，现在已经有两盎司的煤尘。刚那会儿我咳出的准有一克呢。一克又一克，我要继续下去，直到我的肺彻底痊愈。‘火苗怎样吞灭碎秸①……他们……将义人的义夺去②。’我要抗争，该死！我也要与那所谓的教士抗争。上帝啊，你要求你的儿女心中莫有烈酒、葡萄酒、鸡奸、虚荣，这是对的。他们说高傲的人是虚荣的。这也是对的。但是该死！我不会在任何人面前下跪，求他‘宽恕我，宽恕我’！我永不下跪，决不。就因为这个他们把我赶出了煤矿，赶出了馋厅。上有先知一赛亚③，下有哭个不停的娘娘腔大卫④！教士说我身体的一部分被魔鬼附着，说我将在死亡的那一刻得到救赎……我会自我救赎，我要咳嗽，咳出我肺里的煤尘，直到最后。到那时，一赛亚亲爱的父，我再也不会满嘴张话，也不会再那样踢老婆（就像刚才我实在没力气时那样）；夜里我不需要再对她做那些张事，最后像一只马上

---

① 出自《圣经·旧约·以赛亚书》5：24。

② 出自《圣经·旧约·以赛亚书》5：23。

③ 即以赛亚，系发音不准确的缘故。

④ 大卫是以色列王国的第二任国王。《圣经》中的大卫是一个情感丰富的人，曾因儿子与好友的死亡哀哭不已。

咽气的鹈鹕似的倒在垃圾里。该死！在安静的时候和自己的思想交流真不错，就像与上帝交谈一样！是一样的。这样讲话胸口不会累，人平静许多呢，我反而觉得。当时，我想想看……我哥们当时正在桌上读报纸，用的是煤油灯，那灯光可真哀伤。但对我哥们来说，哀伤是不存在的，拜托记住！我走进去，在他身边坐下，他正要进入那种布道状态。‘科卡隆矿是什么情况？’他问我，‘您之前说连印第安年轻人也死了，怎么回事呢？’我回答道：‘是啊，哥们，去科卡隆矿的是咱们二十个人，咱们按要求的日子从帕隆班巴出发，整整三天啊——咱们走了。咱一帮人下到一个光秃秃的山谷里，很深，像地狱那样——深得很。最后到了一个铁皮屋顶的采矿营地，那就是科卡隆矿。咱们面前和矿洞那一侧都是山沟石壁，寸草不生。从矿井往下，他妈的！是一个黑色的世界，黑色尘土伸卷着舌头；空气中全是黑色的灰尘，别的啥都没有。一直到山沟底部……是啊，当时我还很健康呢。’用西班牙语给我哥们讲故事可真累人啊，我现在花了大力气学西班牙语，但还是学得不怎么样。我那小弟的西班牙语讲得很好，他还是个小娃娃的时候就逃去了钦博特，现在他压根儿不乐意讲克丘亚语了。好厨子呢，他可是个，在新港口馋厅，一家很大的馋厅。他西班牙语讲得可好了，看不起咱这个在流动市场里做工的病恹恹的兄弟了。可恶！做奴才的厨子，在厨房里弄一身张兮兮的油污。每逢星期一他就在阿西罗贫民区转悠，穿得像花花公子。我弟弟到底是个啥东西？行了埃斯特万，让脑子静一静，向前走吧……”

这已经不是铁路市场的摊贩第一次见唐埃斯特万把妻儿和运货的三轮车送走，然后再就地躺下。那是一块土质疏松的坡地，以前是卖苜蓿的摊位。他们都知道他病了，那样伸展身体躺着是为了让全身暖和起来。孩子们也不去打扰他，他们有点怕他。他站着的时候不停咳嗽，肩胛骨高高突起，反而不如他这样躺着显得更有些生机。他看上去不像横尸路边，更像是一个人在市场繁重的工作结束后，拖着沉重的身体，索性躺下来休息了。苍蝇也不怎么去烦扰他。对苍蝇而言，比起那副瘦弱的身体和皮包骨头的平静面庞，铁路市场里有的是美味佳肴。

“‘峡谷底部，可真危险啊，河流咆哮啊——克丘亚语的河是“麻于”①。哎呀，真有趣！河的上游，水清澈得像明镜；河的下游，矿井里蹦出来的煤连石头都染成黑色的了……’这时我哥们提醒我‘别再说河的事了，朋友’。我向他表达感谢，我想，他真的听得很认真。我继续讲下去：‘矿主是个波兰佬，工程师是特鲁希略人，左腿瘸了。咱们问工资给多少钱，他们说每天五个索尔，星期天休息，但也有报酬。咱们二十个工人都觉得不错，真不错。咱们被带去一个棚屋，在

① 原文为克丘亚语“mayu”。

一个大场院里，人就睡在草席上。真热死了。白天，太阳照着那个寸草不生的山沟，从左到右，又从右到左，真该死。到了晚上，热浪才慢慢平息。哥们，那矿区里连条狗都见不到，女人也没有。四处死寂。只有一位太太开了一间小客店，便宜，几个小伙子在店里帮忙。店里有肉吃，大块的，上帝啊，还有上好的土豆、甜丝丝儿的红薯。卡车每周来一次。矿区那一侧有一条通向铁轨的公路，离得不远。大概半天就能下去。是的，哥们，就是瓦扬卡–钦博特线。咱们那二十个人里面有井下掘进工、铺轨工、钻探工副手、木工。他妈的，就这样开工了。他们那里有电灯。中午咱就在矿井里休息一哈儿。工人们全都睡着了。那煤尘让人犯瞌睡。我在那儿干了三年。一开始做了一年副手，后来当了井下木工头。有一次，咱在安装一个很大的木支架。我跟当时的木工头儿说那个支架不对劲，该死的坑道的主支架还没有固定好。但是头儿烦得不得了，他说：你这个帕罗班巴①印第安人啥都不懂。我求啊求：头儿，真的没固定好。头儿说晓得了，晓得了……然后轰隆隆！架子倒了。好大的灰尘。咱们把头儿搬了出去，他鼻子里只剩下一丝气。咱们把他的尸体放在木工房的工作台上……没过一会儿，一条煤河从他嘴里、鼻孔里涌了出来，流到了地上的刨花上，顺着桌子脚淌了下去……

① 帕罗班巴（Parobamba），秘鲁的一个区，位于该国北部安卡什大区的波马班巴省。

一个人的身体里竟然有那么多、那么多的水！又过了一会儿，血从头儿的嘴里冒出来——外层是黑色的煤粉，里面是透明的鲜红色，冒着气泡，一点点地涌出来……结束了。波兰佬矿主说：六年多了！他死死地盯着工程师。工程师平静得很，一球一拐地走了。波兰佬跪了下来。咱们全都跪下了。咱们把他埋在悬崖边上的一块土台子上，那儿是专门开辟出来做坟地的，就在矿区上面的坡道上。连个十字架都没得，甚至连个像样的土包包都没得，只有地表上一块小小的突起，在那块尘土飞扬的地里，和其他那许多坟排在一起。小河独自唱着歌，河水真清澈。河岸边的金雀花一片衰败，半死不活地开着花。那花引来了黄色的蝴蝶，很疲惫的样子，一只、两只……我胸口里的怒火，血都要喷出来了……’我哥们问我：‘你因什么而发怒？’我答道：‘就因为那个静得要死、恶心得要命的山沟呗。更糟糕的还在后头，更愤怒的也还在后头。我的同乡——瘦子赫苏斯·康多罗马在钻井的时候，没想到竟然有一大块煤砸了下来，他倒在了灰尘的漩涡里。咱们把赫苏斯抬了出去。他还活着。他在脸前用手画了一个十字：帕罗班巴！他念了这么一句。然后，煤像河水似的从他鼻孔里涌出来，和头儿那时一模一样。一直流到了木工房的门口。那时候地上已经没了刨花。一条细细的煤河绕到门后，过了好久……接下来死的是特里布罗·加里亚索，他是皮尔卡坦博人；然后是费莱克斯·里韦罗，皮尔卡坦博人；安布

罗西奥·陶科，也是皮尔卡坦博人；保利诺·阿尤萨，亚纳马人……’

“‘他们的死法都一样吗，朋友？血、黑色的水？’我哥们问我。‘血不多，只有一点点。已经没人再感到愤怒了，咱们就是默默地把他们埋了。’

“‘那蝴蝶呢？’‘黄蝴蝶总是来的，总是很疲惫的样子，停在坟地的土台子上。它从小得可怜的金雀花那里一路飞上去，苦哈哈的。咱们几个老乡后来在葬礼上看到了那些蝴蝶，有好多好多只，从扫帚树丛飞过来的。大风拽着它们的小刺膀，把它们拖进山沟里，拖到河下游去，那个寸草不生的山沟！有时候它们被风吹进黑色的煤河边，让它们坠下去。它们肯定被煤尘憋死了。蝴蝶到坟地来的时候，来自亚纳马的唐克里斯托瓦尔·阿亚万科特别高兴地说：蝴蝶是金雀花的眼泪，是它的使者，准是这样；蝴蝶为了外乡的基督徒掉泪了，为了在科卡隆矿孤独地死去的恩第安人掉泪，它悄悄地哭。’这时候我哥们蒙卡达大声地说道：‘没有什么使者，朋友！在我们的祖国秘鲁，死亡是外国人的。生命也是外国人的。’说着他就站了起来，开始布道。”

蒙卡达猛拍了一下桌子，煤油灯也跟着晃起来。唐埃斯特万在木椅子上稍坐了片刻，疯汉则背对着他在想事情。四周尽是蚊子在嗡嗡飞着，甚至还伸出长腿停在煤油灯的玻璃罩上。蒙卡达转身面向同伴，唐埃斯特万也站了起来。疯汉开始在房里踱步（他房间的地面很潮湿，但被压得结结实实），开口说道：

“你家里也是一片泥泞吧，老兄。和我家里一样，我们这里三十户的房子都是这样子，我们就像是寄居在圣塔集团公司身上的害虫。我们像什么？我们是什么呢，好兄弟唐埃斯特万·德拉克鲁兹？没错！我已经说得很清楚了，我们这些玻利瓦尔区芦苇塘的居民就像一条虫，把自己拧成一团，钻进马肉里，成为一条寄生虫。他们为什么不给我们皮下注射一针，直接把我们消灭掉呢？为什么呢，老朋友？因为我们是寄生在拥有五百公顷土地的圣塔集团的假肛门里的虫子。我们是住在卡尔萨达芦苇塘的水边，到底是不是呢？芦苇塘……或者叫湖泊、泥潭、水塘，又或者是科伊什科山背后那条‘伟大的圣塔河’的重生之地？”

“当然，哥们，当然了。”唐埃斯特万热情地回答道。他那浓密黑亮的睫毛在眼睛里投射下一道道黑色的暗影。他全神贯注地盯着蒙卡达——那张脸变得越来越冷淡，他说得越多，眼睛越有神，表情就越是冷淡。

“当然，唐埃斯特万。这块泥塘现在是集团的假肛门。我们棚屋前那条沟是什么呢？是这块泥塘的排水渠，它像一条假静脉，是泥塘排泄用的肠子。我们棚屋后面长了一圈托托拉芦苇，守护着这片水域，哈哈哈！有几只纯洁的白鹭在那里捕食小虫。我们像不像住在泥地的一根小小舌头上，兄弟？那些住得离沟渠最远的邻居们，他们的床腿像不像驴蹄子一样陷在泥里？”

“肯定的，哥们。”

“我住在这里是因为我自己愿意。因为我是全世界的蘑菇云和摄影师闪光灯的焦点。我现在是如此，将来也是如此。就在这泥潭里，在秘鲁、世界、圣塔集团这虚虚实实的肛门里。但是你，朋友，你在这里，是因为你无父无母。外国人，比不上我桑博人蒙卡达！”

“像醉鬼，哥们。可不就是我嘛！”

唐埃斯特万这番应和的话语让蒙卡达有些不安。他犹豫了一下，目不转睛地看着他的朋友，那副冷淡的面孔一点点消失了。唐埃斯特万觉得他像是逐渐还了魂似的。“坐下吧，朋友，”他说道，“和我聊聊。”唐埃斯特万在他面前坐下。在昏暗的灯光下，蚊子们摩擦着后腿，还有一些不停地嗡嗡叫着。外面黑漆漆的伸手不见五指，长满芦苇的泥塘中传来鸭子呱呱的叫声。

“继续讲吧，兄弟，”蒙卡达一边仔细听着鸭子和蚊子的声音，一边说道，“你刚才说，像醉鬼一样？”

“哥们，我已经两次被赶出布宜诺斯艾利斯那边的铁路市场了。第一次我气疯了，不管不顾地干了一架。警差揍了我一顿，用棍子打我。第二次，我很冷静，把我的土豆、我的洋冲装进袋里。两星期后我又回去了，又摆了摊。这次他们没来找麻烦。那片迷宫一样、屋顶铺着芦苇的摊位只要还在，就不会有问题。第二次我非常冷静，没有反抗警差。修鞋、补衣服，咱们就这样挨了两个星期。所以我说，对警差、大工程师、矿主、工厂老板来讲，穷人和醉鬼没什么两样。”

“诸如此类的事，太多太多了，兄弟。”

“没错，哥们。就像醉鬼一样。”

“为什么这样说呢？”

“醉鬼讲的话就算有理，是符合上帝教义的真理，当官的、警差、工程师那些人也会说‘你喝多了，喝醉了，你要吃牢饭了，该死的’。然后就把你关进监狱，用棍棒招呼你。彻底完蛋。醉鬼讲的话，哪怕是真得不能再真的真理，哪怕是上帝他本人的旨意，也是半毛钱不值；就算你想动武来讨个公道，你也像一个醉鬼一样，手无护鸡之力，他们会把你按倒在地，把你撕成碎片，把你扔进牢房，甚至还要欺护你的家人……”

蒙卡达把煤油灯移到桌子的尽头。摇曳的灯光照亮了摆在他床头搁板上的一块头骨。那是一张铁制的折叠床，有几根镀金的杆子。

“是醉鬼还是外国人呢，兄弟？”

“你认识布拉斯奇吗？”唐埃斯特万突发奇想地问道。

“当然了……怎么可能不认识！他比你更像外国人，更像醉鬼。而我……我……不是上帝让我来这里，是我的良心！”

这时蒙卡达已经站起身，再次变得面无表情，但唐埃斯特万还是大着胆子问下去：

“谁在占那些醉鬼的便宜呢，哥们？谁敢惹布拉斯奇呢？他为了谁喝醉啊？”

“为了你，埃斯特万。但人家喝的是香槟，是法国、德国、美国产的威士忌……我可怜的哥们，你说你是醉鬼，但你怎么能和一个喝毒皮斯科酒[①]的醉鬼相比呢？”

“乔卡托也喝过香槟……”

“就像有黑猩猩、非洲猴、大猩猩的分类一样。有的醉鬼只能任由别人骑在他头上拉屎；有的醉鬼在天上，像星星，他们就是‘外国人’，饮下自己祖国和人民酿出的酒，再无情地欺辱他们。他们在这里积攒了太阳的炽热、权力和财富。我要让这一切鸡飞蛋打、土崩瓦解、重焕新生！我要吼起我那响彻云霄的声音，让天上那些星星都听得到。把挂在衣钩上的帽子拿给我，唐埃斯特万·德拉克鲁兹！”

唐埃斯特万踮起脚去够那顶帽子——衣钩被钉得很高。蒙卡达面向床头搁板上的那块头骨，肃穆地站着，嘴里还低声振振有词。这时，唐埃斯特万老婆赫苏萨走进房间，端来了两碗热气腾腾的麦仁汤。

“蒙卡达兄弟！”她把碗放在桌子上。

---

① 皮斯科酒（Pisco），号称秘鲁的国酒，由葡萄酿制。

蒙卡达默默地喝着麦仁汤，不时地看向唐埃斯特万，惊异于他那卷翘的睫毛是如此浓密而有光泽。但这时疯汉的脸色已经愈来愈灰暗了。用唐埃斯特万的话来说，他那“独一无二”的鼻孔正在昏暗的灯光下奋力呼吸，一群嗡嗡赶来的蚊子被他呼的气吹跑，最后只得缓缓落在唐娜赫苏萨放在桌上、给蒙卡达做餐巾的白布上。

疯汉蒙卡达喝完了汤，又回到头骨前立正站好，鞠了一躬。然后他拿起桌上那顶帽子，仔细整理了一下帽檐后把它戴在了头上，看上去颇像个“反叛一代”的年轻人①。他大步走了出去，身子挺得直直的，威风凛凛，一身怒气的样子。

“这么晚了您还要去布道？教士说您是无罪的，您是自负，但是无罪。”赫苏萨说道。

唐埃斯特万那时候还没有完全皈依福音派。教士教他认字。他去参加过多次聚会，对各种《圣经》讲解既有兴趣，又觉得不对劲。他总是被“那个叫一赛亚的”人的话语所困扰。他听得不是很懂，但他从这位先知的话语中获得了慰藉，获得了面对死亡时的愤怒和力量，还有他为战胜死亡而发下的誓言。用他自己的话来说，以赛亚就是“黑暗中的光”。

那天晚上，蒙卡达没有返回芦苇塘。他在博洛涅西大街上狂热地布道，大步流星地从一个街角到下一个街角，来回

① 指的是20世纪60年代，作风反叛的年轻人群体，他们普遍对现有制度不满，有特立独行的说话、穿衣和生活方式。

走动，气势汹汹。“有些人自己醉倒了，又要饮下无辜之人那温热的血，我发誓！他们先灌醉受害者，就像对待复活节的火鸡一样。晨星从我的牙齿上冒出来，就是我这颗尖牙，我唯一的一颗——因为另一颗在鲸鱼的宴会上被布拉斯奇吃掉了。朋友们、骑士和马匹们、钦博特、秘鲁、南美洲、外国的醉鬼们！我，是海洋和天空中唯一的自由之星。你，莫哈纳，你是个醉鬼；总统贝朗德，你是个醉鬼；你们这些渔民，全都是醉鬼，小醉鬼们，鲸鱼在宴请你们之前，会先用它的鲸须把你们滤一遍。区长是醉鬼，市长是醉鬼，沙丘上运水的驴子……还有，还有很多，除此之外还有很多个特奥杜罗·亚乌里。尊贵的美国神父大人，不是，不是那个人，是做慈善的那位醉鬼，做大规模的慈善活动……他们把死尸送入拉卡莱塔医院，把即将分娩的醉酒少女送到教会的仁爱诊所，把醉鬼老人送到教区疗养院，却不理睬有的人满是煤粉的肺、黑色的尿液……”

他朝格劳广场的方向走着，然后果断地转过博洛涅西大街的最后一个街角，朝奇穆大酒店走去。那天是个星期五，酒店大厅里在举办舞会。他推开门进去。服务生没有立刻认出他来。他手里拿着帽子，等着乐队和舞蹈停下来的那一刻。一对对舞者在灯火辉煌的大厅里来回旋转，蒙卡达刻意迈着格外威严的大步，走到舞池正中间。

“先生们，女士们，地球上所有的官老爷们，”他说，“我准备在这块打了蜡的地板上撒一泡‘煤’尿。请不要害怕！煤水将从我的眼睛和胸腔里涌出，它是‘蝴蝶使者’从金雀花丛那里带来的呀……”

数名服务生扑向了这个黑人。有几位太太被吓坏了，冲进了吸烟室，还有几位则在伴侣的陪伴下留在原地，半是惊讶、半是好奇地观察着这个疯汉“威严”的外表。他的表情充满愤怒，但同时又似乎不带任何感情，是抽象的；突出的眼白映亮了整张脸——这在黑人身上很常见，但蒙卡达的眼白在他布道时就如同瓷器一般闪闪发光，而当他在搬鱼的时候①，又或是从朋友的老婆赫苏萨手上端汤的时候，那对眼白又会变得呆滞，光也会熄灭。警察到场准备抓他的时候，他紧绷的身体似乎退让了，一言不发（以前有几次警察会拿一种给骡子用的眼罩堵住他的嘴）。两名警察抓着他的胳膊把他架了出去。他的头垂着歪向一边，双眼紧闭。当他们几人的身影消失在酒店的旋转门外后，乐队重新开始演奏，风度翩翩的年轻人们立刻就把他忘得一干二净了。除了一位女士。有个人说：“那是蒙卡达。不过就是一个疯子。没什么可担心的。”林孔太太挽着那人的胳膊——他是当晚最重要的客人，是有权有势的国家渔业协会的大律师。林孔太太看自己吸引了全场人的注意力，便提高嗓门说道：

① 前文曾提过，蒙卡达以前精神还正常的时候，曾是渔船的装卸工。

“蒙卡达比较特别，他很有自己的风格。听他讲话像是受过高等教育的，对，就那个黑家伙。据说他确实是奥尔贝戈索-蒙卡达元帅的后人，他那黑人血统还有几分价值。我丈夫挺尊敬他的。不是吗，安赫尔？”她问道，这时候鹦鹉螺公司的厂长刚刚走过来。

“他可不是那种疯疯癫癫的福音派，他那脑瓜子也不是被先知们掏空的。他只不过是一个被非洲血统和各种病毒侵蚀、变成了低等人的蒙卡达，一个……一个钦博特的副产品。嘿，我的朋友拉瓦耶！我们来喝一杯吧。”

唐安赫尔拉着那位出身贵族的律师去了吧台，点了一杯威士忌。

“他们会打他吗？”律师问。

“现在都懒得打了。他已经受了不少惩罚。你看他走的时候一副泄了气的模样。他们会让他在牢房的地板上过夜。”

“能睡着吗？”

“他不会睡的，博士。他会在那里‘准备’他的下一次演讲，没有人知道下一次是什么时候，或是以什么方式。他可能会打扮成土耳其人、印第安人、蝙蝠侠或吉普赛人。我估计这次他惹的麻烦解决后，他会去工作一段时间……但这是我第一次见到他敢走进这家酒店——他一般是在市场里正式布道，在博洛涅西大街演讲——而且刚才他……异常地兴奋。”

“但他表情又很木然。我觉得他挺有趣，”律师说，“我可没听说过利马有这样的传教士。”

“博士，您应该知道吧，布拉斯奇手下有科学顾问。利马的贫民区离各大豪华酒店‘相距千里’，离高档住宅区就更远了。是的，历史和地理意义上的‘相距千里’。咱们这里，所谓的市中心也就是港口的城区，是伟大的美国人梅格斯设计的。它是相对近期才出现的，现在的规模还很有限。但‘伟大的钦博特’指的是众多贫民区，基本都是条件很差的棚户区，有几个规模大一些，但也极其贫穷，人们分散在各处……”

“那不然还能怎样呢？”拉瓦耶反问道，一边微笑着盯着林孔太太看。

唐安赫尔有几句话到了嘴边，还在犹豫之际，被他的妻子抢先一步：

“说得很对啊，不是吗？”她说，“但是蒙卡达……有时候他真的让我感到很不安。”

“这些发疯的传教者完美结合了人的愤怒和挫败，可能是出于种族或者其他原因。”拉瓦耶说，“太太，贫民区像油污一样蔓延扩散，不仅在沿海城市，在阿雷基帕和库斯科也是如此。我认识一个年轻的印第安律师，他读书的时候住在库斯科的一个狗窝里。现在他恨不得把同胞们生吞活剥了……”

哪怕是在奇穆大酒店的舞会上，伴随着乐队的演奏和众人的舞蹈，林孔夫妇也有能力同对方进行极为“深刻”的谈话——这果真是他们所长。

“几个世纪以来，”拉瓦耶继续说下去，“黑人、乔洛、印第安人……太太，愿意和我跳支舞吗？现在这首华尔兹真不错，这乐队也过得去。”

拉瓦耶说着便邀请林孔太太跳舞，唐安赫尔陪着他们回到了大厅。

大概有二十多对舞伴正在跳舞。唐安赫尔站在安装着斜射灯的拱门下。拱门一侧是宽敞的大厅，另一侧是酒店房间。他不断地在脑海里尽可能系统、全面地把刚才想要对律师讲的观点梳理清楚，主要有关利马和钦博特的贫民区之间的异同点，以及滋养了利马的“印加”山区和北安第斯山区之间的异同点——这片由众多“从历史上就黏合在一起的”地区向钦博特输送了大量人口。他深谙此领域，是基于长时间的经验和一定程度的研究，因为“我负责管理这些贫民区的人，布拉斯奇雇用的社会顾问也和我谈得很投机。我已经就这些事情与布拉斯奇本人和他的高层人员进行过深入讨论，他们都觉得大受启发呢”。

“后来有一天晚上，我哥们让我坐在他床上。他当时神志清醒。那时距离他去完奇摸大酒店，就那个高档地方，在鱼粉老板们的聚会上布完道后被逮，几个星期过去了？大概几个星期？哥们问我‘你是怎么离开科卡隆矿的？离开后去了哪里？你为什么会来钦博特？’我这位老兄不发疯的时候，眼神又平静又可亲。我坐在他床上，腿竟然挨不到地，真逗人，该死！他那张折叠床真是高得很啊，床脚还有小轮子。我小时候总说黑人算不得人——皮黑得发亮，手、脸、脖子都黑得像炭，这种人怎么可能是基督徒？我以前总这样说呢。到了夜里，黑人全身除了眼睛什么都看不到。我好奇，黑人用来撒尿的那玩意也是黑的吗？结果呢，现在最关心我的是我这黑哥们，比教士更关心我，比我爹……我有爹吗？我告诉我哥们，我无爹无娘啊。我爹歪骗了一个女人，然后被她兄弟给杀了，抛下我老娘一个人。老娘说，那女人的兄弟在野地里用刀捅死了我爹。我老娘高高兴兴地走了，她走了很远，去找那条下海边去的公路。她带着我和小弟，走到了通往我叔叔阿尼巴的农场的路上，她就把我丢下了，我那时候大概八岁或十岁。她冲我喊：'去找你叔吧。'后来我和一个表哥从那个农场逃到了山里。唉，我的朋友，我的好哥们啊！我们在古柯种植园里干活。'那时你还很小吗？'哥们问我。我说：'不小了，应该有十三四岁了，或者十二岁。我表哥年纪大一点，是个半大小伙了。知道吗，哥们，庄园主到了晚上就把咱们用一条铁念子绑起来。咱们住的棚屋里有一个拧进墙里的吊环，他们就把念子穿过去，把咱这些劳工拴住。狗在外面使劲汪汪叫。工钱很一般，三索尔。那里比科卡隆矿更差劲的是热得要命，蚊子和沙蚤也多得要命——那种跳蚤能钻进人的皮肉、指甲盖里，甚至还会爬进屁股里（尚且这么称呼吧），咬出一个大包，要了命地那样坠着。我和表哥从康多班巴庄园逃了出来。那天咱们先喝了点汤，当时天已经黑了，咱就说想出去解手，他们同意了，然后，老天爷！咱们就像两条蛇一样在黑暗里爬啊爬，不敢发出一点声音啊；咱选的路是在一道水沟岸边，据说那儿的水很急。那山荒凉得很。我表哥的眼睛在夜里比山狮①还厉害。不得了！咱们走过一座木桥，是用龙舌兰纤维②和木头做的，跨过了山沟，之后咱就用表哥偷来的煤油和火柴烧掉了木桥。表哥大喊，哦豁！反基督的庄园主，下地狱吧！呜咿咿咿！哎哟！哎哟哟哟！悬崖上的树密得很呢，把山里石头的心都敲碎啦。不过，被这些树煮挡着，表哥的诅咒恐怕没什么效果。林子里太静啦，林子深处传来了表哥喊的话的回声，像孤魂野鬼唱的歌，难听死了。庄园主为了好玩，拿着猎枪放了几枪，狗也跟着惨兮兮地叫。上帝啊，那畜生之前多凶猛，咱们被链子锁住的时候，它在外面转来转去，叫个不停。但表哥在林子里大吼时，狗好像也吓得变成了鸡。说实话，哥们，当时我的腿也在抖。表哥发出了可怕的尖叫声，活像个刚从坟里跳出来的厉鬼，他的舌头在燃烧，就像世界在燃烧。那座好长好长的木桥在燃烧，火焰像舌头舔个不停！表哥笑疯啦。然后咱们马不停蹄地走了二十四个小时。一天后，到了帕罗班巴。

① 即美洲狮。

② 龙舌兰的纤维具有非常高的抗拉强度，可作为木材的替代品。

咱们被雇去修马拉尼翁河的公路，在工地上待了一年。然后咱们带着一点钱去了首都利马。我在利马做过各种各样的活计，工钱都很低，我就一个盼头——能在贫民区搞到一小块地。真该死！组织在贫民区占地、搞合作社的倒是多得很，但我啥都没弄到。山区人的社团有上百个，有足球比赛，还有各种守护神的庆典，都办得很像样。咱在帕罗班巴是一个社团都没有。体育馆里每周日都有唱歌跳舞，跳的是民间舞蹈，还有山区音乐节目呢。我一直在五月二日体育馆做清洁工。我爱上了一个来自卡瓦兹的舞蹈演员。但是哥们啊，命运的安排不可违！我开始给一位太太做管家，她住在奥兰迪亚斯大街——真是宫殿一样的房子！真的是一座宫殿。就这样，哥们。她把我送去了工业夜校。上学很好！真的！我受了一点教育，准确来说就是学会了制鞋。太太让我洗了热水澡，她老是这样，热水……然后……她就做点下流事，她把我带进她的卧室，镜子，闪闪发光……矮床。她怎么知道我是个真正的男人，比公鸡还勇猛，小孩？胡扯！她躺在丝绸床罩上，用手拉着我那活儿，让我和她做。公鸡是畜生，它上了几百只母鸡，就像啥事儿也没发生过一样。但是人是有脑子的，那种不对头的下流事会让脑子衰弱。哥们，两三个月啊，她夜复一夜地抽走了我的脑髓，逼我做脏事……’讲到这里，我哥们的眼白又开始像瓷器一样闪闪发光，圆溜溜的眼睛盯着我。我把最龌龊的事都讲给他听了。没错，都讲了！‘那位太太的一个侄子也想……一个该死的狗娘养的，他们说他妈是用屁股把他生出来的。’这时我哥们说：‘继续讲科卡隆矿的事吧，老兄。刚才那些事我们沿海的黑人和桑博人都太熟悉了，就不用讲了。你是怎么离开科卡隆的？又是怎么和赫苏萨在一起的？’‘那个波兰矿主想赋威信呢。他命令我去掘井，时间很赶；我指挥一个来自蒂卡潘帕的大块头去做，那人在我手下干活。那活很难干，要挖一个矿井，大块头说累坏了，但我以为他在耍花招骗我。他说：我不再挖了，妈的！他一边说，一边就在树荚下躺下了，远远躲开咱们扬起的煤尘。我吼他：快起来大块头，你个懒鬼，你个大软蛋！他又说了一遍：我不再挖了，妈的！然后，他紧紧闭上眼睡了。至于我……听我说，哥们，突然间倦意好像钻进了我腿里。我自己走开了，心里很不对味儿。我也躺倒在地，安安稳稳闭上了眼睛，我胸口的呼吸很畅快，矿井里很安静，很凉爽……漏斗车被我扔在一旁。然后，波兰工程师大吼大叫，把我吵醒了：你个懒猪、两面三刀的猪！那个蒂卡潘帕的大块头就站在他身后。波兰佬指着大块头说：这家伙说你一直像头被阉了的猪似的在睡觉。然后我就像琼乔人的箭一样冲出去——哥们，琼乔人就是奥卡亚利河①和马拉尼翁河那附近的亚马孙丛林中的印第安人啦——我扑向那个大块头，

① 此处为唐埃斯特万的发音错误，应为乌卡亚利河（Ucayali），该河流经秘鲁东部，是秘鲁第一长河。

我用头撞他胸口。大块头翻进矿井的煤堆里。我跟上去又给了他一脚。波兰佬从后面抓住了我的肩膀，扭住我的胳膊。他说：这里没有你的工作了，你这个好斗的家伙！然后，我心平气和地、一丁一点地向他解释，赌咒了一遍又一遍，我在嘴上画十字，保证自己把发生的一切都讲了出来，是真正的实话。波兰佬说：太晚了，德拉克鲁兹。嘿，不过你要是跪下来我就信你，你在格拉西安面前跪下来，就是这个大块头。我说：你自己跪吧，臭外国佬！你给我跪！我可是埃斯特万·德拉克鲁兹，一个讲信用、有良心的人。上帝啊，我声音可真大！波兰佬默不作声地走了。我把格拉西安那家伙晾在原地。两天后他们把我的工钱结了，一共三百索尔。’我哥们说：‘他们肯定是坑了你，三年只给三百索尔……说解雇就解雇……’我说：‘三百索尔不少了！然后我去了科卡隆矿附近山上的一个小村子，那儿养了很多山羊，还有各种水果，灵檬、石牛、香蕉、印加豆。我就是在那儿认识的赫苏萨。她在一个老板娘开的小饭馆里做厨娘。有一天晚上，咱们俩就跑了出来。那个老板娘现在来了钦博特，在玻利瓦尔市场摆了一个很大的摊卖菜。好家伙！然后我们从帕罗班巴又下到了钦博特。帕罗班巴是山上的小村子，没救了的地方——只有一两头小猪、小羊、小块的菜地。大庄园里没人敢吭气，只能服葱，闭紧嘴巴。哥们，山上的人靠沉默吃饭。哪怕是已经去了特鲁希略、利马、钦博特的山区佬，他们肠子里、血管里、内心深处反而更沉默。如果他们不离开老家，就只能等死；但如果他们去了沿海，又会惦记着家乡的一切——那些山、饮酒玩乐的节日、笛声、鼓声、琴声……他们做着下等行当，被所有人瞧不起，就算哭也只能在干活的间歇，悄悄地哭一会儿，该死的！然后……我的家乡没一点盼头了，我就说：咱们走吧赫苏萨，去伟大的港口钦博特！第二天早上咱们就下到了公路口。我卖了六年冰棒，收入还过得去。咱们从圣塔集团那里抢到了一块长着托托拉芦苇的沼泽地，在蚊子窝里盖了一座房。还记得吗，哥们？盖房时你自告奋勇来给我帮忙。咱们一起打了石头地基，盖了土砖房，地板是用鹅暖石铺的。你说你会用这沼泽地的土制砖，你说你喜欢制砖。后来教士来到芦苇塘（或者叫福音派传教士更好点），他经常来，很谦虚，讲话很客气。他来读《圣经》。他征求了我的同意，先把赫苏萨带去了他们教堂。”

蒙卡达下了床，他的腿已经有点抽筋了。

“福音派传教士不喝酒，不打诳语，很纯净，”他说道，“但他的精气神，我是说他的生活，整体来说是乏味的——它缺盐，甚至连点胡椒味都没有，老兄。他既不是动物，也不是人，他有人类的肾脏，有完整的舌头，肚子里和两腿之间的东西都是完整的，但福音派传教士就是少了点什么，他唱的赞美诗也很乏味，兄弟，你说是不是？你喜欢他们用吉他弹唱的那些歌吗？那吉他味道也不对，既没有欢乐，也没有悲伤。哪怕一条狗吠叫几声也能让人感受到它的存在，一只羊也会在刀架在脖子上的时候嚎几声。”

“那猪呢，哥们？”

“猪的……猪的表达方式很了不起。没错，伙计！我做过猪倌，在场院和菜地里养过猪，不是那种把牲畜都关在一起的大农场。我从猪身上学到了很多。猪整个鼻腔都表达着进食的快乐，猪舌头散发着温热的食物气味——鱼粉和其他一些东西的混合物；猪喉咙根部发出的声音很温和，那旋律丝滑而有力，能表达出世界的光与根，就像是地心的最深处。兄弟，你从猪各种各样的咕哝声里可以感觉到热水、冷水、泥浆、洁净的空气、臭味、排泄带来的轻松感、风中的打嗝声。如果放猪去洗澡会怎样呢？它们会用小尾巴抽打空气，它们肥大的身体不会做很大幅度的动作，但没有哪种动物或人会那么享受摆动身体……”

“但人还是会用刀宰了它，哥们。”

“当猪足够肥的时候，就是它赴死的时候了！咱们每个人都是一样！”

“蒙卡达兄弟，”这时候唐娜赫苏萨走进了蒙卡达的小屋，“只有教士能救埃斯特万的命。您劝劝他，唐埃斯特万最尊敬您。”

“那教士是医生吗？还是赤脚大夫、巫医？”黑人蒙卡达问道。

“我刚才在外面水渠那里纺线，听到您在说有关教士的事。您信我，如果埃斯特万去忏悔他的罪，跪在……”

“我不会求任何人宽恕！我不会向任何人下跪。更别说什么教士……”

“哪怕不跪也行啊，埃斯特万。你就像和咱们蒙卡达兄弟聊天那样，去忏悔……你就能得救。”

“恰恰相反，赫苏萨，”蒙卡达开口说道，“患有重疾的时候，忏悔会加速死亡；身体状况良好的时候，忏悔才能有益健康。”

“蒙卡达兄弟，”赫苏萨答道，“在埃斯特万歪骗我的那个小村子里有很多去过科卡隆矿的工人。他们坐在饭馆里，吃一点点面包和水果，喝一点羊奶，然后就死了，瘦得皮包骨头那样。苍蝇飞来吃掉他们鼻孔里冒出来的黑煤。还有一些人拄着手杖爬上山，他们还庆幸自己还能爬山呢；路那边的园子里种着灵檬树，树上挂着灵檬，他们到那里就走不动了，倒下来。全部死掉了，大兄弟，每一个人都死了！”

“我的兄弟唐埃斯特万·德拉克鲁兹不会死的。他发过誓。他不会因为煤尘而死。他可能会死于帕金森病，或是梅毒，或是癌症，夫人。”

“那他能给娃娃们留下点什么？那些死在利里奥班巴的小饭馆里，或者死在山坡上的工人都会留下一袋钱。”

“利里奥班巴？”

“那个种水果的村子就叫利里奥班巴，在寸草不生的山沟里，在科卡隆矿高处的山上，”埃斯特万说道，“那里有一座公墓，真正的那种。从没见死人的家里人来过。那些病了的工人就沿着难走的山路，走啊走，到利里奥班巴。他们累极了，煤奸诈得很，他们一走上通往利里奥班巴的路，就等于被判了死刑，可能会死在沿途任何地方。听我说，哥们！那些人都选择爬从科卡隆矿到利里奥班巴的山坡，不约而同地！他们不管怎样都要到利里奥班巴，哪怕眼睛都昏花了，腿都不停颤抖。只要他们没有死在矿上，就会死在利里奥班巴。工人的楚斯巴——就是克丘亚语里‘钱袋’的意思——连同里面的钱都被捐给神父、教堂、公墓或是村里的学校。利里奥班巴公墓入口有一座拱门，四周种了柏树，美得很哪。死者家里人都不会去。科卡隆矿太远了，隔着一条又一条山沟，到处是邪恶的卡查①，动不动就要了那些在陌生土地上讨生活的人的命！”

“我的好朋友呼莉安娜②，就是开小饭馆的那个，她从那些死人的小钱袋里捞到了不少钱。她就靠那笔钱去了钦博特，给儿子买了一辆三轮车……”

“利里奥班巴……”蒙卡达念叨着，“利里奥班巴？那里有

---

① 原文为克丘亚语“qaqcha”，指堕落之人死后的灵魂会令人恐惧。

② 应为胡莉安娜。

百合花？[1]”

“没有，大兄弟，”赫苏萨回答，“那儿有灵檬树、印加豆、香蕉、百香果[2]。”

“真的没有百合花吗？”

“没有，从来都没有过。”

“你想要点钱是合情合理的，赫苏萨，你希望勇敢的山区人唐埃斯特万·德拉克鲁兹给你留下一袋钱作为遗产，你说他应该去向福音派教士忏悔他的罪孽？我这朋友的肺里有一朵百合花，可能是一朵黑色的百合，但那是一朵花。他不会给任何人下跪。他不会通过忏悔为自己的死亡做准备，也不会去参加那些乏味的唱诗班——那唱的既不是生命，也不是祈祷，没盐味也没胡椒味。我的好兄弟买了一台缝鞋机，是个大家伙，好用得很，那根摇臂和最一流的码头起重机一样，对不对？在与死神[3]搏斗的时候，你的步伐必须坚定！就像唐埃斯特万那样。他那朵黑百合就开在我胸口、我心中。您走吧！恕我直言，夫人，恕我直言！”

唐娜赫苏萨放声大哭，蒙卡达便扶着她的胳膊肘，沿着水渠边向前走。泥塘里的青蛙在水里来回游动；空气中弥漫着

---

① 利里奥班巴（Liriobamba）的名字中包括了“百合花”（lirio）这个词。

② 百香果，又名西番莲、热情果、鸡蛋果，产于美洲的热带及亚热带地区。

③ 原文为克丘亚语“carcancha”，是安第斯山区的天主教节庆中代表死亡的骷髅。

臭味——附近玻利瓦尔区的人总是把腐坏的垃圾扔进芦苇塘里。唐娜赫苏萨忽然加快了脚步，蒙卡达跟在后面，但还是拽着她的胳膊，送她回到了她和埃斯特万的家，他家的大儿子阿米尔卡正在哭。

蒙卡达又折返自己家，一进门就问道："利里奥班巴？利里奥班巴的意思不就是'开着百合花的地方'吗，兄弟？"

"没错。"唐埃斯特万回答道。他正坐在疯汉蒙卡达的床上，脚还在空中晃荡着。"哥们，我在想……钦博特的福音派教士确实是很……您是用的什么词来着？没味？"

"乏味。"

"克丘亚语里我们是用'卡伊马'①这个词，是一个意思，但是更准确。但是，那个乏味的教士让我认识了先知一赛亚，真是个伟大的人，他就像瓦斯卡兰山在和你对话——那是一座大雪山，山里有些地方丑得很，黑色的岩石。哥们您听我念：'万国要来就你的光……你举目向四方观看……众人都聚集来到你这里。你的众子从远方而来（哥们您看，就像咱两个一样）'，这泥塘养育了他们……那时你看见就有光荣，你心又跳动又宽畅……'②"

蒙卡达发现唐埃斯特万虽然双脚挨不到地，但念诵经文时，他那矮小的身体仿佛在半空中获得了力量。

---

① 原文为克丘亚语"qaima"，意为乏味、无趣、沉闷。

② 出自《圣经·旧约·以赛亚书》60：3—5。

“好兄弟，你刚才说起利里奥班巴，黑色的呕吐物？”蒙卡达说，“蝴蝶使者像鸽子从河里升起那样，飞到了无人问津的逝者身边，它累极了……好哥们，你不是福音派教徒，你想埋葬死亡，对不对？”

“埋葬，哥们，永远地埋葬，阿门！”

“但是好兄弟，我亲爱的朋友，先知总是用死亡来吓唬人。我也读过一些书。在钦博特，有几百名福音派教徒四处活动，门派众多，但仅限于贫民区。为什么会这样呢，老朋友？为什么他们不去阔佬们住的布宜诺斯艾利斯区？为什么他们不去奇穆大酒店，甚至也不光顾渔船船长们住的特拉佩西奥区？他们怎么不去那些地方唱赞美诗、弹吉他呢？我不喜欢这样，老兄。让他们用《圣经》去净化一下大老板手下那些无法无天的外国工头呀，让他们别再像只干巴巴的鸟儿一样在贫民区到处唱歌。穷人不需要安慰……我们的脚步要坚定，好兄弟，无所畏惧，我们要无所畏惧。我们要更加坚定，我们都是满腔怒火的人，没人知道我们会去向何方。”

“没错，哥们！”唐埃斯特万这回用字正腔圆的西班牙语感叹道，“先知以赛亚说‘地狱之火使人心惊恐’。我一直不信任福音派的教士，郊区的神父就更别提了。赫苏萨说我是被魔鬼附身了。”

“我们都是被魔鬼附身了，老兄。谁不是呢？我要不是每两个月就给房子地板上重铺一遍碎石，我的床就会陷进泥里，你说对不对？不管怎样，圣塔集团迟早会把我们赶出这里的。”

唐埃斯特万从床上滑了下来，站在地上开始咳嗽。

“明天修鞋做工别太辛苦了，兄弟。”

“知道的，我走了，哥们。”

他强忍住了咳嗽。蒙卡达把他抱了起来。他的体重很轻，可能和一只羊差不了太多。平日里，若是天已经黑透了，唐埃斯特万就会由着朋友抱他回家。“哥们，你的胳膊真是结实啊。”他说。疯汉蒙卡达背着他，慢慢地沿着水渠边走着，最后把他放在了家门口。

“真的没有百合花吗，兄弟？”这是他那晚又一次提出这个问题。

“从来没有过。只有灵檬树、百香果……还有给死人的灵静。”

这个卖冰棒的小贩与疯汉之间的友情令邻居们十分不安。唐埃斯特万的妻子赫苏萨总会说丈夫的坏话，有时候说得很难听，有时候略有收敛。她总用一种很神秘的语气说：“他会下地狱的。”只有夜色深沉，他又咳嗽发作的时候，蒙卡达才会抱唐埃斯特万回家，所以极少有人见过。疯汉小心翼翼地把埃斯特万放下后，几乎每次都会向着玻利瓦尔区的中心走去，穿过一座土桥——是芦苇塘居民在水渠上方用树枝和泥巴搭成的。他总是一个人在路上走着，压抑着想要大声说话的欲望。与唐埃斯特万谈话有时能让他平静下来，有时却令他更加茫然无措。有时他走了很远的路都无法压抑那种表达的欲望，还有时他整夜盯着床头搁板上的头骨，反而会更加兴奋，开始计划着自己第二天要扮成什么，要如何在街头和市场里布道。他注意力非常集中，以至于额头都布满了汗珠。逐渐平复下来后，他就会把煤油灯端到一口大箱子旁——箱子里放满了破布、西装、帽子、电线、锁链、手杖、各种渔网、项链、丝带，还有从渔船上卸下来的巨大的黄色软木浮漂——他把自己要用的行头精心地整理好，只有去奇穆大酒店布道那天晚上他是临时起意的。

另一边，唐埃斯特万被疯汉送回家后，通常进屋就是一顿咳嗽。他家门边放着一口箱子，上面整整齐齐地摞着一叠报纸，他会在黑暗中把报纸铺在地板上，然后开始猛烈地咳嗽，手指抓着报纸的边缘。唐娜赫苏萨总是先恳求他去向教士忏悔，然后又是一番辱骂。唐埃斯特万点燃一根火柴，看了看咳出来的黑色痰液，又在黑暗中把报纸叠起来，放进一口大箱子里，那里面收着不少用过的报纸；然后他合上箱子，在上面盖上一块毯子。这时候赫苏萨如果不再骂人，而是转过头求他去忏悔，他就会答一句："我会忏悔的，按照宗教的原则去忏悔，我说的是直接向上帝忏悔，而不是对什么教士。"如果妻子还是辱骂不断，他就会和她上床，近乎绝望地占有她。"你要死了，你会突然间死掉，就像高原上的闪电杀死原驼那样，要么就是像中了毒似的肿胀而死。”妻子喘着粗气说道。事后，唐埃斯特万总是筋疲力尽，心中的怒火却一分未减。他颠三倒四、添词改字地念诵起《以赛亚书》中的一些段落，声音小得只有自己听得到：“素来欺辱你的，他的子孙都必哭着来你身边……都要在你脚下弯腰……小的要加增千倍[①]……该死的！”

那天下午在铁路市场，唐埃斯特万陷入了深深的沉思与回忆之中。最后他松快地直起身子，坐在地上，发现那片空地不似挤满人的时候看上去那么大。此时只有一些批发各类谷物、面粉、土豆和洋葱的店铺门外还围着一些人，正在称着麻袋的重量。埃斯特万站起身，这时他已经平静下来，身体也休息得差不多了，他开始沿着小路往铁轨高处那头走去。“我要在走路的时候把要思考的全部思考完，”他说，“思想真真是上帝的赐予。思考的时候身体不累，反而是充满力量。会不会是因为太愤怒，太渴望复仇，我的记忆才会这么清晰？我的哥们，哎，我的好哥们，他真好！蝴蝶使者。是真的！真的有黑色的蝴蝶。黑蝴蝶扇动翅膀的时候很美很美，比那些五颜六色的蝴蝶都美，也胜过那黄色蝴蝶。我的朋友，等我把肺里所有的煤都咳出去以后，煤粉就会像蝴蝶那样在

① 出自《圣经·旧约·以赛亚书》60：14、22。

空中飞舞啦。那些报纸，会飞上天……”

然后他又回忆起一天下午，他正蹬着三轮车卖冰棒，刚刚吹响小喇叭叫卖的时候，被一名市政警察拦下。

那天天气很热，接近正午时分。唐埃斯特万已经跑遍了铁路市场和刚开业的“四月二十一日区”市场。他欢快地吹着喇叭，但烈日炎炎，他觉得呼吸困难，胸口在灼烧。令他感到奇怪的是，在日头没有直晒过来的地方，他身上也会忽然间产生一股灼热感，让他喉咙里一阵收缩。有一次他甚至停下来思考这到底是什么。那灼热感倒不算强烈。他的妻子注意到他越来越瘦了，而且他的脸色看上去也越来越像利里奥班巴那些死人。他从煤矿下来的时候，身材矮小，眼睛也小，但精力充沛；夜里，他在厨房找到她，把她拉到床上，让她甚至来不及喘气和思考，直到破晓时分才让她睡觉。赫苏萨怕得要死。后来唐埃斯特万在排水渠和泥塘边的狭长地带用土、垃圾和石头混合起来后把地面压实，建起了房子。更厉害的是，他隔出了一间“客厅”——那是进门的第一间房，用来放那台巨大的缝鞋机，颇有些征服者的姿态。也是在那时，赫苏萨向教士坦言，她的恐惧来自看到过那么多科卡隆出来的矿工死在利里奥班巴。六年过去了。赫苏萨在铁路市场上有了自己的摊位，生了两个儿子。是啊，唐埃斯特万有时候会忽然暴怒，且发作得越来越频繁。一年多来，他总是在夜里醒来，仿佛喘不过气似的，踢踹箱子和墙壁，最后发展到对她动手。他总是大骂一通脏话，然后又握紧拳头背诵《以赛亚书》中的经文。“让他来找我倾诉吧，”教士这样说道，“让他相信我。”“教士，他总在和空气搏斗，和黑暗搏斗；不点灯，他不乐意点灯呢。他发狂的时候就说：大卫是个娘娘腔，该死啊，一赛亚是火？然后又像条蛇一样缠着我，要么就是一拳打得我牛鼻血。哪怕点了灯，他也只是那样，头昂得高高的，一点不觉得自己有啥不对，只是面向我。光照着他的眼睫毛。他就那样站在墙角，看我流血啊，他在想事情的时候就像一头猪。他说他听到青蛙在和蚊子、知了的合唱里唱的是什么‘低声部’。埃斯特万认为青蛙是值得尊敬的动物。他到底有没有病？教士，到底是他的肺有病，还是脑子有病？煤油灯点亮后，哪怕我嘴角还在淌血呢，他也要让我听水渠里的青蛙呱呱叫。教士，他就像个异教徒一样说：‘一赛亚，像青蛙一样的一赛亚；知了、小人、蚊子、瘸子、醉鬼……被我们吃掉了多少。青蛙在黑色泥潭里讲话，与黑暗搏斗，勇敢地。恰恰相反呢！这样的人类将会消失，另一种人将会从一赛亚的喉咙里诞生。咱们要推倒山丘，推走石块，为整个沙丘引来清流；咱们要把天空变成花园；深山中惧怕基督的动物也要惊醒，不只是毛毛虫……是所有动物，他妈的，所有的。把科卡隆的山沟拓宽，黄色蝴蝶也要畅快地呼吸。这片芦苇塘只会留在赫苏萨的鲜血中，作为对过去的回忆，作为对我的好哥们的布道的回忆。’”

“我真是倒霉了，赫苏萨，”唐埃斯特万回到家后说，“这么热的天，市政警差为了要我，把我带去了拉卡莱塔医院。他问：‘你的健康证呢？’妈的，他们给我立刻拍了X光片。那鬼东西为了我把医院都清了场，那地方比铁路市场还糟糕，是不是？那个大医生一脸晦气地看着我，小医生的眼神充满同情。真完蛋，该死！我把三轮车放厂里了。请假到周三。”

“大医生”诊断他的肺部已经严重损伤，让他把自己用的餐具和其他人的分开，如果他在帕罗班巴有住处，就应该赶紧搬过去。“小医生”第二天约见了他，摇着头，似乎不同意前一位所下的判决。“很糟糕，倒霉的老乡，”小医生说，“你得的不是肺结核。你的肺是被煤粉堵住了。餐具不需要分开。别再干体力活了……”“我都离开科卡隆矿好多年了，小医生，好多年了。我干的都是出大力气的体力活，现在……”“不能干体力活，你身体有那么一个火药桶子还能活这么多年，真要感谢撒旦或是上帝。对你来说，住在山区还是沿海都是一样的。别再骑三轮了。”“已经不骑了。那您现在能不能告诉我，多长时间，啥时候，死神①会来收我？”“你这个情况，没有什么确定的期限，”小医生回答道，“你害怕吗？”“从没怕过，他妈的，或许连愤怒……也没有过？我们在科卡隆矿上的人没有一个怕死的，不管是外面的时界，还是矿井里的煤

---

① 原文为克丘亚语。

尘，都没怕过。三轮车。生活就是忍耐，该死，一直忍耐。等着口鼻里喷出黑蛇一样的煤，就是这样。别多说了，我走了！”他向医生微微鞠了一躬。

自那天起，他就开始在各个贫民区寻找同时期一起在科卡隆矿做工的人。他们中的一些人从煤矿出来后就直接来了港口，还有些人和他一样，来到钦博特前曾在多个村庄辗转谋生。

铁路市场和何塞·加尔维兹大道是各路消息的集散地。他在那儿打听到一个“科卡隆矿工”死前一天不停干咳，肿得厉害；还打听到，病人如果回了一趟山区，再来钦博特的时候身体就会更糟，或者直接就死在了山区老家。唐埃斯特万跑遍各处后得出结论，所有的“科卡隆矿工”都已经入土，只有一个例外——那人是他妻子的一个表兄，住在阿塞罗区，离芦苇塘不远。

唐埃斯特万找到他的时候，他正躺在床上，下半身盖着一条毛毯。

“你咳得出煤吗？”他问唐埃斯特万。

“只有一次，发生得特别突然，我当时在钢铁厂门口。我吓坏了，兄弟，因为咳出来的痰是黑色的，像戴的孝似的。”

“你得救了埃斯特万，天哪！”表兄说道，“利里奥班巴也有一个科卡隆的矿工能咳出煤。他没日没夜地咳嗽，之后平安无事回了老家村子，在帕罗班巴下面。我去找过他，和他聊过。他当时正在牵牛犁地哪，马上要有孩子了。一个奥奇鲁[①]巫师说了——他能和山灵对话——如果把煤都通过痰液咳出体外，那身体就没事了。我需要六盎司。我跟巫师说过，欠他的报酬我会一点点还完的。你个头这么小，我告诉你，你只要五盎司就够了，兄弟。你就自由了！你这是赎回你押在科卡隆矿那个波兰老板那里的命。然后你就彻底摆脱科卡隆了！奥奇鲁什么都知道。”

唐埃斯特万像猪一样陷入了沉思，低头看着那条毛毯。表兄继续教他在咳嗽时应该怎样用报纸来接痰，要怎样每月给吐痰前后的报纸称重，如果差额达到五盎司，他就可以庆祝胜利了。那巫师就是这么教的。

“兄弟，住在帕罗班巴下面的那个人，就是马上要有孩子的那个，他需要多少盎司？”

“奥奇鲁巫师说了，七盎司。是个大数目。到目前为止，我还连一点都没有咳出来。一点都没有。”

“该死，表哥，”唐埃斯特万说，“那你真的倒霉了。煤会把你烤成焦炭。不过别人肯定会说你也算没白活，留了一套房子，还在‘二十一区’市场上有摊位。波兰矿主就那样把咱们用锄头和钻机挖出来的煤拖走了！然后咱们这些矿工得到了什么？只有毒药似的煤粉。奥奇鲁巫师让咱们印第安人

---

① 原文为克丘亚语“aukillu”，意为掌管与山区宗教庆典的祭司。

支付费用，他让外国佬掏钱吗？他怎么不向外国佬收钱呢？”

“奥奇鲁，古老的山，伟大的主。他什么都知道。”

“那这样说，和他相比，波兰佬矿主，他就是王，对不对，表哥？”

“嗨，帕罗班巴小伙。外国佬都很阴险，”这时表兄已经精疲力竭，胸口像一个被蛀蚀的风箱，“那个波兰佬给政府里的人使了钱，兄弟。把煤都咳出去吧，埃斯特万，小兄弟，日夜不停地咳！然后仔细称重。你要是能从肺里再咳出四盎司，算上之前已经有的一盎司，你就能摆脱波兰佬了！你会打翻煤的世界！一定不止一个人可以做到！住在帕罗班巴的那个人也盼着呢。你打翻煤的世界，变得干干净净的，再没有外国佬的金属，只有秘鲁的国旗。来点水，玛丽安妮塔！可恶，埃斯特万！大天使，天上的主……”

他闭上眼睛，气喘吁吁，把毯子蹬到一边，抬起一条肿胀的腿，又任由它坠落回床上。苍蝇迅速围在了他腿上的肿胀部位。他的妻子把埃斯特万领到了院子里。埃斯特万的弟弟正在那里等着——就是那个能讲一口漂亮的西班牙语、在大餐厅做厨师的弟弟。唐埃斯特万向他走过去。大厨打着领带，穿着高档的西装，站在这院子中间像是来参观似的。

“你听着，混蛋，我要实验，我要称咳出来的煤粉，这样我身体就会好起来，”唐埃斯特万说，“巫师可能也是个混蛋，政府警差是混蛋中的混蛋。我要把那些煤粉都咳出来！妈的！”大厨低着头，盯着自己脚上那双锃亮的皮鞋。“工人们吸入让人肿胀的煤粉，走向坟墓；外国佬拿走大块的煤炭去火中燃烧，他们说，为了做大生意，要贿赂政府警差。那个在帕罗班巴、利里奥班巴康复了的人是不是也在等着另一个同伴，和他并肩打翻煤的世界？打翻外国佬？打翻政府警差？”

“我不懂这些，埃斯特万，不许叫我混蛋！”他弟弟答道。

埃斯特万捏住弟弟的下巴，把他的头抬了起来。这位曾经的科卡隆矿工的睫毛闪耀着光芒，甚至亮过帕罗班巴工匠用来抛光戒指的鬃毛刷，几乎给他的眼皮罩上了一层暗影。

“埃斯特万，你……”

“你的眼睛眨巴眨巴，像个搞同性恋的混蛋似的，”唐埃斯特万打断了他的话，“混蛋厨子。馋馆里的猪油，穿着锃亮的皮鞋，打着恶心的假拧带。安静点，他妈的！在马上要守寡的人家里打着恶心的假拧带！奥奇鲁巫师可能不是个混蛋。但是迪诺克是个混蛋，你也是！在你眼中……”

“别嫉妒别人，”他听到玛丽安妮塔的声音在说话，“你快走吧，埃斯特万，你害得你表哥眼红，本来他没这么快死的。去咳煤吧，日夜不停地咳吧，直到你得救的那天。”

唐埃斯特万回到芦苇塘的时候，他的好哥们蒙卡达正全身舒展地躺在他的折叠床上。床头搁板上的头骨正面显得很白。唐埃斯特万在床边坐下。蒙卡达那口装满破布和工具的大箱子里面搅得乱七八糟。他情绪并不平静，眼白闪闪发光，左右摇摆。

“瘦巫师，兄弟，”他开口说道，眼睛并没看向埃斯特万，“不用看都知道。出什么事了？”

唐埃斯特万把整件事和盘托出，从警察把他带去拉卡莱塔医院开始讲起。

“那你就咳吧，兄弟。那巫师知道矿工肺里面煤粉的重量，但是说到外国佬和政府，说到要打翻这个世界，他可就一无所知了——他只会做一些老套的白日梦，什么建立新世界的秩序一类的话，咱们就不要听了。但咳嗽的事情还是要继续下去。”

他站起身，在房间正中那张小桌上取了当日的报纸，撕掉了其中一页。“好家伙，那个不规则的轮子的照片，他们说要用这东西飞到月球上。来，就往这儿咳。”

他把那一页摊开放在地上。

“咳吧，兄弟！跪在这里，跪在蒙卡达的面前。只有他才能真正看到昆虫与行星的秩序，看到美国佬如何炮制秘鲁牌徘徊者号①，哈，哈，哈！他还能看到那些隐身的知了。咳吧！”

唐埃斯特万跪了下来。他基本不需要费很大力气，先是干咳了一下……三下……四下……十下，然后咳出了一摊黏稠

---

① 徘徊者号，美国在20世纪60年代发射的一系列月球探测器。

的东西——“拉基阿达”，在克丘亚语的意思是一种可以粘在门上、人脸上或者教堂墙上的东西，能突出本身的颜色和形状。唐埃斯特万咳出的“拉基阿达”上面还覆盖着一层黑色的煤粉。

“看啊兄弟，这颜色和你的睫毛一模一样！浓密又有光泽，”疯汉蒙卡达说道，“我一向对超出寻常的东西持怀疑态度，也有些惶恐，比如你的睫毛。它不代表死亡，而是生命……你会摆脱掉煤的。天上的星辰使人获得安宁，矿井让人饱受折磨，商人总是大获全胜，警察是从皮萨罗总统宫[①]的心脏里流出的一滴滴的脓液，透过它能看得出那里面的样子，没有空气，也没有沙。我们走在荒僻无垠的沙丘上，明明是无主的沙漠，警察和商人却要我们交费，我们走一步，再走一步，一步，再一步……每走一步他们都问我们要钱。”

蒙卡达给朋友的咳嗽声计数。唐埃斯特万的肩胛骨高高突起，眼球也微微凸出。他看了看蒙卡达。正值傍晚时分，太阳已经落到了接近海湾众多岛屿的位置；阳光透过缝隙钻进了屋内的地面和墙壁上。唐埃斯特万那对微微凸出的眼睛周围，睫毛闪烁着亮光。

“黑色的光，朋友。快起身！”

但埃斯特万做不到。他坐在了地上。蒙卡达非常小心地把

① 皮萨罗总统宫，秘鲁国家政府所在地，由西班牙殖民者弗朗西斯科·皮萨罗（Francisco Pizarro，1471—1541）于1535年兴建。

他抱起来，放到床上。唐埃斯特万闭上眼睛，伸展着身体躺着，看上去要比他实际的块头大得多。蒙卡达从桌子的抽屉里拿出一把锋利的剪刀，趁着埃斯特万大力喘气之际，剪掉了他的一根睫毛，在一束从屋顶的裂缝中斜射进来的光线中仔细地检查了一番，然后在那口大木箱里翻找起来。他从箱底翻出一顶草帽，上面绑着一条绿色的丝带，再无其他装饰。他在镜子前试戴了一下，把草帽两边卷起来，好让它显得更长。他匆匆走出房间，穿过水渠上的小桥，轻快地走进市中心拥挤的街道。

他来到钦博特社交俱乐部门口。门卫一如既往地守在那里，身穿制服，袖口和帽子上有金黄色穗带，学着老板给他看过的照片里利马和国外俱乐部门卫的样子，僵直地站在那里。

“猴子兄弟，我原谅你，”蒙卡达对他说道，“你就像这个时候海湾水面上闪闪发光的油污和被丢弃的死鱼。继续闪耀吧，孩子。但我不准备吃掉我兄弟的这根睫毛，它能驱走死亡……”

门卫做了一个威胁的手势，就在这时，从俱乐部里面传来了脚步声和说话声。值班经理在接待一位华人协会的律师，那人正在抱怨说俱乐部的场地是他们的产业，经理在一旁拉着他的胳膊。“按照法律规定，所有权的确是属于华人，”经理的声音从屏风后面传来，“但是俱乐部已经占用这场地十五年了，现在它是港口上流社会和三十家工厂高层人员的活动中心。不管法律怎么规定，中国人就是中国人，您的诉求不可能成功。博士，咱们这里不是法国……”

蒙卡达听到了这番争论。当这两位先生出现在门口时，他把唐埃斯特万的睫毛扔到空中，手拿着帽子，踮起脚尖：

“或许啊，桑博人和秘鲁的中国人没有像加加林或是后来乘螺旋桨火箭①滑向太空的那些外国佬一样爆炸，是这样吗，俱乐部的老爷们？也没有像这根发亮的睫毛，光芒璀璨啊。但是现在新公墓入口处的头一个墓穴就是一个中国人的，就是那个有拱门的公墓，钦博特的洋人区。在公墓里做赢家可比击败钦博特社交俱乐部的什么股份有限公司要厉害多了……”

“黑鬼滚出去！把这个可恶的疯子赶走！”经理喊道。

门卫一拳打在了蒙卡达的嘴上，但没把他打倒。律师也冲过来，抓住他的手臂让他动弹不得，看上去倒更像是要护住他，而不是羞辱他。在钦博特这样的商业城市，没有人对这种事情大惊小怪，俱乐部入口处这场热闹只引来了六七个人围观。

“奥尔贝戈索-蒙卡达喷出了血，基督埃斯特万·德拉克鲁兹被花镖②扎伤！”疯汉继续喊道，“那个中国人的墓统治

① 即太空飞船，一种调侃的说法。

② 花镖（banderilla），一种斗牛使用的武器。

了公墓。死亡，你听到了吗？带金穗带的，听到了吗？俱乐部的门卫，死亡让你在自己头上撒尿，在上帝的儿子头上撒尿……”

他们把蒙卡达交给了一个警察。警察把这个黑人带回家。他们默不作声地穿过市中心的水泥路，又回到玻利瓦尔区的土路。唐埃斯特万已经不在疯汉房间里了，那张盛着黑色痰液的报纸也不见了。太阳在下山之前的光亮反而普洒万物，卡尔萨达泥塘中的每一株芦苇都在夕阳中舞动，像给泥塘戴上了一顶无比璀璨的皇冠。而此时此刻，钢铁厂那粉色的厚厚烟柱正飘过那片污泥的海洋。

疯汉向唐埃斯特万位于芦苇塘边的房子走去，发现他正在狭窄的门廊上踩着缝鞋机的脚踏板。地板铺着碎石。那个门廊就是整座房子的“娱乐室”，用来遮阳的顶棚很轻薄，上面铺着芦苇。

“好了！”唐埃斯特万对他说，“我踩踏板踩得现在腿还抖呢。太阳光最后的这点威力让我平静了一些。可恶的费德里科，该死！”

“费德里科是钦博特社交俱乐部的门卫？他拳头很大，是不是？”

“不是的，哥们。是我那个讲西班牙语的弟弟。他竟然去打扰一个全身肿胀、快不行了的人。真是个多事精，坟地里的烂玩意。”

蒙卡达从房间里拖出一把柳木和芦苇编成的椅子，在泥塘边坐下。很长一段时间过去了。唐埃斯特万慢悠悠地踩着踏板，他正在修一个钢铁厂工人送来的靴子。赫苏萨带着两个孩子来了。“我去吃了那个头骨。”蒙卡达大声道，说完就走了。赫苏萨悄悄跟在他身后，从他房门的缝隙中偷望进去，发现那个头骨还在搁板上。蒙卡达换上了一条白色的短裙，戴上黑色的头纱，手里拿了一束人造花，就这样睡下了。

***

疯汉与唐埃斯特万、赫苏萨夫妇的友谊始于一个类似的场景。当时蒙卡达把自己装扮成一个孕妇，在房门口自我展示了一番后就上床睡下，接连三天都没有起身。芦苇塘的邻居要么觉得好笑，要么毫不在意，只有唐埃斯特万在第三天敲开了他的门。蒙卡达让他进来。唐娜赫苏萨给他端来了一些肉汤。疯汉头上绑着一块白布，床边放着一壶清水（芦苇塘的居民们晚上一般在外面的排水渠或家后面的泥塘解手）。

“哥们……吃点吧。你都三天没吃饭了。”唐埃斯特万恳求道。蒙卡达喝下了肉汤。

“我要生下一个没人认的孩子了，”他说，“一只没有眼睛的小猫；它呜咽，我就安慰它，但它还是不停地哭；黎明没有带来真正的光。”

说完他站起身，出去布道了。

那个时候唐埃斯特万还住在茅屋里，屋里还是泥地，已经有了第一个儿子。疯汉在排水渠的小桥边或是通往泥塘的土坡上遇到他时，总会对他投来友善的目光，向他挥手告别。唐娜赫苏萨很同情他："这可怜的家伙发了疯，都是因为我们所犯下的罪。他到处布道，是个圣徒一样的熏教者。"唐埃斯特万回答道："不对。他有的只是愤怒，是疯，是火。他值得尊敬。没人比我更了解他。"

自从他一副孕妇装扮，接受了那碗肉汤后，疯汉蒙卡达和唐埃斯特万就成了亲密的朋友。芦苇塘一带的邻居们对这段友谊的反应不一，有的觉得挺有趣，有的则是疑虑重重。

蒙卡达那时还在做渔船的装卸工。清晨，他把捕来的鱼从近海的渔船运到拥挤的近岸码头。做工时没人笑话他。他有时候来，有时候不来，但总有人给他活做。他把体型庞大、表皮发光的海鲈鱼一条条运走，或者把石首鱼、鲱鱼、鲳鱼，甚至银鲈一筐筐地运走。他手脚麻利，活干得好。运鱼时海水有时都漫到了他的胸口。

当埃斯特万不得不放弃蹬三轮车的行当时，蒙卡达的拜访频率就更频繁了，他经常给朋友送些石首鱼和银汉鱼，还曾三次陪同他去特鲁希略的批发市场进土豆。

***

豚鼠和公鸡在铁路市场被火车轧死那次，也就是疯汉做完那场布道的第二天，唐埃斯特万的体力第一次出现了问题，但他的精气神和怒气一分不少。他赶着去搭乘通往特鲁希略的卡车时，发现两腿发软，只得靠在街角站着。

“我不会回家的，我发誓，哪怕死在这儿也不回去，可恶！”

他抬头看了看天空，太阳尚未升起，天边却已散发出光芒，万物的颜色都随之改变。

“腿，该死的，你要听话。只要我还没躺在坟里，就是我说了算。已经咳出了两盎司了。是我说了算！”

他终于到了车站，赶上了那位相熟的卡车司机。司机扶他上了车。在卡车上打了一会儿瞌睡后，他恢复了体力。他常进货的那个特鲁希略的批发商让人把一袋袋土豆和洋葱直接装上同一辆卡车。“只要我还没躺在坟墓里，就是我说了算。”

当他回到布宜诺斯艾利斯大街的仓库时，别人来传话：来自利里奥班巴那位唐娜胡莉安娜帮着他妻子“奇迹般”地在玻利瓦尔上区的市场里获得了一个黄金位置的摊位。那是一个很荒凉的市场，砌着红色的水泥地，远离所有私人汽车的线路，顾客也寥寥无几。市场位于铁路区后面，靠近贫民区和沙丘，但属于“官方认定”的城区范围。玻利瓦尔上区是经过精心规划的，由市中心那些宽阔的沥青大道延伸出来的部分组成。那地方尘土飞扬（但不是沙地），既不是一个街区，也不是贫民区，而是市中心的一个寒酸的延伸区。沥青、混凝土建筑和霓虹灯逐渐把这里变得“利马化”，疯狂地模仿着美国佬的模式。这座开在广场上的市场的确是城市化的，每个摊位都有一个柜台和混凝土货架。赫苏萨拿到的那个摊位柜台后有一把木制长椅，可能是前摊主留下的，也许是忘记拿走了。唐埃斯特万可以躺在长椅上伸展四肢，放松地休息，赫苏萨则负责整理摊位。

这下他们再也不需要每天把土豆和洋葱存放在一个遥远的仓库里，更棒的是再也不需要一大早就过去取货了。他们还可以把销售范围扩大到蔬菜、谷物，甚至水果。而且这个摊位要关店的话可以随时用木板封起来。市场雇了一个看门人，每月从各个摊主那里收取小费，市政也会付他一点工资。

唐埃斯特万在布宜诺斯艾利斯大街的仓库里得到妻子的好消息后，乘着同一辆卡车就去了市场。玻利瓦尔市场门口有几个推独轮车的搬运工，其中一个帮着唐埃斯特万把六袋货搬进了摊位。他的摊位在一排柜台的最末端，几乎是直接背对着入口处。

“我来了，该死……我来了。”他说。

他发现了墙边那把窄窄的长椅，便躺了下来，让自己瘦小却又沉重至极的身体歇一歇。唐娜赫苏萨让他一个人待着，她正忙得不可开交，汗流浃背地干活，但高兴得不得了。她已经把摊位打扫干净了，把最好的洋葱和土豆摆在柜台上，其余的放在摊位下层的架子上。她还在柜台一侧显眼的位置把麻袋摆成两排。就这样依然还有剩余的空间，她决定把麻袋拆开。

“土豆不错，洋冲也很好，埃斯特万，”她说，“现在还有很大地方，可以摆点蔬菜啦，水果啦，玉米什么的，还有大米，什么都行，都摆得下。这会儿娃娃们一定在家哭个不停了。”

“我哥们这会儿肯定已经回芦苇塘了，他会陪娃娃们的，会给他们吃点面包，吃点糖果。他多心善哪！天堂荣光也比不过他。”

“那是真的，埃斯特万！确实是这样！”

到了中午，摊位就开始营业了。赫苏萨没卖出什么东西——广场上很安静，没什么人，看起来不像个市场。这时候有几个邻居来到唐娜赫苏萨的摊位上，她们讨论说这个市场的前景有多好，因为铁路市场和何塞·加尔维兹大道上的上千个小贩很快就要被赶出去，一部分要搬来玻利瓦尔市场这里。这里另一侧还有几十个半建成的摊位，带遮阳棚的那种；其余的人（也是绝大部分人）会被遣到观花区的各个公交车站，以及通往南方和海边的公路沿线那些大的贫民区。“你运气真好，”一个妇女对唐娜赫苏萨说，“玻利瓦尔市场会像‘四月二十一日区’市场一样，甚至更火爆。铁路旁边那些草席搭的棚屋要被烧掉，好把铁轨腾出来让火车能顺利通行。那些可怜的小贩都要来这里，市震府会让私人汽车改线路，加上玻利瓦尔市场这一站。你给了前任摊主多少钱才盘下来这个摊位的？给市震府塞了多少钱？”

“埃斯特万，”赫苏萨说，“我把你的缝鞋机当掉了，当了一千五百索尔。唐娜胡莉安娜给了我两个月时间。她还没有去搬，机器还在那。如果我两个月内还不出钱，她就搬走。”

唐埃斯特万没听懂。对他而言，这番对话听起来就像某种含糊的嘟哝声，像成千上万只海鸥发出的叫声。它们会那样尖叫着飞过，有时甚至遮住了整片芦苇塘的天空，在泥沼中露出的一小片水面上缓缓落下。埃斯特万也曾在高山上清冷的湖岸旁听到过几千只鸟的振翅声与尖锐的叫声，令他欣喜若狂；寒冷水域的海鸥轻盈而美丽，但很少见，不足以形成芦苇塘那样遮天蔽日的景象。那长着托托拉芦苇的泥沼地的边界在何处，没人见过，没人知道。

唐埃斯特万使用缝鞋机的次数越来越少。他整个上午都躺在市场摊位那把长椅上。他四处躲着唐娜胡莉安娜，要花好一会儿才能走到市场门口。他有时也到外面去，走到离山最近的那个街角。那里有几个印第安人撑起了帐篷售卖新鲜的嫩玉米、乌卢库薯，都是刚从地里收上来的，泥土还粘在皮上；还有块茎金莲花、羽扇豆、酢浆薯……他们很快就卖完了，然后取下篷布，在地上睡一觉，走掉。消失几天后，那些帐篷会卷土重来。那里还有一群驴子——整个钦博特就属这里驴最多——甩着尾巴驱赶苍蝇。这些驴从某种程度上保护了那些正在给城市警察塞好处费的小贩。小贩们的帐篷就撑在那群驴旁边。

在接手市场摊位四五个星期后的一天中午，唐埃斯特万在长椅上感到一股寒意。最近东西卖得好了些，赎回缝鞋机的事有了保障，而唐埃斯特万对这笔交易一无所知。他觉得很冷，就向市场门外走去。刚走到栅栏前，他就听到了克里斯平的吉他声。他已经很久没见过这个盲人了。克里斯平在街角处，安坐在一段砍下来的龙舌兰茎上（那种根茎的质地柔软轻便），背对着墙。围在他身边的听众大多是附近卖乌卢库薯和羽扇豆的小贩，他们那时候已经收了摊。有一个比唐埃斯特万更矮小的短腿男人，戴着一顶小帽，正以一种奇怪的方式听着克里斯平演奏，仿佛是他在向奏乐者传递着音乐的旋律——反正唐埃斯特万是这么觉得的。这个矮个子男人蓄着小胡子，他一张嘴，每一根胡须都会慢慢翘起来，在脸的两端拉长。他赤着脚，穿着很干净的紧身工装裤和一件红天竺葵色的衬衫。二人不止一次地瞥了瞥对方。克里斯平那对黑色的眼镜片上积了厚厚的灰尘。“你在哪个池子里玩，灰白花的小鸭子，你在哪个池子里玩；如果河水干涸了，灰白花的小鸭子，我会用晶莹的泪珠再做一条更深的河；灰白花的小鸭子，你就能继续玩下去了。”唐埃斯特万和那个大嘴的小个子男人忽然意识到，当克里斯平用克丘亚语唱起歌来的时候，他们二人都嘴唇嚅动，重复着歌词。“他不是乞丐。”小胡子男人对唐埃斯特万说。

“我身上和膝盖骨里那股寒气终于过去了。”唐埃斯特万答道。

“有时候悲伤像火，就像克里斯平那首吉他曲里面唱的一样。你永远都不会感到悲伤，是吗？”

“没错！你永远都死不了，是吗？我说你这个大嘴巴，为什么要和我说话？”唐埃斯特万突然回答道。

小个子男人点了点头表示赞同，然后就离开了人群。唐埃斯特万一直在原地盯着他，看到他很快就走到了这条笔直街道的尽头，开始向沙丘上爬去，他的速度越来越快，活像条猎狗。克里斯平弹的那首哀伤的乌艾宜诺曲到了高潮部分，节奏变得极其热烈，那些已经喝了不少奇恰酒的摆摊小贩鼓起了掌。此时那个大嘴的男人已经爬上了沙丘顶部。这个沙丘位于高有望区一侧，非常陡峭，且都是流沙，从来没有人从正面爬上去过。只见那人呈蛇形在沙地上前进，爬到那遥远的山顶后他跳起了舞。他在白茫茫的沙地上旋转，那红色衬衫看起来非常显眼。唐埃斯特万拽了拽旁边一个正在鼓掌的印第安人的胳膊：“看，老乡，看！”他指了指沙丘的顶部。“他在上面，他是一束天竺葵。你自己看吧，老兄，你自己看，别烦我！”那人说完，紧接着就靠到身边同伴的身上，也不再鼓掌了。

唐埃斯特万向市场走去，思绪不断，甚至把那个盲乐师都忘在脑后。这时候他已经步履蹒跚了。他在市场门口遇到了蒙卡达。

“今天踩了一下午缝鞋机，哥们，”唐埃斯特万说，“修了钢铁厂工人的三只靴子。”

蒙卡达赶紧扶着他。那时市场上已经没有多少人了。他们走到赫苏萨的摊位前。她不在。

“我刚才看到一个穿红衣服的侏儒，哥们，”唐埃斯特万说，“他先是在广场那边的街角听克里斯平弹乌艾宜诺曲，然后又爬到十字骨沙丘顶上跳了曲子最高潮的部分。你怎么看呢？他怎么一瞬间就跨过三四公里的路，还包括一段沙路，难走得很。他爬上了一座不可能爬上去的沙丘，就那样绕着蛇形爬上去的。”

“他就是像您和我一样的普通人呗，”蒙卡达回答道，“还差几盎司，兄弟？”

“只差一盎司就成了。就差一盎司。我称过了，已经有三盎司了。”

唐埃斯特万靠在柜台上，用一只手搂着黑人的肩膀支撑着自己。蒙卡达建议他进摊位里去休息。唐埃斯特万躺在了长椅上，感觉好多了。长椅上现在铺了一些用碎布和兽皮拼接缝制的垫子，用图钉在木板的底部固定住。蒙卡达也走进摊位，背靠着柜台。

“一盎司，”他说，“你和那个穿红衣服的侏儒说话了吗？”

“只说了一两句。”

“你应该问问他关于那一盎司的事。能从正面爬上十字骨沙丘顶的人不是普通人。”

“确实是！哥们。他长了一张大嘴，浓密的小胡子，像狗胡子一样。也许他真的知道……”

“但也许他不知道，兄弟。你看到他眼睛了吗？”

“看了，好哥们，我正要给您讲，”他抬起头，“他的眼睛不像普通基督徒的眼睛，像金属，像玻璃，感觉不管怎么看东西都一点磨损都没有。”

“啊！”

二人听到外面传来了一阵脚步声。唐娜胡莉安娜和赫苏萨一起回来了。市场里几乎所有摊位都关门了。唐娜胡莉安娜看到唐埃斯特万直挺挺地躺在那，头靠在那块充当墙壁的木板上。

“去和教士谈谈吧，埃斯特万，”唐娜胡莉安娜说，“埃斯特万，我的孩子，那个在我家小饭馆里咳煤的大块头，他是个巫师——反正大伙都是这么说的——他只在科卡隆矿上干了一年，而你，你干了三年。你歪走了我的赫苏萨，孩子。把你干的那些龌龊事都给教士讲一讲吧，埃斯特万，然后你就会重获新生。你现在已经半截入土了，和我们以前在利里奥班巴埋的那些死人一个样。孩子，和教士谈谈吧，好吗……”

“龌龊事……太太，那应该是赫苏萨去和教士谈。我很愤怒，太太，但我的心灵没有任何污浊。如果上帝日里夜里都听不到我的呼唤，难道教士就能听到？”

“你们是一样的，孩子，有罪之人就得通过教士作为中间人来忏悔。死亡是惩罚……”

听到这里，蒙卡达已经开始不耐烦了。他转身不想再参与这场对话。

“死神要来了，太太？”埃斯特万说，“这是假话，该死！我的肺里有煤粉，所以快死了，但我要把这最后一盎司的煤塞给死神，妈的，保准打他个鼻青脸肿……”

不远处有两个女人在偷听他们争吵，但她们所在的位置看不到埃斯特万。玻利瓦尔市场已经安静下来。克里斯平的歌声透过摊位的顶棚、红色的地面传到了他们的耳中。那声音不像是从远处而来，反而像是这些建筑材料自身发出的，仿佛在旷野之中回顾往昔的岁月。

“晚上他能在地上做，我是说埃斯特万，”唐娜赫苏萨响亮地说，“在地上到处打滚啊他。他那时候有力气的。让他去向教士忏悔吧！他哪儿来那么大力气呢他，变换各种姿势，还要咬我的胸？但是事后他就浑身冷冰冰的。让他去向教士忏悔吧，他就能得救……”

“他不愿意，”蒙卡达面向着不远处那两个女人说道，“我的朋友跟那些蹩脚的唱诗班歌手无话可说，也不想对美国佬或者西班牙神父忏悔。我想现在应该已经没有秘鲁神父了，除了那个利里奥班巴的骗子……让他再讲讲利里奥班巴吧，夫人。那个波兰矿主……亲爱的赫苏萨，拜托你看在耶稣受难的分上！告诉我，到了晚上，他的睫毛会不会发光？”

“点了油灯的话，就发光。”

“那是死亡和生命的百合花，没人能熄灭那光。山区巫师是骗傻子的。今天我的朋友看到一只红猴子在十字骨沙丘顶上跳舞。我去和教士谈谈。我，疯汉蒙卡达亲自去，你们觉得可好？”

“好啊，蒙卡达兄弟。下午我带您去。您去了，疯病就治好了。您到时候就在我旁边唱赞美诗，您也要让那个叛逆的埃斯特万去……”

“好好好，然后我们一起唱那些混账歌曲，”黑人打断了唐娜胡莉安娜的话，“好让人类摆脱生活的无趣。好了兄弟，唐埃斯特万·德拉克鲁兹！为救赎欢呼吧！没有蒙卡达的世界，再没有你的好哥们啦。胡椒也不能有！只有他妈的彻彻底底的‘温顺’！”

就连唐娜胡莉安娜也笑了出来，然后她又咬住了嘴唇。蒙卡达和他的朋友离开摊位，缓缓地走在红色的水泥地上。这个黑人在此之前从未说过一句脏话。

那天下午，唐埃斯特万在缝鞋机上踩踏板的速度很慢。他感觉自己的眼睛看不清楚了，但他还是非常自豪地欣赏了一番那根摇臂，像一台横放的起重机，有力地穿针引线。但他看不清细节，只能感知到朦胧的形态。最终他不再踩踏板，而是用双手摸索着摇臂，感受它的边缘和棱角，又抚摸了那台钢制缝鞋机其他扁平和圆滑的部分。这时候知了鸣叫起来，仿佛在试探着什么似的。他双手放在机身上，等待着随时有可能响起的蛙声——在他看来，那是值得尊敬的声音。“我的腿会肿起来吗？”他心里这样想，同时愤怒地感受到腿部有一种冰冷的麻木感。他重重地靠在机器上，对它说：“你真厉害啊，比我厉害，也比那个把你造出来的人要厉害。我只有使用你的份儿。”

他又操作起来，让针上下翻飞，他的情绪也越来越高涨，因为这时候有几只青蛙开始放声歌唱，一只接一只，在不同的地方，从不同的方向。

作者的日记（三）

智利，圣地亚哥

1969年3月18日

我又要折磨这本“小说”的读者、惹大家厌烦了——我再次中断小说，插入一篇日记。这是因为我又一次落入深井，做任何事都提不起劲。第二章中的人物和他们的命运实在太像是困在一个圆形的蚁穴里，我自认为在第三章里成功打开了局面。在第四章里我悄悄地让我的朋友埃斯特万·德拉克鲁兹和疯汉蒙卡达登场，当我只差几页就能完成这一章时，我决定叫妻子来阿雷基帕一起庆祝我逃出深井，并摆脱了那些扼杀我思想的焦油。那次旅行我特别高兴，有种胜利者的感觉。阿雷基帕很不一样，它是那种像安赫尔·拉玛[1]那样头脑冷静、极有分寸的人也会四处漫步的城市；他一定会在街头闲庭信步，看看城里的殖民地建筑所使用的白色火山岩（像不透明的雪块），再欣赏一番这座城市所处的苍翠欲滴的山谷。安赫尔一定能如数家珍地道出二者之间的鲜明反差，

① 安赫尔·拉玛（Ángel Rama，1926—1983），乌拉圭作家、学者、文学评论家。

他深知这种反差意味着什么——在山区干旱的沙漠之中，这绿宝石一般的山谷就像一条悲伤的河流，象征着丰饶与光辉。他一定能看得透这一点。如果他来到阿雷基帕，他那双大眼睛一定会更多几分希望、坚韧和喜悦的智慧——他的品质真是无可比拟的，哪怕在世界上最贪婪的市场也别想找得到。至于你，罗伯托（F.R.），你既是一点即燃的火石，又充满柔情，如果你来到阿雷基帕，一定会对我们安第斯人更加信任、更有好感。那里是梅尔加①和马里奥②的出生地。

最近，在美国最伟大的杂志《生活》中，胡利奥·科塔萨尔简直是如日中天，就像骑在一匹巨大的粉红色半人马身上，向我投来一些铮亮的飞镖。唐胡里奥想把我踩在脚下，弄得我一文不值。他如此恼火，是因为我在本书的第一篇日记里写道（我现在再重复一遍），我是这个世界上的一个外省人，我从书本上学到的东西远不如我自己感受过、亲眼看到过的多，比如我知道一个夸夸其谈的政客和一名克丘亚司法官的区别；一名出海的渔民和一个来自的的喀喀湖的渔民的区别；双簧管、托托拉芦苇花穗、白虱叮咬和甘蔗花穗的区别；像帕里亚卡卡③那样从五颗鹰蛋中诞生的人，和那些从一颗再普

① 即马里亚诺·梅尔加，本书第三章曾提及他对于雅拉维音乐的贡献。

② 即马里奥·巴尔加斯·略萨。

③ 根据16世纪弗朗西斯科·德阿维拉收集的克丘亚语神话，帕里亚卡卡是华蒂亚库里和图塔伊奇勒等神的父亲。他与瓦亚约·卡乌尹丘作战并将其击败并逐至万卡韦利卡地区。——原注

通不过的虱卵里孵化出的人的区别（那些人的生命出现得真是唐突）。事实上，这些知识的确有它自己的深度和流通的圈子，和占主导地位的学术知识一样[①]。我那篇短文试图把唐胡里奥从他的烈马上拽下来——哪怕只是几秒钟的时间。然而那篇文章发表完没多久，我就再次感到自己没有了灵感的火花，甚至连一支可助我继续写作的微茫的烛火都找不到。这可能是因为我已经进入了我想讲述的那些人的故事里最错综复杂的部分，而我自身的一团乱麻还没有找到释放的路径，反而是四处窜逃，我的意识变得更加模糊和茫然，因为……算了。

我四月时去阿雷基帕旅行，经过了莫克瓜。这是一座我不怎么熟悉的殖民地城市。我在那里和一位瘫痪的先生交谈，他当时正在家里的庭院中休憩，看上去非常闲适。他家是一座非常典型的莫克瓜住宅，屋顶外层刷了一层灰浆，是两坡顶结构，但屋檐是平的，而不是斜坡。那样的平顶和灰浆给房屋平添了几分奇异的魅力。庭院里种了一棵胡椒树，那位瘫痪的先生说他已经护了它多年，家里的晚辈都觉得这棵树很不体面。先生让家人带我去参观客厅，我在那里逗留了几

① 在 1969 年 1 月《生活》杂志的采访中，科塔萨尔尖锐地指出，他同意阿格达斯“我们都是外省人”的观点，但外省人之间也有高下之分：“有像莱萨马·利马这样的外省人（他比珀涅罗珀还了解奥德修斯），也有只会遵从民俗的外省人。”故而阿格达斯在自己的日记中讽刺他。

分钟，原来除了平顶以外，客厅也呈奇特的几何形状，角度饱满，看上去令人十分愉悦。先生平静地告诉我："我死后他们就会砍掉胡椒树，会把这房子推倒，重建一栋低矮、炎热的现代混凝土房子……"

莫克瓜风格的房屋非常凉爽，因为天花板很高、空间宽敞，也因为特殊的建筑材料，为居住在那个酷热的狭窄山谷的居民提供了庇护和阴凉。这个沿海的暖谷被沙漠包围，炎阳炙人，然而人们还是带着那种野心、渴望与动力，一头冲进了现代化里……

今天，我发觉那种窒息感再度逼近，企图打破我给《狐狸》后面几章已经构思好的紧凑（尽管还不够和谐）的"宇宙"。我完全不明白为什么我会在这时想起莫克瓜，想起那些老式房屋所涂的金色灰浆，还有那家三层的旅馆（全市最好的一家）；它的外墙是光滑的混凝土，房间的门就像墓穴，像牢房，我整个身体都在抗拒，不得不逃到下面的街上去。我记得那位瘫痪的先生在那座莫克瓜风格的房屋里，平和自在地坐在轮椅上，面向着胡椒树——这棵树是他的知己，却因为"本土性"被众人鄙夷。

我在阿雷基帕待了十二天。这期间我写了十五页，也就是第三章的最后几页。我第一次感到和妻子生活在一种融洽的状态下。这也是第一次我不再恐惧这个我深爱的女人，而是感到幸福（只有个别瞬间才会惊恐）。雷瑟-库里奥尼大楼的庭院里有一棵一百二十米高的松树，它傲视着这座拥挤的城市，抵御着丑陋的混凝土建筑的扩张（但它不会与那些有美感的建筑为敌）。这棵松树成了我最好的朋友——我这话不是说说而已。这棵树是阿雷基帕唯一的巨人，距离它那强劲漆黑的树干两米的地方，可以听到一种声音——那是孤独的生命脚下流淌出的特有的声音。这棵树被修剪的位置高达八十米，远离地面，高处的枝条短小，相互交错，看上去仿佛它正通过全身的切口，感受着世界的空气。从近处很难判断它的高度，只能感受到它的威严，听到那根部的声音（显然只有我一人察觉到了）。我恭敬地与它交谈。我十分亲近它，但同时它又属于与我不同的另一个阶层，有点像我们山区人口中的“外国人”（我们对这些人的态度是十分恭敬的）。这样一棵树！我总能听到那声音，那是我在任何事物或任何地方都不曾听过的最深沉、意义最深刻的声音。就像我家乡那种叫“瓦伊可阿法”的桉树，它通晓这天地之间的万物，它了解星辰、植物的根、江河湖海、昆虫、鸟和蠕虫；这些知识直接通过树干发出的声音来传递，但只有靠得很近才接收得到；它传递的是以智慧、慰藉和永生为主题所谱写的乐曲。如果你距离这些庞大、孤独的生命体的距离稍远，那你也可以从它们的形象中看到所有那些真理。它缓缓摇摆，但绝不是被厚重的真理压弯了腰，要知道它早已将智慧与美丽融为一体。我从未见过可与这棵松树相比的树，更别说是在这样一座意义非凡的城市里。在秘鲁的安第斯山区，树是孤独的存在。而在这间被改造成商业用途的贵族宅院中，这棵漆黑的松树（是我见过的最高的树）用它的善意与柔情欢迎着我。它把它的树荫投撒在我身上，用它的音乐将我包围——即使是巴赫、维尔瓦第或瓦格纳也无法作出如此强烈又无形的曲子，充满智慧与爱，具有梦幻般的穿透力，奏出了我们的本质属性。一碰到它的树影，你就会被强烈的快乐感彻底刺穿。

我和那巨人交谈过。我保证它听到了，并将我的话语留存在它的枝条残端与纤维之中——半透明的树脂从割口中涌出，却没有四处流动。我向它问好，向它倾诉我有多幸福，又有多担忧，以及在那里遇到它是多么惊喜……所有那些恭敬且私密的话语都将被它好好保管。但我没有请求它把自己的力量传递给我，就是那种我在近观树干时感受到的力量，我没有求它赐我。因为那时的我充满活力，而现在却完全被打倒了，无法完成这本小说中最复杂的部分。也许这就是现在我想起它的原因。我又开始写日记了，希望可以从这口深井逃离出来，这次坠落发生得太突然，毫无来由，我的旧疾苏醒了，近乎吞噬了我。我原本盼望这些病痛在我爱的女人的面前如烟花一般全部爆裂消散。然而，她是在我心中雷电交加、悲愁痛苦之际到来的。

5月20日

我从阿雷基帕回来后，精神抖擞，头脑清醒，我想我一定能在重返大学工作前的三个月时间里完成这本书的写作。我花了两天时间续写完第四章，然后就陷入一种沮丧颓废的状态，和我在过去二十年中的每一次发作一模一样。而每一次，我都需要承受比上一次更大的痛苦才能走出来。奈尔逊·奥索里奥①邀请我去他在瓦尔帕莱索②的家，我在那里结识了他的三个小女儿（分别是十岁、九岁和七岁）和戈格（它是一条直觉很准确的小狗，能感知到折磨人类的疾病）。在友情的助力下，我终于恢复了心情。奈尔逊和他的妻子妮娜的家是我所见过的最无拘无束的地方。我在智利遇到过这样的一群人：他们受过高等教育，通晓多种语言，学识渊博，具有丰富的大学任教或行政管理经验——但这种优越的等级并没有引诱他们，或者说导致他们落入歌剧模板似的形式主义，他们也没有因此变得武断专横，或大摆起传统主义的姿态（无论是与生俱来的还是刻意学来的）。在奈尔逊家和佩德罗·拉斯特拉家，一切都遵从着内在的秩序，我感受到一种在城市里从未有过的自由，一切都由我支配，特别是我们呼吸的空气。如果说那空气是自由的，是属于每个人的，那一定是个谎言。

① 目前流亡于委内瑞拉的智利教授，他是秘鲁出版的《拉丁美洲文学批评》杂志的负责人。——原注

② 瓦尔帕莱索（Valparaíso），智利最大的海港，位于太平洋沿岸。

在别人围起来的地里，在别人的家里，哪怕那个人是自己的朋友，都是属于别人的，你不能像在田野里那样畅快、无所顾忌地呼吸；田野也有主人，但在那里你起码是独自一人，空气也是专属于你的，就像苍穹，虽遥不可及，但并不意味着它无法成为你肉体与心灵的一部分。

奈尔逊今年三十一岁，去年之前他每月挣一百美元，现在他的收入是原来的两倍。他的妻子是一名中学音乐教师，我不知道她的收入是多少。但在我的想象中，未来的人就应该像他那样。奈尔逊与小狗戈格，以及阿雷基帕那个殖民地风格的庭院里的巨大松树有什么不同呢？难道我……真的是个动物艺术家，一个无可救药的村里人？我会认为事物之间的共性要远大于差异。科塔萨尔等人说我们写的都是“微生物”一样的小玩意，这话也不无道理。但这并不是一件坏事，事实就是如此。这就是为什么世界很大，并且其形式和内容不断增长和复制的原因。另外，奈尔逊是个共产党人，该党派的其他老人们似乎都非常害怕和尊敬他，他可以和胡利奥·科塔萨尔、阿尔贝托·埃斯科瓦尔[①]、马里奥·巴尔加斯·略萨这样的人进行无休止的交谈。我则变成一个听众，听得如饥似渴，心中既惊恐又幸福。我对某些事物的了解只比我亲爱的小狗朋友戈格多一点，但是当然了，正因为这样，

① 阿尔贝托·埃斯科瓦尔（Alberto Escobar，1929—2000），秘鲁诗人、文学评论家、语言学家、语言学家和教师。

我更容易感到不安（小狗的不安感大概只会有一点点）。在奈尔逊家，我的床就摆在小书房里。我所说的“小书房”指的是面积大小，而不是书的数量——他的书从地板堆到了天花板。我在那里恢复了活力，完成了第四章的写作。然而，在瓦尔帕莱索大学的一次学术会议和会后一直持续到凌晨的聚会上，我那忽然燃起的小火焰又熄灭了。为什么，为什么？一位非常胖，甚至可以说很丑的戴眼镜的女老师（是那种如果在秘鲁，会被留在角落里独自苦闷的类型）在聚会上唱歌跳舞，她先是让所有人都陷入了思考，不对，是陷入了沉默。这种沉默正是身体需要的，让人打开所有毛孔，被灯光和回忆填满。然后，这位胖女士邀请大家一起跳舞，她自己更是热情满满、自由自在地舞动着，就像秘鲁那些印第安村庄的庆典舞蹈一样。这位戴眼镜的胖老师长着一张圆圆的脸，我很喜欢看她跳舞，她就像我经常提到的安第斯山里那些大胆的小花朵，被汹涌的河水冲得来回晃动（只要见过那些小花的人就不会忘记）。这位老师……但我想我讲的内容已经变得很单调了……是的，从基尔普埃（瓦尔帕莱索的一个城镇）回来后，我就只写了那几句回应胡利奥·科塔萨尔的话。真奇怪啊！我无意间对唐胡利奥和其他一些作家产生的关注，反而为创作这本书带来了很大的推动力。而且我怀疑，或者说我担心，为了继续发展《狐狸》中的故事线索，我应该多向科塔萨尔这类人学习，但这不是说我要去学习他们所掌握的“技巧”，我指的是去体会他们的生活方式。马里奥·巴尔加斯·略萨来过我家一次。从一开始我就明白我们走的是不同的路。人和人怎么可能一样呢？（尽管有一些例外，比如这个人就是上帝。）我们一个在童年时把头上抓出的虱子摆成波浪形或直线，然后用指甲把它们压扁，把那种被碾碎的声音作为娱乐；另一个是在罗马或阿雷基帕那样拥挤、庞大、楼群林立的城市里，在富裕的环境里长大——这样的两个人怎么可能一样呢？一个是用他根本不喜欢的西班牙语接受正规教育（这语言几乎激怒了他），那时他已经十四岁，是许多孩子已经完成，或者是即将完成小学学业的年龄——他怎么可能和别人一样呢？他怎么可能轻轻松松地读懂乔伊斯的《尤利西斯》，并追随莱萨马·利马那样一个深奥且纯粹的城市人？于是，二十一岁时，他虽心有惶恐，但还是叛逆地放弃阅读《马尔多罗之歌》①。他甘之如饴地读了《地狱一季》②、《草叶集》③、《特里尔塞》④、莎士比亚和索福克勒斯的悲剧，并将之视为琼浆玉液。“一个印第安-西班牙人有这样的反应难道不是最正常且可敬的吗？”——这就是马里奥的看法。他没有贬低这样的阅读体验，而是热情地赞赏。同时我也理解科塔萨

---

① 《马尔多罗之歌》，法国诗人洛特雷阿蒙的长篇散文诗。
② 《地狱一季》，法国诗人阿蒂尔·兰波的长诗。
③ 《草叶集》，美国诗人惠特曼的浪漫主义诗集。
④ 《特里尔塞》，秘鲁诗人塞萨尔·巴列霍的诗集。

尔，他被城市街道上的恶臭渗透得太深，也许已经放弃抵抗，因此看到有人竟如此阅读，他不禁大为光火，只能轻蔑地挥挥手。

我无法继续写小说的第五章，因为我对生活的热情已经消退。也许，我需要更接近城市的世界，从某种程度上说，这就意味着我需要更博学。然而博学和技巧也有可能毫无帮助，甚至会在解决某些难题时带来误导，尤其是对于那些试图寻找乡村事物而不是城市或新建城市的秩序、寻找红隼而不是喷气式飞机的人来说。我希望是这样的。而且我希望，既然此刻我可以写下这些文字，那么很快我也可以开始动笔写第五章。这些“狐狸”已经跑到了我的视野之外，它们要么跑得太快，要么跑得太远。或许我的目标离我太远了，又或许我会突然追上那些“狐狸”，再也不放它们走了。我的颈椎又开始剧痛，这次似乎是眼前的问题引发的，而不是那些更遥远、更危险的原因。我的时间越来越紧了：如果两周后我还没有办法解决那些悬而未决的难题，我就回秘鲁去；我会先经过钦博特，我害怕极了，所以不作停留，直接离开；我会向安第斯山区进发，到卡拉斯[①]去。到了那里，这一切就应该结束了。卡拉斯是一座和谐的印欧混血城市，在那里等待我的是一张写字台、一间漂亮的卧室、一片菜园、一座铺着鹅

① 卡拉斯（Caraz），位于秘鲁北部安卡什大区的城镇，海拔高度 2256 米。

卵石的庭院，还有那伟大的圣塔河（就是前文提过的钦博特的科伊什科山背后的那条河，临近海边。河的模样会出现在一块裹尸布上，在圣佩德罗贫民区中心的十字架上飘动，沾满尘土；那十字架耸立在一座前西班牙时代的遗迹之上，曾经十分宏伟，现已破败不堪）。菜园和卧室都在一个朋友的家里，他是一位真正的绅士。根据卡拉斯当地人的说法，他爱过许多印第安和印欧混血女人，因此一直是单身。

5 月 28 日

第二次基尔普埃旅行返程的火车上，我确信自己已经找到了方法，就是那所谓的写作“技巧”。我指的不是接下来第五章的写作，而是这本尚未明朗的书的第二部分。我已经写好了第二部分的前三个“沸点”[①]：乔卡托与“黄油”、唐伊拉里奥与“二皮脸”、麦克斯韦的决定。

① 阿格达斯将小说的每个章节、故事线视为一个“沸点”，他认为一部小说的创作就是一个沸腾的过程。

第二部分

乔卡托赤着脚，身着一件短袖，手臂裸露在外，胸前没有一根毛，乳头周围的肌肉明显松弛，肥胖和老态一览无遗。他正躺在一个罩着尼龙布的沙发上打瞌睡。电视机还开着，屏幕的画面影影绰绰，扬声器震耳欲聋。客厅里摆放着一套华而不实的家具，茶几上有一个花瓶，放在一块手工制作的蓝色餐垫上，垫子上的鸽子图案很显眼。和特拉佩西奥区所有房子一样，这间住宅的天花板很低，热得令人窒息。乔卡托的妻子——也是他已故兄长的妻妹——把那个房间布置成了客厅。原本的设计是客餐厅一体的，但这个现代化、整齐划一的住宅区的住户都或多或少地调整了家具，或是购置了新家具来改造这个房间。乔卡托家客厅的一个角落里放了一台气派的冰箱，带一个绿色的搪瓷把手。从客厅通向卧室、厨房和后院的门是开着的。黄油走进屋，叫醒了乔卡托。后者一时间没认出来者何人，但当他反应过来，这位船长的额头和两颊红得更厉害了。

“你想干吗?”乔卡托问道。他一点也没有改变姿势。

“乔科，你现在是黑名单上的头号人物。布拉斯奇要让你倒霉……有人告诉我的，兄弟，一个知情人士。”

“谁？”船长问。

“我该说吗？”

“我不是正在问你吗？你个狗娘养的。”

“神父，维兹卡多神父……也是唐安赫尔的朋友。”

乔卡托认真起来，把脚从沙发边缘放了下来。黄油继续说下去：

“你看，乔科，这是众所周知的，不是吗？你把钱给了索拉诺、萨瓦拉、马克塞……他们用这些钱印了传单，有反对工业的，更多的是反对特奥杜罗和阿普拉党的。他们倒霉了……当然了！哈罗也给了钱，和你给的一样多，但他没有到处挥霍，不像你似的做那些无耻醉鬼的奶娘。所以他没有倒霉。哦，对了！听说唐伊拉里奥也给了钱，但不是通过他自己的中间人，准确来说……”

“那个被逐出教会的贫民区烂人维兹卡多神父是怎么知道的？布拉斯奇打算怎么让我倒霉？他准备复活特奥杜罗，然后把你头上写着‘叛徒’二字的铜徽章摘下来给他戴？你这个白痴。”

“布拉斯奇能让还在走路的‘死人’复活，像埃利亚斯那样！”

“埃利亚斯，你知道……我真不明白我为什么要搭理你，你这狗屎。一定是因为我还没睡醒。你等等……埃利亚斯闯进了地狱，和耶稣基督本人一样。他和你们一样从布拉斯奇那里拿了钱，和你们一起去做糟心事，然后他在公开集会上坦白了一切？他揭发了很多人，还上交了钱。他豁出去了，就像那些和尚[①]一样……就是那个狠狠教训了美国佬的国家。他可真有种。事实就是这样！你们那帮人说他是小偷，有些个无知的笨蛋也跟着这么说，但我们这些真正的男人知道他算是真正闯进了地狱……你当时就是个狗头军师，话多又爱到处挑事的玩意儿，但他没让你得逞。”

黄油笑了。他在乔卡托对面一张舒适的椅子上坐下。

“好了，乔科。你有种。这很好。埃利亚斯豁出去了，好！你说他下地狱了，好！但是事后他拍着胸脯，把那四万索尔中的两万吐了出来，所以现在他成了一个圣洁的和尚，他还活着呢，到处摇尾巴。我不是来这里和你谈这个的。他们要整死你！布拉斯奇会把你那艘百吨级的渔船夺走……还有这所房子，这房子现在还没有完全属于你吧，对不对？”

“那你为啥要来提醒我？难道你觉得我是你的好朋友？也许我应该招待你喝一杯啤酒，感谢你给我通风报信？”

黄油又笑了起来。

“不然呢？乔科，你已经证明了你是个真正的男人，十五年来，你一直制止那些打手和混蛋，不仅靠钱，还靠的是坚

① 指的是为抵抗美国对越南干预而自焚的佛教僧侣。

定的决心。你这个家伙，你把你所有的钱都扔在了妓女身上，你把威士忌倒在妓女的肚子上，泼在酒馆和妓院的地板上，那可是上百万啊，天杀的！现在你一个子儿都没有了，不是吗？你说再多也没用，事实如此。你什么都不会给我，因为过去的事说明我是一坨狗屎，也因为你已经破产了。我之所以来告诉你布拉斯奇要让你倒霉，是因为我这辈子见识过的最好的妓女——阿根廷女人、外国女人——都是你撮合的，你甚至不记得给过我几沓钞票。这就是原因！还因为我不想看到你已经这把年纪，结了婚有了孩子，却变成了穷光蛋。这都是索拉诺、马克塞、萨瓦拉、门迪埃塔的错！他们是最恶心的狗屎，在秘鲁这个恶心的狗屎堆里，该死的！根据我作为一个叛徒铜徽章佩戴者的经验，我们所有人都像厨房热锅上的蚂蚁，到处乱窜。老板娘不在家吧？一坨狗屎不配提供建议，你是这个意思吗？我是一坨彻头彻尾的狗屎？”

“把那破玩意关掉，”乔卡托指着电视机说道，“‘老板娘’在照顾双胞胎……‘老板娘’？布拉斯奇那帮人管他们太太叫这个是吧？喂，黄油，我让你把那玩意关了，这样你就能听清楚我的话了：再也……再也不要到我家里来讲什么威士忌和妓女之类掏心窝子的话，还有其他那些……听明白了吗？”

乔卡托坐了下来。钢铁厂的粉红色烟雾继续朝着天空“撒尿”。他坐在那里，看到那道烟柱比鱼粉厂的烟升得更慢，但更加笔直。在下午充足的阳光下，粉红色烟雾给科伊什科山的大片岩石晕染上了色彩。乔卡托仔细地观察那烟柱，看它那浓重的色彩，以及它如何“向着天空和山顶撒尿”。

“我们在钦博特互相造就了对方，”他说，“布拉斯奇和我……我说话的时候别附和，别点头，也别吭声，听到了吗？布拉斯奇比我亲妈还清楚我脑子里想什么，不管他现在飞得多高，他对我的了解比苍蝇对粪便的了解还深……我说，戴铜徽章的，你去把我告诉你的这些转告给维兹卡多，或者新团体里的任何一个混蛋，还有那些正准备加入的人。你和特奥杜罗……对吗？鹰群吃掉了我们这些渔民的睾丸，把我们抓进渔网里封死，布拉斯奇就是鹰群之首；这事你们这些戴铜徽章的，还有那些有种不把自己卖给魔鬼或妓女的真汉子应该都很清楚。黄油，你应该比别人都了解……我以前是布拉斯奇的保镖，我出钱，让他们印点东西出来整整他，但如果有哪个胆大不要命的真的敢对布拉斯奇做点什么……他就倒霉了，他得先碰一碰我，我这副体格一旦被惹毛，那可比炸药还可怕！我说得对不对？我说话的时候你别附和，你这个蠢鸡，别点头，也别吭声！你想听就听下去，听我讲完，不管你是为了你的良心，还是为了之后给团体报信；不想听的话你就马上滚蛋，反正不要再假装附和了。我的头脑，也就是他们所谓的‘思想’是一回事，而我的种和我的心又是另一回事。我和布拉斯奇从来都不是兄弟一样的关系，从来都不是。我们以前一起去逛妓院，一起出海捕鳀鱼、金枪鱼，我们在海湾和布兰卡岛边捕鱼——就像给温顺的母牛挤奶一样。是我生下了他。然后他又生出了整个钦博特的世界，现在他那张猴子嘴看上去真像一座燃烧的火山口，不断吞下、吞下，吞下世界上所有的狗屎钞票，就是为了让所有人倒霉，就是这样。但他很精明。他知道，如果夺走我的船，我就会把炸药塞进他屁股里，还有其他那帮人……我用炸药捕过鱼，你知道吗，你这狗屎！有一次我用棒子打死了一百只海豹，那时候我刚离家出走，才十五岁。布拉斯奇知道我会把炸药……”

“正因如此他才要整你，乔科……这也是我来这里的原因……”

乔卡托的眼神平静，一动不动，毫无感情地看着这个“戴铜徽章”的人的脸和眼睛。

“一座已经可以吞噬万物的火山为什么要整死老乔科，图什么？”乔卡托问道，“对他来说，用小鱼小虾来消遣的日子已经结束了。图什么呢，你说？你很聪明，能到处挑事，是一坨优秀的狗屎……”

“每个人都是这样的。听着，乔科：大人物不会放过妨碍他们寻开心的人，哪怕是自己的亲妈。如果谁敢把他们像精灵一样禁锢在瓶子里，他们绝不原谅，哪怕那个瓶子已经大得能装下整个天下。你让布拉斯奇不舒坦了，你拿他的几百万去挥霍享乐，那些钱就像他产的鱼子似的，他这么做就是为了让你倒霉。”

“行了，你嚼的这些舌根我都听到了。你继续说，继续讲，婊子养的，你真行……你这走狗脑子难道没意识到，对布拉斯奇来说，对你来说，让人倒霉就是一种享受？这你都没意识到吗？”

“好的乔科。让人倒霉，让人倒霉，就像被追杀的鲨鱼那样对吗？只有真正的混蛋才能面不改色心不跳。你说他们喜欢让人倒霉，我同意。每个人都有自己的方式、自己的能力范围。布拉斯奇想让你倒霉，他不费吹灰之力就能找到你，随时随地……不对，错了！他会让你和随便哪个人发生冲突，可能是黑人、白人，也可能是南斯拉夫人或者印第安人。你记住，我黄油虽然到处挑事，但我自己也有麻烦，是布拉斯奇这老鹰让我变成一个混蛋。我当过工会的领导人，那可不是混蛋干的事。查拉卡托人普雷特才是真正的混蛋，他屁股上挨的踢比他靠同一个部位赚的钱要多。我只是个‘戴铜徽章的’。明白吗？你在布拉斯奇的股掌之中，他能找到你，但你要去哪里找他？他没有房子，没有家人。他住在俱乐部里。谁也不知道他什么时候在利马，什么时候在欧洲，还是在那铁幕①后面——那里有人通过西德作为中间人买他的鱼粉。”

乔卡托现在开始认真听了，他问道：

① 铁幕是西方媒体对欧洲资本主义国家和社会主义国家之间的边界的称呼。——原注

“那么你有什么建议，混蛋？如果说没法找到他，他是隐形的……”

“如果他夺走你的船，那整个沿海地区不会再有人敢给你另一条船。没人敢。”

“这谁都知道。所以你来这里是要给我什么建议、任务还是别的什么狗屎？有屁快放。”

“给他写信。告诉他你发现……”

“发现他是个搞同性恋的，或者更确切地说，他长了个火山一样的屁股？因为他搞同性恋，穆多曾经骑在他身上。这些家伙啥都喜欢，就只要有个洞就行……”

“他们坏得像蝎子。”

乔卡托站了起来，肚皮对着黄油的脑袋，两人离得非常近。

“从这儿滚出去，黄油。你现在知道我要给布拉斯奇写信了，我亲自写，我不会让萨瓦拉或者埃伯托[1]给他写。你去告诉派你来的人吧。估计不是唐安赫尔，他不会跟你说话，也不会给你下命令。但不管是谁，你告诉他：如果敢把我的船夺走，我就把炸药塞进他屁股里。布拉斯奇现在可能不在秘鲁，但是这该死的！这狗娘养的不管是被罗马教皇接见还是和地狱里的妓女国王会谈，都不会忘记钦博特，也不会忘记

① 即埃伯托·索拉诺。

我乔卡托。他不会夺走我的船的。白痴，赶紧戴着你的徽章晃荡去吧，爱去哪儿去哪儿。”

黄油无言以对。他走了出去，穿过一片荒地，周围没有什么景观，路面什么都没有铺。这片地把一排房子和柏油路隔开。他的身影被钢铁厂的粉红色烟柱切成了两半，若隐若现。乔卡托觉得自己在那束变幻的烟雾中看到了一个黄色的，纤细如针的内核。

***

与此同时，在一个周六，一个外号叫“二皮脸”的渔民从泛美公路走下来。他是个艾玛拉人，在圣塔河谷买了两块面积不大的土地，种了些高原地区没有的蔬菜，长势喜人。他来到一条堆着垃圾，但没什么臭味的水渠边上。这条沟穿过公路下的一条隧道。它靠公路东边的那一侧现在是官方划定的观花区。几个渔民在那里盖了房子，房子的正面很窄，房体狭长。二皮脸敲响了唐伊拉里奥家的门。屋主亲自打开了门，微笑着看着这位老乡①：

“进来吧，孩子。真是稀客!”

阿帕萨——这是二皮脸的姓——审视了一番客厅里的“精

① 唐伊拉里奥·卡乌亚马也是艾玛拉人，二人都来自的的喀喀湖。

美”家具，上面全都盖了一层亮闪闪的罩布。他又参观了唐伊拉里奥最近指挥的三艘拖网渔船的镶框照片：最中间的照片是一百六十吨的莫比·迪克号。莫比·迪克号照片对面那堵墙上挂着一面镀金框架的大镜子，透过镜子也能看到照片里的渔船。客厅里摆了不少家具。唐伊拉里奥把老乡引到渔船照片旁的一把扶手椅上坐下，连椅背都包着带刺绣的白布。阿帕萨感到一阵不自在。唐伊拉里奥问道：

“老乡，你要出海，怎么有时间整那么多蔬菜？洋蓟、小萝卜、菠菜什么的。”

唐伊拉里奥和乔卡托一样，也是坐在沙发上，面对着客人。

阿帕萨笑道：“我现在出海次数越来越少了，叔叔。有些讨厌我的人还是恶星地冲我‘二皮脸、二皮脸’地叫。但是叔叔，我很恭敬地跟宁说，沿海女人都喜欢我这个二皮脸呢。我身边不少会整菜的女人。现在就有三个啦，在我家院子里搭了两间茅屋。”

“你和她们三个一起睡？”唐伊拉里奥问。

“哎，不是，叔叔。不是的，一次一个，在不同的日子里。”

“哦！好吧，你来找我什么事？”

“我是来帮宁的，叔叔。希望没有打扰宁。”

“感谢，感谢。所以你找咱这么一个普通的工人有什么事？”

"叔叔，宁帮着扳倒了特奥杜罗·亚乌里，又扶埃伯托·索拉诺上位，然后是马克塞、共产党。他们说，宁赞助了反对布拉斯奇和各位船东的宣传费用……"

"你没给？你和你的合法老婆有几个娃娃？我听说她也在钦博特吧。"

"我又不是在工会搞政治的。我和合法老婆有六个合法的娃娃，个个吃得肚子溜圆，穿得暖，全都去上学堂……"

"哦，好，那你一共就是有四个老婆。"

"不是啊，叔叔。怎么回事啊？唐伊拉里奥，宁怎么听不明白呢？我菜地里那三个女人只是给我干活的。好吧，她们崇拜我，这又不是什么下流事，她们就是喜欢我。"

"她们三个要是怀润了你打算怎么办？"

二皮脸笑了：

"我套起来的，一直都套起来的。每隔一段时间，四个月，或者五个月，我就换一批人……想找点小活计做的人可多着呢……"

"违背上帝教导，违背正直之心。上帝施予另一个世界的惩罚让懦夫恐惧或是聊以制慰，他们没有力量去战斗，或是伤害同伴，不管对方是普通人，还是富温资本家……"

"这话是卡多佐神父说的吧，是吧？"二皮脸微笑着打断了他"叔叔"的话。

"这是我伊拉里奥·卡乌亚马的话，我一直都是这么说话的。你说你是来帮我的?”

“布拉斯奇要夺走你的莫比·迪克号渔船了，因为你给那些人提供吱金，要让特奥杜罗玩完，让马克塞和索拉诺当选。”

“老乡，”卡乌亚马答道，“我那艘船的船尾有一只鹈鹕，现在已经很老了，总在船尾边上安安静静地待着。我们带它出海，让它在深海里饱馋一顿，整个喉囊都塞得满满的，上帝可没有把它造成这个样子。你去找找它吧，老乡，它一定在海滩上呢，大概在睡觉。去把你那套说辞给它讲一遍就得了。哪个畜生喊你来的？那个混蛋迪诺克？我三年前就把那个烂货赶走了。别，老乡你这个畜生，还是闭上嘴吧，有点自尊心。我给你一个差事做：快走，快走。我送你去公路那边，可怜的玩意!”

他说着就拽着二皮脸的袖子往外走，不给他说话的机会。走到水渠边上时，唐伊拉里奥说：

“出海的时候，印加王与我同在，阿塔瓦尔帕[①]未死，你把这话告诉混蛋迪诺克，告诉特奥杜罗，或者随便哪个喊你这蠢材来我这儿的吱本家吸血鬼。印加王与我同在。鳀鱼群在我面前的深海中发出声响的时候，印加王就在那儿！他平静、高大、无色的身躯，就在我身边。我去过卡哈马卡，传

① 阿塔瓦尔帕是印加帝国第十三代萨帕·印卡(即皇帝)，也是西班牙殖民征服之前的最后一代萨帕·印卡。

说中阿塔瓦尔帕被杀害的地方。人们管那里叫‘印加浴场’，我在那里洗过澡。整个卡哈马卡山谷都封印着印加王的灵魂，峡谷口的埃尔多拉多山也在怒骂海洋。吱本会投降的，老乡，可怜虫，好了，快走吧！”

二皮脸一句告别的话没说就离开了。这时候卡多佐神父正开着他的吉普车经过。车停住，他下了车，拥抱了唐伊拉里奥：“很高兴见到你，伙伴。”“哦，是吗？”唐伊拉里奥回答道。卡多佐没有把手臂从他肩膀上移开，就直接问道：

“二皮脸来看你了？从圣塔谷地那边赶过来拜访你的？给我讲讲吧，唐伊拉里奥。”

“还讲什么啊？你不是什么都知道吗？”

卡多佐红了脸。他个子很矮，鼻子略大，不是非常明显的外国佬长相。他额头上长了几颗疙瘩或疹子一类的东西，按照高原农村地区的说法，这是孤独造成的。伊拉里奥看了看他的额头，又注意到神父脸上泛起的红晕。

“你是生气了，还是觉得不好意思？你为什么要问起那个小东西？你知不知道他晚上去找那些女人，还把自己‘套起来’？她们肯定穷得不得了，才和他在一起。那可怜的山区畜生竟然说女人们喜欢他二皮脸。这你都知道吧？”

“是的，唐伊拉里奥。阿帕萨一直都这么说。我想一定是假的。但是，你为什么说我什么都知道？”

“你就是为了这个来的呗，美国神父先生。不然还为什么呢？”

“神父一般都需要知道各种事情。但想要通过革命性的方式寻求人类救赎的人，不是一般的神父。”

钢铁厂的烟雾蔓延到了泛美公路的边缘。神父背对着那道光，唐伊拉里奥则正对着它。

“卡多佐神父，你怎么不在美国进行革命，那里可能更景急点？”

“你是说‘紧急’？”

“那里蓝度更大吗，神父？”

“是一样的，唐伊拉里奥，无论是困难程度还是紧急程度。您真的觉得我知道二皮脸为什么要来拜访您吗？”

“宁刚才不是问我他来干什么吗？宁到底是本来就知道，还是想来打听？到底为什么？”

“先生，我见过比残暴更可怕的东西，比在科伊什科区的茅屋里为一个姑娘守灵还可怕（那里的苍蝇比人还多，人的灵魂比苍蝇还微贱），比我第一次看到一个孩子在公路上被车撞倒更可怕。当时所有人都说他最好直接死掉，因为这样就……”神父正在发自肺腑地感叹着，被唐伊拉里奥打断了：

“卡多佐神父，宁知道，我是艾玛拉的乔洛，的的喀喀湖的高原人，我不相信任何外国佬，哪怕他穿着教士服，西班牙语比我讲得还好。我告诉您，那个可怜的艾玛拉乔洛上我家来，舔着那张二皮脸来给我传话，说布拉斯奇吱本公司要把我的船夺走……哦，对，神父……我还说了：印加王与我同在……在海上，我一个人握着船舵时，他就在那里，强大、平静的印加王。他带我去鳀鱼群涌动的深海……从很早以前开始，有一只老鹈鹕在我的船上安家。我们晚上带它出海。它饱馋一顿，拍打翅膀和胸膛，累得够呛。白天它就睡觉。我让那家伙去找它，在它耳边再讲一遍黑社会团体的口信……”

“感谢您，唐伊拉里奥。您蔑视我，不信任我。我尊重您。我们就这样继续下去吧……”

“宁感谢我，但宁白谢了。哎，想讨厌美国佬神父可真蓝啊，你们都太大度了。那咱伊拉里奥也感谢宁的倾听。是啊，可不得感谢嘛！”

卡多佐把两只手放在他的肩膀上，盯着他看，想尽可能深入地琢磨这位渔民古陶器般的面孔和眼睛。是的，伊拉里奥很平静，对神父那近乎崇敬的动作并没有任何反应。然后卡多佐发动了吉普车，全速开走了。唐伊拉里奥则沿着那坑坑洼洼的土路朝家走去。

“真想知道阿帕萨是从哪儿来的，又是为谁而来？做渔民现在还是很赚钱，但他的命全取决于吱本，二者之间比苍蝇和蜘蛛的关系还糟糕。”他一边走一边想，“至于我，我唯一的软肋就是我对我的船和船员的爱。我的钱卓卓有余，我儿子功课很好。我必须要和索拉诺、马克塞一起调查一下这件事。法律说，如果渔民抗议，捕鱼业的头头就会把脑袋藏起来，连上帝和撒旦都看不到他；抗议的时候，渔民是不管老板的，但那颗看不见的脑袋可以割断你的喉咙。还好现在的工会是……他们说是……‘共餐党’的，不是吱本的仆人。马克塞和索拉诺站在那颗看不见的脑袋上面，那才是人该有的样子。没什么可担星的！阿帕萨是个可怜人，完全被沿海毒害了，变成了一条虫，灵魂到处牛浪。卡多佐神父的灵魂也是一样，不过他是个不错的‘牛浪汉’。他一只手深情地放在我卡乌亚马的肩膀上，另一只手又搭在布拉斯奇吱本家的肩膀上。谁能证明真有一座从地狱直通荣耀的桥梁？伊拉里奥，冷静点。印加王的影子永远在你身边，直到永远。”

***

麦克斯韦来到了卡多佐位于全新的北坡区的住所兼办公室，按规划这个区域将是钦博特未来的大学城所在地。陪他一同前来的是唐塞西利奥·拉米雷斯，他来自安第斯山北部的一个讲西班牙语的小城市，与马拉尼翁河地处相同高度；他家境贫困，是家中最小的儿子。唐塞西利奥是麦克斯韦在有望区居住的那块地的主人。一同等待卡多佐的还有圣佩德罗区的猪倌巴萨拉尔。

那天在玫瑰屋妓院跳完舞后，麦克斯韦就离开了和平队[1]，此前他一直都是和平队成员。他设法说服拉米雷斯接受他作为永久合伙人兼助手，从事廉价泥瓦匠和水泥砖制作。拉米雷斯还把一块不大的地给了他。和那块地相邻的地属于一位老太太，她是从一个被大型甘蔗种植园包围的沿海城市搬到这里来的，现在在贫民区的市场上有一个摊位。她有个女儿名叫唐娜弗莱德彬达，还有三个丧父的外孙。有时她与拉米雷斯的妻子马马查[2]会因为猪仔或鸡跑到对方地里去而吵架。几天后，麦克斯韦在这两块地最常起争端的角落里建了一间砖房。他用几根旧木棍和一块结实的席子做了房门。他的入住得到了马马查、弗莱德彬达和老太太的看门狗卢塞罗的热烈欢迎。麦克斯韦把他那张用柳木和铁丝制成的折叠床搬进了房间，还有两把用托托拉芦苇编的椅子、一口用深紫色和红色锡条装饰的山区衣箱、一张小木凳。他还兴高采烈地把一面大镜子搬进新房，之前他把镜子挂在房东家的客厅里（因为他租的那间房天花板太低）。最后搬进来的是他的恰朗戈琴，放在由一名来自阿亚库乔的乔洛木匠制作的粗木琴盒里——那人是他的朋友。他知道贫民区里没人敢来外国佬家里偷东西，尤其这人还是和平队成员的话。这里的居民平日

---

① 和平队，美国政府为在发展中国家推行其外交政策而组建的组织，由具有专业技能的志愿者组成。

② “马马查”是绰号，意思是“好妈妈”，因为拉米雷斯的妻子是一位民间医生，所以大家这样亲切地称呼她。

里什么都互相偷，甚至连扫帚、脏抹布都有人拿。麦克斯韦新建好的房间很宽敞，屋顶很高，铺着结实的草席。唐塞西利奥帮他用泥抹了屋顶：“之后我们再把墙刷白。”麦克斯韦把他的煤气灯送给了唐娜弗莱德彬达，让她在市场上摆摊时用，也方便她照亮回家的路。他给自己买了一盏普通的煤油灯，带灯芯和一个窄口玻璃罩。灯光经过镜子的反射，反而更明亮了。

他已经不是和平队成员了，而是泥瓦匠唐塞西利奥·拉米雷斯的助手。所以从那时起，他实际上成了钦博特最大、最偏远的贫民区——有望区——的一个外国佬居民，几乎完全自由。三万人居住在这片沙漠里，铺设了宽阔笔直的街道，从泛美公路向西延伸，几乎一直到海边。三年时间里，这里的人口从四千人增加到三万人。也是在那几年，钦博特灌溉公司的水渠修到高地沙丘不久后，沙漠中忽然出现了几片沼泽地，山区人称之为水塘。一开始面积很小，但后来越来越大；有些水塘出现在盖着房子的地方，最初先是使得房屋被分隔开来，后来则直接把房子给冲倒了，无一幸免；还有些水塘出现在从公路到山丘的那一段，形成了面积最大的一片沼泽地。人们看到托托拉芦苇在那里生长起来，苍绿色的茎秆，高处是摇摆的花穗，低处是白色的茎。贪婪的蚊群从水塘向贫民区进发，形成了成片的云雾。但它们不会过夜，要么是风，要么是其他未知的原因，它们很快就会消失。最大的那片芦苇塘也是水量最丰沛的一片，有一些大胆的人在岸边用石头铺就了一块地。麦克斯韦也去帮了忙。他们已经探测了水底的情况——是硬沙。那里开了一家大型洗车场，清洗汽车和卡车，后来变成了修理车间，再后来成立了车辆修造厂。他们造了一块招牌，牢牢地钉在两根柱子上：'印加子弹'车辆修造厂。这名字逗人发笑，它是在讽刺印加可乐[①]软饮料厂，因为且不说他们有没有与可口可乐公司勾结，其迅速扩张导致的结果就是，所有城镇的小型工厂都消失了。水塘边聚集着大量的海鸥，漂浮在水面上，尤其是下午时分。有时它们会像火苗一样忽然蹿上天，挥舞着翅膀，来回盘旋，数以百万计；然后它们又会出人意料地再次下降，像是急匆匆地遵循着某种秩序。一些孩子去那些泥塘里探险。他们分头行动，走得很慢，当海鸥的影子在水塘上飞过，投下斑驳的暗影时，他们看上去更孤独了，那是真正的阴影。这时候麦克斯韦会想起帕拉蒂亚[②]，想起的的喀喀湖那无边无际的芦苇荡，他在那里学会了弹恰朗戈琴。平原和水域所呈现出的荒凉是不同的。有望区的孩子们在泥泞中一无所获。然后，专属于热带的暮色降临了，勾勒出他们的身影，近乎将其吞噬、炙烤、拉长。这时，麦克斯韦偶尔会奏起他所学的艾玛拉和

① 印加可乐，一种黄颜色的汽水，是秘鲁的国民饮料。

② 帕拉蒂亚区（Paratía），秘鲁东南部普诺大区兰帕省的一个区，海拔高度4390米。

克丘亚的民间曲调，但他不擅长唱歌，尤其是当着孩子们的面刻意想唱好点的时候。孩子们在贫民区的泥塘里迷了路，但好奇心也得到了极大的满足。

在麦克斯韦正式退出和平队的第一天晚上，他步行前往港口，途经了每一块水塘，然后来到了泛美公路分岔的地方，进入了通往十月二十七日区的街道。通往工厂区的道路全都被沙子覆盖。从那里到特拉佩西奥区有一片荒地。之后他进入了城区，路边亮着优雅的白灯，房屋整齐划一。他把琴留在房间里（他在靠镜子的墙面上钉了一个钩子，把恰朗戈琴的琴盒牢牢地挂在上面）。麦克斯韦并没有直奔港口，而似乎是有意地、“鲁莽地”转向了通向妓院的人行道——这条路是那些刚好身上有点闲钱或者单纯去看热闹的人踩出来的。到了。他听到了粉红色舞厅里的摇滚乐，他邀请中国妹跳舞，却连一杯饮料都没请她喝。这之前从没人见过和平队成员来妓院。他的出现吸引了全场所有人的注意，而那些没认出他的人也从大家的表现里意识到，肯定出现了什么特别的东西(那东西就是他)。舞池里的男女继续跳舞。中国妹刚刚才到。有一个无论冬夏都戴着围巾的瘸子如果发现哪个妓女的门关着，就上去用一块铁片砸门，听上去像枪声。他会在午夜时分准时砸门，提醒“姑娘们”去舞厅的时间到了，之所以要像打枪似的敲门，是因为她们中有些人还在睡觉。过了这个点之后，瘸子就不会再去打扰了，因为姑娘们陆续带着客人从舞厅回到房间里了。这是玫瑰屋的情况。在白房子，敲门的是一个满面油光的胖子，一张脸上好像涂满了凝固的猪油；他的眼睛闪闪发光，像野兽的一样滴溜乱转。他们叫他“死油”，他是个阉人。有些下流的妓女曾试图和他睡觉，但是没有成功。

中国妹立刻接受了麦克斯韦的邀请。除了桑博人门迪埃塔按照每周六的传统，正在和大鼻子姑娘卿卿我我之外，整个舞池都被这个外国佬富有节奏的舞步所吸引。他的身体真的在燃烧，他燃起的火焰不会招人嫉妒，也不会令人惊讶或产生情欲，单纯只是吸引了人们的注意。在那个舞池里曾经上演过许多血肉模糊的场景，也有过二三十瓶啤酒同时浇在地板上的盛况，还有过桌椅横飞、一群疲惫狂躁的野兽满嘴污言秽语的时候……接下来就是穆多的疯狂一击、麦克斯韦与胖女人共舞、二人离开玫瑰屋……麦克斯韦觉得既羞愧又恍惚，在私人汽车停车场和那个肥胖的妓女道了别（“那头神圣的河马”）。胖女人先是破口大骂，然后开始求他与自己上床，她是这样说的：“你已经让我下面热了起来，我这辈子都没有这样过，那不仅仅是温暖，是……是爱，我得到了真正美好的爱……”麦克斯韦向自己表示祝贺，幸亏那女人还得回白房子去，这样一来，他就可以在这半黑暗的环境下和她告别了，不是吗？他开始在粗沙地里奔跑，爬上了那道去往私人汽车站必经的小坡。胖女人抓了一把土向他扔去：“再见。等你被埋进坟墓里的时候，这一捧土会落在你牙齿上，软蛋外国佬。”

“你跟我走，”一个大块头黑人对她说，“我来熄灭你的怒火，我这根大水管可比格劳广场那边的水泵还好用。”

胖女人跟着他走了。

***

卡多佐神父办公室的显眼位置挂着一幅切·格瓦拉的中型肖像油画[①]。除此之外，房间里还有几幅画作，其中一幅画了一名印欧混血打扮的疲惫老妇人，看上去很像是临摹照片画出来的。麦克斯韦和拉米雷斯注意到切·格瓦拉画像下面挂着一幅耶稣基督的简笔素描，画纸很大，外面蒙了一层塑料膜。它是用学生蜡笔画的，基督的脸看上去像印第安人，因为他眼睛的颜色和形状是墨水画出的黑色的短斜线，他身体一侧的伤口旁还有一只蓝色鹦鹉。那处被长矛刺穿的伤口画得很大，看到这里麦克斯韦意识到，这画中基督的面孔和头骨不是正常的比例，而是故意被画大了很多，并且整幅画的表达重点也集中在头部的重量和胸口的伤口。那幅切·格瓦拉的画像显然是凭想象创作的，但除了画幅尺寸和它在房间

① 切·格瓦拉的画像在拉丁美洲的一些家庭被当作圣像悬挂在家中。

里占据的位置之外，再无其他令人印象深刻的地方。猪倌巴萨拉尔走进办公室的时候，拉米雷斯还正忙着看画。看到二人在此，巴萨拉尔立刻换上了恭敬的态度：

“小人是格雷戈里奥·巴萨拉尔，圣佩德罗贫民区居民协会的会长，听宁差遣，米斯特[1]老爷，鸽下一定是和平队的成员，敢问和您一起的这位先僧是哪位？”

这时，一个金发飘飘的年轻神父在办公室门口探了探身子，他用英语对麦克斯韦说了些什么后就走了。巴萨拉尔觉得这神父面色阴沉，也没向其他人打招呼，似乎有点瞧不起人。麦克斯韦微笑着说：

“他说卡多佐神父刚到。外国佬都吃得早。他让咱们等一会儿。先生，我离开和平队已经有一段日子了，我现在是唐塞西利奥·拉米雷斯的合伙人兼助手，他是有望区的泥瓦匠。我们一起做点小生意。”

“哦！”巴萨拉尔那恭敬的态度大不如前。他的双手、膝盖和脖子都松弛下来了，但不能算完全放松，因为办公室的阵仗很大：打了蜡的精美书架上摆满了书，有两台打字机，一台放在办公桌上，另一台放在一张特殊的钢制桌上……

“切·格瓦拉呀，”巴萨拉尔说，“现在到处都是他。神父在这里把他的画像高高挂起，这画指定很不一帮了。可能

① 原文为英文“Mister”，即“老爷”“先生”。此人不通晓英文，故发音蹩脚，又偏爱咬文嚼字，夸夸其谈。

神父想表明，这间办公室里的人不害怕他们所谓的共餐主义，完全不怕。为穷人撑腰不一定就是共餐党，宁说呢，米斯特？”

“我们只是泥瓦匠，不懂这些。”

“泥瓦匠不知道什么是共产主义。”拉米雷斯说。他安坐在一张木质长椅上，上面铺着厚厚的羊毛垫子——看织法是库斯科特有的。长椅靠着一面墙，墙上挂着一件两折的披风（通体是安卡什胡桃木色的），用一种特殊的方式固定着，高度也是精心设计的。唐格雷戈里奥征求了他们的同意后也坐了下来，他那庄重的姿态让人很难判断到底是习惯性的还是故意为之。他选了一把木质扶手椅，也是安卡什大区产的，但无疑是专门订制的。

“切·格瓦拉和耶稣基督都在那墙上头，”巴萨拉尔说道，“真奇怪啊，老爷们！我见过年轻的姑娘小伙在口袋里、钱包里放着切·格瓦拉的卡片，可能是同一个原因……”

***

卡多佐神父在公馆的餐厅里做了饭前祷告。餐桌上还有六位神职人员和一位年轻的秘鲁客人。卡多佐和费德里科老神父分坐在餐桌两端。老神父旁边靠墙位置坐着的是一个浅绿色大眼睛的神父，卡多佐身旁则坐着一个看起来很开朗的外国佬，胃口很好。

“费德里科神父在东方待了十五年，”浅绿色眼睛的神父说道，“然后他们让他在秘鲁和巴西之间做出选择。他更喜欢秘鲁，因为这里的文明源远流长。”

他语速很慢，非常留心遣词造句，并一直注视着那位年轻的客人。

“您去过库斯科吗，神父？”年轻人问那位老神父。

“去过，也去了马丘比丘。没有哪座城市像库斯科一样带给我如此丰富的感触，它有那么多不同的元素，可以更透彻地了解人类。对，了解来自四面八方的人，不管是外国佬还是本地人。但是……怎么说呢，哦！富足的城市和孤独的印第安人之间的那张反差……请原谅，我说错了字。”

“真不巧，虽然我上的是师范学校，但我对库斯科并不熟悉。我只是问问，仅此而已。”

“我……我想补充几句，”浅绿色眼睛的神父说，“费德里科神父所讲的那种反差，就像一座智慧的矿藏，你可以通过它了解秘鲁，可以在那里一探究竟，最终找到彻底救赎秘鲁的方式。”

年轻的秘鲁客人拘谨地摆弄着桌上的餐具，同时也因为自己有幸与这些人同桌吃饭感到自豪。他对神父刚才那番话只是一知半解，听得十分困惑。他面前坐着的那位年轻神父就是之前和麦克斯韦讲话时那个面色阴沉、冷冰冰的人。他正一边吃东西，一边看着这个年轻人。

“秘鲁的救赎……”年轻人的话仿佛一不小心从嘴边溜出来似的。

“通过摆脱欠发达的现状来达到救赎。”

“但大家都说美国佬反对……非常反对……”年轻人急忙说道，看上去更加困惑了。

他面前那位神父还在狼吞虎咽，但似乎对食物并无热情，听到此话又抬头看了看他。

“年轻人，”卡多佐神父继续说，“哪里的权力最大?”

“美国是世界上最强大的国家！我绝对相信这一点，神父们!”年轻的秘鲁客人说道。

“年轻人，必须摧毁依赖性，在欠发达国家人的灵魂无法得到彻底的救赎……”

“没错，卡多佐神父，”年轻人再次打断了他的话，“这是事实。我们的灵魂已经迷失。您是对的。”

浅绿色眼睛的神父毫不掩饰地盯着卡多佐，眼神里充满担忧。

“恰恰相反，”那位老神父说，“这里是最有希望的地方。我在一个贫民区做教区神父的助手。在这里我发现了更多的需求和更大的希望，都非常强烈；人们的渴望日渐增长，寻求改善的力量越来越大。”

“神父您在贫民区做教区神父的助手？以您的年龄和资

历，您完全可以做主教。我是学校的教师，等我到您这个年龄时我将成为督导或校长。政府编制内的工作就是这样。”

那个开朗的年轻神父本来正在大快朵颐，这时候将手放在了他身旁这个师范学校毕业的年轻人肩膀上。

“希望在自己手上！咱们好好吃饭吧，朋友。”

“谢谢，神父。”

年轻人终于认真吃起饭来，他发现那道炖菜味道奇特，倒也挺美味。他发现没人看他一眼，大家都一片沉默。

“您在这里想聊多久就聊多久，我还有一个工作会面。您明天回切彭①吗？”卡多佐问那个年轻人。

“不了，神父，我马上就走了。感谢您邀请我来用餐，我现在就走。现在时间还早，还赶得上乘私人汽车。”

卡多佐亲热地拥抱了他。

“没有人，尤其是没有哪个基督徒的灵魂是迷失的。在这里我们要进行强硬的革命斗争，用心的斗争。你快去快回吧。”他说道。

“是的，神父。谢谢您。”

坐在他旁边那个年轻的外国佬提出要送这位教师去私人汽车站台，好让他赶回切彭。公馆门前停了几辆吉普车。他拉着这名师范学校毕业生的胳膊，让他向神父们告辞，然后带

① 切彭（Chepén），秘鲁城市，位于该国西北部，属于拉利伯塔德大区。

他到门口。年轻人最后看了一眼为神父们侍餐的那个漂亮姑娘。老神父跟在两个年轻人身后。

“您去一趟库斯科吧。”他对年轻人说。

年轻教师在门口停住了。此时的大海被黑到发红的云层所笼罩，海岛已经看不到了。当天色开始变暗时，年轻教师感到心满意足，因为费德里科神父看了他很久，让他安心了不少；然后他也看到了那道烟柱。他吃惊地发现，钢铁厂那道烟柱距离他所在的北坡区这个面积不大，却非常特殊的街区那么近，它从集团苗圃的桉树林中升起。桉树林是秘鲁沿海地区唯一一种笔直排列的树林。在那片壮观的树林上空，他看到烟雾让黑暗染上了一层粉红色，它变幻不定，但总是围着一个云谲波诡、永不消逝的轴心。

“您看，费德里科神父。”

他讲话还是那样郑重其事，但言语之间少了席间那种含糊和勉强——他很不满意自己刚才与美国神职人员进餐时的表现。“费德里科神父，钢铁厂是有希望的，不是吗？那道粉红色的烟雾完全不惧怕黑暗。”

“您去一趟库斯科吧，就以这种心态去吧。”

***

卡多佐出现在办公室门口的时候，里面等候的三个人全都站了起来。还没来得及给访客打招呼，神父先打开了办公室里那盏非常明亮的灯。三名访客之前似乎一直安静地坐在昏暗之中，这让卡多佐很难堪，甚至有点生麦克斯韦的气——他明明知道灯的开关在哪里，应该早早把灯打开的。卡多佐总是穿一件很普通的教士常服；哪怕在他集中精力思考重要问题或处理紧急事件的时候，他的脸看上去也非常年轻，笑容可掬。他先是拥抱了巴萨拉尔，然后是拉米雷斯，最后才拥抱了麦克斯韦。他请三人坐下来。

“欢迎来到这里，”他说，“哪位是巴萨拉尔会长先生？”

“我是。”猪倌站了起来。

“在这里，只要访客不要求秘密谈话，我们就像在公共场合一样交流，您觉得呢，朋友？”

“我觉得很好，这两位老爷能给我的话做个见证人是顶好的……”

“太好了。对了……在咱们开始之前，请允许我解释一下，很明显您很关注这幅切·格瓦拉的画像，这是我自己画的，”卡多佐说，“还有这幅包在透明纸里的基督受难像是我在库斯科一条街上买的。就是这样。您觉得这画作怎么样？”

“切·格瓦拉，奄奄一息，代表永恒，令人敬畏。基督垂着头，还有那鹦鹉，也令人敬畏。”巴萨拉尔说，依然站着。

“两位怎么看呢？”卡多佐看了看唐塞西利奥。

“那个被钉在十字架上的人受了很重的伤，真是令人难过，”唐塞西利奥答道，“他的头，对，他的头很大，眼睛还在看着。”

“太好了，确实如此。真高兴见到你们，尤其是您，巴萨拉尔伙伴。快请坐下！”

“伙伴”这个特殊的称呼让巴萨拉尔大受触动，他的姿态一下又变得庄重起来，反而让唐塞西利奥觉得他“更真诚”了。猪倌终于坐了下来，摆出一副客气又殷勤的样子。

“现在说说看，伙伴，”卡多佐还是这样称呼他，“您是怎么选上圣佩德罗区的会长的？为什么维兹卡多神父不愿意在贫民区居民协会里承认您的职位？”

“说来话长，老爷们也还有事要讲……”

“半小时？”卡多佐问。

“猪够了，我想。我长话短说，细节就不讲了。宁知道的，曼西亚，上一任会长，是几只猫儿选出来的吧。他什么都骗。他向每家收五索尔，修复路面上的车辙，再收五索尔，修体育场，还有五索尔，去跟政府谈判，要官方的批准，因为圣佩德罗区是贫民区，和有望区一样——这两位就是那里的优秀代表，嗯……这位米斯特和这位秘鲁先生。结果呢，曼西亚什么都没做。而且，也不是所有人都付了分派的钱。街道卫生，每个居民各自打扫一部分；摆着十字架的伟大印加遗址对面，年轻人们帮着搞出了一个小小的体育场。后来还是我倡议，我们这些穷人背着十字架……”

“但政府和主教阁下并没有要求你们把十字架背走。您在联合会所在地发表演讲，精心选择了在有望区举行游行。这个事您听说了吗，麦克斯韦?”

“我听说了，拉米雷斯先生不知道。我对此事也不太了解，只知道邻居们的掌声如雷鸣般……”

“没错，米斯特，宁讲得真漂亮，特别形象。雷鸣般的！集会上的每一个人都全身心参与了。哦，我那时候还不是会长，只是个普通居民。”

“您……是的，您激起了人们的不满情绪……”

“没错，神父。原本死气沉沉的联合会随着那场游行又重获新僧，又有了力量！咱们所有人——我指的是所有的穷人和半脱贫的穷人，我想甚至包括政府办公室里发号施令的人——心中都非常不满。最好就是把这些坏情绪都发泄出来，坏情绪会导致人的良心变黑。那场十字架游行很庄严，大家都流了泪，完全熏泄了情绪；这是一次全民性的行动。有些人认可我，也有些人把我骂了个狗血梨头——比如曼西亚，他说我是靠死人爬到会长的位置上的。可能确实如此。但是如果死人能帮助活人，那也可以说是我合法的权利了。本人召集了一次集会来选举领导班子。连大领导区长老爷也给我的手续使绊子。一开始居民们害怕我推行的改革，或者准确来说，是瞧不起我。但宁知道吗，我在利马的贫民区当过领导呢。咱们把居民们召集起来，在合法的居民协会办公处举行了集会，到场二百人，本人作为会长的领导职位得到认可……”

“二百人？巴萨拉尔伙伴，对于一个有两万名居民的贫民区来说有点少啊？”

“没错，神父，我承认。但是曼西亚已经连续三年当选，选票分别是二十票、二十二票、三十票；而我得到了一百六十九票。曼西亚输了，他的选票还是和前几年差不多。他心怀不满，就像宁刚才说的那样，他们甚至几个星期后都不肯交接文件。他们还去区长办公室污蔑我是共餐党，幸亏区长老爷后来发现他们是在扯谎。我组织了三场狂欢节活动，为建警差局筹集资金；他们故意把文件撕碎了再交给我；咱们和年轻人在十字骨沙丘上修了一座带球门、球网以及各种设施的标准运动场；任期内我还和美国人的‘教父母项目’合作，揭穿了那些诽谤美国教父母的可怕谣言。”

“什么谣言？”

“总是有人说，等孩子们长大点了，外国佬教父母会把他们带去美国，送进芝加哥的屠宰场，送去越南打持久战，去那里做炮灰。”

“有望区也有这样的谣言吗，拉米雷斯伙伴？”卡多佐问道。

“芝加哥的屠宰场和越南什么的我没听过，但我确实听到他们说教子女们会被送到外国佬的国家去做奴隶，有些人是这么说的。还有人说娃娃们会被当作饲料喂给猪啊、驴啊一类的牲口，他们还说，那些美国佬教父母都是什么共产党，否则为什么把自己的钱拿出来还不求回报……”

“谢谢宁，同胞拉米雷斯，感谢宁确认这些谣言……”巴萨拉尔说。

“但那是两年前甚至更久以前的事了，先生。”唐塞西利奥补充道。

“圣佩德罗贫民区的居民是很愚昧的，百分之九十的人都是文盲，泛美公路旁的贫民区都建在高处的沙丘上，周围荒僻得很，那里住了很多和我差不多的山区印第安人。现在没什么可担星的了，我，本人就职时宣了誓。美国老神父是我们贫民区的阿毛塔①，他睿智极了。现在一切归于平静，大家都感激‘教父母项目’，没得说。”

“您用这么短的时间就推翻了那些谣言，巴萨拉尔伙伴？”

“热衷可怕谣言的人已经很少了。咱们确认了我的领导职位。咱们用事实说服了大家：照片、家庭证人……一家接一家，但不透露名字，保证隐私。我是不可能透露具体名字的。”

“我同意。感谢您，伙伴，不是为了美国人，而是为了真相。请继续讲。”

---

① 原文为克丘亚语“Amauta”，意为智者。

“我刚才提了用于筹款的那三场狂欢节活动，圣佩德罗的年轻人那还是第一次跟着他们的音乐，跳什么叫摇摆舞[①]的东西。文化活动自然也有尊场休息啦，鄙人趁这个机会发表了简短的演讲。后来盲人歌手安托林·克里斯平来弹了一首本地民歌，歌吃是他专门献给圣佩德罗的年轻人的。运动……”

“您还记得歌词吗？”麦克斯韦问道，他一直和拉米雷斯一样认真地听着猪倌讲话，卡多佐则张开一只手掌置于耳边，好让自己更集中注意力，努力适应对方的讲话风格，跟上对方所讲的内容……

“回忆啊……您说什么，神父？”

“安托林·克里斯平……如果不是很复杂的话，请讲一讲吧。”

“我只记得一点点：牛浪的年轻人，集中你的思想……工具、运动、汗水，交织的感情……”

“很美。”拉米雷斯说道。

麦克斯韦问那次表演是多久以前的事。“不久前。”巴萨拉尔又喋喋不休地讲起来：

“老爷们，”他站了起来（卡多佐坐在一把扶手椅上，和猪倌坐的那把一样），“我，我把事情做起来了，我组织了贫民区的活动，想让它像利马的贫民区那样运作，甚至制作了咱

① 摇摆舞，一种在上世纪60年代风靡欧美的流行音乐舞蹈形式。

们自己的特殊选民卡，上面有国徽。靠这些努力，咱们已经给区里通了电，几乎每户都有了，圣科斯梅那边的人连大容量的水箱都有了……结果，卡多佐神父，那个不讲道德的维兹卡多神父作为贫民区联合会的主席，不愿意承认我的会长身份，反而让曼西亚参加会议——这完全是不合法的，曼西亚现在只是个平头百姓！卡多佐神父，不管是民事还是教会事务，宁的影响力在钦博特这个伟大的工业港口数一数二。我敬重宁！我在贫民区的地位不会因为他人的鸡妒或野星而被抹去的！”

巴萨拉尔放下了紧握着的拳头。

卡多佐站起身，走到巴萨拉尔身边说：“我的影响力不是数一数二的，我只是试着说服人们，说服那些有善念、接受理性的官员。”

“那位谦逊又可敬的老神父，对，也是宁的同胞，他就在我们区。他知道我有推进社区发展的能力，躺在不知道哪座坟里的切·格瓦拉指定也知道。”他转头去看那幅画像。

然而老神父从来没敢对巴萨拉尔做出非常正面的评价。“我的时间不多了，”他曾经说过，“我真的不知道这里什么是坏的，什么是好的。巴萨拉尔特别活跃……除此以外我没别的可说的了。卡多佐，虽然你更热衷工会的事务，但你对这里不同群体做过深入研究，也在这个难缠的地方待了一段时间了。”有关巴萨拉尔家里养了两个老婆的传闻（附近邻居对此事言之凿凿)，老神父不愿意评论。

巴萨拉尔在等待卡多佐的答复。这位会长一大早离开他那遥远的贫民区的家时仔细刮过胡子，但现在看起来又没那么清爽了。他出门时，他的一位妻子胡安娜正在用羊驼毛制成的绳子拽着母驴尼卡西亚。驴背上绑着巴萨拉尔自己制作的驮架，每侧挂了两个盛泔水的罐子。

“我和维兹卡多神父没怎么说过话。说实话，我对贫民区知之甚少，”卡多佐一边说，一边盯着这位猪倌的脸，“在我看来，伙伴，联合会更像是个门面，不是做实事的，比如说，决定搬走十字架的是您……”

“联合会只关注能搞钱的事情，所以他们支持那些搞地皮投机、市场摊位许可证的会长，”巴萨拉尔打断了卡多佐的话，他讲话时打着手势，挥舞着手臂，看上去精力充沛，“那是不对的，神父，既不符合基督徒的良心，也不利于社区的发展……相反，搬十字架的事情是获得了宁的伙伴的大力支持的，就是渔民的最高领导马克塞老爷……”

“马克塞？……”

“给一个意外死亡的渔民下葬时我们碰上的。我和他谈了谈，我说他们工会应该更关注贫民区的事务，还告诉他我倡议搬走十字架的事情及其后果。他说：‘很好，伙伴。必须在贫民区居民中激起不满情绪，他们好像都被贫穷压垮了，投降了。不管在什么情况下，都要最大限度地打破那种消极的投降心态。贫民区真叫我恶心。’这就是那位年轻有为的马克塞说的，非常坦率，坦率得很有意思……”

“好的，伙伴。我认为要说服维兹卡多神父并不困难，我会跟他谈谈的。”

“那我什么时候再来呢，神父？”

“下星期六，肯定就没问题了。”

“好的，神父。您真是钦博特港的大恩人。您现在接待这两位尊敬的老爷吧，唐塞西利奥和米斯特。”

他走上前和卡多佐握了手，庄重的姿态显得很僵硬，然后他又向拉米雷斯和麦克斯韦道别。走之前他对着那幅画在纸上、包了塑料膜的基督受难像和切·格瓦拉的画像行了个礼。卡多佐送他出去。

“我不喜欢这个人，他很假。”拉米雷斯说。

“他看上去很有野心，而且他在伪装自己，您不觉得吗？”

“可不是嘛，麦克斯①。他在家估计是……是另一副嘴脸。”

送客回来的卡多佐站在办公室门口，对着麦克斯韦和唐塞西利奥不自觉地大笑了起来。其他几位神父，尤其是浅绿色眼睛那位曾经批评过他这种大笑的方式，他曾问过卡多佐这个问题：“有时候你这笑声让人高兴，有说服力，富感染性，但有时候这笑声相当于嘲弄。你能不能判断清楚场合，做出

① 即麦克斯韦的昵称。

符合一名天主教神父身份的行为？”“这我怎么可能知道呢？一个人想笑就笑了，笑完后的结果你要么去补救，要么就从中得利。我很差劲，想大笑的时候我控制不住自己的脸。”

这次当着有望区来客的面，卡多佐那响亮的笑声听起来更像是理所应当的嘲弄。但唐塞西利奥觉得体内流过一阵寒气，笑不出来，麦克斯韦勉强跟着笑了一下。

“我和我的合伙人一起来了。”

神父又在扶手椅上坐下来。

“你没有赢，你被打败了。”神父用英语说道。

“是的，”麦克斯韦用西班牙语回答，“我现在是唐塞西利奥的助手。我打算和我们的邻居弗莱德彬达女士结婚。我们已经把砌砖的速度提高到了钦博特美国佬的水平，我们拿到了一些小工程项目。和那些阿亚拉奇舞者①一起从利马到帕拉蒂亚的旅行让我受益匪浅。那些高山，两千公里的路程，坐大巴、卡车、步行……”

***

麦克斯韦讲话的同时，巴萨拉尔正在爬上高处的圣佩德罗区，他在找运水驴队走的那条路线。他只需要沿山坡走几

① 阿亚拉奇（ayarachi），一种秘鲁印第安人的传统音乐舞蹈形式，一般认为其与宗教仪式和葬礼有关。

百米就能到那条小路，因为北坡区和圣佩德罗大沙丘都对着同一片桉树林，这片林子在太平洋沿岸的暖谷实属罕见——在这延伸了三千公里的沙漠地带，交替出现的是多岩石的群山、狭窄的山谷、平原和高达两千米的白色沙丘，但很少见到这样繁茂、高耸的树林。黑色的烟雾高高升起，又随风消散——那才是“山下的世界”。钦博特的这片树林是圣塔集团[①]在泥塘上种植的，他们先是抽干了泥塘里的水，然后将之培育成苗圃，再改造成树林、花园、果园，最终变成了公园，里面有池塘和小岛，栖息着用于观赏的鹅和鸭。他们在公园里建了一个游泳池和一家北美风格的餐厅，供钦博特各家工厂的管理人员和重要客人使用。像巴萨拉尔这种热衷于公共事务的居民已经听说集团正在紧急研究如何把游泳池和餐厅从公园里分离出来，好让钦博特的民众可以欣赏公园里茂密的花草树木。这个项目引起了巴萨拉尔的兴趣，“这可真是个大不一帮的机会”。

卡多佐、费德里科神父和浅绿色眼睛的神父所属的教区在圣佩德罗沙丘脚下，对面就是钢铁厂的烟囱和那片树林。贫民区建在这座沙丘的顶部，略微朝北的位置。在离美国神父

① 对圣塔集团前文曾有过简单介绍。该集团除了承担如水电站、铁路及灌溉系统等工程建设以外，也负责一些社会援助工程，如“教父母项目”、排水系统、奥林匹克游泳池、森林苗圃大型休闲公园、员工住房、华伊拉斯峡谷等，以促进旅游业。

公馆很近的地方有一个很小的埃索石油服务站，是一名走运的加油工向集团申请设立的。他在那里发现了一口淡水泉眼，便做起了向贫民区的居民售水的业务。泉眼和服务站都在圣塔集团的地界上。巴萨拉尔穿过北坡区到加油站的大街小巷，终于到了运水驴队的小路上。他跨着大步稳稳地爬上了沙丘，就是当天凌晨时分几位“围场”妓女费了很大劲才走过去的那片松散沙地，而他轻轻松松就越过去了。这个猪倌住在倒数第二个十字路口，也是沙丘最高处的一条叫瓦里街的地方。巴萨拉尔快步走过瓦里街崎岖的沙地，那段路任何汽车都无法通行。他的房子在街道中间，形状很不规则。他用巧劲儿推了一下门，门上的一根铁丝套就松动了——那是他自己设计的小机关。他走进第一个房间（里面被木制隔板一分为二），穿过搭着畜栏的天井——家里的母驴和一条被他们称为“里屋的狗”就住在那里，天井的地面是用石子铺的。母驴尼卡西亚想跟着唐格雷戈里奥进入厨房（也充当餐厅）。他的两位妻子和五个孩子正在屋里等着他。年轻的那位叫艾斯梅拉达，她怀里抱着一只小猪，正在哼哼唧唧地叫着，用巴萨拉尔的话来形容，那种甜美和快乐是“任何年龄的人类都传达不出的”。艾斯梅拉达把面包蘸着燕麦粥放进小猪的嘴里，它又是吸又是嚼的。她抬起头对着母驴吼了一声，不许它进屋——此时它的蹄子已经踏上了厨房的第一级台阶（厨房的地板要比天井的低）。尼卡西亚退了出去。另一位妻子胡安娜正在高高的砖砌炉灶上做饭，灶台上有几个大小不一的灶头，是巴萨拉尔按照他在利马的雇主家厨房的样式造的。胡安娜背上背着一个两岁左右的男孩。其他几个大一点的孩子在和鸭子小猪玩耍。这些家畜就在房间里跑来跑去，和孩子们一样无拘无束。最大的男孩在抓挠公鸡的脑袋，鸡晚上就睡在房间一头支着的棍子上，这棍子的长度经过精心计算，可以容纳一只公鸡和最多十只母鸡。

“母猪一次下六到八只崽，”巴萨拉尔把艾斯梅拉达带回家后，对她交代了一番，“母猪的奶养活不了这么多小家伙，因为我们给它喂的那些泔水没什么营养。母猪生产后喂了九天还是十天奶就虚弱得站不起来了，所以我们就亲自来喂小猪，什么都喂。你要学习。白天的时候厨房里有小猪、母鸡、公鸡、鸭子和十只豚鼠，你都得照顾。每天早上，我和胡安娜一起去港口做食品生意，很早就去。”

艾斯梅拉达被接到巴萨拉尔家后没几个月就生下一个儿子。胡安娜对这个年轻女人的到来既不反对也不高兴。几周后，两位妻子的分工和关系就已经“非常明确，各师其职”。艾斯梅拉达的孩子出生后，巴萨拉尔说不知道这孩子的父亲是谁，他还坚称胡安娜所生的孩子也都不是他的，胡安娜是他的“侄女”。他养着这些孩子，但始终保持距离。每隔很长时间，他就给他们带回来一小包饼干，给每个孩子发放相同数量的饼干，他从不抚摸孩子。胡安娜身材苗条，脸色苍白，有一副好嗓子；她手指修长，什么活都做得好。她每天从清晨到中午要一直赶驴。艾斯梅拉达上午照料猪和孩子们，做午饭，打扫房子；下午就下到加油站那里去取水。巴萨拉尔家弥漫着一股猪的臭味。饭菜没有任何调味，没有花香，甚至连沼泽地里那沁人心脾的百合花香也钻不进来。艾斯梅拉达有时候会采几朵百合回来供奉雪地圣母，巴萨拉尔把花瓶端端正正地挂在圣母像下，如此一来花香就能盖过猪的臭味。猪都挤在后院的猪圈里，通过一扇结实的木板门与厨房相通。

那天晚上巴萨拉尔和神父见完面回到家时，艾斯梅拉达怀里抱着的小猪叫“楚斯比”(意为苍蝇)。有一天清晨，他们在铺着石子地的天井里发现它奄奄一息地躺在母猪和其他兄弟姐妹身旁，就把它从死亡的边缘救了下来。艾斯梅拉达把自己的乳房给它吸吮，用一块长绒布给它取暖。小东西活了过来，但长不大，也长不出鬃毛来。它成功地获得了主人们的关注和尊重，甚至包括唐格雷戈里奥·巴萨拉尔。它能听懂两位女主人和孩子们的话，尤其是艾斯梅拉达的语言。巴萨拉尔以一副居高临下又不失庄重的姿态表示允许继续养育这个“不划算”的楚斯比，他曾说过：“怜悯小动物是基督徒该做的，要多做。”楚斯比成功地摆脱了它出生时的身份：一头猪。其他猪都住在后院的猪圈里，巴萨拉尔让一个做泥瓦匠兼石匠的同乡制作了几个喂猪用的长条形石槽，用他的话来说，“难以置信，但不得不”摆在了猪圈里。平时他从城里运回来的泔水就倒在这里面。石槽是巴萨拉尔和石匠的两个帮手一起用一种类似担架的工具抬进来的，他们一路抬着担架爬上坡，在大人小孩的簇拥下，在沙地里走过了两个街区，但其实凑热闹的街坊四邻对此也不是真的有多好奇。他们跑了三趟，一趟只能搬一方石槽。看着猪排成一行在那几方漂亮结实的石槽里进食，巴萨拉尔获得了“大不一帮”的享受。猪特别饿的时候会用鼻子粗暴地撞击厨房那扇木板门。但巴萨拉尔非常了解如何让猪尊敬他。他操控着猪撞门时的那种绝望情绪，当胡安娜和艾斯梅拉达把装着泔水的大罐抬进猪圈的时候，他会站在门口，手持一根粗棒子，口中大喊：“按顺序，这群蠢货，排好队！”然后猪就会知道等待。他对两位妻子说：“姑娘们，语言是上帝的东西，他把它交给人类，就是为了让人管人，更为了让人管畜生。”

母驴和小驴驹在家里的位置特殊。这头母驴是贫民区上百只驴子中毛色最亮眼的，也是唯一一头“享受自己的使命、工作和主人”的驴。艾斯梅拉达很喜欢打扫铺着石子地的天井，驴子们就在那里过夜，她发现那是整个家里猪臭味最弱的地方，空气有时甚至很清新。艾斯梅拉达是“我从港口一个荒弃的破地方捡来的，对大部分基督徒来说那地方是熏教者待的地狱”——巴萨拉尔就是这样对胡安娜解释艾斯梅拉达的来历的。“哪里人？”胡安娜不无哀伤地问，大着胆子把一只手放在猪倌的膝头。“出身悲惨，但不是下流的人。”他只答了这么一句话。

艾斯梅拉达长了一张圆脸，肤色很白，她眼睛里似乎包含着，或者说保留着深刻的情感和回忆。她在沙丘顶上的这个家里很快就长胖了，虽然她每天要干那么多活，但她可以完全自由地吃饭，发挥她所有的能量。巴萨拉尔还给了她布料为新生儿做衣服，甚至胡安娜也送了一些。她生了孩子没几天就又开始干活了。夜里有几条狗在猪圈外围巡视，猪圈的栅栏是用芦苇秆和泥糊的，很高，但不结实。某天晚上，几头猪把两条狗逼到墙角后吃掉了。还有一条狗爬上了栅栏(真不知道是怎么做到的)，逃了出去。从此它再也不敢进猪圈了，一到门口就瑟瑟发抖。于是他们把它养在了铺着石子地的天井，通过一扇木门与第一个房间相通——这就是那条“里屋的狗”。

巴萨拉尔从来不让任何人了解整栋房子的情况。来家里的客人（包括母驴和小驴驹）进屋都要先经过第一间暗房，里面有两张木床；那个房间对面还有一间房，门始终关着。据说胡安娜和巴萨拉尔睡在进门处那间房里，艾斯梅拉达的床则摆在厨房里。有个邻居是这么说的：“假的。他是睡在那只公鸡旁边，每天晚上就变成一只赤身裸体的公鸡，加班加点地干活。”这个版本在瓦里街周围的街坊之间半真半假地流传开来。在这个占地面积极大的贫民区的其他地方，巴萨拉尔是个颇有名气的人。不过他的确引人注目，因为他总是很早就出门，去港口那些廉价餐馆收残羹剩饭；这位猪倌的胡子刮得干干净净，穿着干净的衬衫和外套，看上去一本正经，给人的印象不算好也不算坏，但赢得了附近居民一定程度的尊敬。这也和他的西班牙语水平不无关系，虽说他还是一口山区佬的蹩脚口音，但他总是能让对方理解并尊重他，那些“老爷派头”的词他也用得理直气壮。让巴萨拉尔最痛苦的是，那些猪并不属于他，他只是合伙人，负责养猪。猪的主人是莫德罗市场的一个商人，他只在“收获的时节”出现，要么是事先约好的售猪日，要么是得知母猪产仔的时候。巴萨拉尔已经算清楚，他需要四年才能完全脱离资本家的约束。他与曼西亚的斗争其实很轻松。曼西亚是个彻头彻尾的骗子，贫民区的一票领导人物都是这样。维兹卡多是贫民区联合会的主席，他是个没有自己教区的神父，受到了主教的排挤（主教或许是下不了决心，又或许是没有能力把他赶下联合会主席的位置）。维兹卡多不愿意承认巴萨拉尔，因为他知道这猪倌“有野心”，所以愿意做实事，他认为“这类人是最危险的”。

巴萨拉尔成功地搅动了原本松散的圣佩德罗贫民区，为其注入了热情。他和石匠还有几个年轻人一起，给区里几乎每家每户都散发了在钦博特印制的传单，揭发曼西亚及其“同伙”所犯下的罪行：“盗用公款”和一系列“卑劣勾当”。举行集会的时候来了两百人，用猪倌的话说，这是一个“惊人”的数字。巴萨拉尔大力揭发了联合会领导层的“偷盗行为”，丝毫不留情面。他公布了一个行动计划，从他一当选就迅速付诸实施。有好几天胡安娜只能独自带着母驴尼卡西亚下港口去收泔水。但贫民区的确开始关心公共事务，比如填补沙质街道上的车辙、维护小市场的清洁和秩序、建设电影院，之前被市民“遗弃”的学校也引起了大家的兴趣——因为巴萨拉尔提议未来要建造一座“宏大”的学校，那将成为“大学的前厅”。曼西亚用掌握的对方唯一的把柄进行了反击：“巴萨拉尔犯了重婚罪，谁在自家房子里和两个女人住在一起，谁就是个反基督的人，这种人可能会犯下最恶劣的罪行。”巴萨拉尔为自己辩护。然而邻居们逐渐发现这两位妻子都吃苦耐劳，并不是什么不正经的女人，他们都看到胡安娜赶着那头傲气又强壮的母驴，驮着四个装泔水的大罐，走遍钦博特的大街小巷后又折返家中，这样的路她半天内能走上三趟；大家也看到艾斯梅拉达每天下午在沙丘下面取水上山，速度有时候比专门的卖水人还快……于是“重婚者”的指控也站不稳脚跟了。巴萨拉尔的地位逐渐稳固，他经常去警察指挥部、去区长和市政厅的办公室转转，用清醒和坚定的头脑来推动自己的大项目，那个“为贫民区的福祉和英雄的人民”而设计的“宏大项目”。与曼西亚的斗争让他更强大，并激励了他，“我在行震事务方面的口才一日胜过一日”。

见完卡多佐回到家后，唐格雷戈里奥把他的帽子挂在墙面的一颗钉子上——用他的话说，就连这颗钉子也是“为了达到目的”而被钉进墙里的。这个家的“餐厅”有一张桌子、两条木质长凳，都是巴萨拉尔自己做的，放在台阶的左侧，靠着高高的炉灶。有客人来的时候他们就在这里接待。巴萨拉尔在其中一条长凳上坐下，把头倚在墙上，闭上了眼睛。胡安娜给他张罗饭食，艾斯梅拉达怀里抱着正在哼哼的小猪。她斜眼瞥了瞥巴萨拉尔，又去一边看孩子。她的小娃娃睡在一张小床上（没有睡在地上，也没睡在那种简陋的土坯炕上），那是一个铁制的大摇篮，已经很旧了，是巴萨拉尔有一天晚上从外面带回家的。狗吠了起来。“你的汤，唐格雷戈里奥。”胡安娜说道。汤还在冒着热气。孩子们在和小猪玩耍。“你的汤，唐格雷戈里奥。”艾斯梅拉达也重复了一遍。又过了一会儿，整个房子都和那漫无边际的沙丘一样，被黑暗笼罩了。巴萨拉尔回想起他在利马的一家公馆里做管家的日子，他还成为了利马一个贫民区管理委员会的下属成员。那个区面积不大，却有一段相当血腥的往事——“堕落天使之战”[①]。他不愿想起孩童时期在山上的世界里那个无衣蔽体、无瓦遮头、没有土地、四处帮工的自己。他庆幸成年后所做的正确

① 阿格达斯曾写过一场发生在利马贫民区的冲突，有约300户家庭（大部分来自安第斯山区）为了争取郊区的一块荒地建立属于自己的“模范街区”，与全副武装的警察发生冲突并取得胜利。因当地一座山的名字为“堕落天使”，故该事件被称为“堕落天使之战”。

决定：在一所夜校认真地读了三年书。那学校在利马一个富裕山区人聚集的住宅区。现在他更明确了为实现自己“宏大”野心要执行的“漏线方针”。现在的他比以往任何时候都更加精力充沛，他坚信自己能“精准地判断”什么对群众有利，什么对自己有利。而后者取决于他在位期间能够为这个“萎靡的社区”做出多少政绩。他不拒绝被任何政党或新教教派“俘猴”，尤其是在圣佩德罗区。他根据“权力的风向”，精心伪装出一副和他人志同道合的模样，甚至去参加反对派政党总部的会议——但那是在城里，而不是在贫民区。那时候他只是个无名小卒，不用担心被牵涉其中，他只是为未来打算，为了“多接触各种牛程和演说，积累经验”。他很快就“英明地”调教好了同住的两位妻子，达到了“让三方都互惠”的目的。她们整天都有活要干。二人不是“投机分子”，也没有坏毛病；相反，她们简直是“像斑鸠一样温顺”。她们都比唐格雷戈里奥年轻得多，都“敬畏爱戴”他。她们只会和猪斗嘴，更确切来讲是和猪斗智斗勇；每当看着猪在那几个漂亮的大石槽里津津有味地大嚼泔水，她们便欢天喜地。小猪仔和母亲分开后，就被当成人类婴儿一样来喂养，与家里的孩子们一起睡觉。

胡安娜的孩子们有一块玩耍的空地，是白沙地，那里没有危险，他们可以尽情奔跑。他们的衣着不比邻居家的差，甚至比大部分人家的要好；他们的小脸蛋圆鼓鼓、粉嘟嘟的，但衣服和脸又是数一数二的脏。孩子们每一个都活蹦乱跳，他们随时都有人照顾，上午是艾斯梅拉达，下午是胡安娜。孩子中最大的一个七岁，已经开始在外面跑腿了。但盛夏时节着实难熬，因为他没有鞋，而地面的沙土像烧红了的火炭一样烫脚，他只得在房屋投下的一点点阴影里跳跃（南北走向的街道就是按着太阳的方向设计的）。其他孩子被烫到脚的时候会哭，女孩们哭得尤其厉害，因为她们几乎每个怀里都抱着几个月大的婴儿。几条“外屋的狗”也受到了巴萨拉尔“英明”的调教，他连喂狗的口粮也仔细计算过。它们不会乱叫，哪怕是饿了肚子，或是听到其他狗极有感染性的叫声；它们也不会因为“鸡妒和矛盾”（可能是狗之间产生的，也可能是“人类的错误”造成的）而哀怨或“狂怒”地吠叫。它们只会在猪圈和房子周围一圈圈巡逻的时候吠叫；看到有人经过，或是有人接近猪圈围墙和房门的时候，它们的叫声也有所不同。它们是用“智慧、计猫和斗志”来巡逻，而这种能力，只有经过了“礼貌教养”的狗才能拥有，“人也是一样”。

那天晚上，唐格雷戈里奥与卡多佐神父在切·格瓦拉的画像前交谈后，他觉得自己距离完成那项“宏大”的壮举只有一步之遥了。他相当满意自己在卡多佐办公室讲那番“有猫略”的谎话时的表现，完全真实可信，真是“优雅的雄辩”。自从他在圣佩德罗沙丘脚下那座穷人的新公墓发表演讲后，他确信自己在“震治事务”和“唇枪舌战”方面已经取得了很大进展。“也许我……”他想（他已经不会用克丘亚语思考了），“也许在我有生之年，我将不再是我出生的这个国家里的一个外来者。这是第一次，有这么一个人，能在他有生之年完成这项艰蓝的壮举。”

两位妻子很少思考，她们忙着为子女和唐格雷戈里奥干活。夜里她们睡得很好，谁都没法确认她们在床上侍奉了巴萨拉尔多少次，或者一次都没有。从她们的脸色上也看不出来，无论是她们两个，还是众多贫民区里成千上万的妇女，她们都或多或少有些相似。在这个满是净沙的贫民区，高大的十字架耸立在伟大的古墓遗迹之上，那是被人遗忘的古代世界。

***

“两千公里，全是山路，”麦克斯韦对卡多佐讲道，“唐塞西利奥知道的，他什么都知道。六天的路程，和我同行的是十二个印第安男人、六个印第安女人，他们懂的西班牙语单词加起来不超过一百个。他们都穿着黑衣，这个我之前跟你讲过了。男人们戴着鸵鸟或是兀鹰羽毛做成的头冠，女人们都穿了十条裙子，戴着缀有银色流苏的圆毡帽，每人手里都拿着一条短绳，是用细到几乎看不见的各色丝线编的。听说阿亚拉奇是距离大湖[1]不远的帕拉蒂亚的印第安人跳的一种舞蹈，说他们至今还在跳这种舞来哀叹、回忆、重现阿塔瓦尔帕的葬礼。但不是这样的！他们无论男女都穿着黑衣是为了舞蹈。其中一个男人敲‘万卡卡哈鼓’——那是一种低音鼓，其他人吹‘西库’，就是一种双排的排箫，最长管有六十厘米，最短管是十厘米。”

卡多佐用手和肘部撑着头，想听得更清楚点。拉米雷斯则向后靠在墙上，墙面挂着手工编制的纺织品。麦克斯韦口中时不时蹦出一两个英语单词和短句。“他们身着传统服饰，手持乐器；每个人的乐器只能发出一定数量的音，他们要先围成一圈，把整个音阶拼完整，再轮流演奏属于各自乐器的音，然后随着音乐跳起舞。高原的低音鼓听起来顶得上欧洲管弦乐队里整整一打最振聋发聩的定音鼓。双排排箫每根管的大小、开口和直径的差异虽然可以测量得出，但对我们来说没有意义；因为它的存在，利马市立剧院的演奏厅没有变成一场葬礼，而是变成了一个燃烧的火炉，它在本源上似乎是瓦格纳、贝多芬、穆索尔斯基和巴托克的某种组合。一些观众评价道：‘这是哀乐，很可怕……这是残暴的音乐，很野蛮……这是奇妙的音乐，很奇怪……这是属于另一个世界的音乐。’但我说：‘这音乐就是我，这就是我的一部分，为了

① 即的的喀喀湖。

获得一个完整的我，我必须要向时间的前方走上几千几万里路，走过成千上万颗星辰，甚至更远。又或许我一直都错了，我应该向时间的后方走，与他们一起，与阿亚拉奇乐者们一起。’你知道我学过音乐学，但不是因为这个。在利马的文化之家我认识了那些舞者，我在他们下榻的莱昂西奥·普拉多军事学校[①]的宿舍逗留了好几晚。他们从一开始就接纳了我，同意了我和他们一起上路的请求。我们挤上一辆廉价巴士，花了四天时间到了普诺，又到的的喀喀湖；然后用一天到兰帕[②]，再步行到达他们的村子。这群人的领队比其他人的西班牙语好一点，他对我说：‘你很能走，像公鸡。像公鸡的外国佬，很勇敢！好家伙！没想到，外国佬喜欢阿亚拉奇音乐，印第安原住民的音乐。’我和他们一起待了六个月。他们养羊驼，我和他们干一样的活，吃他们吃的东西，睡在他们睡的土炕上。我也去了周围的一些村落，都在海拔四千多米的地方，天空中云卷云舒，光影变幻，投下阴影与火焰，那景象真是令一个外国人的心难以承受。每个村子里的人都把我当成兄弟一般热情欢迎，这不是因为我是个白人外国佬，而是

---

① 莱昂西奥·普拉多军事学校位于秘鲁首都利马，是秘鲁作家马里奥·巴尔加斯·略萨于1950至1952年就读过的一所具有教养所性质的军事学校。这段经历给巴尔加斯·略萨留下了痛苦的回忆，其成名作《城市与狗》即以这段经历为原型。

② 兰帕（Lampa），位于秘鲁东南部的普诺大区，是兰帕省的首府，海拔高度3892米。

因为我是和阿亚拉奇乐者一起来的，所以我就变成了一个可以信任的人，嗯，也许是音乐的缘故。我在守护神的庆典上与年轻的、已婚的姑娘们一起跳了多少次舞啊！她们的笑声不是嘲笑我，而是‘偏爱’我，是对我的认可？我跳跃、移动，保持着节奏，完全跟上了音乐的鼓点，但肯定跳得像一只奇怪的动物。”

“那是因为您有魅力，讨人喜欢，聪明的年轻人。”唐塞西利奥说。卡多佐微笑了一下。

“可能是吧，师父。我在那六个月里见识了三十种不同的舞蹈，音乐、服装和编舞都不一样；舞台的布景就是的的喀喀湖的湖水，它就像一面再普通不过的银镜，可以反映出万物的不同，但也抓住了它们本性中共同的起源、活力与救赎。”讲到“湖水”到“救赎”这几句话的时候，麦克斯韦的声音变了音色，仿佛一头热情洋溢的小兽，“三十种舞蹈。我就站在围成圈的观众中间观看。地平线在高原上就像海岸线一样，只不过有些地方是岩石，有些地方是山丘，随着风和云的飘过，忽明忽暗，变化不断，与舞者们的身影形成了鲜明的对比。阿亚拉奇乐团的领队对我说，我应该学习演奏一种适合我的乐器，‘西库你永远也学不会，但你也许可以学着吹安塔拉[①]。’他邀请了一位兰帕来的印欧混血在家中做

① 安塔拉（antara），南美洲安第斯山区一种古老的印第安乐器，也称排箫或排笛，和前文的西库相比，安塔拉一般是单排的，吹奏相对简单。

客，刚好我也借住在那里。那人是一位恰朗戈琴大师。我也跟着学会了弹琴。用印欧混血的乐器来演奏阿亚拉奇那样伟大的音乐是绝不可能的，‘这乐器，可以狂野，可以悲伤，但只能是个人内心的东西’——这也是领队告诉我的。他对我说：‘老爷的痛苦不一样，贪欲、女人，挠得心痒痒。你，我不知道你和老爷们一不一样，但肤色更白，你们外国佬，可能更糟，可能更好，你和其他人在一起，去。在帕拉蒂亚和乐团一起，很舒心，很好，安静，努力工作。走吧，离开这里，更好。对你更好，可能是的。不是赶你走，我只是这么想。’我离开了。领队是对的。外国佬在那里需要获得各种许可，不是这个就是那个，都是不可能完成的事情，另外我还得染发和换肤色，才能真正融入帕拉蒂亚。‘该死的外国佬，兄弟，你心底里到底是什么样的？’西班牙语最好的那个人这样问我。从一开始我就发现，他们骂‘该死的’时总是充满了热情，完全没有侮辱的意思。我离开后去了普诺……是的，卡多佐，有一天晚上，在高原的寂静中，我听到了青草和行星里的每一个分子的声音，听到了自己的脉搏声，不是心脏的跳动，是整个生命的悸动，通过它就能窥探到人类的迷宫。有一天晚上，我们在庆典上跳舞、喝酒，我和一个帕拉蒂亚的年轻姑娘睡了觉。那是在我离开那里前不久。当时每个单身汉都有自己的舞伴，我也决定要参加。一个年轻小伙鼓励了我，他长了一张长面孔，留着怪异至极的小胡子，胡须很稀疏。他用他的语言对我讲话，一脸微笑，讲话时大张着嘴，他的面部表情夸张到了极点。我完全听懂了他的话，连血液里都听得真真切切。你无法理解的”。

“为什么？”卡多佐问道，“为什么我不理解？你的话我完全听明白了啊。”

“不，算不上完全。你只是在这个国家的外壳游来游去。我不是在贬低你。我在帕拉蒂亚学会了正确使用语言。你仅停留在外壳，那属于抵抗和压迫的外壳……我们以后再讨论这个问题。你让我带一个美国人做见证人，但我带的是一个秘鲁朋友，我来把每一件事情讲清楚……”

卡多佐点了点头。他看上去还是那么年轻。因为注意力非常集中，他的表情略显僵硬。他越来越认真地听着这位前和平队成员的话语。

“你只能理解其中的一半，就像你现在对我的接受程度一样。一半，或者更少。我和领队预先打好了招呼，在午夜时分离开了帕拉蒂亚。他之后会向他的同伴们解释。我不想与他们郑重地道别，当你知道某个特别的人即将永远地离开……是的，伙伴，特别的人，重要的人，他们深爱的人。这些词很蹩脚。请原谅，唐塞西利奥，我只能想起这些蹩脚的词来表达感受，不管是西班牙语还是英语，所以我肯定讲得不怎么好。我想这是因为我们不热爱西班牙语，也不会为它绞尽脑汁。我学会了一点克丘亚语，只是一些单词和短语，不多，但都是很好的词。我还学会了几首歌。我能弹恰朗戈琴给自己伴奏。在结霜的平原上，在山岩的阴影下，我远离村庄的边界，弹起琴……在普诺的时候，我在的的喀喀湖畔看到一个人在跳‘卡凯罗’舞，那是一种庆祝制作冷冻土豆的舞蹈[①]，听说他们要赤脚踩在冰冷的土豆上。跳舞的是一个非常高大、皮肤苍白的家伙，他让我的学琴生涯圆满了。那个印欧混血舞者是一名非常敏锐的探矿者。无论是站着还是坐着，他总是戴着那条羊驼毛织的围巾；演奏的时候，他的腿和他的琴声仿佛一直延伸到埃菲尔铁塔和自由女神像，甚至将其吞没。我一边在的的喀喀做环湖旅行，一边继续学弹恰朗戈琴。在湖边人口最密集的卡帕奇卡半岛上，我观看人们跳传统的狂欢节舞蹈，从下午跳到夜幕降临。小小的恰朗戈琴周围聚集了许多身着节日服装、头戴羽冠的年轻人。黑夜的重量似乎一点点压在了天空上。不，不仅仅是在空中，范围还要广得多，天空在湖水中的倒影、湖畔的芦苇草、水中游动的鸭子、鸭子的歌唱、扑扇着的翅膀，都在夜幕降临之时变得格外有力量。”

讲到那两个“不”字的时候，他的语调又改变了：“他们的服装染上了天空的余晖，伴着那小小的恰朗戈琴的节拍，

---

① 生活在高海拔地区的克丘亚人将土豆放在气温零度以下的山上过一夜，第二天用脚踩踏被冻硬的土豆，直到把土豆皮踩到裂开。这样的土豆不仅可以排出龙葵碱毒素，也可以保质多年。

几十个头戴羽冠的年轻人跳起了舞，时不时齐声发出一声呼喊。那种弹奏方式我已经很熟悉了。然后我就走了。其实我的许可证还没到期，我本可以多逗留一段时间，但我还是决定下山去了利马。像卡帕奇卡和帕拉蒂亚这样的地方，以及整个湖区的各个村落，一个外国人，尤其是一个美国佬，不可能轻易地融入其中，如果他们了解、明白了我是怎样一个人之后，就更难了。那些村落还处于原始的状态下，其内部结构是紧凑的、封闭的，那种微妙的结构更甚于帝国大厦；哪怕在我们看来，他们是在围墙内或深渊的边缘起舞，他们也坚守自我，这一点也比你我强。”

“你认识伊拉里奥·卡乌亚马吗？”卡多佐问。

“不认识。我知道他是一个渔民，一个很有名的拖网渔船船长。”

“没别的了？”

“他和乔卡托一样出名，但大家好像都不怕他，也不讨厌他。我很少和渔民打交道，我住在贫民区里最穷的一块地方。现在有望区的人说起乔卡托的时候好像都挺同情他的，他们说他在特拉佩西奥区占了一栋房子，不是因为他想逞强什么的，而是因为对某人怀恨在心，而且说他可能会有牢狱之灾。”

“他们说的应该是真的。不过说回唐伊拉里奥，他是……艾玛拉人。”

“就像帝国大厦一样?”麦克斯韦笑着问道。

“我不知道。我觉得挺奇怪的，你从湖区回来之后竟然没去找他。”

“大家都很尊敬唐伊拉里奥和哈罗先生。他们从不酗酒，也不打架生事。相反，他们树立了好榜样。他们现在已经是有钱老爷了。麦克斯常去安托林·克里斯平家里弹琴，一起玩。”唐塞西利奥说道。

“去找唐伊拉里奥吧，麦克斯，”卡多佐说，“然后我们再谈这个。现在继续讲你的故事吧。你注意到我听得有多认真了吗?”

“注意到了，卡多佐伙伴。我继续讲。我从湖区回到了利马的文化之家，那里有一位著名的恰朗戈琴演奏家，他来自瓦曼加地区，据说那里的音乐能传递出‘山谷中强劲的空气和空气中的泪水’。他弹奏家乡的音乐给我听，我们聊起了那边的几个村庄，然后他开始教我那种‘悲伤与热烈’的弹奏风格。几个星期里，他既教我弹琴，又和我一起喝皮斯科酒和啤酒，我们谁都没落过泪。然后我被派到钦博特这个沿海的‘命脉’之城。我被派到了有望区……哎，别急，卡多佐，我这番陈述和我给和平队办公室交的报告有什么区别？那些报告每次交上去后，上面都非常满意。我很幸运啊，被派来钦博特。我们几个和平队成员就像是狗在望弥撒，像公鸡进了一个陌生的鸡圈，不过不光是钦博特，在哪儿都是一个样。

你明白我意思吗？”卡多佐表示赞同。“这群人里只有个别人能听懂一部分‘弥撒’的内容，或是还能在这‘鸡圈’里刨起一点土，明白吗？”

“不，”卡多佐回答道，“我不太明白。你在大学里系统地学习了西班牙语，在这里又学会了不少高阶的词汇和俚语，甚至在提到一些不一般的事物的时候，你的语调都会改变。贫民区里有一些人——在我看来拉米雷斯先生就属于这类人——他们的西班牙语比很多沿海渔民讲得都好。麻烦你再讲清楚点，你可以多用英语讲，请拉米雷斯先生别介意。”

“‘听弥撒’指的是去了解每个人的特殊之处；要去听、去了解他们所听、所知、服从或拒绝的一切；在这个基础上，‘刨土’指的就是以当地人的方式做事和做人。”

“好的，我明白了。”美国神父那张总是年轻欢愉的面庞现在却因为专注而完全僵硬了。

“卡多佐，我的同胞，”麦克斯韦继续道，“和平队的成员总是大惊小怪，对什么都感兴趣，特别是在钦博特这里。他们观察到这里的每个人都羡慕他人，都在充满怨气地互相比较——这一点他们倒没说错。很多成员都对这种现象喜闻乐见，我也是，但我是出于其他原因，我不打算告诉你。跑遍有望区和其他几个贫民区后，我明白了，我属于这里，这里就是我真正该来的地方。”

“为什么？”卡多佐问道，“为什么？”

“可能和你之所以一直充满热情是同一个原因。你到处奔忙，有时开着吉普车，有时步行；你不停思考，不停反思，不停工作。哈钦森神父虽然不太来回走动，比你少得多，但他更深入更细致，反而吸收了一切，就像天寒地冻的高原上那些口渴的马匹，在难得一见的泉水或水塘旁饮水时，恨不得把整个脖子都伸进去。也是出于同样的原因，费德里科神父七十岁时在美国退休，现在又来到了秘鲁，在圣佩德罗厚实的沙地上爬上爬下，甚至比他走在芝加哥或纽约街道上的速度还要快，但他总是那么从容。我们都是出于同样的理由、原因和动机，你觉得呢，卡多佐神父？”

“有可能，不知道你能不能再讲得更具体些。”

“不行，我不愿意。就算我愿意，我也没法给出更具体的例子。但是我们的目标、方法和愿景肯定很不一样，就像我们生活的地方和生活的方式也大相径庭。”

“有可能，我们拭目以待吧。麦克斯，我一直想和你聊聊，但我没想到聊的是这么一个严肃的话题。请见谅，拉米雷斯先生。”

“没关系，我也很感兴趣，神父。”

“太好了，请继续吧，麦克斯。”

“好的。唐塞西利奥一会儿再讲一讲我们的生活。现在我继续做总结——大家每次发现做总结很困难的时候总会这么说。好，继续。我刚到这里没几天，还沉浸在钦博特带来的震撼之中，刚刚开始积蓄力量的时候，我在港口认识了金斯利修女，当时她的大学奖学金还剩下最后几周时间。金斯利修女把我介绍给了一个卖鱼的流动小贩。她在他家里住了一年。那个鱼贩是疯汉蒙卡达为数不多的崇拜者之一（虽然疯汉根本不在乎这个啦），为此经常受人嘲笑。他妻子一直是阿塞罗区的领导人物。他们有一个女儿在家，还有两个儿子在特鲁希略上学。金斯利修女告诉我，她在那里住了一年，但鱼贩夫妇不愿意收取任何费用，不管是她住的那个上好的房间的房租，还是这一年间他们招待她的饮食费。她坚持要付钱，还给那家人看自己收到的美元——那是美国大学给她用于完成博士论文的奖学金。鱼贩说：'这太好了，修女，这样你就可以回美国后把钱花在你需要的东西上，他们说那里人赚的很多，但东西都很贵。我早上五点起床，到了下午一两点就已经赚够了一家需要的钱。然后就可以休息了，很安逸自在呢。'金斯利修女告诉我，她一回到美国就要离开所在的宗教团体，余生将致力于让美国人明白他们正在变得越来越愚蠢，正走在腐坏堕落的路上。他们控制着全世界半数的国家，对他国或是鄙视，或是用甜头拉拢。这反而让他们变得腐化且愚蠢，因为他们不仅不向这些古老的民族学习，反而想在其内部制造混乱和矛盾，目的是把对方全都倒进一个模子里，像喝光一瓶可口可乐一样消灭干净。但这是荒唐的，也是不可能做到的。等等，卡多佐，”他惊呼了一声，因为神父做了一个要打断他的动作，“让我讲完这一段，然后你再讲。用刚才那位喜欢咬文嚼字、一本正经的巴萨拉尔会长的话说，我接下来要讲的话是异常重要的。金斯利修女说，教皇若望二十三世所做的贡献是打开了一扇大门，而美国则用尽一切力量来关闭这扇门，或者打开其他门来伪装……等一下，卡多佐，我马上就说完了。那位天主教修女信任你和几位新来的天主教神父，但她没有完全的，或者说足够的信心去……”

“她错了！我告诉过她，”卡多佐忽然插话道，“她可以进入世俗人无法进入的领域，在他们无法到达的层面上发挥影响力，改变人内心的意识。”

“第三世界的天主教就是这样。但金斯利修女宁愿不去产生那种无意识的影响，她觉得那是‘可悲的’。另外，她选择在美国工作，因为她认为那里的需求更紧迫。但我不知道她具体要怎么做。你应该有收到报告，她是不是一回到加州就退出了宗教团体？”

“是的，麦克斯。”

“那是当然了！我用恰朗戈琴给她弹了高原和瓦曼加山谷的旋律。我的诠释方法自然和当地人的不一样，但是我就活在那些曲子里，它已经成为我的一部分。鱼贩和他的妻子都是北部山区人，他们听我演奏的时候笑了：‘奇怪的调子，很美。’金斯利修女呢，总是竖起两只耳朵仔细倾听。对了，唐塞西利奥，我跟您说过的，修女在听我演奏的时候，会缓缓地摇头，不停地摇，从左到右，由前到后。她告诉我，这种音乐传达了纯洁和不可征服的灵魂的内在本质。我还记得我是这样回答她的：‘这种音乐征服和抵抗了四百多年的侵犯与鄙夷。’她兴致勃勃地带我去参观工人社会保障医院，那里条件很好。她领我去参观产房，有两名医生和五名护士，但一个产妇都没有，因为工厂已经解雇了所有的女工。然后我们又去了拉卡莱塔医院……这我就不说了，卡多佐，你们对那个地狱一般的鬼地方比我更熟悉。然后她告诉我：‘那里有疗养院、诊疗所、产院、学校，都是这里的美国教会出资维护的，还有“教父母项目”办公室。这些都是慈善机构，靠美国的施舍过活；比起在这里做的实事，他们在美国宣传自己的善举时要卖力多了——我们简直做得不能更好了，不能更多了……’然后我就模仿她说的英语句式回答道：‘不能更天真、更愚蠢、更阴暗、更具欺骗性了。’我还继续吗。伙伴？”

“是的，麦克斯韦。没事，只不过你这会儿有点不冷静。这个我们以后再讨论，今晚如果有时间的话也可以。现在请继续吧。”

“好的。之前那件事已经讲完了。现在我来讲讲与我个人更有关系的事情。我现在很冷静，比我以前在大学图书馆里学习的时候还要冷静。我是从帕拉蒂亚人和唐塞西利奥身上学会的沉着镇定。对了，卡多佐神父你可能比我更清楚和平队成员交的报告是做什么用的。有一名成员被赶出了钦博特，因为他被阿塞罗区那些占地者的决心所感染了。阿塞罗区现在被官方承认了，并接受了政府的拨款援助。但直到几年前……”

“五！”

办公室里的三个人都没有出声，但这个字又听得那么真切。唐塞西利奥偷偷看了眼墙上的画像。

“嗯，五年，”麦克斯韦急忙继续说，“在此之前，那块地属于圣塔集团，占了地的居民为了保卫土地，用武力、用计谋。那个和平队的小伙子是临时起意，参与了居民对抗警察的战斗，他抡起棍棒，捡起石头，嘴里骂着脏话……他后来怎么样了？”

“他们把他送回美国了。”

“为什么？为什么不把他送到秘鲁其他沿海城市，或是去山区？他的行为证明他已经深入这个国家了。”

“他不可以……不应该这么做。再说，”卡多佐说，“这些事不是我决定的，我当时不在钦博特。”

“不应该用那种方式深度参与，只能观察、教化、影响，对不对？”

“没错。尤其是不能用那种方式。这是我的看法。任何国家都不会允许的。”

“不能用那种方式，但你呢？你做得更直接，只不过停留在表层而已。你叫我来就是为了这个。因为我参与其中了。

但我不是一个人来的。你自诩‘革命者’，唐塞西利奥则是个逆来顺受的公民……他一直以来都被那个外壳压迫着，直到现在。现在我们一起可以更有力地抵抗了。你听好，你研究过现代神学，你要试着用本地的方式来理解我，而不是美国佬的方式。我大约百分之三十甚至九十已经不是美国人了。那个因为‘参与’而被迫离开的美国年轻人内心燃烧着激情，他可能会永远地在美国受苦。我和一些在美国过得不痛快的人一直保持着通信。我已经决定留下来。我享受的豁免权已经过期了，但无论如何，我都要留下来。那天我临时起意，在妓院里大跳了一场舞，以此方式庆祝我离开和平队。和平队的成员就是一颗螺丝钉，不是吗？等等！我已经拜托唐塞西利奥来讲故事剩下的一部分，我们是作为合作伙伴来到这里的。之后，如果你愿意，如果你觉得有必要，我们可以讨论。”

***

卡多佐转身面向拉米雷斯，他的头依然倚在墙上。卡多佐一直全神贯注，神经紧绷。之前哪怕在渔民工会领导人最“火爆”的会议上，他也总是风轻云淡的样子，但那种令人叫绝的淡定气质到了这会儿完全消失了。他现在看起来就像本身的年龄了，大约四十岁左右，一张脸已略显沧桑。

“卡多佐神父,”唐塞西利奥开了口，为了表示对神父的尊重，他把身体从墙面上分开，坐直身体，缓慢地抬起一只手臂，仿佛它很沉重似的，“我来讲讲吧。我的一个兄弟在山上一座庄园里当佃农，他欠庄园老板的债务还也还不清，从法律角度讲，现在他已经被绑在了这座庄园里，直到他死的那天。我好不容易才逃出家乡。我到钦博特时，正值大家都在占领有望区的土地，我也想法子给自己弄到了一小块。我那时候已经有了三个孩子。我很走运，我妻子是个治病救人的好手，大家都叫她‘马马查’，意思就是‘好妈妈’，因为她治好了很多人。在和麦克斯合作以前，我给泥瓦匠做助手，就像现在麦克斯是我的助手一样。那时候我赚的钱少得可怜——砌一千块水泥砖才一百二十个索尔。现在咱们一起干，能赚到五百索尔。咱们在那一小块地上盖起了茅屋。后来，‘教父母项目’的一位职员小姐来找我，我听懂了她的意思。我特别感激，他们每个月给我二百三十索尔，相当于十美元。我把我女儿的照片寄去了美国，也收到了他们寄来的教父的照片。那位职员小姐很喜欢我家人，所以又帮忙获得了另一位教父的吱助。这下就有钱买砖和水泥来盖房子了。我盖了三室的房子，还在院子里修了带顶的门廊。大约就是那个时候，我的一个侄子从山里来到了我家。他脑筋不正常，据说是因为一个种菜的邻居惦记上了他的地，就给他撕了巫术。他们找到了那个巫术的符咒，是很龌龊的东西。但侄子还是没有好转，他带着年轻的老婆还有两个娃娃来到我家的时候，人已经完全疯了，不停说胡话，打老婆。咱们给他们一家四口吃了些茶、卷心菜和红薯粥。他老婆在有望区大市场里找到了一个小摊位。那里预留了几百个摊位，一开始大家都抢着要，结果几个月后，顾客还是没几个，摊主也没什么可卖的。我那侄媳只卖麦仁。市场里几乎是空的，只剩下几个卖家还在坚持，但到了现在他们几个的生意好极了，您应该收到过报告。我侄子精神正常的时候就像个牲口似的，不顾一切地干活，但只能持续几天。他每天能砌两百块砖，您看，真是很了不起！好的，让人难过的小事我就不讲了……过了一段时间，我的一个老乡来到我家，他是个面包师，他出生在沿海一个叫巴兰卡的商业城市。他说他是被一个在港口当屠夫的叔叔骗来的，让他干活，但不给一分钱报酬。他整天都在叔叔那里忙，我和马马查就煮饭给她老婆吃，那可怜的小东西一直在哭。她怀孕了。经历了阵痛后，她在我家的一个小房间里生下了娃娃。马马查照顾她，然后两人一起哭了。她丈夫直到第二天才回来，喝醉了酒，吹着口哨进了屋。他看到母子两个都在发烧，吓得要命。发烧持续了一个星期。那男人还是每天去他叔叔那里，晚上带一丁点肉回来。那时工厂里已经没有空缺了，捕鱼的也基本满员了……那朋友已经在我家住了半年。我跟他说：‘你可以和那些穷人一起去捡海鲜，就在这附近海滩，礁石那里。我陪你一起去，但我不能下海，因为我的肺很弱，而且我已经在做泥瓦匠了，但你的体格结实。那些海鲜最近很好卖……’那人答应了。咱们一大早就去了。神父啊！捡海鲜的有几百人，我觉得甚至有几千人，都是可怜的山区人，还有一些本地人，像动物一样脱个精光，身子泡在冷冰冰的海水里，被海浪拍打着。他们用铁片、铁箍，甚至用高原上那种硬木做成的手杖，叫‘约克’的那东西，扒拉水里的石头。他们肚子上挂着一个口袋，捡到了海鲜就放进去。卡车会带着买主在海滩附近等待，有时候四辆，有时候五六辆。‘您给几个钱？’我朋友问买主。‘一索尔买一打。’那人说。他站在那里犹豫。我训了他一通，让他下海，那些脏话就不复述了，但我总还算顾全了礼貌。我递给他一根长条板——是个旧了的铁门闩。他脱了衣服，走进水里，周围全是那些裸着身子，冻得兜兜嗖嗖的人，他们都捡了很多海鲜，但要把头整个扎进海里去。那人是我小时候就认识的朋友，一直都是个胆小鬼娘娘腔。他脱掉裤子、衬衫和鞋子，只剩下一条内裤。他受不了了，他朝海里走了几步，回来了，又走进去，在自己额头上画着十字，又回来了。其他人也在对他喊叫，有说西班牙语的，也有说克丘亚语的。‘就开头冷，然后身体就习惯啦，快下水吧，伙计！’还有一个本地人对他说：‘快下水啊，混蛋！狗娘养的！’但这下他更害怕了。最后，他脱掉湿漉漉的内裤，一件件又把衣服穿上，哎！好吧，那时候是冬天，有雾，海滩上很冷……我怒气冲冲地走了，憋了一肚子火。我是个冷静的人，但我一直看着那些可怜人艰难地奋斗，他们应该被祝福，而不是被煮咒，他们去工作，只不过为了给家人赚一口吃的。面对大海，咱们山区人总是怕得要命。我看到那个身体结实的朋友站在水边瑟瑟发抖，不停画十字，而他面前还有成千上万人，哎！他们在奋斗，就像在战场上一样，奋不顾身地奋斗……我满心不安地离开了那里，您知道吗，神父，那个爱哭的娘娘腔只是成千上万人中的一个，为了养家糊口在压抑自己的恐惧。我离开海滩，快步走过雾气缭绕的沙地。刚刚回到家，我就遇到了这位年轻人，麦克斯。是一位福音派传教士派他来我家的，那是位特别有口才和高尚感的教士先生，他在贫民区市场入口处有一个摊位，而我就住在市场对面的街道上。麦克斯当时站在我家门前。就在这时，发生了一个宿命般的巧合：一个男孩跑了过来——他父亲也是个泥瓦匠，身体甚至比我还糟糕；他是我的老乡，是我非常亲密的朋友，他的四个儿子都是我的教子——‘我爸爸吐血了，教父，’他尖叫道，‘血从他嘴里冒出来。他快死了。’咱们赶紧过去，还有麦克斯。这不是什么新鲜事，神父。有望区很多人就是这样活着的。我那倒霉的老乡有八个娃娃。起初，他在一家工厂找了份临时工，但因为咳血被解雇了。那次病情恶化，他开始大口吐鲜血。咱们和麦克斯一起照顾他，咱们没有带他去拉卡莱塔医院，去了那边更糟糕。咱们和麦克斯一起给他搭了个草棚，很快就弄好了。他的大儿子给咱们做学徒，二儿子年纪还小，没什么力气，就给另一个泥瓦匠师傅做助手，拿一半工钱；他老婆给港口那些老爷家里洗衣服，一周去两三次。剩下的三个教子女我只能带回家。‘教父母项目’给他家最小的那个孩子弄到一个名额，有了一位美国佬资助人。刚才我说的那个人，就是那个面包师，他消失了一段时间，老婆也不管了。您知道吗，神父，我和麦克斯一起热情坚定地工作，充满了行动力，真是足以让人相信天堂的存在。这个麦克斯的工作方式真是另一个境界。哦，对了……趁我还没忘，神父，有这么一件事。在最糟糕的那段时间，咱们干完活回到家，就看到我那老乡的老婆正在和我的侄媳，还有那个被抛弃的女人一起扯闲篇，笑个不停，互相调看……”

“一开始我被吓住了，卡多佐。”麦克斯韦插话道。

“我想她们肯定是疯了。她们靠面包和红薯粥才勉强养活了家里十四口人，还有我那个吐血的老乡茅屋里的七口人，但她们还能笑得出来……”

“祖辈受穷的人的无意识。”卡多佐几乎是下意识说出这句话。

“我恐怕不能苟同，卡多佐……”麦克斯韦说。他注意到唐塞西利奥举起了一只手。“您继续吧，唐塞西利奥，还是您来讲吧，您更心平气和。”

“卡多佐神父……我跟您说，面包师的老婆不是穷人家的孩子。她是一个富裕小庄园主的女儿，家乡是一个叫科恰班巴的地方。我侄子有属于自己的地、房子、牛和驴；他们卖掉了那些牲口，是为了来这里治疗他的疯病，因为虽然那个巫术的符咒已经找到了，但他的脑筋还是不正常。我一直很穷，但我不是个让人看不起的下贱乔洛。我接受过政府的义务教育。您说‘祖辈受穷的人’，意思是从父辈、祖父辈开始就是穷人？”

“是的，伙伴，是那个意思。”

“错了，神父。这更像是一次贫穷的大爆发，同时也是一场团结的斗争。钦博特贫民区里的大多数人在过去这些年或多或少都算是平等的，咱们都是穷人中的穷人。这里表面上看起来可能比安第斯山区更贫困，因为被上帝和尘世抛弃的子民都聚集在这里了，在钦博特的贫民区，任何人都不再是来自某个村庄、某个地区的人。但是神父，咱们中的一些人还可以像那几位妇女一样放声大笑，哪怕当着那个正在大吐鲜血、走到生命尽头的男人的面。因为……”他忽然把右手放在胸前，“因为在这里，在包围心灵的黑暗中，还有希望。当然了，那希望就像苍蝇扑扇着翅膀似的，只有一丁点微弱的光亮……不，亲爱的神父，我不是福音派！我也不太去天主教的教堂。其实，当我谈论希望的时候，我指的不只是我，而是，说得更明白一点……我谈的是我的朋友，我的同胞……钦博特的工厂已经不再招工了，干捕鱼的有成千上万人，那些地方都能赚钱，赚大钱……有那么多家商店和市场，里面的卖家和买家都有上千人，热闹的商业气息扑面而来。说实话，神父，在这里只要是有头有脸的人，不管是大人物还是小人物，都不会鄙视所谓的乔洛。邻居之间很少互帮互助，相反，他们相互偷窃；他们为小事争执，但是不会完全瞧不起人。大事来的时候，咱们会互相扶持，就像我对我的老乡和侄子那样。就是这样。都说贫民区的贫穷就像蛆虫窝，能让被抛弃的人振作起来，引领他去战斗；他要先找到一块别人无法夺走的地，在上面盖起房子，作为贫民区的居民，他一定会一步步走出困境。小麦克斯就是这样……在山区的村镇，情况恰恰相反，发号撕令的是庄园主老爷，贫穷的蛆虫吃掉了小地主、佃农和劳工，比吞噬死尸还糟糕。因为您知道的，死人可感觉不到虫咬，也感觉不到撕开他腐烂肠子的黑鸟。被上帝抛弃的人在那里是不可能找到开辟地基的机会的。小麦克斯在咱们这里改进了水泥砖的模子和砌砖方式。以前咱七天砌一千块砖，现在三四天就能完成。我那老乡就快死了，但他儿子是个过得去的帮工，二儿子学得也不错。那个胆小鬼面包师派他的兄弟从巴兰卡过来，负责带他老婆回去，她带着娃娃高高兴兴地走了。小叔子告诉她，那个在大海里被吓破胆的娘娘腔现在学会了操作燃油烤箱。小麦克斯弹起恰朗戈琴，他就像来自山区的大天使。我不太懂那些曲调，但它能缓解我的思绪，尤其是他和那个盲人安托林·克里斯平一起演奏的时候，就更明显了。现在我邻居老太太的女儿唐娜弗莱德彬达爱上了小麦克斯。她们在市场上有个小摊位，一整天都在那里忙，心爱的鸡鸭也保管在那里。昨天她很伤心，因为前天晚上她们忘了把鸭子关进去……”

“快给他讲讲吧，唐塞西利奥，”麦克斯韦催促道，“您在这间办公室里讲什么都没问题……”

“请讲吧，伙伴。”卡多佐也请求道，他的表情放松下来了。唐塞西利奥很恭敬地坐着，他讲话镇定自若，似乎在任何时候，任何舞台上都波澜不惊。

“这个故事既有趣又悲伤。神父，您听听看。她家的公鸡和鸭子打架的时候从来没占过上风，只是来了兴头就踩鸭子一脚。那鸭子个头大，但总是忍着，不管什么时候都忍着。公鸡又是啄又是抓地发泄完以后就筋疲力尽地走了。鸭子是绝对追不上它的。但……是这样，如果它们在一个封闭的小空间里打斗，那公鸡是绝对没希望赢的。那天，唐娜弗莱德彬达忘了把鸭子关进箱子里，再用盖子盖上。她那只公鸡太好色，甚至会和母鸭交配，这下就成了公鸭的死敌了。一大早市场还没开门时，有人看到它们在小摊位里互相对持。公鸡不断踢啊踢，出腿很稳，直到没了力气倒下来。鸭子一直忍啊忍，时不时用翅膀拍打公鸡一下。等到公鸡累了，鸭子就爬到它身上。您见过公鸭喙末端有一个小钩子吗？”

“没有。”卡多佐说道。

“哦，您没见过，它那里有一个锋利的小钩。鸭子一旦爬到公鸡身上，对手就完蛋了，无力回天。鸭子把喙伸进公鸡的肛门里，把它的内脏都拽出来。但鸭子仍不松口，还是一直拽，一直拽。过了一会儿，公鸡倒下去，没了命。鸭子跳下来，像交配结束后那样激动地大叫，抖动着身子，伸长了脖子，您应该见过鸭子高兴时的样子。唐娜弗莱德彬为死了的公鸡哭个半死，但祖母对鸭子说：‘没关系，大鸭子，你抓住了机会，任何一个基督徒都会这样做的。’好了，神父。我的故事只剩下最后一部分了，小麦克斯说您需要听一听，再看有没有必要讨论。我们给那个脑筋不正常的侄子也找到一块地，盖了房子，就在泛美公路另一侧。我们用旧渔网围了一个不大的鸡圈。我们帮侄媳在观海区那边的露天市场里找了份工作，穷苦人都在她那里买用我们山区面粉制作的食品。您知道吗，神父，我那疯侄子就像那只公鸡，他发疯的时候就打老婆，踢她；她用一块木板自卫，拿那玩意当洞牌使。他踢的次数越多，她就越知道怎么保护自己。也许有一天，她会像那只鸭子一样把这疯子的肠子都扯出来，把他绑起来。我们也不知道。她每天早上起得特别早，去观海区市场里做厨娘。她的大女儿现在应该有八岁了，负责照料家里的牲畜。那男人神志清醒的时候就和我一起干活；我跟您说，他简直跟魔鬼一样强壮，顶得上五个人。我现在不需要‘教父母项目’的帮助了。我请求他们把给咱们的吱助转给我侄媳。但他们不愿意，只说要考虑一下。我就把这种拒绝当成一种恩赤吧。针对被吱助的娃娃们的恶意流言很多，很多人都鸡妒。这些娃娃也被他们的兄弟姐妹鸡妒，特别是在圣诞节收到礼物的时候，然后……咱们还是继续讲另一件事吧……我那老乡吐了那么多血，但他不想死。他几个年纪大点的娃娃和他老婆的活计都做得越来越好。咱们和麦克斯在他家地里又盖了两间新房。咱们都等着把他抬到墓地去——那是咱们在海边的几块礁石边找到的一个秘密地点，专门埋葬有望区的穷人。圣佩德罗区乃至整个钦博特都在那块地的另一端。我预计咱们很快就要举办麦克斯和唐娜弗莱德彬达的婚礼。她年纪不小了，我是说，已经是个完整的女人了。也有人因为小麦克斯的缘故鸡妒她，还有些人吓唬她，说这么一个外国佬可能是个搞邪术的，被他那个富豪国家驱逐了。您怎么看呢？”

“他在问你问题呢，卡多佐！”麦克斯韦一字一句地说，“快回答！”

神父立刻站起身大笑起来，身体来回晃动的幅度比他送完猪倌回来时要大得多。唐塞西利奥一动不动地观察着卡多佐，发现他个头很矮，鼻子很长，鼻头略有些鼓胀。卡多佐走近麦克斯韦，唐塞西利奥也站了起来。麦克斯韦停住了脚步。卡多佐紧紧地拥抱了他，双眼噙着泪。

“别走，麦克斯！”卡多佐说，“留下来，大胆的家伙！我会主持你的婚礼，这儿的规矩是必须在教堂举行婚礼。对不对，唐塞西利奥？”

他也拥抱了唐塞西利奥。“神父，”唐塞西利奥说，“我站起来，只是想证实您到底有多矮……哎，又来了一位神父，样子更像外国佬，还有另一个人……”

***

唐塞西利奥在讲述故事的最后一部分时，有一个人按响了美国神父公馆的门铃。铃响了两次。浅绿色眼睛的神父在他的房间里仔细地听着。当门铃再次响起的时候，他起身去应门。他表面看起来没什么不痛快，但实际心里非常恼火，脚底下甚至跑了起来。年轻的神父们都在睡觉。他打开大门上的气窗，看到外面站了一个长面孔的人，笑脸盈盈，手里拿着一个白色的木质琴盒。

“哈钦森神父，”他说道，“是唐塞西利奥的妻子托我来的。我给小麦克斯带来了这把琴，我还有一件紧急的事情要和他谈谈。您看行吗？”

“请进，请进。”

这信使走进门，站在几步开外的走廊上。地面是方格形的水泥地，走廊很宽敞，尽头看上去像是一座天井。浅绿色眼睛的神父忐忑地关上门。这是在钦博特第一次有人用他的姓氏而不是名字来称呼他。哈钦森是港口的新人，才来不到一年，他不常深入普通大众，在贫民区也不出名。他看到那个小个子男人——是的，那人是个小个子——把琴盒夹在腋下，站在通向卡多佐办公室必经的餐厅入口处。哈钦森刚挪动步子，那人就打开了通往厨房的纱门，走近餐厅。哈钦森默默地跟在他后面。那人朝着灯火通明的会客厅走去，客厅里有好几扇大窗户，从那里可以看到房子内部的天井。那里长着一棵棕榈树，矮小但树冠很宽，树影从天井的中心向不同方向延伸，笼罩着卧室门前的狭长走廊。哈钦森发现（他可以算是被迫发现的），那个小个子男人的影子随着他的步伐，甚至是随着那棵棕榈树每种不同的姿态而摇晃不定。这位访客穿过客厅，走进了连接客厅与卡多佐书房的狭窄通道，教区办公室在走廊尽头。就在距离卡多佐办公室仅一步之遥的地方，小个子男人用他空着的那只手向哈钦森做了个劝阻的手势。二人都停了下来。访客一直背对着神父。他们听完了唐塞西利奥所讲的故事的最后一段，仿佛从按响门铃到走进卡多佐办公室期间，时间一直未曾流逝。哈钦森听得格外认真，一边也在暗自琢磨那种难以抗拒的不真实感。门铃到底响过吗？那个小个子男人就站在他面前，略弯着腰，曲着一条腿。当卡多佐发出那声大笑时，访客拉着哈钦森的胳膊走进了办公室。这位浅绿色眼睛的神父用尽全力才克制住他对卡多佐那声狂笑的不满，同时他还要压抑内心的惊异——那个小个子男人在办公室里站直身子后，竟比他还要高；他的帽子虽依然戴在头上，却还是挡不住那种波纹状的光芒。

“又来了一位神父，样子更像外国佬，还有另一个人……”唐塞西利奥说这话的时候，卡多佐正准备上来拥抱他。

“帕拉蒂亚！老朋友！”麦克斯韦惊呼道，“你什么时候来的港口？”

“帕拉蒂亚在山上，是寒冷的高原，小麦克斯。我已经在钦博特住了很久了。我把您的恰朗戈琴带过来了。”

唐塞西利奥听着这位访客的声音，也注意到了另外那位外国神父严肃的神色。麦克斯韦的那声惊呼与那个男人的回答更证实了他的猜想。那人戴着一顶发光的帽子，照亮了整间办公室和墙上的画像。唐塞西利奥对着那位金发神父恭敬地鞠了一躬，说道：

“您是神父？……”

“唐纳德。”拿着恰朗戈琴盒的男人提醒道。

“唐纳德神父，向您致以我的敬意。是这样的，咱们心平气和地提出了问题，卡多佐神父也表示感兴趣。咱们满心希望地在这里等了好几个钟头，但等来的竟是这样讽刺的大笑，虽说他随后又拥抱了咱们。请您告诉我，这是基督徒该有的答复吗？一位受人尊敬的外国神父，当着被钉在十字架上的耶稣和神圣的切·格瓦拉先生的面，就这样回答？您怎么看呢，神父？”

“我打断一下，”访客忽然说道，摘下了头上的帽子，“马马查托我来说一声……”两位神父和两位客人都一言不发，但他们的脸庞和周身开始被那星星点点的光芒映亮。“麦克斯和音乐家安托林·克里斯平还有他的妻子弗洛琳达之前就约好周五要见面，就是今天。我先摘掉帽子以表敬意，有关各位刚才在谈的事情我也想说两句。我也认为尊敬的卡多佐神父的回答不能满足任何一个正常人的需求，唐纳德·哈钦森神父这副严肃表情也是这个意思。您说呢？”

访客继续保持着与唐塞西利奥相同的姿势，他把帽子放在胸前，琴盒挂在另一只手臂上。

“您有必要知道一件事，”哈钦森回答道，“卡多佐神父的大笑是很复杂的。刚才提问的这位先生，我来告诉您，卡多佐神父流下的眼泪是真诚的。他对有理有据的想法总是充满热情，但他没学会如何控制这种激烈的表达方式。情绪爆发后他就会恢复冷静，再好好回答您的问题。”

麦克斯观察着访客，听他讲完话。不，他不是那个长着粗胡须、长面孔的朋友——就是那个朋友在帕拉蒂亚的庆典上鼓励他站出来，去邀请那个在女孩堆中一直偷看他的姑娘跳舞。她微笑着站了起来。全场五十对未婚的男女开始跳起舞，就像被曙光融化的冰块，火热的节奏充斥在血管、眼睛、嘴巴、风、肌肉、时间之中……这位访客酷似他的那个朋友，但他不是他，他们的区别就像两棵科利树（那是草原上唯一的树种），或是两只年轻羊驼之间的区别一样。

卡多佐用坚定的声音说："革命不是功绩，就像这两位榜样，他们一个是神，一个是人，后者也是前者所创造的——耶稣和切·格瓦拉。是的，唐塞西利奥，麦克斯已经被驱逐出他的富豪国家。几位请别动！"卡多佐的眼睛盯着访客，仿佛他就是唐塞西利奥，而后者也十分确信神父是在同他讲话。访客胸前的帽子变成了冰的颜色，就是高高的山巅上那永恒的冰川，山区人将之切割为冰块背下山，当作贡品或做成刨冰；曙光升起，让地上的冰红了脸，虽然还保持着一整块的形状，边缘却已经一点一滴地融化。"对，被称为富豪的美国不能容忍像您这样……是的，朋友，他们的环境是表面宽容，实则阴暗，容不下像您这样既谦逊又有反叛精神的人，更不用说一个被这种反叛所触动的年轻人，这种精神就像亚马孙河一样，只能在那些极少数身体健康、心智单纯的外国佬心田里流淌。这些人走进孤寂的安第斯山区，走进村庄、矿区，甚至走进大城市的贫民区……因为……因为在那里，唐塞西利奥，有像您一样的人，像您一样养活着十四五个甚至十七个饥肠辘辘的家人，像您一样责备那个害怕黑暗和冰冷海水的大块头男人。那个富豪国家不能容忍这样的人，因为如果不是因为众人俯首称臣、跪着卖命，如果不是因为他们像撒旦一样荒唐地醉酒、寻欢作乐，那一个个富豪是如何积财千万的？他们让学者、技术人员、哲学家、科学家、数学家等人陷入荒唐的醉酒狂欢之中，麻木不仁地工作，发光发热。

这比罗马帝国或希特勒的时代更糟糕。唐塞西利奥和戴帽子的先生，我反对！我眼含泪水地大笑；我拍打布拉斯奇肥厚的后背；我忍受伊拉里奥·卡乌亚马轻蔑不屑的眼神；埃伯托·索拉诺对我的亲切之中透露着不信任；萨瓦拉则直接表明信不过我；'结巴'调侃似的侮辱我；马克塞一直警惕地提防我；天真的小麦克斯韦挑衅我。为了画像中这两位神圣的大人，我全部都忍下来了，唐塞西利奥！一位是我主耶稣基督，还有一位是那个曾想用自己的头骨在安第斯山脉开辟一条道路的切·格瓦拉，有了这条路，平等和正义就可以到来，用麦克斯和这位戴帽子的先生的话来讲，就像一条血河？横扫一切，又滋养一切。等一下，麦克斯！"神父高呼道，因为看到这个年轻人正准备开口讲话。访客举起帽子，做了个表示同意的手势，帽子的光芒暗淡下来，恢复了原本的灰色，琴盒反而像正午的石灰墙一样发起光来，是没有颜色也没有律动的光，但另外那位外国神父对此毫无察觉。"我说等一下！麦克斯，还有这位新朋友唐塞西利奥，你是第一个让我笑到流眼泪的人。你们听着，那两位大人是一体的……"

"就像乔卡托生下布拉斯奇，而布拉斯奇又生下了钦博特那样吗？"访客问。

"就像那样，朋友。"

"但事实恰恰相反，您不觉得吗？"

"是的朋友，恰恰相反。乔卡托和布拉斯奇只是鳀鱼的

‘爆炸’生意所生下的小崽，还不到美国的一个小小零头。上帝创造了切·格瓦拉，而切也对上帝有所回应，致力于天主教徒的救赎，再通过这种救赎去解放全人类，很快他就会比那个富豪国家的大老板更强大。那些人让思想的力量在黑暗中沉沦，钳制住人民的手脚。是的，唐塞西利奥，你和小麦克斯建立了类似的合伙关系；是的，哈钦森；我同意沿着教皇若望二十三世开辟的那条闪亮的道路前行，去拯救饱受虐待的黑人、印第安人和乔洛；我同意教会用切·格瓦拉的血液给自己输血。正如金斯利修女所讲的那样，他们在纽约假意赞美切·格瓦拉和若望二十三世的功绩，反而是为了让伟人看起来可笑又怪诞，哈瓦那也是一样，只不过是以另一种方式，为了不同的目的……”

没有人提问，也没有人发表意见。卡多佐停顿了片刻。哈钦森甚至没有看他一眼，他正在努力理解卡多佐所讲的话——他的语言变得出乎意料地复杂，混合了美国人、唐塞西利奥和巴萨拉尔的三种风格，又或许是那位访客诱导他侃侃而谈的。

“不要把切·格瓦拉那张代表灵肉救赎的面孔印在圣徒日历上！”卡多佐继续道，“不要将若望二十三世奉为拯救贫民区的圣人，无论什么时候，圣徒卡所带来的慰藉只能骗青年男女掏腰包，和祭坛、投票箱、障碍、虚假的崇拜一样，都是适得其反的。天堂，不过是一个强大的平台，只属于富豪老板，他们有大有小，有美国佬、也有秘鲁人……”

“然后呢，卡多佐神父？您直接明了地说出来吧，原本就应当这样的。”

“革命！唐塞西利奥！就像我主耶稣基督的传道与受难，就像切·格瓦拉英勇的现代式传道……”

“靠子弹？”

“是的，唐塞西利奥。”

“要朝每人的脑袋和心口各放一枪，不是为了让脑浆横流，也不是要把人厚实的肌肉打碎，或是放空体内的血。那子弹是光，照亮人的思想，给人力量，让人能看到其他的人，所有的人——黑人、中印混血、印第安人……大家都是一样的，有真正的力量和决心让自己得到尊重，就像我主与切·格瓦拉所看到的那样：人与人是一样的。”

“我们是不一样的，亲爱的神父。”

“不，塞西利奥兄弟！差异在哪里？是在我们的眼睛里，还是手掌心里、肚子里？是这样吗？该死！请原谅我这样讲话。所有这些东西都是一样的。那是我们穿的衣服、住的房子、睡的床或是身子底下的座位不同？但只要您唐塞西利奥面对大老板时还像刚才在我面前那样，一脸平静地酝酿着怒火，这些东西都是有办法解决的！”

唐塞西利奥笑了，但他的笑声并不响亮，而是流露出一种恭敬、温和却带有挑衅的味道。

“您的话语很令人振奋，也很真诚，神父，”他说，“您知道，就是那些大老板命人造出霰弹枪、带望远式瞄准器的枪，包括向肯尼迪总统先生脑袋射击的那支步枪——据说他也是个大富翁，只是没那么贪婪。”

“塞西利奥兄弟，射出那一枪的是一个穷人，不是吗？大老板们并没有扣动扳机。您等一下！老板们的纤纤玉手也没有碰过扳机的制造……”

神父走到塞西利奥·拉米雷斯身边，把手放在他的肩上，就像他在泛美公路边对唐塞西利奥所做的那样。

“你相信谁，伙伴？”他问，“你完全不相信那个操纵扳机和工厂的人？你不信吗？在你那悲伤、平静、愤怒的灵魂之中，真的一丁点都不信？”

“我正准备相信您呢……我永远，永远都不会相信操纵工厂的富豪，还有布拉斯奇。麦克斯，能不能弹点什么啊？您呢，哈钦森大人，您那漂亮的脸蛋上一点灵魂都没有，您同意吗？”

“弹吧，麦克斯！这座房子属于胜利和希望之神！弹吧，麦克斯！哈钦森可比你，甚至比汹涌的大海还热情呢……”

麦克斯韦在卡多佐还没说完的时候，就已经一把打开了琴盒。恰朗戈琴弦闪耀着金属的蓝光。他弹起了卡帕奇卡的传统舞曲。

访客头上忽然出现了羽冠的装饰，仿佛孔雀或拖着长影子的蜂鸟。所有人都退到了墙边。迭戈的双腿张开，微微弯曲，抖动起来；他不断加速，比人类曾经血染过、燃烧过的任何琴弦都要快；他忽然在空中翻了个筋斗，灯都开始摇摆不定，发出像水流和高原鸭一样的声音，也像托托拉芦苇的花穗，在风中发出抵抗的哀鸣。

“我从来没有，从来没有过希望！”拉米雷斯说，“我只是一路坚定地走下去。如今，在麦克斯的帮助下，干活也有了起色。真正的希望在哪里呢？跳舞吧，年轻人！”

唐塞西利奥步入办公室中央，伴着发亮的羽冠和炽热的灯丝跳起了楚斯卡达舞①，独自一人在流光溢彩之中舞动。麦克斯停止演奏时，办公室里突然静止了，刚才发生的一切都无迹可寻了。只有唐塞西利奥还在那盏现代风格的灯下继续缓慢地跳舞，他垂着头，泪水淌到了胸前。

“安托林·克里斯平这会儿肯定不会再等了。”访客说。

哈钦森没有听到访客的话，他走向唐塞西利奥，拦住了他。二人站在那两幅画像前。他轻声说：

“卡多佐神父不是中情局特工，伙伴。我以我的名誉向你保证，亲爱的。别再跳了，恰朗戈琴已经不弹了。结束了。”

他拥抱了唐塞西利奥一下，但还是保持着一定的距离。

“神父，您说什么了吗？说了什么？”

---

① 楚斯卡达舞（chuscada），乌艾宜诺舞在安卡什地区的一个变体，节奏欢快，多由男女舞伴一同完成。

哈钦森没有再重复一遍。

“别相信他，唐塞西利奥！”卡多佐大吼，“您听不懂他的话，别相信他！”卡多佐此时正和麦克斯站在办公室门口。

“这间办公室里也许有你们几位神父的希望，但是没有我的，”塞西利奥·拉米雷斯昂起了头，充满力量地说，“我心中没有希望！你要上瞎子那里去是吗，小甜心？切·格瓦拉兄弟，你在这里被奉为圣人，当然了！你要把人们应得的东西都给他们。他们说总有一天，总有一个时代……”

唐塞西利奥走出了办公室，麦克斯跟着他出去了，没有和神父们道别，甚至都没看他们一眼。迭戈站在门框下，体型缩小了。他转过头来面对着办公室里的人，鞠了一躬，咧着嘴笑，还开心地把舌头伸到嘴边。

“你错了，唐纳德·哈钦森！”卡多佐用英语说，现在办公室里只剩下这两位美国神父。

“那你呢，迈克尔·卡多佐，你喊了什么？你喊了什么可怕的词？”

“去你妈的外国佬！学会了吗？”

***

晚些时候，卡多佐在卧室里读书，他的手肘撑在一张小桌上，他那形状不规则的鼻子轻轻地呼吸，连鼻孔深处的鼻毛都纹丝不动。一幅切·格瓦拉的小型画像和一幅耶稣受难像挨在一起，放在桌面玻璃板下面：

> 我若能说万人的方言与天使的话语，却没有爱，我就成了鸣的锣，响的钹一般。我若能传神的旨意，不明白各样的奥秘，有各样的知识，而且有全备的信，叫我能够移山，却没有爱，我就算不得什么。我若将所有的周济他人，又舍己身叫人焚烧，却没有爱，仍然与我无益。爱是永不消逝的。传神的旨意终有一日必归于无有；说方言之能终必停止；知识也终必归于无有。我们现在所知道的有限，传神的旨意也有限，等我们完全知道了，这有限的必归于无有了。我作孩子的时候，话语像孩子，心思像孩子，意念像孩子，既成了人，就把孩子的事丢弃了。我们如今仿佛对着镜子观看，模糊不清，到那时就要面对面了。我如今所知道的有限，到那时就全知道，如同主知道我一样。如今常存的有信，有望，有爱这三样，其中最大的是爱。①

“那恨呢？”卡多佐用英语问自己，“唐塞西利奥·拉米雷斯因为恨而眼含泪水，他搅乱了我的心，也搅乱了办公室里

① 参见《圣经·新约·哥林多前书》第13章。作者在此处的引用经过了他个人的改动。

所有人的心。我在钦博特见到过末日与柔情之间的一面。上帝啊！每一晚，每一天，我都会看到令我激动与惶惑的启示。这个唐塞西利奥所讲的，比那个在科伊什科的贫民区难产死亡的年轻姑娘的尸体还令我触动。那姑娘躺在草席上，被数百只苍蝇包围，而她的亲戚们就在旁边喝酒。现在我明白了，那些苍蝇可能是在吸食那具凄惨的尸体的仇恨。这个哈钦森一直在学习，一直在学习，要那么多智慧、做那么多研究有什么用呢？主啊，说一句'去你妈的'不好吗？不，没什么不好！这些话能让人的神经细胞与血液中产生必要的热情，这就是为什么渔民们一直……但唐伊拉里奥从不讲脏话。从来不讲？唐伊拉里奥，你于我而言就像油之于水，现在是，永远都是。真是这样的吗？”

最后一篇日记?

摘录段落

修改于智利，圣地亚哥

1969 年 8 月 20 日

在写这个断断续续、满纸怨气的故事的过程中，我一直在与死亡搏斗，或者说我自认为一直在与死亡近身搏斗。我有过几个软弱摇摆的盟友，但最终还是死神那一方赢了。它们太过强大，又有天然的保护罩——我的肉身。这个不规整的故事也是这场实力悬殊的搏斗的写照。

有多少“沸点”被埋葬了！两只狐狸无法继续讲述左派的几位领导人与渔民工会之间的斗争，也无法再参与其中。在钦博特抗争的这些人，每个人的脑袋里都背负着几个世纪的历史——他们传承前人的抗争，又自成一派。而只要文明还在延续，这样的抗争就会一直存在。唐埃斯特万·德拉克鲁兹去世的那晚，蒙卡达没有立刻进行哀悼致辞，反而选择在拉卡莱塔的码头上当着几十个渔民的面布道——那些人正在几艘快艇和平底船附近掷骰子（那些船是用来运送渔民登上拖网渔船的）。这个桑博疯汉对海洋和土地进行了审判，狐狸们也会到场，发表它们的看法并献上舞蹈。蒙卡达的最后一次布道将会在铁路市场的一片焦土上举行。市政府已经下令用推土机把那里铲平，地上尽是老鼠的骸骨。桑博人蒙卡达会在那里做最后的总结，阐述他如何看待钦博特的动物和人，因为唯有他能参透事物的本质和命运，也唯有他既能看到全局，又能观察到个体。两只狐狸不会再跳着舞、发着光，说出最后那番言词了。我也没法详述迪诺克最后的结局了。他的阴茎因巫术变得僵硬，他想爬上十字骨沙丘顶，自认为这样就能被治愈，但终究无法前进一步，直到最后被沙子掩埋。还有“鸽子眼”和葆拉·梅尔乔拉……来自山上的狐狸像陀螺一样地旋转、舞蹈，在沙丘顶上呼唤迪诺克的名字，空气中流动着“鸽子眼”的泪水和葆拉·梅尔乔拉那残忍的快乐。是啊，还有乔卡托……他的故事很长，很血腥，连狐狸们都不为他跳舞，只是望着这位诞下布拉斯奇的天真的男人。狐狸不知道如何哭泣，只得吼叫……猪倌的“宏大项目”将得以实施。另外，阿斯托还是没有能够融入沿海文化，但他变得自信满满，他自始至终为那个阿根廷女人而着迷，仿佛被她的白皙肌肤和柔情蜜意套牢了性命，尽管她只是把他当成一只小白兔。狐狸们不参与讨论这个话题。安托林·克里斯平则还是在黑暗中用吉他弹奏着这一切。

另外，奥尔法在埃尔多拉多山顶投海自尽，她对一切都失望透顶。她没有在山顶上找到战神图塔伊奇勒，没有那金银所织的网，也没有什么幽灵，只有死寂，只有白蒙蒙一片——那是海岛上的鸟粪。在那之前，印第安渔民阿斯托在她家漫不经心地说（还有那个叫麦克斯的一本正经的外国佬，以及一个长着尖嘴、戴着发光帽子的乔洛作为见证人），埃尔多拉多山顶上有一个伟大的守护幽灵，正在编织一张金网。所以她爬上山巅，却什么都没有看到，因为她的双眼被强烈的悔恨所蒙蔽，被她印第安的根所纠缠——她的“伊玛撒普拉”。她就这样抱着她的娃娃，跃入深渊。

麦克斯韦如何被割喉谋杀的故事我也没法再讲了。穆多无法容他继续活着，他的毒辣性情被乔卡托激发了出来。麦克斯韦在他生命的最后一刻就像鹈鹕一样猛烈地扇动着翅膀。卡多佐和浅绿色眼睛神父那灰暗的人生故事我也只能放弃了。狐狸们从一个世界跑到另一个世界，它们在蓝光下舞蹈，把生了蛆虫的粪便举过头顶；它们四处嗅闻，其感知力远胜过那些半痴半傻、饱受摧残的人，因此它们绝非凡人。狐狸把不同的素材和灵魂揉搓成线，以某种方式缝合着我笔下这个故事。

古斯塔沃①，你是一名解放神学家，你说我们所畅想的美好愿景是不是太遥远了？你曾来洛雷纳大街一千两百七十五

① 古斯塔沃·古铁雷斯·梅里诺（Gustavo Gutiérrez Merino，1928—　），秘鲁神学家、多明我会教士，为《解放神学》一书的作者与解放神学的代表人物。他对拉丁美洲的社会、历史及神学有深入的见解与批判。

号[①]看望我，虽然那些天里我一个字也写不出来，但我们还是一起度过了快乐的时光。在利马，我曾给你读过我的小说《所有的血》其中的几页，写的是一名来自圣佩德罗-德-拉韦马尔卡的教堂司事（也是歌手）的故事。他的教堂被烧毁，只能在山区的公社里寻求庇护，他斥责了一位神父，认为后者信仰的是“作为审判者”的神。他的论点和你不久前在钦博特那场深刻动人的演讲中所讲的十分相似。

我本来想，或者说原本打算……这样说吧，第一章不温不火，令人费解，是因为我原本打算呈现出一种走马灯似的样本展览，用现实与抽象的元素来催化情感。我通过狐狸的眼睛，站在十字骨沙丘顶上俯视一切——从来没有人能爬上这里，我也不例外……这些线索应该在第二部分里被串联起来。古斯塔沃，你看起来真的很像那两只狐狸。我想请求你几件事……等我的好兄弟在我的葬礼上弹完恰朗戈琴，或者吹完盖那笛[②]后（可能是海梅、马西莫·达米安·瓦马尼或是路易斯·杜兰），在某位还未被判刑或逮捕的年轻左派政治家致辞之后（不知道会是谁，因为我离开秘鲁时，他们的斗争正激烈）……是的，如果可能的话，我想请你邀请埃德蒙多·穆鲁加拉来参加，如果他本人同意的话。埃德蒙多是我在圣马尔科斯大学教授的一门短期课程中的一名学生。他也很像这

① 阿格达斯在智利圣地亚哥治疗时的临时住址，即安赫拉·海内克女士家。
② 盖那笛，安第斯印第安人的传统乐器，是竖笛的一种。

两只狐狸，他的模样看上去亲切得就像你在小村子里的邻居；他的灵魂渴求正义，他如饥似渴地阅读那些最优秀的作品，并从中得到了启迪与锤炼……另外，请以大学的名义邀请阿尔贝托·埃斯科瓦尔致辞，如果他本人接受的话。至于大学里的孩子们……如果他们愿意的话，就请一名拉莫利纳国立农业大学的学生致辞吧（我为学校所做的太少了，但总希望自己还算做过一些事!）。

兄弟们，我喜欢真诚的仪式，不要那些该死的哗众取宠的东西。仪式应该是那种能触动心弦的，而不求多么隆重。我想，我一直以来都是力求这样生活的。还有你，古斯塔沃，不，准确来说是你们——阿尔贝托、马西莫·达米安、海梅、埃德蒙多……只要你们依然像我们初识时那样，就永远，绝对不要同意去做哗众取宠的事情……无论我愿不愿意，我骨子里始终刻着旧时代山区人的性格，他们每一代人都被父母亲（无论父母是好是坏）培养成了热忱、庄重、开朗的社会劳动者，哪怕面对苦难，也不会轻易被打垮。请原谅我天真地相信自己像所有那些经历过仇恨与柔情的“鲁纳人”① 一样刀枪不入（他们从来不会自称印第安人）……

也许对我来说，一个历史周期即将结束，但另一个历史周期将在秘鲁（以及秘鲁所意味的一切）开启：那个即将终结

① 即印第安原住民。来自克丘亚语（runa），意为“人”。

的是聊以自慰的云雀、鞭打、被驱赶、无能为力的仇恨、悲哀的“起义”、对神的恐惧、作为审判者的上帝、他的仆人及其制造者的主宰地位；即将开启的是光、是越南人民那坚不可摧的解放力量、是燃烧的云雀①、是作为解放者的上帝。解放的神即将重返。巴列霍是起点，也是终结②。

埃米利奥·阿道夫、阿尔贝托、古斯塔沃、埃德蒙多，你们会觉得我所说的、所求的是因为虚荣心吗？这本小说没有写完，甚至可以说是戛然而止了——如果唐贡萨洛认为它不值得出版，那他一定是对的（我们之间有非常可靠的约定）——但我的人生并非不完整。秘鲁的一个时代以我为终点。我因我的悲苦与伤痛感到快乐，因为它们都是为了秘鲁；我因我的不足之处感到快乐，因为我可以用克丘亚语和西班牙语感知秘鲁。感知秘鲁的什么呢？秘鲁境内有地球上所有类型的自然环境，也有几乎所有类型的人。它比古代俄罗斯的面积小很多，但更加多样化。殖民时期的探险家唐佩德罗·切萨发现这里的河流“如此深邃，如此之多”，而如今甚至还要更

① 阿格达斯用云雀来象征秘鲁的历史。“聊以自慰的云雀”代表的是痛苦的宿命，“燃烧的云雀”则是火与激情的象征。古斯塔沃·古铁雷斯后来在自己的书中将阿格达斯的观点诠释为两种不同的上帝：代表剥削压迫、不顾人民困境、作为审判者的上帝，以及代表解放人民和被剥削者、作为解放者的上帝。

② 塞萨尔·巴列霍首次将秘鲁沿海地区诗歌和山区诗歌区分开来。阿格达斯认为巴列霍的观点可以整合、复原秘鲁民族文学的奇异面貌，并揭露被迎合谄媚的文学批评所操纵的秘鲁文学的伪权威身份。

加错综复杂、深不可测。我们了解的事情并不多，对不对，埃米利奥·阿道夫？我就要离开这个国家了。在那场血腥的百年斗争结束后，这个包含了各种各样的人和自然环境的地方正沸腾着由众多不同物质组成的力量，它们不断涌动，最终将酿成变革。这场斗争已经真正开始冲破桎梏与黑暗，人们不再四分五裂、互相责难。就让我来和秘鲁的一个时代告别吧，它的根将永远从土壤中吸吮汁液，以滋养那些生活在我们祖国大地上的人。在这里，任何一个脱离了自私和野蛮的人都可以幸福地生活在自己的家园。那些带刺的铁丝网的边界怎么样了，指挥官[①]？它能坚持多久？我相信，打造这锋利的铁丝网的“神”——即黑暗、威胁与恐怖——的仆人最终也会被削弱和销蚀。

在恰朗戈琴与盖那笛的乐声中，我将听到一切，只因它包罗万象，麦克斯韦也在那里。麦克斯韦，苦恼的你，有那么多怪物和恶兽在你的心里，在你的周围，你不得不将它们荡涤根除，改天换地。你为之流泪呵，你又将其付之一炬。

10月22日

我刚刚结束一次不太成功的利马之行。如果子弹击中了它的目标，那你们应该会原谅我在这最后一篇日记里所写下的

① 可能指的是切·格瓦拉，他在从事军事和革命活动时常常被人民亲切地称呼为“指挥官”。

乞求之言与自命不凡的口吻。我确信到现在为止，这是我唯一可以迸发出的火花了。而我不得不等待，不知道还要等多少天，才可以终结一切。

尾　声

智利，圣地亚哥

1969 年 8 月 29 日

（于 11 月 5 日返回利马后修改确认）

致唐贡萨洛·洛萨达先生

布宜诺斯艾利斯

亲爱的唐贡萨洛：

这几天我会动身，最后一次前往利马。我会把这封信连同《狐狸》的《最后一篇日记?》一并交给你，它也许可以缓冲小说的戛然而止（虽然说不是彻底残缺不全）。故事的脉络和人物已经确定下来了——我原计划把各条线在第二部分里串联起来，让情节变得有声有色——还有一些意象我也勉强算勾勒出了个初样，开始一点点丰富其五脏六腑。现在全部终止了。因此第一部分的章节和第二部分的故事之间有一些不连贯之处，缺失的内容可以再写出一部篇幅更长的小说。我发现应该是死神的到来加速了最后这几篇日记的完成。

您还记得吗，大约是六月间，我给您写信宣布再有两三个月我就能写完第二部分剩下的几个“沸点”。如果我能以当时的速度一路进行下去，现在可能已经完成了。但是一股突如其来的“泥石流”掩埋了我前进的道路，无论我再怎么努力，也无法搬开激流冲下来的污泥和石块——当这些东西压在人胸口的时候，简直重如千钧。我想表明的是，这场灾难虽然是突然发生的，但并不完全在意料之外。多年来，我的精神就像从沿海到秘鲁山区的道路一样，要沿着地质情况仍不稳定的深谷和山坡向上爬。谁知道哪一天，或者哪个晚上，泥石流或山崩就会冲下道路？小说就到这里了，但我再重复一遍，我不认为它是戛然而止的，而是被牵制住了，被一个半盲、畸形（虽然说还可以行走）的躯体叫停了。

小说里有四个印第安口音的人，他们的出身和命运不同，但都来到了一座工业港口城市（钦博特就像一只发着磷光的扭曲的章鱼），用各不相同的西班牙语讲话（但他们的语言始终是同根同源的）。当然了，有人的目标，或者说他们的所追寻的“星辰”会比其他人更明确。他们每人走的路都不一样。他们与两个沿海人形成了鲜明的对比：一个是“自由”的蒙卡达，另一个是“被束缚”的乔卡托。就是这样……书里还有很多人物属于“半成品”，除了游走的狐狸。我所创造的一些意象和一场混战正准备开始点火的时候被终止了。

因此，唐贡萨洛，如果您和您的顾问认为这本书不够完整，那请允许我的遗孀将之提供给秘鲁或者其他国家的出版社。我对其中某些篇章的价值是有把握的（我最近几天又重写了第一章），我也不怀疑这整本书作为文献资料的重要性。我不会贸然作出决定性的判断，我有疑虑，但我也保有热忱。这部作品是在与死亡真正的搏斗中写就的，并且我获得了一半的胜利。我不会比这本书存在的时间更长。我确信我作为一名创造者、教师、学者和激励者的才能已经衰弱到了完全失用的地步，而面对人类正在秘鲁和世界各地进行的可怖斗争，一个残缺的我只能沦为被动、无能的旁观者，我不能容忍这样的命运。我要像四十三年前上高中时那样做一个行动者，否则我宁可什么都不是。

我在写《狐狸》的时候，收到了多封您对于本书的写作计划的宝贵来信。您太好、太慷慨了，我衷心感谢您。我知道您有一颗善心，所以想请求您最后一件事：为《所有的血》和这本有关钦博特的书（如果有市场需求的话）定一个秘鲁人可以支付得起的价格。终有一日，书籍和其他一切有用的东西将不再是供人交易牟利的商品。我知道您从根本上是支持这个想法的，并且利润并不是您的出版公司最主要的动力。我的遗孀一定会支持我对您提出的这个请求。这两本书的版权理应属于她[1]。此外，如果您接受《山上的狐狸，山下的狐狸》这本书现在的面目，并依然愿意立刻安排出版，那我请求您将我在获得印加·加西拉索·德拉维加奖时所作的简短演讲以序言的形式加在本书中，让我的遗孀西比拉[2]（她如钢铁般坚硬，也如鸽子般柔情）和我的朋友埃米利奥·阿道夫·韦斯特法伦负责修改校对和出版相关的咨询。我和埃米利奥·阿道夫自一九三三年以来就一直是朋友，他从不行利己之事，我认为他是对西方文学的理解最为深刻的诗人和散文家。在他主编的杂志中，他以严肃活泼的方式分享秘鲁文学并致力于它的推广，包括口头文学与书面文学。我心存惶恐地将这本残缺不全的书献给他和来自圣迭戈–德伊舒亚区的小提琴家马西莫·达米安·瓦马尼。我还要感谢罗拉·霍夫曼医生给我的帮助，让我坚持从《所有的血》第二章写到了

---

① 我的其他长篇和短篇小说的版权归前妻塞莉亚·布斯塔曼特所有。她和她的妹妹阿莉西亚以及一些我们共同的朋友为我打开了利马的大门，或者说为我融入这个城市提供了可能性，虽然说我的融入非常有限。通过我的父亲，通过阅读，我也更好地理解了占世界一半的西班牙语。我和塞莉亚、阿莉西亚一起打破了那堵封锁了利马等沿海地区的围墙，即那种“沿海人无所不能”的思维，那种甘愿做西班牙、法国和美国主子（一种难以定义的混合体）的仆从，以及他们仆从的想法；我们打破了将利马等沿海地区与克丘亚人、艾玛拉人和印欧混血在上千年间创造并完善的音乐隔绝开来的围墙。现在，高处的狐狸开始拉着人们一起唱歌跳舞，或者说它让世界都跳起了传统的舞蹈，就像华蒂亚库里这位曾是乞丐的英雄那样，敲着小鼓放声歌唱。——原注

② 西比拉·阿雷东多（Sybila Arredondo，1935—　）智利诗人、历史学家，1967年与阿格达斯结婚，孀居后主要致力于整理作家的文稿及其出版工作。

本书最后一行字。

请接受一位朋友向您致以告别的拥抱。

何塞·马里亚·阿格达斯

另：我不知道还需要几天或几周时间来研究如何从活人的世界顺利脱身。

又另：（已返回利马）我在智利搞到了一把点二二口径的左轮手枪。我已经试过了。可以用。真好。挑个日子来做这事并不容易。

致农业大学校长和年轻的同学们：

我给你们留了一个信封，里面的文件可以解释我所做的决定。我们教师和学生之间普遍存在着一条纽带，不会因为我们中的任何一方单方面的否定而被割断。即便被否定，这纽带也始终存在：我们是为高等教育和学术研究而创立的机构的成员。我之所以援引或者说考虑到这种联系，是因为我要在这里做一件被众人视为残虐之事——自杀。学生和教师同仁们与我保持着某种精神上的联系，这种联系的性质应当是善意的而不是亲密的。希望你们以这种态度来接受我的遗体，就当它是倒在一块友好的土地上，这是它的归宿，你们不需要感到心痛，只需要包容。你们会在我们的“家”里找到我的遗体，并陪伴它至最后的安息之地。我既不能也不应在我个人的家中行这等“残虐之事”，而我一直以来的“家”都在这里：大学。在我尚有精力的时候所取得的一切成就都属于大学——这个无边无涯的空间。最重要的是，我是毫无私心，以对秘鲁和人类的奉献精神去工作的——这是我第一次这样讲，是为了让你们原谅我，陪伴我。不要感到悲伤，要对我们的国家和人民，以及对激发了我们热情的大学保有最大的信心。更要有决心，努力解放那些一直以来被人为强加的重重限制导致无法自由飞翔的人，尤其是秘鲁人。

我认为我已经带着某种责任感履行了我作为雇员、公务员、教师和作家的职责。我现在离开工作岗位是因为我已经证实自己再也没有精力和希望继续工作，也就是说，没有了继续活着的理由。随着年龄和责任的增长，我所承担的职责的重要性也与日俱增，如果精神的火苗无法保持活力，头脑逐渐衰弱，越来越难以保持清醒，那么我个人认为，除了离开，没有其他诚实的道路可以走。但愿所有的同事和学生都能为我证明，并理解对某些人来说，离职回家比死亡更可怕。

自十一月以来我一直在评估自己是否还有体力完成我在有生之年承诺过的最后两项任务，因为近几年来我一直处于心力交瘁的状态。结论是不能，我无法主持“克丘亚语口头文学”的编撰，甚至连启动工作都做不到。经过与研究院主任瓦耶·列斯塔拉博士协商，他同意按照我提出的计划来推进这项工作。我会写信给都灵的伊诺第出版社，他们之前已经接受了我的建议——出版一部六百页的《克丘亚神话和故事集》。我们大学需要完成这项迫在眉睫且实际上已经岌岌可危的任务。首先，大学需要雇用亚历杭德罗·奥尔蒂斯·雷斯卡尼雷[1]，可

[1] 亚历杭德罗·奥尔蒂斯·雷斯卡尼雷（Alejandro Ortiz Rescaniere，1941— ），秘鲁人类学家，秘鲁天主教大学教授，阿格达斯的学生与好友。

以先用我的工资（现在反正是空出来了，这部分钱也已经进了预算）支付薪资，然后再正式任命他。他以前是我的弟子，也是列维–斯特劳斯[①]带过四年的优秀学生。他为这项工作做了非常认真的准备，他和阿尔弗雷多·托雷罗博士可以组成一个具有最高标准的团队。我想伊诺第出版社会同意让这个团队代表大学，顶替我的位置。至于其他事宜，我已经在给洛萨达的信件和我未完成的小说《山上的狐狸，山下的狐狸》中的《最后一篇日记？》里交代清楚了。这些文件附于此手稿之后。

我声明，我在农业大学得到了慷慨的对待。我感到遗憾的是，由于一些原因，我为这所机构所贡献的力量极为有限。我是农业大学一个学院委员会的成员，做这项工作时我发现学生参与大学管理是非常有成效且有必要的。当教师应对学生诉求时不是一味愤怒，而是表现出最大限度的平静、活力与智慧的时候，我见证了狂热甚至有些粗暴的学生代表是如何一点点被共识与大学精神所征服的。不幸的是，在我缺席的过去十三个月里，我没有亲身体验发生的各种事情，但我想目前出现的那些变革也算不上彻底。我希望并坚信大学永远不会被摧毁，它将跨过眼下的危机，变得更加尽善尽美，以更清晰的路线和更饱满的能量来完成它的使命。

① 克洛德·列维–斯特劳斯（Claude Levi-Strauss，1908—2009），法国作家、哲学家、人类学家。

危机是通过改善生者的状况来解决的。大学从来没有像现在这样深刻地代表着秘鲁人的生活。国家非凡人，而秘鲁就像一个蕴含强大智慧的躯体，燃烧着生命，急切地想要实现自我价值。大学必须以清醒的态度引导大家，用印卡里①的话来说就是“不要带有怒气”；学生们在任何场合都不应被愤怒冲昏头脑，只需锐意进取；真正的教师则应当拥有高尚的品格和智慧，诲人不倦。不要带有怒气！请原谅我讲的这番遗言。我一直侧耳倾听着我们国家的心跳声。请原谅我选择在这个“家”里不算愉悦地告别工作岗位。如果可能的话，请与我一起，放下对立，和谐共处；在大学里，也许只有在大学里，我们才可能为知识的发展供给养分。

拉莫利纳国立农业大学

1969 年 11 月 27 日

何塞·马里亚·阿格达斯

① 印卡里神话（Inkarri）是印加人最著名的传说之一，有许多不同的版本。“印卡里”（印加王的缩写）是安第斯世界的神，是万物的创造者，据说当西班牙征服者处决印加帝国最后统治者阿塔瓦尔帕时，他发誓有一天会回来报仇。西班牙人将他身体的部分埋葬在王国的几个地方：他的头放在利马的总统府下，他的胳膊放在库斯科的瓦卡伊帕塔，而他的腿则放在阿亚库乔。据说当“印卡里”重返之时，将是世界的末日和最终的审判。

致大学校长和学生：

（单独说明）

虽然我的死亡方式特殊，但他们还是会举办仪式，会有人致辞。我请各位忽略我在《最后一篇日记？》中提出的，有关邀请我的音乐家朋友海梅、杜兰或达米安·瓦马尼演奏的事情，但还是要邀请阿尔贝托·埃斯科瓦尔出席。他和阿尔弗雷多·托雷罗是我最喜欢和钦佩的大学教授。我衷心希望埃斯科瓦尔能在葬礼上朗读《最后一篇日记？》。我之所以说不要考虑有关音乐家的请求，是因为我担心会为大家增加不便。此外，那篇《日记》与其说是一种请求，不如说是我最后一次表达自己的所愿所想。另外，是的，我确认如果必须要有人致辞的话，那么我希望是由一名来自拉莫利纳国立农业大学的学生。

请原谅我。

何塞·马里亚·阿格达斯

我希望我的妻子西比拉·阿雷东多在收取我本月的应得款项时不会有什么麻烦。她一定需要这笔钱。

何塞·马里亚·阿格达斯

我选择这一天是不想对大学的运转造成太大的干扰。我想新学期的注册期已经结束了。我可能会害得朋友和官员们没了周末，但那段时间是属于他们个人的，不是大学的。

何塞·马里亚·阿格达斯